ERNIE PYLE

G.I.JOE
二战随军记

厄尼·派尔战地纪实

（美）厄尼·派尔 著

郭嘉明 译

上海古籍出版社

Shanghai Chinese Classics Publishing House

图书在版编目(CIP)数据

二战随军记：厄尼·派尔战地纪实／（美）厄尼·派尔著；郭嘉明译. —上海：上海古籍出版社，2022.11

ISBN 978-7-5325-9278-4

Ⅰ.①二… Ⅱ.①厄… ②郭… Ⅲ.①纪实文学—美国—现代 Ⅳ.①I712.55

中国版本图书馆 CIP 数据核字(2022)第 033654 号

二战随军记
——厄尼·派尔战地纪实

［美］厄尼·派尔　著

郭嘉明　译

上海古籍出版社出版发行

（上海市闵行区号景路 159 弄 1－5 号 A 座 5F　邮政编码 201101）

(1) 网址：www.guji.com.cn

(2) E-mail：guji1@guji.com.cn

(3) 易文网网址：www.ewen.co

浙江临安曙光印务有限公司印刷

开本 890×1240　1/32　印张 12.75　插页 7　字数 309,000

2022 年 11 月第 1 版　2022 年 11 月第 1 次印刷

ISBN 978-7-5325-9278-4

K·2673　定价：68.00 元

如有质量问题,请与承印公司联系

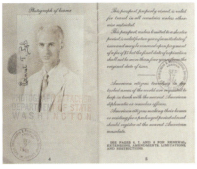

厄尼·派尔的护照

厄尼·派尔的《飞行学院执照》

厄尼·派尔中弹身亡的报道

左 厄尼·派尔用过的打字机
右 特别委员会为已故的厄尼·派尔颁发的紫心勋章

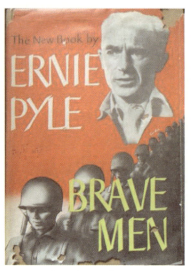

《勇敢的人》封面

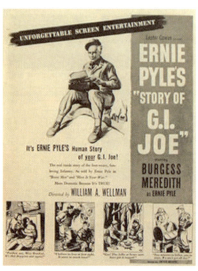

大兵的故事

厄尼·派尔写专栏的报道

1942年12月2日，北非，厄尼·派尔采访医士们。

1944年3月16日，意大利Nettuno，厄尼·派尔在炮弹袭击中脸部受伤，他前脚刚离开床，震塌的屋顶就砸到床上。

1944年3月18日，意大利Anzio，杰西·库珀、厄尼·派尔和威廉·贝内特在155mm炮旁。

1944年3月18日，意大利Anzio，厄尼·派尔的"C"种配给。

1944年3月26日，意大利Nettuno，厄尼·派尔和少将Lucian Truscott在军团总部。

D-DAY INVASION

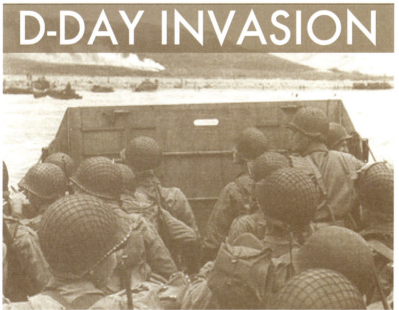

1944年6月6日，D日入侵。

1945年1月，为报道太平洋战争，厄尼·派尔采访从前线返回的士兵。

1945年2月5日，厄尼·派尔在约克镇号航空母舰上采访。

1945年3月，前往冲绳途中，聆听Johnny Maturello的手风琴演奏。

1945年3月20日，前往冲绳途中，厄尼·派尔在海军陆战队查尔斯·卡罗尔号（APA-28）上。

1945年3月29
日，前往冲绳途
中，厄尼·派尔和
水手们听广播里
的战争报告。

厄尼·派尔和大兵们

厄尼·派尔与美军191坦克营在小渔港安齐奥（Anzio）

和大兵们在一起（中间倚着大兵肩膀的即为厄尼·派尔）

诺曼底

受伤的士兵

目　录

第一部分　北非　1942.11—1943.6

  1　随护航队到非洲 / 3

  2　在非洲大陆 / 16

  3　医疗战线 / 29

  4　战友情 / 43

  5　美国空军 / 53

  6　在防空洞里 / 87

  7　深入沙漠之行 / 92

  8　这就是战争 / 105

  9　北非的最后一仗 / 113

  10　战后述评 / 136

第二部分　西西里　1943.6—9

  11　进攻的前奏 / 145

  12　登陆西西里 / 155

  13　工程兵之战 / 165

第三部分　意大利　1943.11—1944.4

  14　山地战 / 181

15 俯冲轰炸机 / 197

16 无畏的战士 / 223

17 轻轰炸机 / 247

18 坦克登陆艇 / 265

19 后勤供应 / 273

20 医疗船 / 287

21 别了，意大利！/ 293

第四部分 英国 1944.4—5

22 盟军统帅部里的将军们 / 299

第五部分 法国 1944.6—9

23 登陆前夕 / 315

24 到柏林之路 / 323

25 高射炮兵的战斗 / 333

26 巷战 / 345

27 后勤维修 / 357

28 大突破 / 369

29 灌木篱墙间的战斗 / 378

30 巴黎的解放 / 392

31 最后一言 / 399

后记 / 401

第一部分

北　非

1942.11—1943.6

North Africa：November，1942—June，1943

1 随护航队到非洲

乘运输舰作旅行确是一次令人难以忘怀的经历,而我就是这样去非洲的。

运输舰队有三种类型:一种是慢速的,全部由货船组成,专门运送物资装备;第二种是中速的,专门运送兵员,有强大的海军护航;第三种是由远洋快速客轮组成的小型运输队,但主要依靠它们自身的高航速来保证它们的安全。我这次由英国到非洲搭的就是这第二种类型的船队。这个船队运送了大量的兵员,走得很快,并有强大的海军护航。虽然我们弄不清楚究竟有多少军舰来为我们护航,但在这个运输舰队中,英国船和美国船都有,不过护航的军舰则全部是英国皇家海军。

十月下旬的一天中午,我接到通知说我们当晚就得离开伦敦,因此有一大堆收尾的事情需要我赶紧去处理:我把那件旧的棕色上衣、旧帽子、信件和一些私人零星用品,通通都塞进一只衣箱里,留在伦敦,看来今后很可能再也见不着了。而我在早上才送到洗衣铺去洗的衣服看来也是永远拿不回来了。于是我只好立刻上街去买些备用的袜子和内衣。军方说下午两点钟就要来取走我们的行李,贴上标签,送到船上去。所以我便把所有的日用品都塞进帆布提包和军用背包内。我的几个朋友跑来和我共进在英国的一道

"最后的晚餐"。临动身时我有生以来第一次穿上军服,然后对我那身留在伦敦的便服说声再见,天知道哪天我才能穿上便服了。穿上军服后我虽然觉得精神抖擞,自我感觉良好,但也感到自己是又老又可笑。

午夜时,我坐出租汽车到集合地点。我到达时其他的随军记者们早已到了,为了保密,军方把我们所有的英文报纸都没收了,并要我们把"随军记者"的袖章戴上,以免被人误会是间谍,然后来了一部军车把我们载离了灯火管制下的夜伦敦。我们不辨东西南北地跑了一阵,最后在一个荒凉的郊区火车站停了下来,并被通知要在这里待两个小时,等那些运兵专列到来。我们只好在站台上踱来踱去,好使身子暖和点。夜色墨黑,而火车好像永远也不会到来的。最后火车终于来了,我们爬上车厢,很快就睡下了。

我们在车上过了一夜,冷得简直睡不着,我也只是睡了一小会儿。我们谁也不知道要到哪个港口去,当有人告诉我们一些路过的站名时,我们都感到惊奇,因为我们当中谁也没有听到过这些地名。

天刚亮时,火车紧靠着一艘大轮船停了下来。办过登记手续后,我们便提着背包上了船。我们全都感到又冷又累,但都觉得很新奇。我们这一群随军记者分到两间舱房,每间住四个人,虽然在每张床位上方另外加了张折叠铺,舱房可说是高级的了,比我们原先想象的还要好,而且和战前的民用舱同样的好,而很多军官都睡在比我们这里挤得多的统舱里。

我们都希望上了船就马上开船,可是忘了船是要等到装载完毕后才会启航的。事实上我们耽搁了将近48个小时。在这段时间内,长长的运兵专列满载着兵员,不分昼夜地开到码头上,卸下这些"货人"。因此这两天来,日子好像过得很慢。我们都站在甲板上,靠着栏杆,望着他们登船。他们都淋着雨站着,带着沉重的

行装——戴着钢盔,穿着雨衣,背着枪支和沉重的背囊。无穷无尽
的人流排着队爬上舷梯进入这条大船,这真是一个动人而又令人
伤感的场面。

他们默默地站着,等待上船,只是当偶尔有人发现有个熟人在
甲板上时,才会听见他们的招呼声。这些出门去打仗的人,上船时
还带着些古里古怪的东西,有些人手里拿着书,有些则带着小提琴
或四弦琴,有个大兵还带着条大黑狗。我还发现有个大兵在衬衣
里藏着两只小狗,又撕又咬,但这对小狗是他花了 30 美元买来的,
所以他舍不得把小狗抛弃掉。但我们搭的这艘船是艘英国船,而
英国人是严格禁止带狗上船的,所以有命令传下来,狗都要送回岸
上去。命令说,这些狗送回去后都会交给好心人家收养的,于是这
些狗一下子都不见了。可是第二天早上,当我们的船开始踏上北
非那漫长的旅途时,我们都不无惊讶地发现那只大黑狗和那两只
小狗居然也和我们一道同行去非洲了。

当足足花了两天时间,把成千上万的美国大兵以及包裹、箱子
等装上船后,我们终于启航了。天气是令人厌烦的英国式天气:
寒冷,又下着倾盆大雨。站在甲板上,看着码头慢慢地向后退去,
是很令人伤感的。开船前,我们大多数人正躺在折叠铺上,可是这
时都不约而同地跑上甲板,照老习惯对陆地再望上几眼,从现在起
就看上帝的了——当然还有英国海军。

我们这艘船装了上千的兵员,以及一批属于陆军系统的女护
士。我感到这艘船是我的“老熟人”,因为两年前我在巴拿马运河
时见过它。我做梦也没有想到,有一天我会搭它去非洲。

军官和护士被分配住在和平时期的客舱内,而士兵们则住在
甲板下的大舱内。这艘船以前曾一度做过冷藏船,现在货舱内那
些隔板都拆掉了,在大舱中间摆了一行长木桌,两边是两行长条

凳。大兵们在桌子上吃饭，晚上就睡在挂在上面的帆布吊床里。

大舱里挤得要命。有些大兵对伙食有意见，好几天不吃饭。有些则拿他们从美国到英国那段旅程来和这次作夸大的对比。我到大舱和他们吃过饭，应该说，他们的伙食是不错的，和我们军官食堂的一样好。在任何一艘运输船上，拥挤总是难免的，不过奇怪的是，这艘船怎么挤下了这么多的人。

船上最令人头痛的就是缺乏热水了。洗碗水是温水，而且也没有用肥皂洗过，结果碗碟总是油腻腻的，有些人因此得了轻微的腹泻。我们的舱房每天只供应两次热水——早上七点到九点，下午五点半到六点半，但都不是真正的热水。所以我们只好用冷水刮胡子。船上的安排是大兵们每三天可以洗一次温水淋浴。

在甲板上有一小块地方是专门划给军官们享用的，除此之外，大兵们在甲板上是可以自由活动的。按规定，军官是不准随便到士兵的活动区去的，但这条规定不久就不管用了。我们这些随军记者由于身份不同，享有特权，所以想到哪里就到哪里，谁都管不着。

有通知说，有情况时所有人都应该留在他们的舱房内，但住在水线下最低两层的大舱内的士兵则应当转移到上面的两层里去。不过我们这些随军记者则获准在有情况时到甲板上去。由于我们荣幸地享有这种特权，因此也就理所当然地要尽挨轰挨炸的神圣义务了。

船上所有炮手都是美国兵，但他们从未上过火线真正打过仗。所以在我们启航后的第一个早晨，整个运输船队就进行试炮，于是不久到处都呼呼嘭嘭地打起炮来。

我们这些随军记者是知道船队开到哪里的，有些军官也知道，但大多数人则只是瞎猜测，而大兵们对他们开拔到哪里则简直毫无概念。有些人认为是开往俄国的库尔曼斯克，有些人则认为将登陆挪威，有些则甚至认为是到冰岛，有少数人则天真地认为我们是返回美国。直到开船后的第五天,给每个人都发了本小册子,对北非作了番介绍后,人们才知道原来是到非洲。

在出海后的头两天,船队好像无目的似的在海上绕圈子,有时甚至整天停着不动。终于,在离开英国后的第五天,所有的船又在薄暮中集合起来,按照事先计划好的队形慢速前进。入黑后风浪大作,体质差的人开始晕船了。头两天风浪确是够大的,所以当然有人晕船了,特别是住在下面大舱内的大兵们,不过他们自己料理得很好,没有像在有些航程中那样发生严重的情况。

海面很快就恢复平静了,并且真正成为一次令人愉快的旅程。大兵们在早上六点半起床,十时在甲板上集合做一个小时的体操,除此之外他们就没有什么事可干了。只好在甲板上闲逛消磨时间,或者躺在舱房内看书,再不就是打纸牌。在整个航程中,船上根本不存在什么举手行礼这回事,很多大兵们都长起胡子来了。

要把满船的人组织安排好了可不是件简单的事,所以直到开船后一个星期,才把各种事情安排好并使之顺利推行。建立了指挥部,一位空军上校被指定为船上的司令官,指派了各种部门管理人员及甲板上的分区负责人,船上守则也油印出来并分发到每人手中,其中规定任何人都不准晚上在甲板上吸烟或照手电筒,也不准把香烟头或橘子皮等扔到船外去。任何一位潜水艇的艇长都可以根据这些东西而发现船队,哪怕船队已过去好几个钟头了。

这些警告起先并没有引起人们的重视,大兵们照样把各种垃圾乱扔到船外。一天晚上,一位护士拿着明亮的手电筒在甲板上照路,我身旁的一位军官骂了起来,他声音喊得那么大并且骂得那么凶狠,弄得我起先以为他是在开玩笑:"关灯! 你他妈的蠢货! 你难道疯啦!"

我随即明白了,她弄出来的那小小的一点亮光会把我们大家的老命送掉的。

　　船上当然是实行灯火管制的,所有通向甲板的出口处都挂有双重又黑又厚的帷帐,所有的舷窗都涂了黑并有命令要关紧,但有些人在白天就把它打开。在下面的舱房中,舷窗每天可以打开一会,让舱内的空气流通一下。不过如果舷窗都大开着,而这时船正好被鱼雷击中的话,大量海水就会从舷窗涌入,船就会立即倾侧,然后很快沉没。

　　出海后,每个人都发有一件救生衣,而且规定要时刻不离地穿着它。这是一种新型的救生衣,有点像绑在一起的两个枕头,穿着时先要把头部穿过去,然后拉下来套在肩部和胸部,最后系上带扣。我们有时把它挂在肩膀上,这种救生衣很快就得了个绰号"沙袋"。第二天,我们又接到通知说,要系上带有水壶的腰带(已灌满淡水)。此后我们即使是到食堂吃饭,也要带上救生衣和水壶。

　　我们这个特殊小组共有九名成员,按照军方的安排,在整个航程中都住在一起,我们是《纽约时报》和《生活杂志》的比尔·郎格(Bill Lang),《新闻周刊》的烈特·缪勒(Red Mueller),《纽约客杂志》的乔·利比林(Joe Liebling),《纽约太阳报》的高尔·麦高文(Gault Macgowan),巴尔的摩《非洲美国人》的奥利·斯图华特(Ollie stewart),陆军系统报纸《美国人》和《星条旗》的通讯记者鲍勃·尼维尔上士(Bob Neville),两位新闻检察官亨利·梅耶中尉(Henry Meyer)和高兰·吉烈中尉(Cortland Gillet),最后就是我。

　　作为一个普通兵,尼维尔上士本来是不准和我们一道住在舱房的,而只可以住在甲板下的大舱间,睡在吊床上。可是开船后不过两天,我们便设法把他弄了上来。他可能是我们当中最有经验和跑过的地方最多的人——他会说三种外语,当过三年的《纽约时报》国外新闻编辑,在《芝加哥论坛报》和邮电部工作过,西班牙内战时到过西班牙，德军入侵波兰时到过波兰，维惠尔将军在北非作首次反攻时他在开罗，他还到过印度、中国和澳大利亚。他应征入伍后当通讯员，经常睡在地板上，打饭时要排个把小时的队，还不能在某些甲板上逗留。

奥利·斯图华特是个黑人，是派到欧洲战场去的唯一的美国黑人记者，他受过很好的教育，把自己的生活安排得很好，并到很多国家旅行过。旅途中我们大家都很喜欢他，他和我们生活在一起，在甲板上和军官们打手球，所有的人都对他很友好，所以根本不存在什么"种族歧视"问题。

我们这些随军记者早已和船上的很多人混熟了，所以我们经常满船乱跑，找人聊天。

比尔·郎格和我以及两位中尉是合住一个舱房的，有一天我们取出军方发的对随军记者的有关规定，上面规定部队对我们要"加以礼遇并给予照顾"，我们把这些大声地读给两位中尉听，然后命令他们给我们点香烟、擦皮鞋。在漫长的旅途中，人们只好拿这些来寻开心。

船上有一个相当大的医务室，经常"客满"。在没有暖气的火车上横越英伦三岛时，很多人都受了凉，上船后还在咳个不停。有两个人得了肺炎，不过后来都好了。上船后我也被列为十大受凉者之一，并且因晕船在铺上睡了五天，船上的医生多的是，他们给我会诊、打针、吃药，当然全部免费。

这艘船以前从未装载过美国军队，所以船上的英国侍者对这些年轻的美国军官的胃口和在餐桌上的表现感到震惊。这些少尉军官年轻力壮，肌肉发达。正处在继续发育的年龄，在食堂吃完一份饭菜后，往往会叫再来一份，在等吃的这段时间里，他们会挪开用过的碟子，自己动手拿面包来吃，拿叉子敲玻璃杯奏乐，拿伙食来开粗鲁的玩笑，经常用不得体的态度来对待这些体面的英国客轮侍者。按照英国客轮的规矩，食堂内是不准吸烟的，这些可怜的侍者们努力想执行这条规定，可是他们还是照吸不误，最后英国人只好容忍下来，并且和我们一样颇为欣赏这种粗野的西部作风了，英国人的气质就是这样的。

每天早上七点钟，侍者就端来热茶，并唤醒我们该起床了。一个钟头之后就吃早餐，伙食确实够高级的，每天的早晨都有火腿和煎鸡蛋，这是我四个月来第一次尝到真正的鸡蛋，下午还有茶喝，晚上则供应夹肉面包。而领班的侍者在上班时常身穿礼服。

船上也设有两个小卖部，一个供应香烟、巧克力糖等，另一个则是所谓的"湿店"，专供应热茶，两个小卖部都经常排长龙。大兵们往往花上三个小时去站队，只是为了消磨时光。

船上晚上也开放一个酒吧，供应些软性饮料，但不供应酒。有些军官带了些威士忌上船，但一两天后就饮光了。所以这趟旅程可能是海运史上最缺酒的一次了。因此有人打趣说："我们两头都挨了。我们不能在食堂内抽烟，因为这是条英国客轮。我们不能饮酒，因为这是条美国运兵船。"

世界上到处都是谣言满天飞，但我觉得，在我坐的这条船上尤其突出：每天都有小广播，我们要么不信，要么只好都信。听说我们将要和一支由美国开来的大运输船队会合；听说有一艘航空母舰将加入我们这个护航队；听说我们将在六个小时后、二十四个小时后或两天后到达直布罗陀；听说我们后面的那条船叫"西点号""凡农山号"或"蒙特拉利号"；听说我们离葡萄牙只有 80 海里，离百慕大群岛有 200 海里；听说……，这当然没有一样是真的。

这些小广播流传到这种程度，以致一位军官也造了个谣言，说我们的船队是要开到西非的卡萨布兰卡，看看这个谣言流通全船要多少时间。整整半个小时以后，他从船桥上得到了这个"最新消息"。

海程开始后不久,船上便开始排演各种节目,准备为大兵们演出了。我相信,从我们的任何一千名大兵中都可以轻而易举地抽出人来组成一个蛮像样的乐队。因此,很快地就从船上的大兵中发掘出了一名手风琴手、一名黑管手、一名喇叭手、一名小提琴手、两名六弦琴手、一位舞蹈家、一位男高音歌手、一位专唱西部歌谣的歌唱家,以及几位钢琴手……都是些职业行家。他们每天下午进行排练,晚会在我们抵达直布罗陀两天前的晚上举行,他们为大兵们专门演出了两场,都是些轻松节目。因为都知道有这个演出,所以军官们和护士们也嚷着说要看,因此在快要到达直布罗陀时他们又做了一次演出。根据船上司令官的要求,删去了某些节目,但仍然演得成功。

演出进行得很热烈,这些人都是些天才,而且音乐和脚色都是一流的,那天晚上的明星是一位长头发的班长、来自纽约的布鲁克村的乔·柯米达(Joe Comita),他表演吉普赛的脱衣舞,他的表演的确是有天分的。连吉普赛舞女也不会表演得比他更富于美感的了。他一面跳着一面脱衣服,当他脱到只剩一件军用汗衫时,他一跳就跳到舞台前面,揭开面纱,吻了吻一位坐在前排的秃顶上校的光头。

演出是成功的,可是那天晚上却是够危险的,据收听到的广播说,差不多德国所有的潜艇(据说有五十多艘)都集中到直布罗陀附近候着我们。因此,毫无疑问地,船上的每一个人都希望能平安无事地度过这个夜晚。

那天晚上无论是去送死或是享受人生都是最适合不过的了:天气和暖,月光明亮地照耀在平静的水面上,在这恬静的月夜中,一切人世间的不幸好像都不存在了。在这样的气氛中,小伙子们在轻松愉快地观看演出，我们也带着救生衣和水壶坐着看，一面笑着喊着，一面却下意识地竖起耳朵注意着外面的动静。

演出结束时，一位素不相识的少校转过身来对我说：演得太好啦！想不到这些睡在大舱底下像被贩卖的奴隶似的小伙子，在去打仗的时候还能演得那么好，而当我想起国内有些人因为汽油配给只有 20 加仑而大发牢骚时，我真是肺都气炸了。

我们这艘船有两个烟囱，但前面的那个是假的——里面是空的，在离顶上三英尺的地方装了块钢板，可以通过钢梯从下面爬上去，军方布置了一名中尉和三名列兵拿着双筒望远镜整天待在那里。

这真是个特等座，所以差不多每天下午我都跑到那里去。文菲尔·昌宁（Winfield Channing）中尉以前是个高射炮手，现在他经常在那里值下午这一班。我们一谈就是几个小时，谈到战前他干些什么，战后我们干什么，前途如何，等等。阳光明媚，船在破浪前进，我们坐在小折叠椅上，大有在迈阿密海滩上度假的感觉，我们把这块地盘叫做"烟囱俱乐部"。从这里可以浏览到整个运输船队正在作"之"字形的行驶。有一次我们看到同时有三条彩虹出现，而我们这条船正好从其中之一的下面穿过。偶尔我们也隐隐约约地看见有帆船和渔船在地平线上出现。

我最喜欢找那些来自新墨西哥州的新兵谈天，因为我的家就在新墨西哥州。在那些大兵中有一个齐度·加文纳斯（Cheedle Caviness）的班长，他是参议员赫奇的侄子，他现在留了两撇大胡子和一把山羊胡子，所以看起来活像个大公爵。

在我们船上发生了两件小小的"意外事件"：有位军官在他的舱房中玩弄他的左轮手枪，没想到枪是上了子弹的，一枪把房板打穿了个洞,他根本没有考虑到舱房里还有别人。另一件事是一位军官因为给船队拍照而被扣押起来。

船上司令部在整个航程中不准放映电影和使用电动剃刀等,以免被敌人通过无线电测量测出我们船队的位置,但后来证明这种担心是多余的。

船上每天播放两次英国广播电台的新闻广播,起初有人说出海后两天就不广播了,但事实不是这样,通过扩音器船上每个人都听到了广播。

船上的随军牧师说,自从开船后参加礼拜的人明显地多起来了,而当船队接近德国潜艇潜伏区时,参加礼拜的人更大为踊跃。

船上的医生和护士主要来自纽约的罗斯福医院,我们后来才知道,还有四个护士小组在船队的其他船上。护士们经常和军官们在一起玩、打扑克、在甲板上散步、躺在躺椅上聊天。月色明媚,因此发生点风流的事是不足为奇的。

正如在战前作旅游一样,现在随着时间的流逝,人与人之间的感情也变得愈来愈深厚了,既没有事可干,也没有什么可想的,日子过得很快,而对我们某些人来说,这次旅程就是一次大休息,我们有些人甚至希望就这样地航行下去——一想到将要和新相识的朋友分别,就感到伤感,一想到又要去奔波劳碌,就感到厌烦,但战争可不是你想怎样就怎样的。

我经常感到奇怪的是,这样大的一个运输船队在航行时究竟是怎样的,而护航的军舰又是怎样行动的?

好吧! 现在就谈谈这个中等规模的运输船队吧! 在离开港口的那天,我们大致数了一下船舰的总数,可是没有一次数出来的数目是相同的,这并不是由于我们看不够远,而是由于船只都是排列成行的,有些船被挡住了看不见,一般来说,我们这个船队是横排比直行要长，这使我们感到惊奇。

我们船队看来是排列成好几种不同的几何图形的，隔不了多久就由一种队形换到另一种队形，就好像踢足球时忽而散开忽而聚拢来一样。当看到这些船只有的向前开，有的向后退，于是就排成了一个新的队形，这实在令人眼花缭乱。有时，整个船队一致地作"之"字形行驶，有时突然转弯转得那么急，船只倾侧得好像要翻掉。我们船队每隔一定的时间就作这种"之"字形行驶，特别是在可能发生敌情的水域。

英国军舰四面八方地围拢着我们，它们并不跑远，而且和我们一样保持着一定的队形。在大白天我们每船相距约半海里，到了晚上整个船队就集中拢来，这时我们只能看到附近的几条船的黑影，据说另外还有一些护航的军舰远在地平线视线以外，不过我不知道这是不是真的。

据我所知，船队在整个航程中只遇到过一次"敌情"。当时我们这艘船排在船队的边上，这时旁边的一艘军舰和跟在我们后面的一艘运输船都发出讯号，说有一枚鱼雷正在我们船和后面的船之间穿过。

我们旁边那艘军舰立即冲了过来，投下深水炸弹，于是附近那些护航的军舰也都冲了过来，投深水炸弹，但我们船上谁也没有看见鱼雷，整个船队谁也没有看见有潜水艇。

和风拂面，天气和暖，风平浪静，我们简直感觉不到船在走动，这次海程不像是运送军队去打仗，倒像是战前在热带海面上作旅游。在上岸前那最后几天的晚上，有些大兵干脆就睡在甲板上。在那最后的三个晚上，所有的人都奉命和衣而睡。不可否认那几天里大家确实够紧张的，但要说有人表现出害怕了，那也是不符合事实的。

黄昏和拂晓都是最有可能发生敌情的时候，在最后两天的早上，我都在天亮前就起床，跑到甲板上去，但从未见到过什么潜水艇，不过倒是观赏到了两回有生以来最为动人的日出。

当我们愈来愈接近目的地时，我们对这个船队都感到一种家庭般的亲切之感，船只来自四面八方，大家一起经历了数不清次数的队形变换、改变航班向等，这船队就像一架庞大的海上机器，在按照一定的规律在运转着。

每当我一连几个钟头靠着栏杆眺望这个正在远涉重洋的庞大船队时，都为它那种壮观和威势而激动不已。

最后我们通过直布罗陀海峡——两岸灯火辉煌——进入平静的地中海。我们还要行驶好长一段航程，而且仍然处于危险的水域，但人们都感到可以松一口气了。

我们开始收拾行装，配发了沙漠防尘风镜和面罩、饮用水漂净剂等。也打赏了船上的英国侍者，还了借书，把钱都换成美钞，打开箱子检点那些准备送给军中朋友的东西。

终于到港了。两条长长的棕色的人流由船上慢慢地蜿蜒而出，涌上了码头。我们排好队后便开步走了。有些人要走三英里才到驻地，有些则要走二十英里。一开始我们都走得兴高采烈，可是不久便感到疲累不堪了。虽然如此，但总感到终于踏上那回家必由之路的第一步了——回家，这就是每个美国大兵踏上异国的土地时所日思夜想的最终目标。

2 在非洲大陆

美国的大兵们都是些无可救药的幻想家,那些大兵们根本不考虑当时我们在突尼斯的进展是多么的缓慢,更不考虑我们面前的征途是多么的漫长遥远,而总以为北非的战事会在1943年4月结束。

新闻检察官告诉我,士兵们的家信都充满了这种想法,而我也听说在部队里有人为此而拿钱来打赌,而不管有没有人愿意来和他打赌。如果我向大兵们指出,这种速胜论是不合逻辑的,战事若能在一年内结束的话,那将是最最乐观的了,这些大兵们将会瞪着我,认为我是个大傻瓜。

大兵们老是想家,所以都得了"思乡病",甚至有一位将军有天也说,让我到纽约玩一天就够了,让我看看纽约现在怎样了,而且也听听民众是怎么说的。

每当我到营房里串门时,我经常听到的话题是:国内的那些人在想些什么?而从来没有人问过报纸上是怎么说的。

不幸的是,他们想了解的东西我一点都不了解,因为我所知道的消息全部来自法国的报纸,而有些内容又都尽是些莫名其妙的东西,例如美国去年一共造了三万两千个"Chars",我猜想"Char"是指靠背椅(Chair)或者是指女打杂工(Charwoman)而言,但我的法文字典明明白白地告诉我，法文里"Char"就是英文里的"Chariot"（马车），所以我只好告诉小伙子们说：我们美国正在进行着某些古怪有趣的事情，去年造了三万两千辆马车，真是一点不假。

我还说，我当然不知道你们对国内是怎么想的，但我希望你们千万不要相信明年春天就能够回美国了。当然我的这种说法没有什么作用，不过我认为，北非这部分战区短期内是不会有大的战事发生的。在登陆之后，需要一个时期来休整，布置各种设施，贮备物资和集中兵员，而我们现在正处于这个阶段中。

在北非，我们只有很少的一部分部队投入战斗，而大部分的战斗部队尚处在待命状态。一个规模庞大的后勤部队在战线后面日夜不停地忙碌着。

看来，正如丘吉尔所说过的那样，我们将在情况对我们最有利而对希特勒最不利的时候发动进攻。我们现在正处于等待阶段，当然我不知道会在什么时候和什么地方发动进攻。

在地图上看来，从厄尔·阿及拉坐车子到阿尔及利亚好像只要半天就到了，但实际上这足足有从纽约到堪萨斯城那么远。所以我希望国内那些人千万不要因为这里好像没有什么情况而感到不耐烦。

我们突然间收到了大批来自英国和美国的邮件，数以千计的邮袋堆在码头上，就像一道防波堤那样，军邮人员以最快的速度在三天之内就把全部邮件分好并发出。

有人一下子收到了多达75封的信，我认识的一个人收到了两封——一封是一份通知书，那是他的一个朋友替他预订了一份《读者文摘》，而这是他早就知道的了，另一封是他妻子寄给他的，那是一张油印的教堂宗教节目表，而他有好几个星期没有收到他妻子的来信了，此君用一种十分亵渎的语言来谈论这件事。一位我认识的来自旧金山的上校，已经有好几个月没有收到他妻子的来信了，而他的朋友没有给他来信的时间则更久，在这次洪水般的来信中他只收到一封信，那是固特异轮胎公司的经理写给他的，告诉他把他的汽车轮胎保养好是他的神圣职责。

但我想有件事是最有意思的了，来自洛杉矶的雷蒙·弗格逊上尉(Raymond Ferguson)，收到他姑妈寄给他的一盒圣诞节礼物，这是她多年来第一次寄圣诞礼物给他，所以他收到包裹后十分感动，打开包裹时，他激动得手都在发抖，可是打开后他的脸立时拉了下来，原来是一大盒的空白的航空信笺，意思是要他多写信回家，而作为本地区军邮负责人的他，航空信笺想要多少就有多少。

我的一位同乡赫伯·德斯高杰斯中尉(Herbert Desgorges)，收到他妻子寄来的20封信。我的另一位朋友比尔·威尔逊中尉则在一天之内收到了30封信。

据说有位大兵因为已有好几个月没有收到他妻子的来信了，因此大发脾气，去信把她骂了一顿，声称要和她离婚，这次他一下子收到了50封信，都是他妻子在这三个月内写给他的，所以他立即打电报回去，说不离婚了。

我只收到两封信——一封是一位匹兹堡的姑娘写来的，要我告诉她的那位当兵的情人，叫他滚蛋。另一封是爱荷华州的一个人写来的，他告诉我他那里鸡蛋很多，每打只卖三毛八分，所以，我只好认为给我的那50封家信已随船沉到海底去了。

在德国人占领期间被禁止放映的美国电影，现在又放映了，在这里，一般比较大的市镇中都有些很不错的电影院，但新的影片还没有运到，于是人们把一些老掉牙的旧影片拿出来放。有间电影院上映一部由早川濑末(Sessue Hayakawa)主演的影片，可是他已经死了这么久，所以想起他时好像他是中世纪的人物了。另一部是由小狗伶丁(Rin Tin)演的,也是死了多少年的了。

史丹·皮更斯(Stam Pickens)上尉,原是查洛特市可口可乐专卖商,有天进城花了22块钱买了一把带有木盒的阿尔及利亚产的小提琴,拿来下班后消磨时间,可是就在旁边的一家乐器店里,他发现有同样的一把而随便几块钱就买到……格尼·泰勒(Gurney Taylor)中校到城里来找我,目的只是想洗个澡,以往他每星期至少要洗两回澡,他爱清洁是早已出名的了……来自匹兹堡的列兵查克·柯尼克(Chuck Conick),有天收到一捆匹兹堡的报纸,可惜都是四个月以前的了……有天晚上我开着部队的车子以每小时50英里的速度沿着非洲公路到一个地方去,因为有个家伙在那里遇到了点麻烦,这是我自从离开美国六个月以来第一次开车,所以感到十分痛快。非洲的行车规则和美国一样,也是靠右行的,而我们在英国的那几个月里,都是习惯了按英国规矩行车靠左,所以开头几天,我们老是靠左走,走错道……据说我们从英国来时乘搭的那艘船在回英国的半路上被击沉了,一想到这么一条好船居然沉掉了,真是令人沮丧……

一大批军官晋升了,但却没有发下新的肩章,于是他们都只好戴着原来的,据说有一位雄心勃勃而又富有远见的少尉,把一切能弄到手的肩章包括直到中将军衔的都弄来了……陆军系统的报纸《星条旗报》开始出非洲版了。埃勃·怀特(Egbert White)、哈里·哈查尔(Harry Harchar)中尉、鲍勃·尼维尔(Bob Neville)准尉等由伦敦飞到阿尔及尔,设立了办事处,开始时只出周报,但答应说以后将改为日报。

凯·弗兰西斯(Kay Francis)、玛莎·雷伊(Martha Raye)、米奇·梅弗尔(Mitzi Mayfair)、卡罗·兰迪斯(Carole Landis)这四

位知名人物,她们在战时所作的贡献,比她们分内应作的已多得多,现在出乎意外地来到这里了。

有些人可能低估了好莱坞演员们对战事作出的贡献,但我可不是这样想的。她们工作辛苦,经受危险,在难以置信的恶劣环境下工作、生活,她们是义务演出,却付出了不少的代价,而物质上的好处却一点也没有得到,但她们在回国时都感到内心十分满足。她们知道,她们对国家所作的贡献已经比一般人所应做的还要多。

她们这个四人演出小组自 1942 年 10 月就离开美国了。她们乘"飞剪号"客机飞越大西洋,来到北爱尔兰和英格兰的军营,然后不顾危险,搭"空中堡垒"到非洲来了。她们受过空袭,也体验过军营中那种死人的工作,她们平均每晚只能睡四个小时,每人都得过一次感冒。她们要自己洗衣服,如果任由她们自己选择的话,她们本来是可以在加利福尼亚的海滩上晒太阳的。

当她们每到一个远处沙漠边缘的空军基地做演出时,舞台就搭在一辆烂卡车的车板上。中午时分,烈日当空,大兵们围着卡车席地而坐,这是这些大兵们多少个月来第一次听到女人用美式英语和他们说话,他们都听得耳朵出油,觉得温柔动听极了。

在这种场合下作演出,使得这些作为观众的大兵们,都把自己想象为她们的"大情人",想象力使大兵们充满了幽默感,所以这次演出可说是有趣而又成功的。

凯·弗兰西斯在开始演出时就声称,她们觉得这里比世界上任何其他地方都要好,于是赢来了一大阵雷鸣般的欢呼声,她接着说,原因在于这里有好几千个男人,而女人只有她们几个,于是一阵哄堂大笑,她最后说,我知道你们是会保护我们的,是吗?大兵们高呼:当然啦!于是又是一阵欢呼声和口哨声。

当卡罗·兰迪斯登场时,一阵赞叹声风吹雨打般笼罩全场。众所周知,兰迪斯是非常性感美艳的。当她演唱完挥手向大兵们

致意时,一个坐在最后排的毛头小伙子傻声傻气地喊了起来:我
耐不住啦!

米奇·梅弗尔只简单地穿着件绿色的舞衣,就跳起她那拿手
的舞蹈来了。二十来个小伙子爬到卡车的铁棚架上看她跳,有人
看到着迷时,都差点掉了下来。米奇跳完后,要一个人出来和她合
跳摇滚舞,这时小伙子们反而害羞起来了,终于有一个大兵从棚架
上爬下来,此君看来也是个跳摇滚舞的高手,可是根本不是她的对
手,她把这位兵哥甩来抛去,不是把他翻到背后,就把他提离舞台,
把大兵们都乐坏了。米奇当然有时也会碰上不顺手的时候,有次
在英国演出时,和她合跳的竟是一位体重达225磅的大个子。有
次她扭伤了肩膀。而这次在这个机场作第二次演出时,她可碰上
对手了。

这次是为空军军官们作专场演出的,观众都是些专门在空中
执行战斗任务的飞行军官,对他们来说,没有什么不好意思的。因
此当米奇说要一个人出来合跳摇滚舞时,特斯·多拉斯(Tex
Dallas)上尉,一个对任何事物都不屑一顾的空中堡垒驾驶员,站了
起来,他把上衣脱下,折得整整齐齐地放好,然后带着挑战的神情,
跨上舞台,米奇一看,便知来者不善,只好小声央求特斯手下留情,
予以合作。不过特斯可能没有理解她的意思,所以根本不听她那
一套,不到一分钟,米奇就招架不住了,再勉强跳了几圈以后,米奇
只好躲到钢琴背后不敢出来,最后,可怜的米奇只好认输,这个特
斯才大发慈悲,和她跳完这一场,这可真把全场观众都乐坏了。

我在纽约时欣赏过米奇的舞蹈,也看过她在黄尘万丈的非洲
沙漠中跳舞。我知道她为舞蹈艺术已努力奋斗了半生,而且准备
继续下去。所以我可以说,米奇就是一只勤奋的蜜蜂。

玛莎·雷伊确是这个演出小组的明星,大兵们都被她的演出
迷住了,事实上她也确是把整个演出搞得热火朝天,热闹非常。当

演出结束后，她们四个都站到台前合唱法国、英国和美国的国歌。

不过有一件事使她们感到伤心。一位美国的广播记者从阿尔及利亚向美国广播说，她们之所以没有到突尼斯前线上去做演出，是因为她们胆小害怕，他说为什么她们就可以比别人特殊一点？

但是事实上她们确曾要求到突尼斯前线去演出，可是没有得到批准，军方认为，在火线附近把部队集合起来看演出是非常危险的，所以没有同意，而事实上，她们并不胆小，卡罗·兰迪斯甚至还要求过随轰炸机参加出击。

说起来也很平常，那就是在战争时期总难免会因这样那样的原因而造成种种损害，所以美军登陆非洲后还不到半个月，就已经在各个大城市里成立了军法调查组，开始为那些由于生命财产受到我们部队损害的人发付赔偿金。奥兰的这样一个小组是由 12 名军官和 13 名士兵组成的，在他们到达奥兰三天后就着手处理第一个案子，而在其后的半个月里就处理了 165 件案子。

大部分案件都是些小事情，而相当大的一部分都是部队行军时或晚上宿营时损害了庄稼之类的事情，所以这个小组就带了一名美国的农民来，在处理这一类案件时，好向他征询意见。他就是威廉·约翰逊（William Johnson）少校，他在明尼苏达州达拉城郊外六英里处有一个占地 220 公顷的大农场，不过具有讽刺意味的是，他在办公室里忙于处理这类事情，所以连到奥兰城外看看当地农村的时间都挤不出来。

也有好些是交通事故，在部队来到后才不过三个星期，部队汽车便压死了五个人和八九头骡子，每头好骡子赔了 200 美元，这比在美国要贵多了，不过在这里，好的骡子是很不容易买到的，马也是同样的价钱。

军法调查组面临最棘手的问题便是如何赔偿那些无法估价的

东西。举例来说，有位妇女说她的收音机被美军拿走了，她要求赔偿 375 个法郎，理由是这收音机买来时虽然只花了 250 个法郎，但现在却根本买不到收音机了，调查组同意她的要求，赔了她 375 个法郎。

这个调查组的组长是佐治·麦迪逊（George Medison）中校，他又高又瘦，说话慢吞吞的，他原是个律师，来自路易斯安那州的巴彭特罗市，我对他有深刻的印象，原因就是他带领我们这个随军记者小组上岸，并跟在后面首先进入奥兰。在这个小组中我的另一个朋友便是约翰·史密斯（John Smith）上尉，他家住阿肯色西州西孟菲斯城，我的好些孟菲斯城的熟人他都认得，所以他经常把来信中有关他们的情况告诉我。

我在部队里的另一个朋友吉美·爱华斯（Jimmy Edwards）上士，是德萨斯州人，战前是个养马人，现在简直被这里的阿拉伯马迷住了，老是约我去看马，但我是最讨厌马的，所以没有去，于是吉美只好对我吹嘘那些马：那些马太好了，不信你去看看，身躯瘦长，长长的腿，小小的耳朵，头部轮廓分明，真是好马。我在街上看见它们在拉着两轮马车，有位卖主说，大约 200 美元就可以买到一匹了，价钱虽然贵了些，可战后我一定要买它几匹回去，养在我的牧场上。

在非洲，只有一样东西是令我和吉美都感兴趣的，那就是驴子。这些非洲驴子只有美国西南部各州那些驴子的三分之二大，毛皮光滑，十分可爱，而且有一种逗人好笑的模样。吉美好奇地去量了一匹驴子，那家伙只有 35 英寸高，可是他的头却几乎就有这一半长。我问驴主人美国人来了他有什么想法？他摇摇头说，他才不管这个呢！反正他有饭吃，养有驴子的又不只他一个。

我一向认为，美国人是最宠爱小动物的，美国人具有这种天性，因此当看到许多其他民族并不这样时都感到惊讶。美国大兵们对阿拉伯人虐待狗和驴子的方式感到震惊。

很搞笑的是有一次我到一个营房去，看到他们收罗来一群小动物：一大群狗、几只猫、一只小羚羊、一头骡子、几只兔子、一头驴子，而且，信不信由你，还有六只小鸡。

有人说，小羚羊是长腿鹿、长耳兔之间的过渡性动物，事实上，小羚羊是一种外观娇弱、形态优美的小鹿，站着时并不比一只大狗高，不过你可能会听说过这种小羚羊的奔跑速度，有人曾计算过说，小羚羊在奔跑时时速可高达 60 英里，小羚羊惯于在山地上奔跑，法国人经常去猎取它们，我们这里也有好些军官参与这种狩猎。就我个人而言，我可不愿意去打杀它们，正如我不会打杀自己养熟了的狗一样。

这里有一条用高价买来的，名叫"塞吉"的杂种绒毛狗，那是罗勃特·邦德（Robert Pond）上士花了 500 法郎买来的。他随身带着它，任凭别人出多少钱他都不肯转手。

我偶尔认识了四个年轻的少尉，都是同一架轰炸机上的机组成员，刚从美国飞来，他们来到这里才不过 10 天，就已经出击了 3 次，但每次出击都挨了打——被炮火击中，但没有被击落。

他们第三次出击时，一个引擎被打掉，回家正好在降落时一个轮子又掉了，弄得他们直冒冷汗。我问他们碰到这种意外时有何感想？他们笑着说这倒没有什么，唯一感到遗憾的就是因为飞机要修理，所以好几天都不能出发执行任务了。

这四个人是：机长基利（Ralph Keele），盐湖城的一个摩门教徒；副驾驶员阿尔布赖特（William Allbright），伊利诺斯州人；领航员来德克利夫（Robert Radcliff）和投弹手柏拉特克（Eugene Platek）都是威斯康星州人。

大兵们都留起大胡子来了，不知内情的人猛然一看，还以为自己来到了一个百年前的美国西部城镇,那里正在举行西部边疆式的狂欢节呢! 好莱坞的电影界人士可以在这里找到各式各样、五花八门、无奇不有的胡子:有的是满脸毛胡子,凶神恶煞的;有的则是蜷曲成圈的金黄胡子;有浮华讲究的八字胡;也有老气横秋的老头胡;还有花花公子式的小胡子;也有老派爱尔兰式的络腮胡子。我也尝试着留了半个月的胡子,可是貌不惊人,谁也不望我一眼,于是我也就没有再留下去了。

在所有接近前线的地方,连个日用品小卖部这样的地方都没有,而诸如香烟、肥皂、刀片等这类日用品都是由部队直接供应的。一天我在一个供应点想要些牙粉,但那里的负责人却恶声恶气地说:"没有。"原因是这里不是前线。

"这还不算是前线?"我吃了一惊,"这是谁说的?"

"还不是那些坐在后方办公室里的人说的,"他说,"我真不明白那些人究竟想要把我们赶到哪里去才算是上前线,我真希望那些人能来这里过上几天,尝尝炸弹掉到头上时是个什么滋味,那时候你看了他准是整天躲在防空洞里不敢出来,这还不算是前线,真是见鬼!"

这里虽然没有小卖部,但是却有宪兵站,有两个宪兵还成了我的朋友。我和他们就如同和部队里其他的熟人一样地要好。有一天,有位军官来我这里聊天,碰巧那两位宪兵也在,他们走后这位军官就说我了:"你这是怎么搞的? 我在部队里已经三年了,但是在我所有认识的人当中,你是第一个和宪兵交朋友的人。在部队里是谁都不跟宪兵往来的。"

情况倒不一定是这样,但如果真是这样的话,那他们就是对于我们部队里最优秀兵种之一的这支部队未免太一无所知了。他们都是经过精心选拔出来的,通过严格的训练,并且是组织严密的。

在整个服役期间,他们是不会晋级的,但他们为能在宪兵队服务而感到自豪,并且受到其他兵种的尊重。

有一天,有位军官在和我谈天时,谈到在头天晚上,在酒吧间发生吵架时,有个醉猫竟然拔刀想向宪兵行凶。这位军官说:"这种人也想和宪兵打架,真是太幼稚可笑了,当宪兵的都通过挑选、受过训练,是世界上最会打架的人,他们就是专干这一行的。"

因此,根据他们那堂堂仪表,以及他们所受的训练,我个人认为,宪兵可说是部队里仅次于侦察兵和伞兵的精干兵种之一。

说来也真是凑巧,我这两位宪兵朋友碰巧都是在 1917 年 7 月 7 日那天出生的,莱尔斯(Freeland Riles)只读到中学八年级,而史蒂华(Thomas Stewart)也只读到九年级。他俩是同时踏入社会谋生的,他们沉默寡言,说话慢吞吞的,声音又低,好不容易才说出一两句话来,好像他们整天就只会说那两句话似的。莱尔斯说的是那种柔和的南方口音,而史蒂华说的则是西部那种开朗粗犷的口音,两者截然不同。

"我就是喜欢海阔天空的生活,"史蒂华说,"你要是想大喊几声,就只管出来喊就是了。"

史蒂华是一个又高又瘦,但骨架粗大的汉子,有一张饱经风霜的脸。根据他们家乡的习惯,他是属于那种把母亲叫做"妈咪"的人。在家时他原是个木匠,每当一栋房子快要落成时,他最喜欢去做安装门窗之类的工作,而他最拿手的就是做桌子。当他还没有出国、还在德萨斯州的宝班军营时,他曾经替首长做了张呱呱叫的桌子。现在他和莱尔斯都在学法语。

莱尔斯原是个糕点推销商,每到烟草收获的季节,人们手里都有点钱时,他便开着他的面包车,每天只走 180 英里的旅程,每星期的收入便可高达 60 美元。他是个漂亮的小伙子,满头黑发,穿着既整齐又漂亮,但他沉静少言,个性严肃,他在学校里便是个角力名手。他说当他在英国时，他根本不想家，但到了非洲后倒真的有点想家了。

他会柔术以及其他各式各样的格斗术，不过他说，除了对付敌人以外，他从来不使用柔术，因为柔术很容易把对方弄成残废，不过他俩都异口同声地说，他们从未碰上过什么麻烦事，虽然很多大兵们经常在背地里骂他们，但每当宪兵出现时，大兵们都是规规矩矩的。

我和这两位宪兵所结下的友谊，虽然有点令人发笑，因为我已经老得可以当他们的父亲了，可是他们每天都来我这里闲谈，要替我干这干那，他们还说，如果我到哪里去，而又需要人保护的话，他们可以义务奉陪。在圣诞节的前夕，他们还特地带了瓶名牌香槟酒来，于是我们三人便开怀畅饮了一番。

我们都希望在战后去旅游。莱尔斯坚持要我们到南加罗来纳州去猎鹿，那里有一个规矩，如果某人没有首发命中的话，他的衬衣后幅就要被剪掉。

史蒂华则约我到内塞斯河去逛半个月，那里可以钓鲶鱼和猎美洲豹，对这两项邀请我都接受了，虽然我自己也说不上为什么。

因为我平生还未打死过比兔子大的动物，而且我根本就不想去打杀它们。

史蒂华计划战后参加加境巡逻队，莱尔斯则认为凭着他当宪兵的经验，他还是去当个警察为好，虽然他还没有真正决定好以后干什么。

我注意到，他们两个每当谈到他们的战后生活计划时，总爱说："假如我没有死掉……"在部队里，虽然谁也不谈论这个，但事实上人人心里都有这个想法，有时甚至连我也有这种念头，虽然我的非战斗人员身份已足够保证我的安全，因此连去猎鹿看来也是属于遥远将来的美梦了。

一天晚上，我遇见克拉克（William Clark）中校，他是一个又高又瘦的人，家住新泽西州的普林斯顿。自从战争爆发以来，他已先后到过澳洲、非洲，去过英国两次了。上次大战时他到过法国，所以我个人但愿他能安然渡过这次大战。克拉克在国内是一位知名人士，是费城第三巡回上诉法庭的法官，他是无条件地支持禁酒法的，但在这里要是也想来一个"禁酒"，哪怕是连他也是无能为力的。

克拉克是我们派驻突尼斯英军的联络官。无论什么棘手的事情他都能处理得很好。他问我能否在我的报道中提提他的名字，好让他家里的人知道他平安无事，我说这当然可以，不过怎样说好呢？"唉，"他说，"你就说你见到那个该死的老糊涂就是了。"

3 医疗战线

在英国时，我经常到陆军医疗队去，并且目睹了他们所做的大量准备性工作。在那里，外科医生们练习在野战条件下动手术，仓库里储备的绷带直堆到屋顶，供未来的伤员们使用的病房已一排排地建好，这一切都使我感动不已。而现在我又亲眼看着用上了。到非洲以后不久，所有的医生和护士和工作人员就经受了他们初次的战斗考验。当我初次到那里时，医院都已住满了伤员，但一点也没有我想象中的那种忙乱状态。

在奥兰，第一批重伤员分住在这里的五所大医院里，其中三所是军方征用的法国医院，一所是由一座荒废了的法国兵营改造成的医院，最后一所则是建立在一片燕麦地里的帐篷医院。

当我第一次到那里时，出乎意料地认识了一位朋友，那是在去医院的那条泥泞的街道上，一位穿着蓝色旧运动衫的护士正走过来，和我同行的那位好友喊住了她，并且介绍我们认识，当下她说："好呀，终于找到你啦，这两年来我一直都在收集白糖准备送给你呢，但没有想到会在这里遇到你。"

但我根本不认识这位护士，所以我感到有必要问问这到底是怎么回事。原来玛利·安·沙利文（Mary Ann Sullivan）两年前在波士顿市立医院当手术室管理员时，她和护士们经常在报纸上看我的新闻报道,有次看到我公开抱怨说在伦敦配给的白糖太少、不够吃时,她们都表示关心,并且着手收集白糖,每当节约下一块方糖时,她们不吃,都说:"这是留给厄尼的。"

就在 1941 年夏天,这些护士们参加了哈佛大学的医疗队,搭船去英国,当然那些白糖也带来了。可惜好意碰到厄运,船在半途被德国潜艇击沉,那些白糖当然也就随船沉到大西洋海底了。

她们被救起后给送到冰岛,然后转送英国,最后到非洲来了,现在才终于找到了我,所以这充分说明了这个世界是多么的小,不然怎么会连那么一点点的白糖都容纳不下呢?玛利·安为丢了给我的白糖而感到遗憾,但无论从哪一方面来说,这都不是值得一提的事,所以这次初见面的谈话是十分随和的。

玛利·安所在的那个单位恰恰是在大军登陆的那个早上上岸的,上岸后立刻就投入到抢救工作中去,这里德军狙击手的枪弹正在不断地打来,而玛利·安想过的正是这样的生活,她激动得不得了,她在一辆越野救护车上工作,她把这车叫做超级工作车,因为这车子可以在瓦砾堆上冲来冲去,而且还可以连续 36 个小时不停地为伤员做手术而无需补充设备。

军方安排我和司令部的人到玛利·安所在的那间医院去看望伤员。我们看到,医生们完全有理由、而事实上也由于他们的工作成绩而感到自豪,而护士们则更是倍受称赞,伤员们当然对那些把他们抢救过来的人赞扬不已。

在登陆后的战斗中,阵亡的人如果不是直接被打死的,那么就是因为伤重不治而死的。总而言之,没有一个人是因为伤口感染或因为药物短缺而死的。

读者们可能已听到过,在非洲的首次战役中,磺胺消炎药(Sulfanilamide)所起的神效作用了吧?那时人们差不多带着一种敬畏的心情不断地谈论着它。医生们知道这是一种灵验有效的药品,但还未认识到它究竟灵验到什么程度。

当这些大兵离开英国时,每个人都会拿到一小包这种药,有些人甚至在美国时就已经拿到了。这一小包药包含 12 片口服药和一小袋粉剂,那是用来敷伤口的。大兵们按照说明书上的介绍去使用,结果是感染差不多完全绝迹。

如果没有这种药,不少人恐怕早已丧命了,很多伤员有时差不多要等上一昼夜才能得到治疗,而都是靠这种药才救了命的。

因此,听了大兵们怎样谈论它时,确实是怪有趣的,对于他们许多人来说,Sulfanilamide 这个字实在是又长又难念,于是什么怪喊法都出现了,包括 Sunffalide 直到 Sulphermillanoid 的都有,不过要附带说一句,有些人在负伤前便已经把这些药用光了,原来他们为了防止染上性病,据说只要吞下这些药,四五天内便可以将病医好,于是就不用请病假了。

有位医生告诉我,美国兵多半是伤在脚上,而法国兵则是在头部,因此这只能解释为美国兵是在野外进攻,而法国兵则是躲在齐胸高的胸墙后面时负伤的。

在这次战斗中,双方的伤员都在对方的医院中得到治疗,而我们的伤员对于在法国医院中所受到的良好待遇都表示谢意,他们说,那些法国女护士甚至还偷香烟来给他们抽。

光是脑震荡就能置人于死地,但使用吗啡则可以消除伤员的痛苦,所以吗啡也是一种救命良药,很多伤员因此而安稳度过了危险期。很多军医都随身带着吗啡,准备在战场上好随时取用。我有一位在海军陆战队里的朋友潘宁中校,一辈子从来没有打过针,这次在亚尔齐的滩头阵地上负了伤,被打了六针吗啡。

很多伤员已离院归队,伤重或致残的则尽可能快地送回美国去。那些正在复原中的则急着要回原单位去。我曾经特地到伤员中去做过了解,而事实正是这样,他们为此而争吵不休,士气从未像现在这样高涨过。

大凡当兵的人，当他过着一种危险而又劳累的战地生活时，往往会产生这样的一种想法：假如家里人现在能看到我就好了！

所以，假如美国北卡罗来纳州沙洛特地方的人士，现在有机会能够千里眼般一眼望到非洲，看见他们所认识的那些医生、护士们在过着什么样的一种生活时，一定会大吃一惊的——一大群来自沙洛特的男男女女，在非洲办起了一所帐篷医院来了，这简直就像是好莱坞的人在拍电影外景似的。我带着好奇心多次访问了他们。

这所帐篷医院远离城市，设立在一大片燕麦地的中央，旁边是一座座小山。他们是在登陆部队开始战斗的那天就着手建立这所医院的。而第二天的早上就接受了第一个伤员，不久就有 700 名伤员住进了医院。所以，在足有 80 公顷这么大的一片土地上，支起了 300 个帐篷，工作人员多达 400 人，这片燕麦地尽管已经收割完了，可是仍然到处都是尘土，泥泞不堪。

因为是帐篷医院，所以从手术室到厕所都是设在帐篷里，而这一切都是在三天里建起来的，因此这所帐篷医院也可以三天内就拆掉、搬走，然后再重新搭起来，而他们当然都是随时处于待命状态的。

沙洛特纪念医院属于那种调遣医院之一。这医院的全班人马都随着医院到海外来了。并且自 1942 年 4 月份起就投入到实际工作中了。同年的 8 月中旬，他们到了英国，然后随着护航船队到了非洲，最后跟着大军在登陆的当天上午就随军冲上了岸，并且立刻投入工作。

在这个医疗单位里，有 50 个是沙洛特人，大部分是医生和外科医生,但也有少部分人从事非技术性的行政事务工作,另外还有50名护士,在他们这些人当中,除了偶尔去打过猎之外,谁也没有野外生活经验,可是他们很快就变得跟游牧民族一样过惯沙漠中的生活了,而且还爱上了这种生活。

他们的队长是一位正规军人,罗林・包斯皮斯(Rollin Bauchspies)中校,这家伙说话声音沙哑,性格坚韧不拔,待人友善但爱喝烈性酒,他骂声不离口,在开他的自用吉普车时从来不管什么行车规则,谁也拦不住他。他是东海岸宾夕法尼亚州人,他曾经声称,只要有机会,他要把所有那些该死的南方佬、沙洛特人都教训一顿,可惜人家的工作都干得非常出色,真是谁见谁夸,所以他的这个设想只好放弃。

刚到非洲时,他们根本不习惯这种野外生活,因为他们从来没有受过野外生活的训练,虽然从英国出发来非洲时,包斯皮斯中校就已被任命为队长了,可是他也没有时间让他们去熟悉这种生活。

所以他们只好在这片非洲的燕麦地上亲自动手搭起300座帐篷来,然而在他们当中谁也不知道该怎样来搭起一个帐篷架子,怎样敲下一个木桩,当然他们后来很快都学会了,作为正规军人,包斯皮斯中校当然懂得这一套,所以他亲自出马教他们搭帐篷,所有的人都拼命地干,医师们去挖沟挖洞,护士们则去卸车。

帐篷搭好以后,电工立即开始安装电线,另外在队伍里又找到几个木工,于是立刻打发去干木活。在头一批轻伤员中,发现有一个原是职业油漆匠,于是就叫他专做路牌,这使得帐篷医院多少有点街市的味道了。

不过几天医院便落成了,惯于野外生活的人便指点这些新手怎样去过好野外生活。军官和护士住的帐篷都给布置得颇具居家风味:地上铺有帆布,蚊帐挂了起来,木桌子上摆着家人的相片,这些沙洛特来的医生和护士可不是傻瓜，他们并没有忘记把睡袋和吹气垫子带来，所以他们实在是睡得够舒服的了。

他们天不亮就得起床，晓寒刺骨，还要在帆布水桶里洗冷水脸，这当然不是一下子就习惯得了的，可是他们很快就适应了。

这个医院的外科主任保罗·桑杰（Paul Sanger）少校，过去在沙洛特时他就是外科主任了。他技术高超，是个做事有条不紊的人，他跟我说："我从不进城，我觉得这里最好过，过去在家里，我们都是老子天下第一的人，凡是可以享受到的，我们都享受到了，当时如果我们想到生活在这种地方，我们会吓坏的，可是我们现在都喜欢过这种生活，将来回到美国，我一定动员我们家都住帐篷。"

医院的医务室主任普里斯顿·怀特（Preston White）中校，是全美医院中年纪最大的人，但是在搭帐篷时，他兴奋得像个小孩子一样，而且还成了个野外生活的爱好者。"我们每人每天包括洗脸、刮胡子和洗衣服在内的水只有 1/4 夸特，"他说，"所以我们很少洗澡，当然味道有点不大好闻，不过大家都是一个样，所以谁也不管这个，当然有澡洗更好。"

众所周知，医院都是吃得很好的，而在部队里，谁都知道野战医院的伙食是最好的。有天晚上在吃晚饭时，我们大吃了一顿原汁牛排。"这是从哪里弄来的？"我问包斯皮斯中校。

"他妈的！我才不管呢，"他说，"大约是斯坦偷来的吧！"

斯坦就是斯坦顿·皮更斯（Stantom Pickens）上尉，他专营伙食，由于伙食搞得好，远道而来的救护车司机们都有意识地在应该开午饭时到达医院。另外，斯坦还和一位当地的阿拉伯人达成了一项协议：医院的残汤剩菜都归这阿拉伯人所有，作为回报，他应该每三天送一箱橘子给医院。可是医院的饭菜实在太好了，连碟子都给舔得干干净净的，这阿拉伯人见捞不着多少油水，便改为四天才送一回橘子了。

医院的供应科长是威廉·米迪列斯（William Medearis）上尉，也是沙洛特的头面人物。据说沙洛特整条的缅因街、半数以上的房地产，还有所有的洗衣店都是他的，他还是美国全国洗衣业联合会的司库，他为了要和沙洛特的熟人一道到非洲来，把留在华盛顿做中校的职位都推辞了。

乔治·斯耐特（George Snyder）上尉，是主管医院内行政部门大兵的，他和皮更斯上尉一样，都是沙洛特可口可乐的股东之一，可是在非洲，他俩一瓶可口可乐也没有喝上。

在医院里有两个奥提斯·琼斯（Otis Jones）上尉，可是他俩之间并没有任何亲属关系。在参军以前，谁也没有听说过对方，他俩一个是牧师，来自密西西比州的布德市，而另一个是沙洛特的产科医生。由于大兵们谁也不来请他接生，琼斯医生只好在医院的挂号室当个登记员，于是他们开玩笑说，他只好在那里"发发手纸"了。

顺着那条泥泞的大路一眼望去，这个医院十足像个墨绿色的帐篷海洋，在远方的小山掩映下，这个"海洋"和绿色的原野已完全融为一体，所以即使在半英里以外，人们也很难发现它。

当大门口的第一个帐篷搭起时，便立刻有了一种"新开张"的气氛——一个很像样的油漆招牌挂了起来，上面大书"医院院部"几个字。门前是一条三合土的石子小路。在帐篷里，人们坐着小板凳，在粗糙的桌子上工作。面前的小手提箱里塞满了档案资料这类东西，旁边摆着装在皮匣里的军用电话机，类似的情况我在英国和爱尔兰的军营里采访时见得多了，现在在非洲又见到了，这种便于手动的设施使医院能随时展开工作。

"院部"的后面便是一大片帐篷，它们整整齐齐排列成行，好像基金会就在华盛顿作好了城市规划似的，故而已颇具市镇风味。所有那些路牌、三合土石子路等，都是大兵们义务劳动干的。

军官们和护士们都住在"街道"两边的帐篷里，一边住军官，一边住护士，都是两人合住一间帐篷，在一条"街"的街尾上，插了一个精致的油漆小路牌，上面写着"卡罗米纳大道"，有些好事者在那下面加了几个字："造反街。"

医院里搞行政事务工作的那300名大兵则住在另一边的小帐篷里，他们大都是美国东北部各州的人，他们在这两个区域之间筑了一道小小的三合土石墙，上面插了一个牌子，写着"马逊-狄克逊防线"。

医院里的护士长是贝西·富尔布赖特(Bessie Fullbright)中尉，不过按照美国南方各州的习惯，人人都称呼她为"贝西小姐"。他们甚至有一支由黑人组成的施工小队，把医院收拾得像在美国一样。由于尘大泥多，护士们都穿上了卡叽布的罩衣，军官们外出时甚至不打领带，头上只戴一顶编织的褐色小帽。在帐篷间的铁丝上挂满了粉红色的女袜，旗杆上则飘扬着红十字会的旗帜，那是由一条白色被单和一条法国兵的红旗带做成的。

除了伤病员之外，医生、护士以及所有的人都在外面用冷水洗东西，到用帆布围起来的那个地方去方便。他们吃饭和看书时，便拉开帐篷的天窗。他们根本不洗澡，也懒得跑20英里的路到城里去，他们已习惯了这种生活，并且都觉得身体很好。

他们睡在行军床上，挂上蚊帐，帐门大开着，盟军的飞机声整天在这个怪模怪样的帐篷城市上空轰鸣着。晚上，满天都是非洲之夜的点点繁星。

早上六点半，天刚刚亮，他们就得起床了——冷得真够呛啊！起初，他们有时干脆到天大亮后才去洗脸，为了看护那上千数的伤病员，他们甘心情愿地过着这种艰苦的生活。

要是沙洛特的老乡们现在能来看看他们，那该多好。

在医院的收容室里，挤满了由救护车以及各式各样其他形式送来的伤病员：有从邻近医院转送来的伤员，有从刚抵岸的船上送来的病人，有从那十多个营地里送来的伤病员，此外，还有受伤的空勤人员。

那些走得动的伤病员都在登记桌前排成一路，登记病历表，然后到第二个帐篷前交出他们的个人物品，在这个帐篷的周围堆满了大布袋，布袋内尽是些各式武器，登记人员小心翼翼地收下他们交出的武器，发给他们收据。在第二个帐篷里，伤病员脱下他们的衣服，然后领到一个纸签，凭这签他可以领到一套法兰绒的睡衣，一件红色的灯芯绒浴袍，只有鞋子仍是穿着自己的。因为医院里没有拖鞋。然后按照病因及伤情的不同，伤病员被分配到指定的帐篷里去。他们所交出的私人物品都用汽车运到离医院几百米远的一个地方保管起来。

手术室和化验室位于这个帐篷城市的中央，医院里有三个设备齐全的手术室，而且都是高度现代化的。所有的医疗器械都是精光闪亮，无懈可击的。除了地面铺的和墙上挂的帆布是灰尘点点，以及外面是车辙沉陷的泥路外，这医院完全可以和纽约任何一家医院媲美。

当需要动手术时，帐篷门口便挂上三层帷幕，另加一道防蚊虫的白铁纱，这样一来，帐篷内之闷热自不待言，而到热天时，则简直令人无法忍受。伤员是躺在担架上由手推车从泥巴路上运来的，医生都穿上白罩衣，戴着白口罩，手上戴着橡皮手套，总之，都是白的。而特别令我感到惊奇的是，在手术台旁边，竟然堆满了被单、抹布、绷带、毛巾之类的东西，当然也全部都是白色的。

在手术室内，电灯亮得耀眼，那是因为医院把手术室的照明线路搭在附近的高压线上——当然经过变压。如果没有电,就用小发电机自己发电,再不就用手提式直流电灯,或者大手电筒、蜡烛乃至火柴——如果情况需要的话。

这医院还有一个 X 光室和一个暗室,所谓暗室,就是在帐篷里再搭帐篷,所有这些新设备都是崭新的,可惜都是放在泥巴地上,看着很不顺眼。

医院还有 40 多个帐篷病房,每个病房睡 20 个伤病员,都是睡在帆布床上,地面上全都是些麦子的残茬,这是没有办法的,不过伤病员们觉得有这样的地方睡也就不错了。

至于牙医室,它就设在手术室旁边,病人座椅是张铁椅子,靠背部分都裂开了,两边的扶手摇摇欲坠,牙钻是老式的脚踏钻床,不过牙医师威登·肯德利克少校说,在沙洛特能治疗的这里也能治疗。他建议我镶个牙,我向他咧咧嘴,赶紧跑掉。

化验室占了一间帐篷,里面尽是些盆子、试管、酒精灯什么的。仓库也占了一个帐篷,千百种药品都是放在密封的瓶子里。所有这一切,由帐篷到煤油灯直到麻醉剂,到非洲来时就足足装了一船。

当这些来自沙洛特的医务人员在这里设立这个帐篷医院时,有很多事情是他们事先就根本没有预计到的。例如如何对待当地土人的问题,很多穿着宽袍大袖的阿拉伯人跑到医院来,一心希望这些神奇的美国人能治好他们的病,于是医院只好单独为他们设立了一个门诊部。在打仗时当地居民免不了也有受伤的,有一个81 岁高龄的老太婆,她的手被打断了,有好些这类病人都给动了手术。

有个阿拉伯女人的胃给打穿了,她的伤势当然是严重的,可是她的丈夫第二天早上就跑到医院里来,说他要干活去了,家里的羊没人管,所以要她滚回家看羊去,她只好离开病床走路回家去。医生们断定她活不过今天了。不过你要知道,阿拉伯人也和我们一样，当家里有事时，是不愿意让女人在外面闲着的。

我在医院采访时，来了一个衣衫褴褛、拿着棍子的阿拉伯人，还带着他的十岁孩子，这孩子的脸和颈长满了可怕的疹疮，通过翻译，我们才知道，这阿拉伯人早就盼望美国人快点来，好医治他的孩子，为此他祈祷了又祈祷，这阿拉伯人对我们如此信任，确实令我们感动，不过病情太严重，连医生们也感到有点无能为力。

谈到翻译，顺便说一句，医院里的阿拉伯语翻译之所以被派到医院里来，纯粹是凑巧的，而绝不是事先计划或是什么的。

翻译之一就是以色列·塔比（Israel Tabi），他是个上等兵，在也门长大，直到 20 岁时才移居美国，当我认识他的时候，他已经35 岁了，职业是房屋粉刷匠，他知道他的父母还住在阿拉伯，他还会见到他们的。据他说，北非这一带的阿拉伯语和他家乡也门的阿拉伯语差不多一样。我告诉他，他现在所从事的工作是一种极其有意义的工作。哈比不但爱国，而且是个很有口才的人，当下他滔滔不绝地说开了：为了祖国，什么工作我都干，要我干什么，我就干什么，我要不分白天黑夜的干，我爱我的祖国，我要为祖国效劳。

另一位翻译是个埃及人——阿伯拉罕·卡斯珀·里昂·塞地（Abraham Casper Leon Saide），也是个上等兵，原是修理钟表的，他出生在埃及的亚历山大，1924 年移居美国，现在已经 34 岁了，他通晓埃及语、土耳其语、希腊语等，以及所有那一带的各种方言，所以人们都认为，塞地是一个很有前途的人。

帐篷医院自设立以来，已经收容了 1 000 多个伤病员，光是手术就做了 125 个以上，但没有死过一个人，医生们在谈到这方面时，都很感到自豪。

不管来院求诊的人是否办理过合法的手续，医院一律都给予方便，予以接待。因此，来院求诊的人什么都有：伤兵、老百姓、阿拉伯人、法国人……医院一视同仁,照收不误。这种只考虑情况需要而不斤斤计较手续的作风,使我对这个战地医院大有好感。有一天,我们围坐在炉子旁边聊天,这是一种半埋在地上的铁炉子,每个帐篷里都有的。

"你拿什么来生炉子?"我问包斯皮斯中校。

"木柴。"他说。

"你从哪里弄来木柴的呢?"我又问他。

"偷来的。"他说。

只要能救人一命,又何必对鸡毛蒜皮斤斤计较呢? 所以当需要木柴时,不妨去向人要,问人借,甚至去偷都是合理合法的,在这些事情上是不分什么尊卑贵贱的。有次弗列登道尔少将来视察医院,发现包斯皮斯中校声音沙哑,说话活像青蛙叫,他问他:"你这是怎么搞的?"

"搭帐篷时受了凉。"包斯皮斯中校答道。

"你的警卫员不错,"少将说,"他们的那些新枪是哪里来的?"

"这不能告诉你。"中校说。少将忍不住笑了起来。

医院里有为数不少的女护士,她们在各方面都是无可指摘的,所有的医生及伤病员们都异口同声地称赞她们。医生们告诉我,当第一批伤员涌来时,她们显得比男护理人员还要冷静。当她们由美国来非洲时,有一位护士好像得了精神病,显得十分神经质,弄得人人都躲开她,到了非洲开始值班看护伤员时,主任医师吩咐另一个护士要仔细注意着她,其实这是多余的,因为事后主任医师自己也承认,这位女护士在值班时是最细心、最冷静的。

有一位医院的负责人,是个上校,上次大战时是个大兵,这次在 Arzeu 的临时医院里,负责照料那些刚从火线上送下来的伤员,他说在临时医院里到处都躺满了伤员,在等候着治疗,而他们这些护理人员曾经一连 36 个小时没有休息，可是谁也没有发一句怨言。"我们实在太忙了，谁也顾不上什么怕不怕的，"他说，"不但是我们，所有的人好像都变成了另一种人，等到工作告一段落了，我们回想起来才感到害怕，唉，我真是宁愿到前方去打仗，也不愿意留在后方医院里。"

这些从卡罗来纳州来的护士们，也像前线的大兵们那样地工作着，在开头那十来天，她们生活条件之差，简直是无法形容，有时甚至要在露天的洼坑里解手，可是谁也没有发一句牢骚。

一个护士往往要照顾二十多个伤员，而伤员都挤住在一个帐篷里，她另有一名护理做她的助手，通常她们都穿上军装，不过包斯皮斯中校要求她们不要老是穿着军装，最好是穿上普通的妇女服装，中校认为，她们穿上便装后对伤员具有惊人的疗效，伤员们看见周围有妇女，生活上接触到异性，这一切使伤员们产生了一种安全感，因而勇气和信心倍增，所以结论是：护士的女性风味愈足，疗效愈佳。

不过在这个帐篷医院里，700 名伤病员大约只有 100 名是真正的伤员，而其余的都是病人，而且都是些患了诸如感冒、阑尾炎、关节扭伤之类的病人，此外，还有好些腮腺炎病人，都集中住在一个帐篷里，最后还有几个是患疟疾和痢疾的。

在这个医院后面最远的一个角落里，有一小块用层层铁丝网围起来的地方，里面关着 150 个性病患者，包斯皮斯把这个地方叫做"卡沙诺瓦公园"。我问中校，为什么要用铁丝网围着他们？他们又不会逃走。

"我就是要整治整治他们，"中校说，"一般来说，我并不骂他们，除非他们不自觉，得了这种病，对谁都没有好处，还要找人来顶替他那份工作，所以我就是要羞羞他们，当然我们还是要尽办法来治好他们的。"

很多伤员已经可以起床行动了，所以当天气晴朗时，很多伤员都穿上病号衣服出来晒太阳，坐在麦地里，一晒就是几个小时，很多人都晒得黑黝黝的。

晚上，他们坐在铺上，在风灯下玩纸牌，污言秽语极少出现，因为经常有护士在那里巡来巡去。伤员们最喜欢谈论他们的战斗经历，我经常到他们那里去，听他们谈论那次在奥兰的登陆战，他们都是参与了那次战斗的。

在这里，我要特别提出一位耳朵给震聋了的人，他就是拉尔夫·高维尔（Ralph Gower）班长，当然也是这个帐篷医院里的。我和他谈过几次话，每次见到他，我都觉得这个人愈加宝贵，很难想象终有一天他离开医院时，这些同伴们怎能离得开他，他们都叫他"小小班长"，还在苏格兰受训时，人们就已经叫他"小小班长"了，而从那时候起，他再也甩不掉这个称呼了。有一天，按照他们阿肯色州人的习惯，他毫无表情地对我说："我觉得聋了倒好，这样我就不会再听见什么'小小班长'这种话了。"

虽然这些伤员们都是些九死一生的老兵了，可是他们仍然是普通的美国大孩子，为人友善，热情而有理智，只是偶然地，有个别人由于受到刺激太大而有点反常——有位军官由于部下伤亡太大而整天闷闷不乐，另一个聋子则顽固地拒绝学习聋哑语。但就整体而言，一切都很正常，就像什么事也没有发生一样，他们没有钱花，不知道原单位调到哪里去了，更不知道伤愈出院后会分到哪里去，而更重要的是，他们没有什么可抱怨的，他们只是心安理得地认为，他们总算活过来了。

4 战友情

　　我患了一次小小的感冒，于是部队里的那些入伍前各行各业的代表人物，诸如什么工匠、教授、兽医、甚至旅游推销员等都纷纷跑来给我会诊，要把我抢救过来。

　　来得最早的是上等兵亨利·瑞利（Herry Riley），那天他挟着一大包的器械跑来了，说是要把我喉咙里的和胸脯里的脏东西吸出来，他是俄克拉荷马州人，从小便会骑马，后来成了某个赛马场上的骑师，他也像大多数俄克拉荷马州的人一样，脾气挺好，说话慢吞吞的，他的绰号是"小豆豆"，他说他是 1930 年度全美骑术大赛中的首席骑手，当年赛赢了所有的 187 名优秀骑手，不过到 1933 年他就不再参加赛马了，因为他的体重已上升到 132 磅，而体重到了这个程度是不适宜参加赛马的，而现在当我们认识时，他已经 30 岁了，体重已达 145 磅，但身体异常健康。

　　自从他离开赛马行业之后，他就跑到赛马训练场学习医马，他说教他医马的都是些行家里手，从那时起一直到开战，他都是在干着这一行，在这期间，他结了婚，有个孩子。

　　对于把一个"马医生"分到陆军医院里来而且还让他医人，我真是感到好笑，便和他开开玩笑，可是小豆豆却毫不在乎，觉得这并没有什么矛盾，他喜欢这份工作，他认为在陆军医院里比在任何一个陆军单位都要好过,哪怕是骑兵部队。

"医人跟医马是一个样的,"小豆豆一本正经地说,"不同之处只是在投药量上,医马时要大上 12 到 16 倍,在这方面各人看法不同,有人主张 12 倍,有人主张 16 倍,我主张 12 倍,这比较保险。"

小豆豆给我治病,真是药到病除,功效立见。可惜从那时起,我发现我自己变得很渺小,只有一匹马的 1/12 那么大。

后来,有个小伙子老是要替我打饭——那是一个红头发、很英俊的小伙子,老是笑眯眯的。他就是上等兵汤玛士·道尔(Thomas Doyle),人们不管叫他汤姆还是来德(Red,红色),他都答应,所以我也叫来德(红头发),因为我年轻时也是红头发。

当他第二次替我打饭,端着盘子进来时,他笑嘻嘻地说:"我知道你是谁了,今天中午时我就想到,我好像在哪里见过你似的,后来我才想起你是谁了,我在克利夫兰家里时,你写的专栏报道我是全部看过的。"

从此以后,他就老是替我打饭,当我吃饭的时候,他就坐在一旁,点上一支香烟,和我聊天,他以前是个石棉工人,"石棉工人是干什么的?"我问他。"我专往烟斗里塞石棉。"他说。

就像其他年轻人那样,来德也是不安心在陆军里的,他原来编入步兵,到英国后又当伙夫,来到非洲以后又调去当食堂的服务员。我猜想这大约是因为他原来是石棉工人之故。他负责招呼的那个上校是个最难说话的人,可是才第三天,这位上校就对他称赞不已。

"真好玩,"来德说,"我本来不想当什么服务员的,可是当了服务员,人家又来恭维我,我真是觉得好笑。不过说真的,我真想改行,我就怕人家说,我是端着菜盘子去打仗的。"

另一个参与对我抢救的人,是来自波士顿时的一名外科医生,年纪轻轻的阿尔伯特·德辛纳斯（Alberta Deschenes）中尉，在我病倒以前，在一次出差时我俩碰巧在一起，所以我俩是熟人了。他巡视病房时，态度最好，所以最受病员的欢迎。特别是我是他所遇到的第一个"记者病人"，而万一弄得不好，医死了一个新闻记者，那可是件倒大霉的事情，所以他拼老命也要把我这个烂记者抢救回来。

对于这种义务劳动，部队当然是没有什么补贴的，所以我唯一的愿望，就是千万不能死掉，要活到 1944 年，然后有那么一天，我回到波士顿，请他好好地痛饮一番，我想他一定会欢迎的。

另一个义务服侍我的是医院里的上等兵威廉·巴尔（William Barr），他原本是个教师，他得过俄亥俄州新康柯特市马斯金学院的学士学位，入伍前在泰伦高等学校里教数学、历史和英语，并且在宾夕法尼亚州他的老校长那里工作过，有人认为，他会过不惯部队这种又苦又累的生活，可是他认为他能够适应这种生活，而事实上，他的确也很喜欢在医疗队工作，虽然有时也难免觉得这是在伺候别人。他认为这里比部队里任何一个单位都要好，他甚至说，在这里他还见过一些怪有意思的人物。

另一些使我感到受之有愧的事，就是人们老是带东西给我。丘克·康尼克（Chuck Conik）军士长搭飞机到外地出了一趟公差，回来时给我带来了好些香蕉、葡萄和柠檬。莱利·艾卡尔（Raleigh Edgar）少校从美国搭船回来时带给我两筒美国的红烧牡蛎罐头，而詹姆士·史密斯（James Smith）少校则更为出色，他带给我一大盒道地的果汁饼干，那是史密斯太太本人亲自为我做的。

就是红十字会也送书来给我看，半夜里，值班卫兵还偷偷地送热咖啡来给我喝，我本来是不喝咖啡的，可是承他们的好意，我只好喝了。甚至有天晚上，有位将军也跑到我这里来和我聊天，我只好认为他是跑错了房间。

有天下午,邓肯·克拉克(Duncan Clark)中尉也跑到我这里来了,他是新闻检察官,那时我正在把一张法国报纸卷成纸筒,好来打苍蝇,克拉克中尉对于打苍蝇颇有研究,他说通过观察后他发现,苍蝇是向后起飞的,所以只要瞄准它后面两英寸的地方打过去,保证百发百中,所以后来我就用他的方法去消灭苍蝇。应该承认,自从采用了他的这个科学灭蝇法之后,我打苍蝇的确是百发百中,无一漏网。

所有随军来北非的人都领到了一套特制的沙漠防护用具,而其中主要的是一具防尘面具,这副面具真是要多难看有多难看:这是一个用橡皮制成的黑色大口罩,把鼻子和半个脸孔都遮住了,这还不算,口罩两边还各有一个酱油碟子般大小的圆护盖,刚好把两边的颧骨遮住。不言而喻,这是用来防沙尘的,此外还有一副防尘眼镜,那是一副老式的玻璃圆眼镜,边框用一层厚厚的绒布衬垫着,用带子绕至脑后绑结住,玻璃是淡褐色的,和一般的太阳镜差不多。最后,每人还发了一副防毒面具,虽然这主要是防毒气用的,不过当然也可以用来防尘。

所以我们如果有那么一天,我们奉命要把防毒面具、防尘面罩、防尘眼镜、钢盔等都同时戴上的话,那么,那个最后居然没有被闷死的家伙,应该得到一枚奖章。

事实上,在那段时间里,谁也没有用过这些防尘用具,因为差不多天天都在下雨,所以套在鞋子下面的防滑带比防尘面具更有用,据有经验的人说,风暴不久就来了,那时会把你吹得晕头转向,连神经病都会给你吹出来的。的确,有时我们也注意到,天晴几天后到处都会蒙上薄薄的一层灰尘,所以,即使我们没有看到,但实际上到处都有灰尘。

同时,医生们也说,这种看不见的灰尘,和我们所称之为"黄昏喉咙痛"的病症大有关系,据我所知,差不多所有的人,每到黄昏时喉咙就发痛,这是一种莫名其妙的、说不出名堂的病痛,发病的时间都是刚好在夕阳西下、凉风徐来的那一阵,这时我们便都觉得喉咙疼痛,痛得连口水也咽不下去,可是到第二天早上又什么事都没有了。身体好的人,事情也只到此为止,可是,要是同时着了凉的话,那么就会演变成一场重感冒,而我就是这样得病的。

除了防尘用具外,我们每人还发了两盒净水药丸,我们只消放一粒 1 号药丸在水壶里,半小时后再放一粒 2 号药丸在水里,几分钟后水壶里的水便可放心饮用了。这两种药丸的作用是这样的:1 号药丸是专门消灭水中的细菌的,而 2 号药丸则是专门把 1 号药丸那种难闻的气味除掉用的。此外,我们还发了防蚊油和防疟疾的金鸡纳霜,不过在这个季节里,这些东西很少使用过。我很少看到蚊子,而在随军医院里,也只是偶尔才会遇上个把患疟疾的病人。在阿尔及利亚,12 月、1 月、2 月是冬季,因此一到 12 月,他们便停止服用见宁丸,而一到 3 月,就又开始服用了。不过军方发给我们的不是见宁丸而是阿托品,并且嘱咐说:这种药应该按照医嘱服用。一位我认识的疟疾专家,吃了这种药,难受得要死,所以他说宁愿发疟疾死掉,也不愿再吃这种药了。听他这么一说,我也决定宁死也不吃这种药了。

非洲当然不是干净乐土,因此我们免不了会生点病。军医们把这里发生的喉咙病和感冒称为"冬季呼吸道炎症",而把疟疾痢疾等类的病称为"夏季肠胃机能紊乱症"。

军方的报纸《星条报》的非洲版快要正式出版了,这个报纸的编辑部,可能是我们驻在海外的部队中最最亲密的小集体了,他们生活在一起,根本没有感受到别人在非洲所感到的那种不便。这个编辑部共有 18 人,领队的是艾格勃·怀特(Egbert White)中校,是一个头发灰白、性情温和、说话文静的人,他手下的人都是些听话肯干的小伙子。怀特中校有时也会到火线上去待上一个星期,有时甚至会潜入到德军防线后面去,因此遭到德军的枪击。

这个非洲版的《星条报》,其真正主编是鲍勃·尼维尔(Bob Neville)中尉,他是从我们在北非登陆后,才从军士提升起来的。就像所有其他在战地被任命为军官的人一样,他也费了九牛二虎之力才算凑合弄到了一套军官制服。首先是怀特上校给了他一件十分合身的上衣,另一位同事给了他一顶帽子,最后从另一位军官那里弄来了一条裤子。他到处收罗这些东西,不过,正如有人说过的那样,在前线什么都可以灵活应用,就看价钱是怎样的了。

这个《星条报》的编辑部设在红十字会的大厦里,那是坐落在阿尔及利亚商业区一座漂亮而全新的六层大厦,这座大厦可谓与纽约的大厦一样的现代化,可惜那位建筑师有点忘乎所以,如果你在楼下掉了一根针在地上,那么所有的房间都会嗡嗡作响,就像五楼正在欢度美国式的除夕之夜那样。

《星条报》的人住在顶楼,住的是前面最大的一间房间,那既是寝室又是起居室。起初他们都睡在地板上,可是后来,红十字会送了些法国小铁床给他们,于是他们便生活得像在美国时一样舒服了。

他们弄来了一个铁格子柜来放杂物,还弄来了一张大桌子,他们就在这上面写信、打牌,桌子上经常放着一大篮的橘子,晚上因为灯火管制,窗子都用黑布蒙上,所以只好点灯,他们在房间的中央摆上个大煤油炉,这样即使在冬天房间里也是暖洋洋的。

编辑部足有十多个人,排字工有六七个人,他们借用了当地报馆的一间排字房,但排字工作仍是由美国大兵来做。

编辑部本身有四个排字工,其头头便是列兵欧文·列文逊(Irving Levinson),是个老好人,他在这间使用法文的排字房里出版他的英文报纸。在那个排字房里,谁也不会说英语,而他则一句法语也不会说，可是他那幽默善良的性格帮了他的大忙，所以还不到半个月，那些法国人都亲密地用"你"而不是用"您"来称呼他，还请他到他们家里吃饭。于是报纸便顺顺当当地按时出版。

其余两个排字工便是上等兵威廉·盖京特（William Gigente）和下士杰克·文采尔（Jack Wengel）。不过文采尔是所有人里最有趣的一个。他编入编辑部后从来没有进过排字房，因为他整天忙着烧火煮饭，更有趣的是，除了小时候帮他妈妈煮过饭之外，他一辈子从来没有煮过一次饭，可是编辑部决定自己开伙，抽签的结果是文采尔变成了火头军。吃过几顿饭之后，编辑部同仁不胜骇异地发现，文采尔竟然是个大师傅，于是一致表决同意提升文采尔为伙食团团长。

由于文采尔当了伙食团团长，于是另外那三个排字工只好加班加点地干，他们说，这虽然有点不合规例，但他们尊重集体的意见，不会计较这些。

不管怎么样，这是编辑部自己掏腰包办的伙食团，所以能吃到一般军中食堂里吃不到的许多当地的美味佳肴。正因为这样，这个伙食团成了阿尔及尔一带办得最好的军中食堂，所以尼维尔上尉，还有当时的军报负责人哈里·哈查（Harry Harchar）上尉，几乎天天都跑到这里来吃饭。

这些芝麻小事和美国里的情况是一样的。

全世界所有的军事部门都有那么一个叫做"通讯中心"的单位，那一般是归通讯部门掌握的，洪水般的信件从那里流到各个部队单位中。

我在非洲时，发回美国的报道有的是通过电报，有的是航空邮寄。我对通讯中心那些小伙子真是盲目地相信，以为他们会对我另眼相看，优先把我的通讯稿发回去，而不会好几天地积压着。后来我发现我这个天真的想法在什么地方卡壳了，不过我相信通讯中心的那帮小伙子并非故意要和我过不去，他们的想法其实非常简单，如果我把他们的大名都写进我的报道里，他们就会优先处理我的稿件，而我则刚好也有同样的想法：如果他们优先处理我的稿件，我一定把他们的大名写进我的报道里去。不幸的是双方谁也没有先表态，好在后来不知怎的让我知道了，我想，好吧，咱们就当个同谋犯吧！反正事情就是这样，于是我终于把他们的大名全都写进我的报道中了。

一天，沙拉·哈维（Sara Harvey）太太从美国来信给我，要我看望她那在英国的丈夫，并要我告诉他，战争一结束，就立刻回国，回到她身边去。

很多人都这样写信给我，很可惜我们的部队遍布全世界，而世界又是这样广阔，我极其难得会刚好碰到所要找寻的那些梦中征人，而这次刚好正是那难得碰到的一次。当哈维太太写这封信时，我和她的丈夫正好都在英国，当这封信到达非洲时，我和她的丈夫又正好都在非洲。而最后当我收到这封信时，哈维太太的心上人正好就在我的眼前，我只需走过一丛棕榈树和一小片沙滩，便到哈维那里了。

他就是宾逊·哈维（Benson Harvey）军士，一位战斗机中队里的无线电员。我找他时他正好吃过晚饭，在掷垒球玩。哈维和他的同伴们住在帐篷里，挤得只能裹着毯子躺着。他们的个人防空洞就在帐篷旁边，在帐篷的角落里挂着一个小相架，里面的相片当然就是哈维太太了。

哈维军士是个为人沉静、友善、待人真诚的小伙子，说话慢吞吞的，让人以为他是个田纳西州人。他在国内时当过百货公司的看门人、电话接线生和穿制服的招待员。他一共有四兄弟，但都天各一方。老大罗勃特是个医生，可能正在来非洲的途中；占姆士在海军里当个小军官，参加过珍珠港和所罗门群岛战役，现在不知到哪里去了,有次他的妻子接到了他的死亡通知书,可是跟着又来了个更正,说那是误报;老四弗兰克是个机械师,当航母"大黄蜂"号沉没的时候,他正巧在那条船上。

哈维说,将来当他们几兄弟回到家时,肯定都会胡说八道乱扯一通。哈维已当了两年半的兵,过得很不错,特别是在这里,而我则感谢哈维太太使我认识了他。

有次我们一起散步,哈维领我到他们医务室去。这医务室其实就是挖在地下的一个大坑,有4英尺深,用帐篷围了起来,这大约是这一带最好的临时医务室了。我们和布特·汤普逊(Burt Thompson)军士谈了起来,他在美国时是一家冰轮机厂的推销员,而现在,由于身处医疗部门而且整天围着医生转,于是他来了个创造发明,这当然是医疗方面的。

空军部门造了一种专供飞行员们执行空勤任务时使用的医药包,那是一个拉链帆布包,就放在驾驶员的座位后面,一个人在正常时当然伸手就可以拿到,可是在受伤后就不一定够得着了。于是汤普逊就创造了一种小型包,只有威化饼干那么大,可以放进大腿上的口袋里,包里什么都有,包括绷带、吗啡,甚至还有止血用的。汤普逊随手就给了我一个。

"你把这些发给飞行员了吗?"我问道。

"正准备发,不过上头来了新规定。"他说。

"那么恐怕要拖上个把月了,"我说,"为什么不先发下去呢?"

"我们正是这么想的。"汤普逊嘻嘻一笑。

在大兵当中,现在滋生出一种主要是针对那些留在美国的大兵的反感情绪。对于这种情况,我实在感到遗憾,因为我认为这种想法是不公道的,大兵们只有服从调遣的份,调到非洲还是留在国内他们基本上是无权过问的,留在国内的那些当然并不是胆小鬼,可是这对于出国的那些人来说,刺激就很大了。

　　这里的人，不管是官是兵，对国内最关注的事情就是罢工问题。他们成年累月地住在泥泞的帐篷里，吃着单调的军用口粮，老是挨轰炸，当他们听说国内居然还有人因为闹生活而罢工时，真是把肺都气炸了。

5 美国空军

我们的空军不断地袭击德军,当然德军同样地回敬我们。可是我们这方面的损失远低于对方。虽然我们的飞行员经常在险恶的环境下飞行,但是他们很快地都成了老手,他们在北非出击的次数比在英国时还要多。

这里的飞行员一般都同意这种说法,即突尼斯的比塞大港是世界上最可怕的地方之一,他们在比塞大港上空飞行的时间虽然不超过一分钟,可是那一分钟都是在极其恐惧的心情中度过的。飞机平直地飞过目标上空,下面的高射炮火就像火山喷发般地往上直喷,飞机周围都是一团团的高射炮爆炸的黑烟,乒乒乓乓地把人震得发昏,而且很快地就会有破片飞进飞机里来。

我们的飞行员当然都是够勇敢的,可是他们到底也是人啊!我想他们没有一个不想回家的,英国早已实行了这么一种轮休制度,即飞行员到敌占区执行战斗任务达到规定次数后,便可得到休假,然后执行非战斗性任务几个月,最后才又回到作战部队继续作战。在飞行员中谣传说,我们不久也要执行这种制度。

很多飞行员已执行过 25 次战斗任务了,所以理应得到某种形式的休假。他们把全部希望都寄托于回美轮休。理想快要成事实了,我经常听飞行员们说:"我已经完成一半的任务了",然后是"我已经完成 2/3 的任务了",等等。

事实上,当时我们并没有这么一种轮休制度,不过很多空军人员早就已经从战斗中撤换下来,回国了。不过他们是回去训练和组织新的空军单位的,过不了几个月他就要回来,进行第二轮的战斗。很多这样的英国飞行员已经在执行第三轮的战斗任务了。

看来对我们的飞行员不可能实行这种制度,即只凭完成了一定数量的战斗任务之后,便等于领到了一张回国的单程飞机票。不过当他们听说只要完成了 30 次战斗任务后,便可以永远脱离战斗回国转业时,他们根本不相信,认为很可能只是部分飞行员回去一阵子,他们在这里的工作,将由别人来顶替。

有人谈到将在山区设立疗养院或度假中心等,用这些方法给这些战士一些女性的慰藉,而这正是这些远在异国他乡的战士们最需要的。因为不管有没有轮休制度,也不管已经出击了多少次,反正很可能就在执行最后一次任务时,飞机来个倒栽葱。因此,如果说我们已经够艰苦的话,那么我们可以聊以自慰的是,德国人也和我们一样艰苦。

新型的战斗机和轰炸机正分批地从美国飞来,每星期总有几次。我们听说大批的飞机已在途中,回去的这些飞机将循原路飞回迈阿密(美国东南端)。我和一位飞行员谈过一次话,他说他马上就要去执行战斗任务了,他们离开康涅特吉(美国东北端)才不过 6 天。

有些华盛顿的高官们,有时会突然心血来潮飞到这里来住上几天,然后带着第一手资料飞回去了。我敢说他们到这里后所看到的一切,会把他吓得目瞪口呆的,这里的一切当然在报纸上是看不到的。

在空军基地里到处都可听到荒诞离奇、死里逃生之类的故事。可是我所听到的最令人感到惊讶的故事,却是关于一架飞机及其全体机员突然在空中消失不见了的故事。

他们是驾驶空中堡垒的，都是老手了，他们曾经在欧陆上空立下过赫赫战功，这次他们是去轰炸突尼斯的一个港口，他们是三机编组中的前导机，另外两架空中堡垒一边一架地跟着它飞，可是就在众目睽睽之下，这架飞机突然就在他们的眼前消失了。

究竟发生了什么事？这只能靠臆测了。但看来最有可能的是一颗高射炮弹直接命中了飞机的炸弹仓，把炸弹引爆了，于是整架飞机刹那间被炸得粉碎，在那曾经是飞机所在的地方，只留下几小团黑烟，其他什么都见不到了，那两架飞机只好飞回去。有位机组人员刚巧就在那时拍了张照片，照片上只见两架飞机之间是一团黑烟。

被高射炮火直接击中飞机弹仓，这样的事无论是在美国空军还是在英国空军中都未曾发生过。不过，据我所知，这样的事在德国空军中倒是发生过。两年前，我在英国的时候，一位高射炮队的军官告诉我，他当时正在用望远镜观察一架在高空飞行的德国轰炸机，可是这架飞机突然不见了。

跟这架轰炸机一起出击的那两架飞机的机组人员都黯然神伤，可是正如他们所说的，这是在劫难逃，所以第二天他们照样出击。

当他们谈到这件事时，他们都说，"他们倒是死得痛快，因为他们事先根本什么都不知道，就突然死了"。

我又和杰克他们遇上了。他们是轰炸机上的一伙机组人员，和我是老熟人了，我们经常有往来，所以这次遇上可说是常事了。

当我到他们所在的那个机场时，他们还没有回来，于是我到停机坪去等他们回来。第一个走下飞机的是领航员马尔科姆·安特列森（Malcolm Andresen）中尉，我和他是老朋友了，但已有好几个星期没有见面了，但他这时见我，只是嘻嘻一笑，说了声："喂，厄尼!"就算了,连手也没有握,就好像我们并没有分离过一样。

他们这个机组的人员从来都是意气昂扬的,但战争那不可避免的危险性以及变化无常已经多少影响到这种情绪了。他们的机长就是杰克·特莱勒(Jack Traylor)上尉,上级已经提议要他搞地勤工作,而他那架老爷机则时不时出击一次就可以了。不过杰克讨厌坐办公室,他不是那种料,不过当我问他,如果真的要留他在地面他会不会高兴时,他说:"去他的,当然不会,如果是永远让我去我才高兴呢!"不过后来我才知道,他又去找队长,请求准许他再出击一次。

第二个下飞机的是投弹手,他的左手被弹片擦破,这时还吊着绷带,傲然自得地走来走去,他就是乔·华尔夫(Joe Wolff)中尉,他过几天还要再出击,可是大家都哄他说,他负了伤,这回可以回国了。乔也笑了起来,他倒不认为他们是在哄他。

但是对于飞机炮塔上那位机枪手约翰·维京斯(John Wadkins)军士,谁也没有笑,他已经死了,维京斯对那炮塔简直着了迷,他喜欢那里面,而且不让人进去,他是个具有大无畏精神的人,有天晚上,德国飞机来光顾他们所在的那个机场,他本来已经好好地躲在防空洞里,可是他偏偏又跑了出来,冲进最近的一架空中堡垒的炮塔里,向敌机开火。这时一个炸弹落在飞机旁边,破片穿透机舱,打进了他的心脏。那天晚上,我也在机场上,他那个机组的人员都请求上级准许他们把他的遗骸运回美国,这当然是不可能的,于是他们只好为他好好地修了个坟,希望战后能把他运回美国重新安葬。

空军人员自有他们自己的一套行话,其中有一个口头语使用愈来愈广,以至于三句不离口了。这个口头语就是"急待":他们"急待任务""急待好天气""急待晋升"。这意味着他们在等待,在努力争取，或者是在长期奋斗之中。

　　另一个口头语就是"糟透了"：如果他们的住所一片泥泞，那便是"糟透了的地方"，如果碰巧那次比塞大德军的高射炮火特别厉害，那便是一次"糟透了的出击"。总之，对任何一点不称心的事物，都用"糟透了"这个字眼来形容。

　　在机场附近的山村里，有一个残废的阿拉伯小孩，大约十一二岁，由于不能走路，他只好在满是尘土的路上爬来爬去，样子怪可怜的。你猜我们的大兵怎么样？他们把机场上的一辆电瓶车改装了一下，那个残废的小孩就可以坐在车上，这样，他便可以到处转来转去，再也用不着在地上爬了。

　　在突尼斯，有天晚上，我在萨姆·哥姆里（Sam Gormly）中校的房间里聊天，他是空中堡垒的一名中队长，我们在看一本六个星期前的美国图画杂志，那还是最近才收到的。这本杂志里充满了有关战争的插图和小故事：什么所罗门群岛的海战啦，俄国战场上的战事啦，这其中当然也有我们北非战场的。这本杂志使我着了迷，可是当我看完后，我实在生气了：战争根本不是那么回事！

　　在这本杂志里，战争是既浪漫而又刺激的，充满了英雄色彩。我知道这都是真的，可惜的是我从来没有体验过。看来我只有通过这本来自英国的杂志，才知道什么是战争了。

　　有一幅照片是我们在北非登陆时的那个混凝土码头，看到这幅照片时我微微有点激动，因为这时我感到比登陆那一天沿着这码头行进时更加激动。"我看不出这和我有什么关系，"我说，"我们现在是在前线，可是我根本看不出有什么浪漫的地方。"

　　当我这么说的时候，昆特·桂格（Quint Quick）少校用手肘支着身体从床上爬了起来，他是轰炸机的小队长，就和这里许多的飞行员一样,已出击过多次了,他对自己的空中战绩非常自豪,这时他也说开了:"我也是这么想的,我也以为战事是挺浪漫的,可是事实上完全不是这样,这是一件苦差事,我现在所想的就是结束战争回家去。"

所以我也弄不清楚,战争究竟是不是很浪漫的,当然,在战争中,有悲剧,有难以置信的英雄事迹,有时甚至还有喜剧。不过,当我坐下来写稿子时,我所看到的只是在前方的人苦死累死,都想赶快离开,而那些在后方的人,则因为不能上前方而大闹情绪,但不管前方后方,他们的共同点是:他们感到寂寞,生活条件差,老是在危险、不舒服的环境中受罪,因此想饮酒、想家。

当然,在这里的现实生活中,也有些是戏剧性的,或者可说是有点浪漫性的,但这就像森林中倒下了一棵树一样,毫无作用,因为谁也不管这些。我只知道,他们最感兴趣的是回到美国,回到家中和亲人团聚。

我放弃了这次战争中唯一的一次富于戏剧性的体验机会,这实在是一次最难作出抉择的决定。事情是,新闻记者终于获准随轰炸机到前线去采访了。我和其中的一个机组混得很熟了,因为我和他们无论是在英国还是在这里——北非,都经常在一起,事实上,我和他们一些人还是老朋友呢!所以他们问我,想不想和他们一起飞到比塞大港上空,去体验一下德国高射炮的滋味?

我知道这种邀请迟早都会来,可我讨厌这些。不去人家会说你是个胆小鬼,去呢要么想出出风头,要么成了个枉死鬼,因此当他们提出邀请时,我真是不知怎么说才好,于是我只好说:"我看这没有什么必要,我不去,因为已经有记者去过了,我已经不是第一个了,如果我去了,被打死了,那只是白白送死,我们的任务是在地面上采访,所以我不去,再说要当英雄,我也未免太老了一点。"

可是他们的回答却大大出乎我的意料,我本来以为他们会客气而轻蔑地说些老生常谈的话来回答我,可是他们说话的态度都是极其真诚的,虽然有点粗鲁:"那些不经过考虑就说要去的人都是些傻瓜。"一个驾驶员说。"如果我是你,我才不去呢!"另一个驾驶员说。

手臂还吊在绷带上的投弹手(他被高射炮的破片击中)这时也插嘴说:"你说得对,一个记者和我们在一起,这没有什么好处,他会受不了的。"

一个才刚刚出击回来的中校这时也插嘴说:"想去的人只有两种,一种是不经过考虑,一种是想在别人面前表示他不怕死,我们当中有些人已经证明我们是不怕死的,你经过考虑,你做对了。"

读者们可能会感到奇怪,要是我去做随机采访,我会怎么写?如果不去,那又是为什么? 因此,我只好把情况如实写出来,我没有去,原因就是我有充分的理由认为,处在我这种情况的人,如果去做这样的一种随机采访,那只能认为是为了出风头,而我是最恨出风头的。

由于和我最要好的飞行员偏偏都是轰炸机上的,因此我想也应为我们在非洲的战斗机驾驶员赞美一番,因为他们是最容易受到人们忽视的一个兵种。

如果我没有来到北非前线,我真的不会知道我们的战斗机驾驶员究竟干了些什么。

我们的确对他们太不了解了。可是事实上,他们已经把相当大的一部分德国空军吸引到非洲来了,荣誉应该属于他们。

在英国,皇家空军的战斗机驾驶员由于取得了 1940 年秋的不列颠之战的胜利,所以获得了荣誉,可是在美国,人们都把注意力集中在轰炸机上,空中堡垒那些惊人的战果把美国公众弄得如痴如醉。

战斗机部队和轰炸机部队相互争功,这是平常之又平常的事。这本来是一件好事,可是不久这种争功就有点离谱了。因为战斗机部队愈来愈受到忽视,甚至受到轻视,战斗机部队的人员损失率比轰炸机部队大,而得到的荣誉却比轰炸机部队少。

有一种被人夸大了的说法,说是轰炸机部队的人认为,他们出击时根本不需要战斗机来护航。可是无论哪一个轰炸机的驾驶员都对我说,在非洲上空,他们最欢迎的是有战斗机给他们护航。他们说,如果出击时没有战斗机给他们护航,他们就会觉得好像光着身子去打仗似的。

我们的重轰炸机群常常由 P-38 雷电式战斗机来护航。P-38 战斗机的任务就是不让德国战斗机有机会攻击,并把德国人的炮火吸引到自己身上来。这意味着战斗机要飞更长的时间,因此他们有时要带上副油箱,而战斗一开始,就要把它甩掉。当他们经过高空长途飞行,已经累得要死的时候,他们还要与敌人交手,如果他们的飞机受了伤,他们只好自己设法独自飞回去。

P-38 是纯粹的飞机,只要飞过它的飞行员没有不喜欢它的,可是 P-38 虽然能够长途飞行,但它却不适宜战斗。如果两架 P-38 和两架德国的 M-109 交手,P-38 总有力不从心之感,因为它重,不够灵活。P-38 最理想的用途就是截击,对地面攻击或者作轻型轰炸机使用。P-38 如果是德国的飞机,拿来攻击我们的白昼轰炸机,那是绝好的了,好在德国没有这种飞机。

对于龙精虎猛的战斗机驾驶员来说,给轰炸机护航实在是一件单调乏味的差事,小伙子们这时要在狭小的座舱里坐上 6 个小时,而在轰炸机里人们还可以走动一下。在轰炸机上,人手较多,各司其职,而战斗机驾驶员就只有一个人,什么都要干,他既是领航员,又是无线电报务员,又是机枪手。当我听到他们说在空战时他们要做这做那,我真有点奇怪,他们怎么还有工夫去和德国人周旋?

在北非,被我们的空军所击下的德国飞机虽然比我们损失的飞机要多,可是我们的战斗机驾驶员的损失率仍然是相当高的。

我和五个战斗机驾驶员同住一室已有一周了，可是就在第七天的晚上，这五个飞行员中就有两个没有回来。

要使一个外行对发生在北非的空战有一个真正的了解可不是一件容易的事，这甚至连飞行员本身也难以做到，因为空战的战术每星期都在变化。

我们在这方面想了些新点子出来，使德国人大吃一惊，但是他们也使出了些惊人的绝招来和我们对抗。当然我们也就立即改变战略战术来对付他们。但这一切基本上全看当时的战术队形而定。第一次世界大战时那种单机猛冲的个人英雄主义者，在这里不出三天就会被人打死。要想在空战中不被人打落，唯一的方法就只有保持队形，依靠集体的力量才行。

我们的战斗机在排成战斗队形的轰炸机群的上面前前后后地巡逻着，以防不测。要是远方出现了德国飞机，谁也不会去理它，谁要是冒失地去攻击，那准会落入敌方的圈套，我们的战斗机只要在轰炸机群的上空形成一把保护伞就行了。

对此，德国人只有两种办法：一是俯冲下来，尽量把我方机群的战斗队形打乱，要么就是专打那些受了伤或掉队的飞机，谁要是掉队了，那些德国佬就会冲上来给他一家伙。每当这种情况发生时，我方战斗机就会组成战斗队形飞过去保护它。"永远保持严整的队形"，这就是我方领导不停地灌输给飞行员们的座右铭。不过有些人总是见猎心喜，会心痒痒地忍不住脱离队伍冲出去打一家伙，于是……这种悲剧见得太多了。

有位当队长的对我说过："如果我们一切都照章办事，那我们一架德国飞机也打不下来。不过只要我们把轰炸机掩护好，我们又互相配合得好，那我们大家都能平平安安地飞回家。"

战斗机驾驶员与轰炸机驾驶员看来多少有点不同，他们通常都较为年轻,他们当中有许多人在参军前还在学校读书。一般地他们都是些冒失鬼,不过他们干的就是与死神开玩笑的工作,并且老是让死神找上门来。所以对他们这种看法,实在是过分了点。事实上,我倒认为他们比一般人所想象的要好得多。

他们都早睡早起,我经常在晚上九点半的时候去看望我的老朋友,可是往往发现他们都已经睡了。他们不断地要去执行任务,所以是不能饮酒的。有天晚上,有位王牌飞行员在机场失事死掉了,于是有些人就借酒消愁。"这真是比在战斗中死掉还要使人难受。"他们说。

我听到过好些飞行员们说,他们刚到非洲时,他们本身对德国人毫无恨意。不过这种情绪很快就消失了,原因是他们的同伴死得太多了,这使他们也起了杀心。

有天晚上,我在他们的宿舍里见到他们时,他们显得无比豪气万丈,原来他们刚刚从一次地面攻击任务中回来。执行这种任务是他们最高兴的了,可惜这种好差事不是经常都有的,他们最讨厌替轰炸机护航,所以这次任务对他们来说无异是一次放假。自由出击是最惬意的了——见到什么就打什么,高兴怎么干就怎么干,然后稳稳妥妥地飞回来,敌人奈我何!这就是他们的理想工作。

他们那天刚好就是从这么一种惬意的任务中回来了,他们攻击了一个德军的运输车队,把那些德国佬打得落花流水。他们谈到这些时,真是眉飞色舞,兴奋到不得了。他们说那些卡车上载满了人,他们冲下去一阵猛打,"那些德国佬就像放鞭炮似的乒乓乒乓地都从车上滚下来"。三轮摩托车被打得一头栽到几十尺深的陡崖下面。这时两架德国的密塞施密特-109型战斗机也飞来助兴,他们以为是美军的车队受到攻击,他们也想上来打上一份,可是他们还没有动手,其中一架就被打得冒烟了。

小伙子们就这样坐在他们那简陋宿舍里的行军床上,一边嘻嘻哈哈地笑着,一边谈论着今天所发生的事情,可是我却一点也不觉得有什么好笑的,他们那样年轻,那样天真,那样热情,他们什么都不放在心上。他们在谈到打仗、去杀人,或被人杀死时,简直就像是在谈论他们的女朋友,或者是他们在学校做功课时那样的随便。

杰克·依弗里(Jack Ilfrey)中尉是一个很风趣的人,并且多少地可视作这群小伙子的代表人物。他是德克萨斯州休斯敦人,父亲是那里的花旗银行的出纳。杰克只有 22 岁,有两个妹妹,他曾经在德克萨斯州的 A&M 大学读过两年,后来转读到休斯敦大学,但同时又在休斯敦五金工具公司找了份工作,他入伍已经两年了。

很难想象他会是个经常去杀人的人,因为从相貌来看,他还不到 22 岁,他的样子乐呵呵的,蓬松黑发,一副孩子气,他说话虽然快,但腔调柔和,措辞得体,故显得温文尔雅。他一点也不装腔作势,事实上,他是个严肃深沉的人,可是他就会用机枪把人一批批地射倒在地上。

就是在北非,杰克通过了考验,他曾经在一天之内打下 2 架德国的福克·沃尔夫战斗机,另一天又打下 2 架密塞斯密特战斗机,他所击落的第五架德国飞机是一架双引擎的密塞斯密特- 109 型战斗机,机上有 3 个乘员,至于是否还击落过其他的飞机,那就很难说了。不过他也不是永远都平安无事的,事实上,他也经常是死里逃生的。有一次他陷入德国飞机的重围,不过总算冲了出来,回家后一数,机上的弹孔共有 268 个之多,光他身旁的装甲护板就中了十二枪,差点要了他的命。

不过杰克所遇到的最危险的一次倒不是被德机击中,那一次的情况是这样的:杰克看见一架德军战斗机钻进云堆里去了,他估计那架德机一定会在云堆的另一头飞出来,于是他就飞过去,在那个预计的地方等候着,而那架德国飞机果然从云堆中冲出来了——笔直地向他冲来,这时双方都顾不得开枪了,双方都忙不迭地急转弯互相闪避开。真是只差一点点便彼此碰个正着,杰克事后说他当时吓出了一身冷汗,浑身一点力气都没有了,过了好久才恢复过来。

对于杰克来说,不存在着什么"英雄主义"的事情,因为如果到了迫不得已的时候,他也会毫不犹豫地逃跑的。他告诉我有一次在低空作战时,两架德国飞机紧追着他不放。

"我当时只有两条路可走,"他说,"要么跟他们拼,这肯定会被他们打下来,要么就是设法摆脱他们溜掉,我加大马力飞到敌占区去,然后迫降下来,不过最后我还是飞回来了,这飞机挺不错。"

杰克也和他的同伴一样,生活孤独、单调,没有什么个人文娱活动。有天下午我去看他,当时他正好执行任务回来不久,我发现他独自坐在桌子旁,正在用报纸卷拍打苍蝇。

飞行员的生活的确是够单调孤独的了,他们下了飞机之后,便无所事事了,只好互相聊聊天,一件小事可以谈上个十天半个月。而翻来覆去都是那么几句话,天天如是,心烦死了。

小伙子们如果哪天没有任务,便会在机场周围乱跑,然后回到宿舍,往行军床上一躺,看看书,聊聊天。在这里,既没有电影,也没有舞会,更没有女朋友,什么都没有,只好躺在床上睡大觉。

"我们真是连厕所都他妈的懒得去啦!"他们说,"我们除了会开飞机之外,在地面上真他妈的简直什么也不会干。"

而一般人还以为这些飞行能手们的生活多么富有浪漫情调呢!

虽然德国空军的损失远远超过我们,可是我们的飞行员内心对德国空军仍然怀有一种真诚的尊敬之感。

"他们一定是把他们的王牌飞行员都派来非洲了,"一个飞行员说,"他们新来的那些人都是些行家里手,没有一个是新手。"

我们有些飞行员曾经被德军俘虏过,然后又逃了回来。他们说德国飞行员对他们很尊重,大有英雄惜英雄之感。不过这只是在地面上而不是在空中。在空中相遇时是谈不上互相尊重的,那完全是你死我活的拼杀。

有天晚上大家谈起了第一次世界大战时的故事,那时协约国和德国的飞行员们相互打完了子弹,还列队相互交叉行礼告别,而后才飞回各自的家,现在可没有这一套了。

驾驶一架战斗机绝对不是一件轻松的事情,驾驶员要干这干那,还要不断地观察:看对方的动静,而且座舱是不保温的,因此在高空飞行时驾驶员冷得够呛。他们并没有穿上电热飞行服。事实上,他们都不穿那种臃肿的飞行服,否则在那狭小的座舱里就连身子都转不过来了。他们一般都是在制服上加上一件皮夹克,再加上一副皮靴和一双手套而已,而且手套还不是那种真正的飞行员手套。

"我们身体并不冷,只是手脚冷得够呛,"一位飞行员说,"有时冷得手脚都麻木了。"

"有趣的是,"另一位飞行员说,"我们在打仗时,根本不觉得冷,还出汗呢!当打完仗后,我们的衬衣都湿透了,所以过后才真正冷得够呛。"

因此,当一些新来的飞行员首次执行任务回来后,再听听他们的吹牛,那才够有意思呢!他们个个都兴奋得面红耳赤,连话都说不清楚了,更不用说要他们静静地坐下来了。他们会把当天打仗的经过说了又说,有些人吃不下,另一些人则睡不着,而那些老资格的飞行员则在旁边静静地听着,他们在不久前也经历过这个阶段,他们知道这些新手用不了多久也会变成老手的。

作为一种特殊照顾,我居然有机会坐在一架飞机的前舱,在北非做了一次 200 英里的旅行。

这是一架军方称之为 C-47 型的运输机，在美国，这种飞机被称为道格拉斯 DC-3 型客机，在战前甚至到现在，人们都把它称为银星客机，可是现在，在非洲，它再也不是银星客机了，它浑身被涂成了泥褐色，那舒适的单人座椅也不见了，代之而来的是沿着机舱的两排长凳子，凳子下面有一个个坑洞，那是给伞兵放降落伞用的。地毯也没有了，地板上净是泥巴，美丽的空姐变成了一个大胡子空军军士，昔日的豪华客机现今变成了一架运货的空中马车。不过这种空中马车却创造了奇迹：它可以在任何时候飞到任何地方，在难以置信的情况下完成难以想象的任务。

这种运输机成群地在北非的各个基地之间飞来飞去，把人员装备，包括吉普车到各种供应品等运送到前方去，不管是否危险，不管天气好坏，它们都照飞不误。

这种 C-47 型运输机光这里就有上百架，开战斗机的飞行员有时会对这些开运输机的驾驶员流露出某些看不起的情绪来，这当然是不公平的，因为事实上这些运输机深受人们欢迎。

根据十多年来的旅行经验，以至到最近这几年为止，我都是保持着这么一种观点，即除非那是正式的航班客机，否则我是绝对不上飞机的，可是那天我却上了这架飞机，飞越北非的群山和沙漠，这种飞机和客机一样安全和舒适。

在这次旅行中，我搭的这架运输机的驾驶员是比尔·李复礼（Bill Lively）上尉，他已经有 1 100 个小时的飞行记录了，这对于一个像他那样年轻的陆军飞行员来说，可说是很了不起了。他说他有时贪图好玩，飞得很低，以致有些阿拉伯人居然拣起石头向他扔来，甚至开枪打他，所以他只好适当地飞高一点。

这次的飞行共有三架这样的飞机，我搭的这架是领队机，另有两架英国的喷火式战斗机护航。我们这三架运输机编成队形紧靠在一起飞行,而那两架战斗机则在上面或两旁保护,有时则在我们周围飞来飞去巡逻,驾驶员时不时地望望他们。

"你有没有被德国人揍过?"我问李复礼上尉。

他望望座舱,"那里有木头?"他问道。最后他终于在座椅后面发现有块木头,于是按照美国人认为敲木头可以辟邪的方式敲了敲木头。

"还没有。"他答道。

可是有些人挨过,所以我又说:"那么我们这架是世界上最好的飞机之一啰?"

"当然啰,"李复礼上尉说,"它可以载重两万六千磅,可是有一次我载了三万两千磅,飞了有从这里到美国一半路那么远。这真是架万能机呀!要是遇上个民航机的视察员来到这里,他也会这样说的。"

我们飞越过光秃秃的群山,穿过山口,飞临沙漠上空,可以看到下面有些绿洲,有些小村落,全部是些泥砖房子。还穿过干涸了的湖,遇到过沙暴,可是最使我们感动的,莫过于看到一个阿拉伯人孤零零地在田里干活。

我们终于飞到了目的地,李复礼上尉要我和他们共进午餐,他打开我们座位下面的舱板,取出十几筒罐头,都是些汤、青豆、香肠、果酱、桃子等,然后又取出两大块面包来,最后拿出个小煤气炉来,当点着时,它活像喷火了般地丝丝作响,不到一刻钟,饭菜都弄好,于是我们坐下来大嚼。大风过处,吹得我们满嘴黄沙,这才是沙漠的生活方式。吃过饭,他们便又爬上飞机飞走了。

他们是当今美国空中堡垒部队中到过地方最多的一个中队,因此小伙子们都见多识广,他们都计划在战后从事旅游事业。

这个中队是1942年春在印度成立的,队员来自四面八方,都是些百战沙场的老兵了，正如小伙子们自己所说的那样，他们就像风吹的蓟草一样，将近有一年的时间他们这个队还是个"杂种队"。他们老是在拂晓前便起飞，到天知道的地方去。他们都曾经在菲律宾、爪哇、澳洲、缅甸、中国、印度、巴勒斯坦、埃及、伊里特利亚、利比亚、的黎波里、突尼斯等地打过仗。

他们当中有很多人是飞越太平洋来到这里的，而如果他们再飞越大西洋的话，那他们就绕地球一周了，而且这也并非是不可能的，因为他们早已飞满了任务次数，有资格回美国休假探亲了。

在缅甸的时候，他们的基地离日军只有 60 英里。在印度，由于夏季的酷热，他们的 150 人中竟然有一个人热死了，另外有 15 个人因衰竭而病倒在医院里。没有病倒的人通过了这一关后便开始逛世界了。他们到过耶路撒冷，游历过埃及的金字塔和印度的泰姬陵，他们还到过塞浦路斯、叙利亚、黎巴嫩。在印度时，他们过着豪华的生活，每人都有六七个仆人伺候着。当然他们也曾经在帐篷里生活过，那是在沙漠里，风沙起时真可以把人活活闷死。

在他们跑过的这么多地方中，他们最欣赏巴勒斯坦，只要一谈起巴勒斯坦，就简直没法子叫他们住嘴，他们说巴勒斯坦最像加利福尼亚——空气清新、绿树成荫，非常现代化，并且世界上最好的大酒店也在那里。

由于他们都过惯了热带的生活，所以对于北非的寒冷简直受不了。他们的战斗损失严重，可是反而把他们锻炼得更加坚强了。不过当 10 月份派他们到埃及的地中海上空去执行任务时，飞机的数量已大为减少了。

他们轰炸过希腊、克里特和特卡尼群岛，当英国的第八军在 1942 年的秋天发动进攻时，他们及时截断了隆米尔的供应线，他们说吐鲁克和班加西上空的德军高射炮炮火之猛烈程度是他们前所未见的，甚至比比塞大港的还要厉害。

这个中队的队长是J·B·荷尔斯特(J.B. Holst)上尉,是佐治亚州萨凡那人,小伙子们开玩笑说:"参加美国空军的萨凡那人全都在这里了。"可是队上的投弹手D·怀尔特(Donald Wilder)中尉却坚持说,自从来到这里后,他起码见到过六七个萨凡那人了。

来自内布拉斯加州的C·E·森默斯(Clarence Summers)中尉则说,如果萨凡纳所有参军的都在这里了,那么所有的友爱会会员也都应在这里了。这是因为有天晚上他和六七个不相识的飞行员共进晚餐,而其中的五个都是友爱会会员。

在这个逛世界的中队里,有些领航员自从离开美国以来,已经足足飞了有20万英里了,他们早已完成任务,有资格回国休假了。

在这个中队里,年龄最大、最有经验的飞行员可能就是J·安德逊(James Anderson)上尉了。他已经完成了35次出击任务了——不是短程而是飞行长达10小时以上的出击任务。他的领航员G·H·钟斯(Grady Janes)中尉,则执行过37次了,这个记录比那些从英国来的轰炸机人员所创造的记录还要高。

因此,他们发现,到突尼斯执行任务也没有什么不得了的。他们说:"老天,这还是我们今年头一次有战斗机来护航呢! 真是太难得啦。"

按照国际上的习俗,他们也养了一只小母猴,那是皮特德军士在印度时弄来的,那只猴子也跟着他们飞行,而且已有300个小时的飞行记录了。在飞行时,这猴子在机舱内乱跑,弄这弄那的,当飞机飞到高空,气温变得很低时,这猴子会躲在降落伞包中取暖,假如有谁走来取伞包,这猴子会跳起来吱吱乱叫,非要你放回伞包不可。

这猴子聪明伶俐,会从英国人、阿拉伯人、法国人或印度人中认出美国人来,她只喜欢美国人,对其他人简直不屑一顾,我故意捉弄她,好使她不喜欢我,我很了解猴子,但我不喜欢猴子,哪怕她是一只英雄猴子。

在 1942 年的夏季，我认识了一伙在爱尔兰受训的美国战斗机驾驶员，他们是首批到爱尔兰的飞行员，他们对爱尔兰的天气评论是："如果你看得见山头，那是将要下雨了。如果你看不见山头，那就已经在下雨了。"

现在，在非洲，我又遇上他们了。他们都已经历过苦难的战斗，整个中队都是老手了，早已够格回国休假了。所以现在他们全队都从前方撤了下来进行休整。

他们在突尼斯前线拼老命足足打了五个星期的仗，他们所在的那个机场平均每隔两个小时便被德国飞机轰炸一次，他们每天都要飞上天去打几次仗，每天至少有 4—5 个钟头是在空中，而且是实实在在的空战。

刚开始时，他们全中队有 21 架飞机，22 个飞行员，后来损失了 6 架飞机和 3 个飞行员，但在他们的对德战斗记录上，他们已经击落了 11 架（另有 2 架疑似击落）、击伤 14 架。

他们那种听了使人毛骨悚然的经历是可以写成一本书的。来自纽约的包顿（E. Boughton）中尉就是其中最典型的一个，他的座机被打得千疮百孔，玻璃窗盖也被打坏了，他被关在座舱里，他无法跳伞逃生。唯一的出路就是迫降，要么就只有等死，而他居然奇迹般地飞回到基地，用"事故着陆"方式迫降成功——飞机报废了，而他则毫发未损。当人们把他从飞机里拉出来时，发现他是被夹在两块烂玻璃罩盖之间，而他的降落伞已被打得烂了半边，要是他跳伞的话，他只会像块石头般往下掉。

这个飞行中队的中队长是 J·S·高华德（James Coward）少校，但机队的指挥官却是 G·威斯特（Granam West）中校。不管是在前方打仗也好，在后方休息也好，他都和全中队在一起。

威斯特的绰号是"吹牛家"，他和高华德在美国空军中可算是典型的一对。他俩都是一样的年轻，无忧无虑，年纪不大但军衔不低，我在爱尔兰见到他时他还只是个上尉，可是一眨眼间到北非时他已是中校了。

威斯特头发又卷又黑，留着墨黑的小胡子，所以人们很容易认为他是一个"猛小子"。其实他根本不是这样，他的衣服永远是笔挺的，那两撇小胡子永远是修得漂漂亮亮的，他还打得一手好牌，走路时老是匆匆忙忙的。他曾经在陆军里待了8年，要是不参军的话，他可能会去当个演员。

有天早上我到他的宿舍去找他，发现他正站在房间中间，慢慢啜着一杯他自己煮的咖啡。他有一个法国小煤油炉，他的上半身穿得整整齐齐的——衬衣、领带、飞行夹克等，可是下半身却只穿着衬裤和擦得亮亮的皮鞋。他就是凯德船长（英国古代名海盗——译者注），一个当代的空中凯德船长。

他们这个中队调到前线时，全中队的人员都只能睡在野外，那种生活只有两个字可以形容：寒冷、潮湿。

他们这个中队的地勤人员共有85人，生活更显艰苦：白天老是挨轰炸，晚上则睡在又湿又冷的地上，还要加班加点地干，当飞行员们超额完成任务，驾着战斗机转场到后方机场轮休时，心里都挂念着那些地勤人员，因为地勤人员都要留在机场，照顾新调来的中队。

"我们倒是无所谓，"我曾听到过很多飞行员这样说，"我们有轮休，其实我们不一定非休不可，那些地勤人员倒是早该轮休了。"

所以"吹牛家"威斯特便着手解决这个问题。几天之后，六架大型运输机降落在机场上，把那85名地勤人员载了来，他们现在也有轮休，并且真的开始享受轮休了。

从一个美国的小学教师一跃而成为飞行员，飞越非洲11 000

英尺的群山，这可说是一大飞跃。汤姆·蒂耶（Tom Thayer）就是这样的人，不过他希望下一跃是跃回到美国印第安纳州他的农庄中，在那里终其余生。

在这里，小伙子们都称他为"我们机场的希望"，他今年27岁，体重200磅，在印第安纳州克利福市立学校教五六年级已有五年了。当我认识他时，他已是一架空中堡垒上的领航员，人们一致认为他是中队里的最佳领航员。

有一次他们这个机群奉命去轰炸比塞大港，在飞越高山时，机群遇到了暴风雨和冰雹，汤姆所在的那架飞机很快就结满了冰，并且失去了控制，这时机长通过机内电话通知机上乘员准备跳伞，一分钟后跳伞的命令下达了，汤姆奉命第一个跳，于是他打开救生舱口，跳了出去。可是，就在他刚跳出去后，新情况发生了，其他的人都不跳了，原来是炮塔里的机枪手出不来，他们要把他弄出来，就在他们又推又拉的时候，机长又有点可以控制飞机了，于是他下令把炸弹全部投弹，免得爆炸，这样飞机的负荷马上减轻了，当然也就更易控制了，于是他撤销跳伞的命令，这时可怜的汤姆已经快要到地了。不到一个钟头飞机就平平安安地回到了基地，而汤姆四天后才回到基地。

汤姆事后说，当他打开降落伞后，他还看见飞机，不过飞机不是在他的上面而是在他的下面，而他分明是在向地面降落，所以他弄不清到底是什么原因。

他穿过几千尺厚的云层，可是手里仍然死死地握着那条开伞索不放，他知道，只要他保留着这条开伞索，他就有可能会被接受成为某一个著名俱乐部的会员，就譬如说，"毛毛虫俱乐部"吧。可是到后来他的手快要冻僵了，于是他只好忍痛把那开伞索扔掉了。

他坠落在一个石头山上，碰破了头，流了不少血，他虽然头脑清醒，可是仍是过了足足五分钟，他才站了起来。

汤姆说，他发现山里到处都是干活的阿拉伯人，于是他走了一小段路，找到个人和他说话，不过他们只是各说各的，因为谁也听不懂对方的话，于是那个阿拉伯人把他带到村子里的一间石头房子里，看来这就是酋长的住宅了。这时村里的人都围了过来，都瞪大眼睛看他。

这位酋长很友善，给了汤姆一床草席和一套阿拉伯人穿的睡衣，免得他冻着，这时才下午四点半钟，但汤姆觉得很困，于是躺下来睡觉，可是不久那些阿拉伯人给汤姆带来了茶——究竟是不是茶，汤姆也说不准，喝完茶汤姆也睡着了，大约到了晚上八点半钟，那些阿拉伯人给汤姆端来了晚餐，这次是羊肉，但味道并不好。

那天晚上，在汤姆睡的那间屋子里的地板上，除了汤姆外，还睡了另外四个阿拉伯人，那些阿拉伯人鼾声如雷，震得汤姆无法入睡。这还不算，跳蚤多得要命，原来房子里还睡着一只羊。那天晚上，汤姆整晚都未曾睡着。

第二天早上，阿拉伯人用头巾把他头上的伤口作了包扎，并煎了三个荷包蛋和一些马铃薯给他当早餐，然后把夜里睡在他们屋里的那只羊杀了，把羊心掏了出来，就在夜里取暖的那堆炭火上把羊心煮熟了，拿来给汤姆吃，汤姆只好吃了，他认为这下就完事了。

吃过羊心，他们赶来了六头小毛驴，他们一人骑一头，其中一头则驮着那个被杀掉的羊。于是就上路了。这些小毛驴确实是够小的了，汤姆是个大个子，所以有时汤姆只要把脚伸直，脚尖便会碰到地面。

四天后他们终于来到了机场。汤姆想送钱或其他什么的给他们，可是这些阿拉伯人什么都不肯要，后来他们看见汤姆钱包上的照片，于是他们表示只想要那张照片，于是，我想，当远在美国印第安纳州雪尔比维市的玛利·斯科特小姐知道她的玉照对这些阿拉伯人是如何具有吸引力时，一定会很高兴的。

汤姆早就说过,他只要一复员回来,就立刻和玛利结婚,然后经营那个农庄,和玛利白头偕老。

此后有一段时间,汤姆对于别人都没跳伞,只有他跳伞一事耿耿于怀。不过人们都知道汤姆是个老好人,从来不会发脾气,所以有些人看见汤姆为此事而嘀咕时,就拿他寻开心。这时,有人会说:"汤姆,机长并没有说是要跳伞(bail out)呀,机长只是说要注意(hail out)呀!"

汤姆的父亲是个县检察官,但在去年的秋天竞选连任时,因只得到 133 张选票而落选了。于是小伙子们打趣说,要是汤姆那次震惊世界的跳伞壮举早两个月发生的话,他的父亲一定会赢得连任的。

我结识了一伙美国小伙子,他们九个人都受过与众不同的战斗洗礼。他们不久前才驾着一架轰炸机从美国飞赴北非前线。他们比同队的都晚到了一步,因为他们在途中遭遇到了意想不到的困境:和德国飞机打了一仗,然后骑着骆驼逃生。

他们是一架空中堡垒的乘员:机长是哈里·德维斯(Harry Devers)中尉,副驾驶员是理查·班宁(Richard Banning)中尉,领航员查理士·瓦特(Charles Watt)中尉,以及维克多·柯连诺(Victor Coreno)中尉和其他五名机枪手。

他们离开美国后,顺利地飞越了大西洋,到达西非口岸,第二天早上,他们和另外两架空中堡垒编队飞向北非前线,这是他们到达前线基地前的最后一次航程了,他们向指定的前线基地飞去,他们足足飞了一天,可是当飞到他们所认为的预定目的地时,他们却找不到那个地方,于是他们只好一面飞一面观察,那时已经是下午了,很快就要天黑了。

突然间,不知从哪里冒出两架战斗机来,子弹暴雨般射过来,这些初出茅庐的美国小子这时才发现,原来他们飞到敌人的防区上空了,好一个开学仪式!

他们开始还击,于是德机转向攻击另一架空中堡垒,这架空中堡垒不久便盘旋下滑,然后不见了,这分明是被击落了,这架飞机从此永无下文。

剩下的两架终于趁着黑夜摆脱了德机,不久另一架要迫降了,德维斯在他们头上盘旋着,发出讯号叫他们不要迫降,几天之后美军侦察机发现这架空中堡垒正在大路上被拖往意军防线,于是唤来了战斗机把它打毁了。

这时只剩下德维斯他们那架了,他们立刻掉头西飞,以远离敌占区。天已经黑了,可是要去的机场还没找到,所以他们尽量朝南飞去。以避开山脉地区。他们飞到 11 000 英尺的高空,可是汽油用完,于是只好弃机跳伞。

飞机上装有一箱维他命丸,于是他们在跳伞前每人都吃了满满的一大捧,柯连诺一手抓着一支大号勃朗宁手枪,一手拿着一支手电筒,就这样跳了下去。另一个机枪手跳伞时右腕下挟着一只橙子,当他要拉开伞索时,他只好先用左手将那个橙子从右腕上拿过来,才好用右手去拉开伞索,不过后来还是一个不留神让那个橙子掉了下去,他到现在还觉得有点可惜。而柯连诺则一面降落一面唱歌,不过他也记不得他到底唱的是什么,他唱歌只因为他觉得乘着那该死的降落伞掉下去也挺有趣。不过后来他也不唱了,降落伞摆动得太厉害了,弄得他头晕想吐。

跳伞前机长德维斯对一切都布置得清清楚楚:他们现在是向南飞,他最后一个离机,所以着陆后他会向北靠拢过去,而其余的人着陆后应该向南靠拢过来,这样才能会合到一起,这个方案被执行了,九人中有八人在半小时内就聚拢在一起了,只有柯连诺掉在会合处半英里外的一个山沟中,他只好在那里过夜,第二天早上才和大伙会合。

那天晚上他们都裹着降落伞睡在地上,究竟落到了什么地方谁也不清楚,是否敌占区更是不知道。

第二天早上有个阿拉伯老头从那里经过,那是一个流浪的牧羊人,法语、英语都不会说,不过他对这些小伙子很好,他带着他们向北走了一天,差不多有 20 英里,晚上他们仍是裹着降落伞睡,不过睡不着,因为太冷了,这两天晚上德维斯都指派了人值班放哨,因为他们究竟是在哪里仍然闹不清。

第三天早上他们遇到了一个有 15 头骆驼的商队,带队的是个在法国殖民地军队里当兵的阿拉伯人,他专门把骆驼卖给法国人。这个阿拉伯人让他们和他一路走,他们后来才发现,这个阿拉伯人把他们误认为是意大利伞兵,而现在他把他们都俘虏了。

他们骑了两天骆驼——这使他们以后见了骆驼就怕。他们骑在骆驼的光背脊上,而那些骆驼的背脊比刀片还快。后来他们实在耐不住了,只好跳下来用两条腿走路,可是沙太深了,他们实在走不动,只好又爬到那"刀片"上去。

在战地用的降落伞上一般都装有高热量的军用罐头口粮,在跳伞前这些小伙子又在口袋里多带了几盒,所以着陆后德维斯就命令他们要将口粮一份当两份用,因为还不知道要在沙漠里生活多久呢,因此最后当他们到达某个美国空军基地时,他们降落伞里的军用口粮还没有动过。他们一路上都和阿拉伯人一道以吃羊肉为生,他们对吃羊肉毫不介意。

这个阿拉伯人也和大多数的游牧人那样,能够像魔术师般在沙漠里找出泉水来,于是他们把水壶灌得满满的,当然也不会忘记放卫生药丸。

当他们骑在骨瘦如柴的骆驼背上,在沙漠中踯躅而行,心里烦躁得不行时,都不由自主地唱起了 Bing Crosby(平·克罗斯贝)和

Bob Hope（鲍勃·霍普）在电影《去摩洛哥之路》中的那首插曲。在银幕上，到摩洛哥当然是够远的，不过他们也感觉到，在地面上要想唱着这首歌到摩洛哥，也是够远的。

那个在头天晚上便收留他们的那个阿拉伯老头是个奇人，是个真真正正带着家小和羊群整年在外边流浪的游牧人。他已经80岁了，牙齿掉光了，还是个独眼龙。

由于语言不通，双方都只好打手势说话，老头告诉他们说，那天晚上他也听到了飞机声，分手时，他们想给他钱，可是老头拒绝了，只收下了几把小刀，他们也忘记了问他的尊姓大名，不过这也好，因为如果美国政府要对他嘉奖的话，法国殖民地政府便会发现是他而找他麻烦的。柯连诺后来说道："小伙子们，我看见漂亮的阿拉伯姑娘啦，那就是那老头的孙女，真是个美人儿呐！"不过柯连诺很了解阿拉伯人的风俗习惯，所以当时根本不敢多望她一眼。

他们就这样骑在骆驼背上在沙漠中走了两天两夜，沙漠中没有路，也没有人类的足迹。到了第四天的早上，他们终于来到一个法国的沙漠哨所，于是他们这才第一次表明了身份，因为德维斯会说几句法语，那些法国边防军官立刻让他们上床休息，并安排了一部车子把他们送到一个能和美军车队碰头的地方。这样，在失事的第五天，他们终于来到那个在五天前找了又找的机场。

他们虽然累坏了，但身体还好，只是情绪太激动了，所以老是把这段历险记说了又说，我们费了好大的劲才动员他们睡觉去，那已是十点钟了。

他们实在需要睡眠休息，所以当第二天早上他们醒来时，他们还觉得软弱得很，有些人还觉得胃里不舒服，不过在一两天后当他们的激动过去后，他们又正常起来了。

瓦特中尉是他们当中唯一保留着放伞索的人，有几个人则带回来几块在沙漠中捡到的小石头，是所谓沙漠玫瑰的一种硬砂岩，不过看起来却像一朵玫瑰,所以成了他们的纪念品。

不过他们所有的东西都丢了,所以到飞机场后都天真地说:走,到供应科领新东西去!

大家听了都哄然大笑。一个当官的说,这里什么新东西都没有,我们穿的还是以前发的,还不知道要等到什么时候才有新的发呢!

大伙都为这次糟糕透顶的飞行感到遗憾,更为丢了那架崭新的飞机感到可惜。他们感到没脸见人,因此,他们对那些把出击当作家常便饭的飞行老手崇拜得五体投地。不过很快地他们就会领到一架新飞机的,而过不了几个月,他们也会像那些老手一样,对新来的飞行员们天花乱坠地大吹一通呢。

在一个挤满了作战飞机的前线空军基地中,没有哪一个部门不是重要的,可是,却没有比维修部门更为重要的了。这里和美国国内那些飞机行或飞机库大为不同,在那里,飞机的毛病只不过是因为放置时间长了而有点小毛病而已,而在这里,不同的是,首先就是飞机的数量多,而且,为了争夺制空权,美国空军和德国空军正厮杀得难舍难分,因此,每一架飞机都是无比宝贵的,只要有一架飞机不能出动,那就等于损失了一架飞机,而维修部门的工作,就是使每一架受伤的飞机尽可能快地回到空中去,事实上他们已经做到这一点了。

在北非这里的某一个前线机场中,负责飞机维修工作的是查理·哥华利(Charleo Covenley)少校,他的绰号是"厄尔克",是和我一块从英国飞到这里来的。

哥华利的得力助手是华尔特·古德温(Walten Goodwin)军士,是一个沉默寡言的人,刚刚才提升为准尉,由于他是一个机械奇才,所以这里的人都非常尊崇他,人人都来听取他对损坏飞机的修理意见,他作出的判断谁也不会拒绝接受的。

如果一个过惯了和平时期商业社会生活的人,当他看到这里的人的那种干劲,他一定会感到不习惯的。这里的人的口号就是"拼命干"。他们既不搞小仓库,更不会光喊不干。他们什么都干,包干机场内外的一切维修工作,他们满足每一个飞行员的要求,尽量让出地方给维修作业线。只有这样,飞机能在几个小时内便修理好,重返蓝天。

这个机修队共有 250 名熟练的机修人员,他们情绪高涨,工作热情且富有自豪感。我从来没有见过比他们更富于献身精神的人。这里可以举一个例子,在一次与德机交手后,我方有 14 架飞机受到了不同程度的损伤。有的只是些皮面伤,另一些则是机翼布满了弹孔,整个机翼差不多都要换掉。哥华利少校于是带上几个工程师,坐着吉普车跑来跑去观察每架飞机的情况。那个早上我刚好和他们在一起,到了中午我发现还没有一架飞机到修理坪上,我想要是这样子下去,这场战争不知还要打到哪年,可是我的想法很快就改变了。

首先,他们用了相当多的时间去估计飞机的损坏程度,然后制定出作业计划,把人员和器材安排好,然后就动手干了——两天后,我去看看他们干得怎样了,发现有五架飞机当天下午就可以升空作战。第二天,又有三架修好了。第三天,有四架又修好了,这已经是十二架了,最后那两架完全报废,拆下来的部件用在别的飞机上。

要是在和平时期,要想把这十几架飞机修理好,即使是在最好的修理厂,那也至少要两个月,可是在这里只要三天,一个人只要他肯干,没有说是干不成的。

和世界上所有的前线机场一样,在这个基地上,飞机零件也是极度缺乏的,于是机修人员只好把那些损坏不能使用的飞机拆掉,把能用的部件用到别的飞机上去。在这里,平均每十五架飞机中就有一架被打坏,于是这架飞机便被拖到维修处,很快地便被拆得精光,只剩下一副骨架。

这些破烂飞机获得了"机库皇后"的美称,当我在基地的时候,我就看到有五架这样的飞机,众所周知,每架飞机(特别是轰炸机)都有名字,而且都漆在机头上,于是我看到有叫"大番石榴"的,有叫"特殊供应"的,还有叫"小夏娃"的,等等。

拆飞机当然是在露天进行的,只有某些需要动用机器的才在帐篷里进行。这种帐篷有一面是敞开的,因此吹大风时机修人员只好戴上防尘眼镜工作。每个帐篷旁边都有一条防空壕,所以当德机来空袭时,帐篷里边的人可以立即跳到防空壕里去。在这里,打仗是不分前线后方的,机修人员并不比飞行员更安全些,因为他们正是德军空袭的目标。

他们说,他们最大的愿望是不让那些国内来的专家找麻烦,那些专家老是指责他们,说这也不好那也不行。而他们根本就不听这一套,因为他们正是这样干的。

一天下午,在沙漠的机场上,太阳已经失去了光辉,天气暖和,机场上微微飘着一层轻尘,那是螺旋桨搞起来的,因此这使得整个机场的气氛显得格外平静。一般来说,这正是飞机返航的时间,而现在,飞机正在返回,这其中有空中堡垒,也有轻快的闪电式战斗机。在机场上,谁也不会对此多看一眼,因为这已是司空见惯的了。

最后,除了一架以外,所有的飞机都回来了,机场接到通知说,有一架空中堡垒失踪了,据回来的飞行员们说,自从开始返航时,这架受了伤的飞机便一直拖在最后,并且不断地失去高度。他们说,这架飞机最多只能再飞五分钟,可是现在已经过了一个钟头了，所以这架飞机肯定是完蛋了。

这架飞机上共有十个乘员，这天出击虽然取得了很好的成绩，可是一想到损失了十名战友，毕竟是令人难过的。这天下午，我们已目睹了死亡——一架空中堡垒被击中，机长阵亡，当把他从驾驶舱抬下来，放到担架上抬走时，飞机下面血迹斑斑，人们都表情严肃，说话都是小声小气的，他手下的一个乘员拿着他那带血的飞行皮帽，机长的头软软地向后垂着，两只手则是雪白的，这个年轻的机长是大家都很熟悉的，两个钟头以前，他还活得好好的，可是现在却死了。我们都深深地感到死神找上我们了。

因此，当听到这个最后的通知时，我们六七个人便登上机场的控制塔，我们是每天黄昏时都要登上这个控制塔的，因为一可以看看日落，二可以了解一下德国轰炸机什么时候会来，因为这些德国飞机差不多天天都在天黑后便来轰炸机场。

沙漠中的日落当然是够壮丽的，色彩缤纷，光芒四射，远方的群山呈现为一片黑色，而棕榈树的侧影在落日的衬托下，则令人有置身于梦幻之乡的感觉。

当我们站在控制塔上眺望着这一切时，天快要黑了，在天空中巡逻了一天的战斗机这时也都回来了。机场上的人员早已吃过晚饭，到处都是静悄悄的，人们在谈到牺牲了的飞行员和没有回来的空中堡垒时，声音都压得很低，这时我们决定再等几分钟，看看德国的轰炸机今晚会不会来。

就在这时，奇迹发生了。在远方的雾霭中，在黑色的群山的衬托下，一支红色的火箭直射天空，然后划了个弧掉了下来。我们都猛然意识到，这一定是那架掉队的空中堡垒回来了。

"信号枪在哪里？马上发射绿色信号弹！"一位军官大嚷起来，然后跑到控制塔门口，大声喊了起来："注意啦！"于是对空中发射了一支绿色的火箭。就在这时，我们都看到了那架空中堡垒——

只是一个小黑点,它飞得那么低,在我们看来,简直就像是停在地面上似的,一点也不像是在飞着。这架遍体鳞伤、孤独无援、晚回两个小时的飞机终于挣扎着回来了。

我是个心如死水的人,可是在这个时刻,我对这架蹒跚而归的飞机产生了一种异常亲切之情。

我们都紧张地站在那里,其他一切都忘记了。我们好像是在竭力把那架飞机拉回来。如果这时有谁给我们拍照的话,那么照片上的我们一定都是身子微微前倾,想把这架早被认为已经报销了的飞机抓回来。现在,这架飞机回家了,它飞得那么慢,就好像一动不动似的,它终于飞到机场了,居然还保持着一定的高度,接着它紧紧地掠过那些停着的飞机,对准跑道下滑了,它只要再滑跑几百米,它就可以平安无事了。可是,这最后的几百米,它能过关吗?

飞机的轮子轻轻地着地了,这时,机场上所有的人,都紧张到简直可以听到自己的心跳声。

太阳已经落山,天已经全黑了,如果德国飞机要来作每天例行的空袭的话,这是最妙不过的时候了,可是,谁也不管这些,十个死里逃生的飞行员终于生还了。

他们究竟是怎样死里逃生回来的呢? 这大约是这次大战中的奇迹之一。

他们要去轰炸的目标是的黎波里的德军机场,而这个机场是由大量的战斗机和密集的高射炮群严密地保护着的,用一位曾身历其境的飞行员的话来说,敢于驾机飞临的黎波里机场上空,就等一只老鼠敢向一群猫挑战。

这架空中堡垒的名字是"雷鸟",当它在德军机场上空投下了全部炸弹后,立刻就被地面的高射炮击中了,一个引擎被打坏了,几分钟后同一侧的另一个引擎又被打坏了。一般而言,同一侧的两个引擎都坏了的话,飞机是很难继续飞行的,更不用说飞回家了。

于是这只"雷鸟"很快就掉队了,这时,一大群德国战斗机扑了上来,小伙子们估计他们至少有 30 架,一架落在后面的空中堡垒马上被击落了。

我方护航的闪电式战斗机马上冲过去掩护这些空中堡垒,可是他们不久就掉头返航了,因为如果再打下去,他们的汽油就不够回家了。

因此,离开的黎波里还不到 40 英里,最后一架闪电式战斗机也撤下了。这架受伤的空中堡垒飞走了,但幸亏德军的战斗机这时也因为油量的关系而纷纷返航了。

这架空中堡垒又飞了 20 英里,这时不知从哪里突然冲出一架德国战斗机来,用机枪把这架已经遍体鳞伤的空中堡垒又痛打了一番,但幸好没有被打下来。这架德国战斗机把子弹打光后便飞走了。这时小伙子们面临的困难是严重的:两个引擎坏了,大部分机枪都不能用了,而这时离基地还有 400 多英里,而更倒霉的是,无线电也被打坏了,而飞机在失去高度——每分钟降低 500 英尺——这时他们的高度只有 2 000 英尺了。

机长于是把机组人员召拢来商量该怎么办,是否需要跳伞了?不过大伙都认为,只要飞机还能够飞,就继续飞,于是机长决定尽力飞回去。

由于一侧的引擎全部被打坏,所以飞机倾侧得很厉害,不过最后还是扳正了过来,而且也不再下降了。

归途中当他们的高度掉到只有 900 英尺时,前面出现了一行高山,他们顺着山脉飞了好大一阵,竟意外地使飞机又高升到1 500 英尺的高空。

在航空图上,这一行山最低的山口标高也是 1 600 英尺,可是他们竟然飞了过去——高度只有 1 500 英尺。你来说说这是什么道理吧！这可能还如机长所说的那样：我们不是飞过去的,我们是穿过去的。

事后副驾驶说,那时我对着挡风玻璃尽吹气,好使飞机升高空,我还真想伸只脚出去,撑在地面上,好把飞机撑过山口去呢!

领航员这时也插嘴说：如果那时我是坐在翼尖上的话,我只要一伸手就可以摸到地面啦。

那时空中气流紊乱,一边的机翼已经弯曲了,因此飞机很难控制,他们都担心那机翼会断掉,那样一来他们非全部粉身碎骨不可。但幸好机翼没有断。这时领航员跑进驾驶室,和机长一道设法把这架破飞机飞回家去。但这可不是一件容易的事,他们也像一般的飞行员那样,一边干活一边骂这骂那的。

对于他们来说,真可说是祸不单行,样样事都在和他们过不去。他们这架跛脚飞机耗油量本来就特别大,而这时偏偏又遇上了顶头风,于是只好眼巴巴地望着油量表上的指针往下掉。就在这个时候,领航员宣布,离基地只有 40 英里了。可是对于他们来说,要飞完这 40 英里比坐老牛破车还要难过。

这时起风了,沙漠上一片灰暗,什么都看不清楚。因此,到处看来都是一个样。唯一可以肯定的是,他们快到家了,于是他们发出红色的信号,看看是否可以得到机场控制塔发出绿色信号弹的回应,一分钟后,他们终于看到了那绿色的信号弹,这可是他们见过的最美的景象了。

飞机轮子刚一碰到跑道,他们就关上电门,让飞机滑行,可是刹车坏了,所以当飞机滑行到跑道尽头时,便在跑道边上打起转转来了。飞机一连转了五个圈,最后又掉过头来又跑了约 40 米,然后总算停下来了。后来他们检查油箱,发现一个已经空了,另一个只剩下 20 加仑汽油。

当时机场灰尘满天,几分钟后人们才穿过尘幕看到了这架飞机。这架遍体鳞伤的飞机,居然只靠两个引擎飞了四个半小时,而任何一个飞行员都会认为是根本不可能的。

那天晚上,我们和那架飞机上的乘员们举行了一个小型的庆祝会。我们举杯说:祝贺你们平安归来!

机长马上举杯喊道:"为这架该死的好飞机干杯!"

但在这次奇迹中,最令人兴奋的是,这架跛脚飞机在回家的途中,居然还击落了六架德国战斗机,而且这个记录得到了官方的承认。

这架空中堡垒上的成员全部是空中老兵,他们曾经在欧洲上空执行过多次任务,因而得到奖励,他们之中已经有两人牺牲,两人得过勋章,而他们这次奇迹般的飞行,也不是最后一次,而且只是第 22 次而已。

这架飞机的机长是年方 23 岁的约翰・克朗凯特(John L. Cronkhite)中尉,不过他们都喊他"克朗"。克朗个子不高,肩膀宽阔,肌肉发达,说话慢吞吞的,宽阔的大嘴巴上生着一抹金色的小胡子。在平时他是从不打领带的,他说他不会结婚的,因为谁也不了解他。

当飞机终于在跑道上停下来后,克朗决定由驾驶舱的窗子跳到机翼上去,但不幸的是机翼上有油,于是他一个倒栽葱由机翼上跌到硬邦邦的地面上,救护人员认定他已经受伤,于是要把他抬上救护车。

可是克朗却赖在地上不肯起来:"我能够安全地回来,真是太高兴了,哪怕跳下来断了一条腿,我也不会在乎的,我真想好好地在地面上躺一下呢!"

克朗的父亲是圣彼得堡市的一个花匠,在他的寝室里挂着三幅他双亲的照片。那天晚上,我和副驾驶员、领航员在他的寝室里谈天。当我们踏进他的寝室时,克朗从他的床上拿出一样东西。

"我是死不掉的,"他说,"这就是我的护身符:一条狗链圈,我一戴上这个,死神便认不出我了,这次我之所以出了事,是因为出发时忘了带上它呀!"

他和副驾驶员配合得很好,所以这次才脱了险。

副驾驶员是丹纳·德特利(Dana Dudley)中尉。来自缅因州的马普顿,那是一个只有 800 人的小镇。而据德特利自己说,他是那个小镇唯一的飞行员。德特利个子高高的,待人友善,在出国前才结的婚,妻子是佛罗里达州人。德特利说,这次他们回航时,一架德国战斗机笔直地朝着德特利那边(右舷)冲过来,子弹暴雨般地打在他的飞机上,直到离他们不过 100 码时才闪了过去。在这个关键时刻,德特利脑海中唯一的想法是:幸亏今早我已经把我的 225 元月薪寄回去给我的妻子了。

领航员是戴维·威廉斯(Davey William)中尉,德克萨斯州人。也是新近才结婚的。在这次飞行中,正副驾驶员都把全部希望寄托在他的身上,而他是最忙的人,因为他一只手忙于计算,而另一只手则要操纵两挺机关枪,来对付那些德国战斗机,当他们脱险后,戴维对驾驶员说:"我要把后方那些乱分工的家伙揍一顿。"

戴维说,当时他想的事情只有一样,就是怎样请他的同事转告他的家属,说他已被德国人俘虏,而最令他感到伤心的是,他的同事很快就要回国休假了,而他却要待在战俘营中直到战争结束。

6 在防空洞里

　　面对死神时，任何人的心情都不会是轻松的，虽然事后他会觉得那很有趣。所以，在经过一次例行的夜间空袭之后，早上再到那个美军基地去采访，那是很有意思的，因为在那里，我发现那些美国大兵们正在打打闹闹，有说有笑地在工作着。

　　所以，就在这样的一个早上，我和十来个飞机维修工坐在帐篷里，聆听科菲（Clancle Coffey）军士的高论："我听说有这么一个家伙，他说他昨晚没有祈祷，我如果找到这个家伙，我会先和他握手，然后兜屁股给他一脚，因为这该死的家伙肯定是个骗子。"

　　"就拿我来说，我是从来不祈祷的，可是当炸弹轰隆隆地掉下来时，我也去找牧师了。老伙计，我也想找点心理安慰啊！就在这个时候，一个大炸弹呼啸着落下来，我一头栽进旁边的防空洞，正好扑倒在一个牧师的身上，这时，我有了一个主意，于是我说，喂，你是不是牧师？他说，兄弟，我当然是呀！于是我们跳了出来，朝山上跑去。"

　　"要是有人说，一个神职人员不可能以每小时 50 英里的速度往山上跑的话，那他简直是在胡说八道，我和那个牧师就可以证明这一点，有时我们为了听听有没有飞机，便跑慢些，每小时大约只有 30 英里的速度，然后又快跑起来。可是月亮明晃晃地照着，德国鬼子又发现了我们,俯冲下来对着我们就是一顿机枪扫射,我立即跳进一个积满水的壕沟中,一直往水底下钻,过了一会儿我喊道:牧师,快过来呀!可是他说:过来?见鬼!我早就躲在你的脚下啦!"

"所以从那时起,我再也不会那么傻,在月光下离开防空壕到处乱跑了。总之,晚上六点钟以后,我就拼命往山上跑,愈远愈好。"

这些美国大兵们,当他们第一次经历空袭时,他们的反应是令人鼓舞的。我手头有一张统计表,这是一个普通的后方基地,在受到一次一般性的空袭之后,对情况的一般统计。我认为,如果加以认真调查的话,那结果也不会有很大的出入。这是一个只有5 000人的军营,受到了空袭——轰炸、扫射。在这5 000人中,只有1人无可挽救的精神失常了。有25人暂时性地得了惊恐痴呆症。有200人在轰炸正凶时想躲到另一个防空洞去,他们忘记了在那种情况下,最好的办法就是待在原地不动。另外那4 775个人都镇静地躲在自己的防空壕里,在默默地祈祷,他们都知道该干些什么。轰炸一过去,他们立即爬出防空壕,拿着铲子等物一声不响地跑去救火,如同在大白天一样。

由于受到空袭,这里的防空洞都挖得又深又阔,有个防空洞大到足以放进一辆福特卡车,里面足以容下40人。他们把一棵棵连根拔起的棕榈树横放在防空洞上面,再往上面铲土,这项工作干得很认真,一点也不马虎。他们的帐篷都被炸烂了。一个大兵刚收到他的女朋友寄来的一罐两磅装的糖果,还没有打开,就被一块破片替他划了一个大口子——这倒用不着他来动手开了。

就在轰炸正凶时,有人发现一条防空壕里躺着一个大兵,他已喝得烂醉,正在呼呼大睡,老远便可听到他在打呼噜。事情是这样的有趣,很多人都不理会空袭而跑来看他。在空袭时,很多人连衣服鞋子都来不及穿便一头栽进防空壕里。有个大兵把他的钢盔拿给我看,那上面满是弹孔。我竟然傻气十足地问他:"当时你是戴着它的吧?"他当然没有戴。

德国飞机的机关枪把地面打得满是弹孔,大兵们都说那简直就像蛇洞一样。一开始大兵们还想捡块破片带回去做纪念品,可是不几天便谁也不拣了,因为到处都是。

在轰炸高潮期间,每天早上只要太阳一出,便到处都是尘土飞扬,因为大兵们又在加深他们的防空壕了。

我愈来愈相信,美国大兵都是些天生的"家庭主男"。世界上还没有哪一国的军人,能够像美国的大兵那样,很快地布置出一个"海外之家"来。不管是在美国、爱尔兰、英国还是非洲,我都见过这些美国大兵们,转眼之间就能够把他们所住的什么仓库、碉堡、帐篷等弄成一个"家"。在非洲的一个空军机场上,我所见到的,可能是最为典型的了。

之所以能做到这一点,原因可能有二:一是气候干燥,泥土坚硬,挖洞修沟时泥土根本不会掉下来。二是因为德国飞机不停地来轰炸,大兵们只好深挖沟。而一个地下室用途之广,是任何一个农家子弟都不明白的。

这些地下室真可说是无奇不有,堪称世界之最。你要是在里面漫游一下,便会觉得这简直是在搞嘉年华会,因为这里面的布置和结构,真可说是五花八门,千奇百怪。

有些地下室有两层甚至三层。有位军官干脆就在他住的帐篷的床脚下挖了个深深的地下室,他甚至在地下室入口处挂了张毯子好遮住灯光,这样即使在空袭时,他也可以在两米深的地下室舒舒服服地蒙头大睡。最高级的地下室是那些有办法能弄到卡车帆布篷和顶架的人所盖的那种地下室,他们先搭起帆布篷屋,然后才在里面挖洞。

有些地下室可说是极尽奢华之能事。大兵们从附近农村里的阿拉伯人那里买来草席,然后铺在地上当地毯用。有的装上了干电池电灯。有个大兵从法国人那里买了个双灶的石油炉来,只花了 3.2 美元。他们就用那炉子烧热水来洗澡,有时也用来煎鸡蛋。他们还将一个汽油筒子改装后连接在炉子上,制成个暖气炉,晚上把整个地下室弄得暖洋洋的。

有个军官在他地下室的床边挖了个两英尺深的洞。这样当他坐在床边上时,他的脚就可以放在“地口”。很多人都把他们在国内的女朋友的照片挂在“墙”上。有些大兵还用阿拉伯人编的草席挂在“墙”上当壁毯用。

有天晚上,我拜访军士长雷·阿图尔。他是个机械师,专管飞机上的枪炮。战前他是个蒸汽锅炉工。阿图尔搞了一样在整个基地上只有他才有的东西:他在他的地下室里安了个大炉,并利用汽油桶把废气通过一个弯曲的管道排放到地下室外面,这样一来,从地面上既看不到火光,也见不到有烟。阿图尔说,假如他的妻子能用到这个就好了。

挖得最深、布置得最舒适的,要数某个战斗机中队的那四名搞地勤的小伙子了。他们那地下室足有五英尺深,入口处挂了双层毯子,以防灯光外露。入口处往下是一条弯曲的台阶,地下室两边各挖了两层上下铺,里边点着蜡烛和电池灯。

由于灯火管制,再说也没有可玩的地方,所以多数人在天黑后一小时都睡大觉去了,只有在灯光不外露的那些地下室里还有人在玩纸牌或是谈天。在上面谈到的那四个小伙子的地下室里,他们在室中央挖了个方洞,安上个空汽油罐,里边放上香烟、糖果等,由于他们这个地下室足够深,所以空袭时他们根本不用管,照样大睡。

　　为了挖这样一个地下室，这四个小伙子利用下班后一切空闲时间，足足苦战了三天，在这四个人中，军士长理查·休斯（Richard Hughes）对我特别友好。原因是他母亲告诉他，我也到了非洲，希望他会遇到我，而他本来对此是不抱希望的。

7 深入沙漠之行

　　直到 1943 年 1 月为止，美军在北非的战斗大部分是在山区里进行的，因此没有几个美国兵见到过真正的沙漠，不过他们迟早必然会见到真正的沙漠。因此我抓紧机会做了一次沙漠之行，深入撒哈拉大沙漠，看看沙漠究竟是怎样的。

　　参加这次沙漠之行的共有 15 人，分乘两辆十轮卡车。我们都带了行李卷以及够吃五天的军用干粮。此行的目的是去回收一些能用的飞机零部件，因为有些我们的飞机坠毁在沙漠里。由于我们的目的地是在德军前哨阵地后面约 20 英里处，所以我们宁愿被德军俘虏，也不想被德军乱枪打死。

　　我们是在早上出发的，中午时经过一个法军的沙漠哨所。我们拿出罐头食品来充饥，有玉米牛肉、甜土豆泥、橙子果酱、面包等。那些法国兵在哨所里腾了一间房间出来，布置了一张餐桌，生了一堆火来替我们烧茶。总之，他们是够尽力的了。

　　我从英国来北非时，带了些雪茄烟来，准备有机会送些给法国兵享用。这些雪茄烟我随身带着已有好几个月了，因此当我们离开这个哨所时，我便送了些给这些法国兵，他们大喜过望，马上便吸了起来，一面吞云吐雾，一边爱不释手地看了又看，好像那是稀世珍宝一般。

　　在车上，大家在谈论中都认为这些法国兵对我们确实够朋友。他们生活条件很差，可是却在力所能及的范围内把最好的东西拿出来招待我们。美国大兵都很喜欢法国人，因为不管在哪里，法国人对我们都很友善。

　　这个法军哨所还借了一个阿拉伯土著兵给我们作向导。这个士兵扎着白色的头巾，腰系蓝腰带，身穿卡叽布外衣，腰间佩着一把长腰刀，肩上扛着一支老式的长管来福枪，真是英俊潇洒，活像画报上的人物。他对沙漠当然是很熟悉的，可惜我们的交谈十分困难，因为他所说的法语我们谁都听不懂。不管我们问他什么，他都是用"哗"来回答。于是我们替他起了个绰号，叫他"华先生"（Va，法语，即是行、可以之意——译者注）。

　　可能是我们还没有深入撒哈拉沙漠吧，这里的沙漠一点也不像电影上所看到的那样。事实上撒哈拉沙漠阔达 1 000 英里以上，而我们进入沙漠还不到 200 英里。

　　这里并不比我们美国的西南部更为壮观一些，虽然这里的景色也很美丽。有一处地方土地是如此地平坦和坚实，我们简直可以将它称之为飞机场。可是在另外一处，却出现了干涸的河床，干河床很宽阔，河底下全是石子，我们都觉得奇怪，因为沙漠里怎么会有河流呢？不过再往前行，地形开始有些起伏，而且还长满了灌木丛，有些地方还长出了棕树，和我的家乡棕榈泉那一带的山谷十分相似，真惹起我阵阵乡愁。其中有一个光头山，那简直和新墨西哥州埃尔·帕索的那个山头一模一样。唯一不同之处是我们一路上所看到的都是些不毛之地，全是由黄沙形成的一座座半月形的沙丘而已。

　　最后，我们终于来到一处当地人称之为"绿洲"的地方。在我的想象中，所谓的"绿洲"往往就是一个村庄，甚至是一个市镇。在这里，不是只有几棵而是有几万棵棕榈树，密密麻麻的一大片。由于棕榈树果实累累，所以树的主人都能靠它养家活口，生活倒还不错呢！

这里街道狭窄，到处都是泥砖屋、山沟，成群的孩子跑来跑去，我们差点以为已经回到美国的印第安人居留地了。不过这倒是一个人烟兴盛的大村落，从沙漠来到这里，可说是从地狱来到天堂了。

在这次长达200英里的征途中，我们都觉得泥地比沙漠还要令人讨厌。因为卡车一过，灰尘滚滚，简直可以把人活活闷死。由于我们都坐在卡车后面的行李包上，而车子是敞篷的，所以即使我们戴上了防尘眼镜，不到半个小时，我们脸上的灰尘就厚得像糊了一层面饼，厚得可以用刀子刮下来，而且我们都好几天没有刮胡子了，所以我们全都弄得像个新品种的长毛动物一般。后来我们花了好几天的工夫才算是把眼睛、鼻子里的灰尘清理干净。

途中我们吃了满满一罐两加仑装的水果糖，那是军方提供的。道路很坏，灰尘又大，我们都懒得说话。

我们总算第一次看到了撒哈拉沙漠中的奇景：有好几次，我们都发现在好几英里远的地方有一长列的树，整齐笔直，活像大马路两边的行道树，不过这些树都是长在湖面上的，但谁都知道树是不长在湖面上的，何况那里根本就没有什么湖，所以我们都明白，我们是看到了有名的"海市蜃楼"。

我们刚出发不久，便看到几匹骆驼，当时我们便以为已真正看到"沙漠中的骆驼"了。可是，当快到目的地时，我们都已懒得看了，骆驼多到比我们美国西部的牛群还要多。到处都是骆驼，但往往只有一个阿拉伯人甚至一个孩子在放牧。当我们经过时，骆驼通常都会转过头来看我们。以往，即使是在马戏团里，我也很少注意骆驼，可是这次离骆驼这么近，我才注意到骆驼的颈又长又弯，就像一条蛇一般。当一头骆驼伸长脖子朝我探头过来时，真有点令人毛骨悚然的感觉。我知道，在战后我是永远不会开办一个骆驼养牧场的了。

那些阿拉伯人经常向我们招手，有些还叉开食指和中指做出V字的手势，不过他们毕竟是在远处，所以难得听到我们的"OK"。

有次我们发现远处有只狐狸，或是狐狸一类的动物，于是有位老兄抄起步枪就打，正在这时又出现了另一只，于是大伙都一窝蜂地拿起步枪架在车栏上乒乒乓乓地打了起来，可是那两只狐狸却安然无事，大摇大摆地走开了。我暗自庆幸我没有被乱枪打着。因为当时的确是枪梭乱舞，子弹横飞，极易走火伤人。

第一天，我们来到一个专供骆驼队歇脚用的大村落，街巷狭窄，汽车擦着两边的墙壁慢慢地前进，我暗中希望千万不要来个急转弯，可是偏偏行不多远就遇上了这么一个急转弯，幸好这个弯并不那么急，而且只有20尺长，于是我们只好不停地倒车、向前开、再倒车、再向前。足足花了15分钟，才算驶离了这个弯。

一大群孩子从四面八方的泥屋跑出来，把我们团团围住。一个装有一条木腿的黑胡子阿拉伯老头对司机呱啦呱啦说些什么，司机一句也听不懂，只好不理会他。

不管是在什么地方、什么时候，只要我们一停下来，总会出现一个阿拉伯人，在我们车前车后走来走去，东张西望，面带笑容，搭讪着想和我们说话。在路上我们有好几次被阿拉伯人拦住，这些阿拉伯人都身穿白色长袍，肩上背着长管步枪，虽然他们的穿着和一般的阿拉伯人一模一样，可是一眼就可看出他们都是些民兵。

第一天晚上，在入黑后我们仍然驱车前进，皓月当空，沙漠显示出一种惨淡的颜色，真使人有一种进入梦幻世界的感觉。

车子突然停了下来，这时不知从哪里突然冒出五个穿白袍的阿拉伯人，都骑着白色的骏马，肩上背着我从未见过的枪管最长的步枪，在迷朦的月光下，他们可真像是神话里的人物，他们说话声音温柔悦耳，简直就和月色一样柔和。我虽然听不懂他们在说些什么,但我知道他们是在他们的土地上,这世界上最偏僻的地区之一,在作夜间巡逻。他们对这一带的地方了如指掌,要是我们是德国人而不是美国人,那天晚上,或是另一天的晚上,我们早就被他们送上西天了。

当我们最后终于到达那架英国飞机可能坠毁的地点时,已是半夜了。我们那位阿拉伯向导,带领着我们去找那架飞机,那里到处都是光秃秃的坟丘似的小山,小径纵横交错。月色朦胧中,我们走到几间孤零零的沙黄色的房子附近。我们在离房子大约还有500码远就站住了,喊了一阵,不久便有了回应,于是我们又用法语喊了起来:我们是美国人。跟着,就有两个人从房子那面走了过来,我们这边也派了两个人去和他们接头。这里离敌军的防地只有半小时的车程,还是小心为妙。

我们早就知道,这些房子就是法军的哨所,和所有其他的法军哨所一样,他们其实都是暗中为我们工作的。这个哨所的队长又高又瘦,长发垂肩,活像个诗人。可是我们好久都不知道他就是队长,因为他身穿便衣。

队长带着我们的领队军官去安排我们的宿营地,于是我们便围着那些泥砖房子转来转去,想看看骆驼队究竟是怎样的。

这些阿拉伯骑兵,即一般所谓的骆驼兵,这时都在月色下站着,面带笑容,分明是想和我们搭话。这时一只老骆驼正一瘸一拐地行过我的面前,我不由得失声喊道:"唉哟,这是一只三腿骆驼呀!它一定是在事故中断了一条腿了!"

第二天我才明白,原来阿拉伯人是有意把骆驼的一只前腿屈吊起来,只让一只前腿支撑着,使它不致乱跑。

这里有一条小小的黑毛骡,只有狗那么大,真可算是哈巴骡了。它在我们当中转来转去,眼神忧伤,像在等待着我们的爱抚。

我们看到有这么一个小东西，都好奇得不得了，纷纷去把它抱起来，看看它到底有多重。我们的司机跑到车上取了些糖来给它吃，从此就成了这毛骡的主人。

不久那位队长走过来说，一切都安排好了，于是把我们领到另一座屋子。那是一间宽阔的空房子，地面是砖铺的，大兵们就睡在地砖上。队长请带队军官和我去吃晚餐，这时已是深夜了，但很明显，这里都是很晚才吃晚餐的。

我们的带队军官是与士兵打成一片的人，所以他想和大兵们在一起食宿，我也是这样想，可是和大伙商量后，大家一致认为，如果不接受他们的邀请，那就显得太不礼貌了，于是我们去了。

共进晚餐的有八名法国军官和我们这两个美国人。他们的服装无奇不有，是半军装半便装的。很明显，自法国沦亡后，他们的供应便断绝了，于是只好有什么穿什么。他们已经有好几个月没有闻到过酒香了，所以他们一再为餐桌上没有酒而感到抱歉。

餐桌是用白木板做的，一架电池灯发出鬼火般的光辉，那是从一架坠毁的美国飞机上拆下来的，其余的房间只点蜡烛。一位法国军官勉强会说几句英语，靠了他，我们总算能相互传情达意了。

第一道菜是煎蛋，第二道是青蔬，第三道是肉食，但究竟是羊肉还是骆驼肉那就说不准了。总之，味道鲜美，法国人真不愧为世界名厨。

我们刚吃完饭，一个法国军官突然用手挡住耳朵，轻声说："嘘……"我们都跑了出去，空中传来一阵飞机的声音，原来是德国飞机在进行夜间空袭。

吃过晚饭就该睡觉了，法国人有的睡在床上，有的则睡在混凝土地面上，他们为我们两个在一个房间里布置了两个地铺，我们酣然入睡，一觉直睡到天大亮。

法国人是从来不正正经经地吃早餐的，所以当早上我们在煤油炉上用罐头盒煮早餐时,他们都跑来看。

我们有位大兵请那位法国队长来试射他的步枪,结果是所有的法国军官都跑来打枪玩,他们的枪法很好,虽然是他们用不惯的新枪,但他们仍然弹无虚发,可以将150码外的小石块击中。

这位法军队长也有一辆小汽车——其实是一辆小运货车——说如果我们能给他提供一些汽油的话,他可以陪我们到那坠毁的美国飞机那里去。没有烧酒,没有汽油,这些可怜的法国人在这边远的哨所进行着一场既孤独又凄凉的战争。

我们给了他五加仑汽油,然后出发了。有几个阿拉伯人也爬上车跟我们去,我们一到目的地,就立即投入工作。

同来的机械师立刻动手将飞机上能用的部件都拆卸下来,其余的四个人则挖防空洞。因为如果有德国飞机经过,看见有人在这飞机周围活动的话,会立刻俯冲下来扫射一轮的,这当然是人人都害怕的,所以有个防空洞在旁边,就可以随时跳进去了。因此我们一面拆飞机,一面挖防空洞,一点不浪费时间。

没有什么比在沙漠里挖壕沟更为好办的了,沙子又湿又软,正是小孩子最喜欢玩的那种沙子,我们四个人在一个半小时之内就挖出了一条四十尺长、三尺深的弯弯曲曲的壕沟。

气温逐渐升高,我们都脱了衬衣干活。一个浑身大汗的大兵说:"如果是在五年前,你给我五块钱一个钟头叫我挖沟我还不干呢!可是,现在,你瞧,你叫我不挖我还不干呢!我不是为这几文钱,保命要紧啊!但愿我们今天挖沟都是白费心机才好!我并不想在这一辈子中尽干些白费劲的工作,其实我也是很喜欢挖沟的,老弟,我并没有开玩笑。"

回想在机场时在粘土中挖沟的狼狈相,在这种沙土中挖沟简直是小菜一碟。防空沟不断向前延伸,我们用目测估量这防空沟是否够长,一个小伙子喊道:"这里低了些,应该加厚点。"他指指沟两边的一个低处："看看是不是够深了？"

"用不着挖那么深，"另一个大兵说，"子弹在沙土中最多只能打进三寸深，沙子是挡子弹最好的东西。"

在防空沟的一边，长着一丛山艾树，"就让它长在那里好了，"一个大兵说，"这可以使你思想上得到安慰，有点东西挡住你了，虽然那根本毫无作用。"

这就是千千万万美国大兵的一种新的形象。对于一个普通的老百姓来说，这是很难理解的。除非他也感觉到，一个防空洞比什么都宝贵，因为在空袭时，任何人都觉得炸弹是往他的头上落下来的，当然只有那些未挨过轰炸的人才不会有这种感觉。

当我们正在挖防空洞时，一个大兵又谈起了登载在《时代》杂志上那封信这个老掉牙的话题。读者们或者会问，这是怎么回事了？当然，这封信非常出名。事情是这样的：在去年（1942年）11月23日出版的《时代》杂志上，刊登了一位大兵的来信，这封信有人读到了，并且和他的同伴谈论起来，于是很快地人人都在谈论这封信。这封信是这样写的：今年过圣诞节时，给我们最好的圣诞礼物不是什么吃的用的，而最好是多购买战时公债，这样，不只是帮助了他们自己，也是使我们明年可以回家过圣诞节的最好方法。我们这些大兵唯一的愿望就是明年能够回家过圣诞节。

这封信在这里受到大兵们的欢迎，可是后来情况变了。因为大兵们调查了这封信的作者，了解到此君原来现在仍在美国国内的训练营受训。一个大兵如果还没有出国便大谈战事如何如何，这是最惹人讨厌的事。大兵们说："有什么话我们自己会说，用不着别人来替我们说。"

"在国内的那些家伙呀！"一位大兵一面挖着壕沟一面说着大兵式的俏皮话："他们过得才好呢！天天有肥猪肉吃，牛肉是大块大块的，他们如果一个星期吃不上三次鸡蛋的话，我也会奇怪的。"

"他们也够寂寞的,"另一个说,"除了搂着老太婆跳舞外,一点文娱活动也没有。军中俱乐部晚上十点便关门,夜总会最多到三点钟也关门,真是太过分了,怪不得他们都想回家去呀!"

"他们可能还睡不着觉呢!"第三个说,"一会儿嫌弹簧床太软,一会儿又嫌洗澡水太热啦。"

"是呀,除了廉价啤酒和冒牌威士忌酒外什么都喝不上,太可怜啦。"这位仁兄一面挖土一面说。

"是呀,还有那些自动售货机什么的,丢一毛钱进去,尽出来些中看不中用的东西,我真是可怜那些家伙。"

"喂,你可知道写信的那个家伙在哪里吗?"另一个说,"就在阿布基空军基地呀! 他想明年回家过圣诞节呢! 妈的,要是调我到阿布基空军基地去,我可算是到天堂啦。"

事情就是这样。大兵们认为,还未出国的士兵根本没有资格发言。在海外的大兵们有他们自身的感受,他们就用这种方式来发牢骚,而这还是他们的心里话。

就在他们都在飞机上拆零件的时候,我去找阿拉伯游牧人办事去了。我知道法国人和阿拉伯人都是喜欢握手的人,于是我找到一个,用法语说了声"你好",便握了握手,谈了起来。这是一个年轻英俊的人,可惜却生了一脸的大麻子。

我来时,基地上一位军官托我替他买一把阿拉伯弯刀,所以我和这个阿拉伯人握手之后,便敬了他一支香烟,然后问他有没有刀剑出售,我尽可能地说得简洁明白,可是我发现他根本不明白我在说些什么,而他又不会说法语,所以我们根本无法交谈,于是我掏出我的小刀,用世界上任何人都应该懂的手势,告诉他我想找一把这样的长刀,可他就是不懂。

阿拉伯人并不笨。看来他们只是不理解我打的手势,所以这个年轻人摇了摇头,笑了笑,好像是说:我们真笨,但很有趣,不是吗?阿拉伯人友善而且爱笑,所以我们虽然无法交谈,但都合得来。

这个年轻的阿拉伯人放牧着大约五十头骆驼,他用山艾树的枝叶喂它们。我打手势告诉他,我要去看看他的骆驼,于是他领我去。在路上,我发现,在阿拉伯语中,骆驼的发音有点像是"祖米尔"(Zumel)。

他指给我看一只骆驼,那是一匹又老又瘦的骆驼,前脚绑住了,所以走起路来一拐一拐的,我问他为什么这样做。根据他的表情手势,我只能理解为:这头骆驼的脾气最坏。当我们走近这头骆驼时,它的舌头从嘴边歪出,同时发出一连串我有生以来从未听到过的最难听的嘶叫声,这时我的这位阿拉伯朋友望着我笑,也学着这骆驼的样子怪叫起来。

这个玩笑不停地开下去,每当这头骆驼嘶叫时,他也跟着它叫,好像是在演戏一般。最后他玩腻了,跑去照看他的那群骆驼,于是我们握了握手,便分别了。

那天下午,正当我坐在飞机旁边的沙地上休息时,一个阿拉伯小男孩和一个小女孩骑着骡子从我们旁边经过,一条白狗跑在前面,我们都召唤那条狗来,那条狗到我们身边了,可是那小男孩却拣起石头来掷那条狗,好把它从我们身边赶开,我们都喊道:"不要打它。"并示意那个小男孩,要他把狗赶回来,好让我们玩玩它。这小男孩点点头,似乎是明白了,但是他又拣起一块石头去打那条狗。阿拉伯人确实是不理解手势。

这小男孩本身倒是挺友善的。他坐到我身边,于是我请他吸烟。从他吸烟咳嗽的情况来看,他从来没有吸过烟,他吸烟纯粹是为了礼貌。他坐了约一刻钟,面带笑容地望着我们。过了一会,我指指那条狗,示意他把狗唤回来,他点点头,笑了笑,然后,捡起石头又朝狗掷去。

有些阿拉伯人也养有好狗,有些狗就像小牧羊犬一般,但令人惊奇的是,大多数的狗都像北极狗那么健壮,毛色就像奶油一般。

阿拉伯人的羊群数量是惊人的。有一次我们看见一大群绵羊,全都是黑色的。我们开玩笑说,这群黑羊足够我们美国每家人分上一只了。但是,经常也可以看见带有黑白花斑的羊。

事实上,正因为有了牧羊人,沙漠才显得生气勃勃。我们看见远处有牧羊人的帐篷,都是黑褐色的,带有粗宽的黑色条纹。一般的阿拉伯人家都养有骆驼、山羊、绵羊、马、骡和狗。这看来好像有点不大协调,不过我们也看到过一些美国密苏里州的大驴子。

拆飞机零件这份苦差事终于完成了。我们于是在地上生火煮晚饭。吃饭时,机械士谈起了这次出差,他认为我们太靠近敌占区了。"在美国时,"一位汽车驾驶员说,"有个当官的有天对我们说,你们是去开车的,真是够走运的,整场战争你们也不会靠近敌方500英里以内。他这样说,好像我们都是怕死鬼似的,我真想揍他一顿,可那家伙现在还在美国呢!"

"可是我们现在离德军才30英里呢!"一个大兵说。

"30英里?"带队的军官说,"只有20英里呀!"

"我在报道中说是只有10英里的,"我说,"我们都成了英雄啦!"

他们都哄动起来了,七嘴八舌地建议我应该怎样写这篇报道:"把我们怎样挖防空壕也写上去,你就说,当我们正好挖完防空壕时,德国飞机就来了,不过你千万不要说那架德国飞机是在三万英尺高空,要用望远镜才能望得见我们的。"

要说这是开玩笑,这话只有一半对,因为我们谁都害怕德国飞机来空袭,于是我们商量怎样回去。我,还有另一个人,提出今晚就在这里过夜,明天一早就回去,可是机械师和司机都不愿意大白天在接近敌占区的地方开车，结果是大家一致同意马上开夜车走，说走就走，我们匆匆忙忙地吃完晚饭，把剩下的军用干粮都送给了那些法国人。天刚黑我们便动身了。

我们关了车灯，走了一整夜，沿着来时的车辙往回走，倒是挺顺当的。当然也照来时那样，冲下河岸，越过干涸的石底河床，再经过坑坑洼洼的荒漠、沙丘，然后在纵横交错的四通八达的车辙中找到我们来时的车辙，踏上了回家的大道。

这是一个万里无云迷人的月夜，只有稀稀疏疏的几颗星星在天空闪烁。动身时还相当温暖，同时我们也在兴奋之中，可是我们都忘记了，在沙漠中是夜愈深而愈冷的。才八点钟，我们已开始感到冷了。到九点钟，我们都裹着毛毯蜷缩在车板上。十点钟时我们都觉得挺不住了。这时我们真正是在受苦受罪，痛苦得简直难以忍受。

在夜色中，我们的车驶过，卷起阵阵灰尘，偶尔可以看见远处有点红色的火光，那是游牧人的帐篷，有时也可看见群群骆驼的黑影。有次我们停下来，转个弯，听见有架飞机在高空中飞过。华先生分明是不习惯坐汽车，他晕车了，于是我们停了车，让他下车休息一下。

我们经过村镇时，引起阵阵犬吠。在凌晨两点钟时，我们回到了第一个法军哨所处，在那高高的墙头哨位上，哨兵屹然兀立，那是每日 24 小时都有人在值班的，他们的葡萄藤讯号系统看来有点不大灵光，因为当我们停下车时，那位哨所指挥官才爬起床，在睡衣上披了件外衣，便跑出来迎接我们。

我早就听说过阿拉伯人的葡萄藤通讯系统的故事了。据说有一次，一架德国飞机在 150 英里外的地方坠毁，这消息立刻通过葡萄藤通讯系统传到有关部门，比法军的无线电还要快。

我们把华先生交还给哨所指挥官，然后和他握手说再见，便又钻进夜幕继续往回走了。愈是快到家了,愈是觉得路长时间短,最后那 20 英里简直像是走了一个星期。有次司机停下车来,想让大家下车舒展一下,结果却被冷得龇牙咧嘴的弟兄们训了一顿,要他马上开车。

我们正好在明月西沉,离天亮还有一小时的时候回到了基地。我们这次远征沙漠,一枪未发,却饱尝了沙漠的大好风光。"以后哪天我要把这次横越撒哈拉沙漠的事情好好告诉我的孙子。"一个大兵说。

"你并没有横越沙漠呀!"有人反驳他。

"管他的,反正我已经横越了部分撒哈拉沙漠了。走,睡大觉去,好好地睡它一天"。

于是我们就这样足足睡了一天。

8 这就是战争

在战时,常常有这样的事,即好朋友会突然失踪了。于是我们有时便会漫不经心地谈起他来,就像从前我们谈论某某邮机驾驶员一去不回那样。

我的一位老友 L·贝斯曼(Leonard Bessman)中尉,原是密沃基市的一位律师,就是那样一去不回的。我们推测他多半是被俘而不是战死,于是我们都期待着奇迹出现,不久就会再见到他。据我所知,由于他是犹太人,他对这次大战是深有感受的,这次战争对他们来说无疑是个大悲剧。不过我至今仍无法最终肯定他是不是个犹太人。

在我们当中,他的勇敢是人人皆知的。这是一种建筑在信仰上的勇敢——这使他的信仰变得坚不可摧——因此他迟早不是战死就是被俘。他在这里获得所有人的敬爱。

一天晚上,我们坐在床铺上,又在谈起贝斯曼的事情。贝斯曼也是个好发议论的人,所以我们常常为他的言行而争论不休,其实我们谁都很了解贝斯曼的为人。

最常谈的事情便是那天贝斯曼究竟是怎样被俘的? 那天他走在队伍的最前头,他是队长,理应带头冲锋,可是突然间他发现自己被包围了。他的前面是一辆德军坦克,旁边不远处是一个德军的重机枪火力点，贝斯曼于是从吉普车中一跃而下，拔出手枪，对着德军大喊："出来，我要开枪啦！"如果换了别人，可能会被人认为是故作姿态，可他却是当真的！

随着战争的延长，我们很多人对战争的激情都渐渐淡薄了，但贝斯曼并不是如此。这在他生活道路中的每一件小事都可以反映出来。我们有一种装在半履带式越野车上的高射炮，每门炮有两名炮手，炮手就坐在高射炮后面的座架上。有次德机来了一次极其猛烈的空袭，又是投弹又是扫射。贝斯曼当时就伏在离高射炮不远的地方，当德国轰炸机正对着他们俯冲下来的时候，贝斯曼紧紧地盯着那两名炮手。这两名炮手勇敢地迎击这架敌机，可是突然间他俩从炮座上倒了下来，死了。就在这时，好几个大兵从车上跃上炮座，推开尸体，操着高炮对着德机就是一顿狠打。贝斯曼对这种尽忠职守、勇于牺牲的精神深为感动，每逢谈到这件事时，他都感动得热泪盈眶。

最受贝斯曼赞美的一件事发生在不久前，那时我们这里集中了大量的炮兵，给予了德军极大的威胁。德军不知道这些炮兵布置在哪里，于是晚上派飞机来侦察。我们这方面当然采取了保密措施，没有用炮火来驱逐德机，以免泄漏炮兵阵地的位置。

德军飞机每晚都来，可就是没有找到目标。不过，每天晚上，当这些德国飞机盘旋一番一无所获，最后只好离开的时候，总有一名炮手挑战似的朝德机打出一炮，好像是说：我们就在这里，你这笨蛋，来吧！

就这样，每天晚上，当那些德机离开的时候，那个炮手总要朝它们打上一炮，这简直是打德国人的耳光。这件事使贝斯曼大为激动，他说："在所有的美军当中，我最推崇这位老兄，我一定要找到他，即使他只是个上等兵，我也要对他举手致敬。"

我们听说，在埃尔·吉他尔的战役中，德军俘虏了一些美国兵,德军把这些美军战俘运到突尼斯市,要他们在突尼斯的大街上列队行过,然后装上卡车,运到市外,让他们重新列队从大街上走过,然后又是运到市外,要他们重新列队从大街上走过,然后又是运走,又是在街上列队走过。德国人的目的很明显:就是要给人一种德军大俘美军的印象。一位贝斯曼的熟人回来后对我们说,他在突尼斯的大街上看见贝斯曼在那条大街上走了三次。贝斯曼还是那个老样子,耸耸鼻子轻蔑地说:这个地方怎么我以前好像见过?

我们的另一个老友,汤尼·拉姆金(Tony Lumpkin)上尉,也是在那次战斗中失踪的——几乎可以肯定已被俘——汤尼是某一个单位的事务长,而事务长一般是兼任部队招待所所长的。

在那次战斗被俘前,汤尼刚刚得到一个绰号"挪亚",因为人们都说,汤尼是被挑选出来当这种干部的,因为他的顶头上司,部队的后勤处长,一个颇具幽默感的家伙,把汤尼从帐篷里叫了出来,感谢他把招待所设在这么一个风景优美的湖中心。

汤尼如果一心一意做招待所所长的话,本来是不会被俘的,但他是个好炮手,他手痒了,老想和德国佬干一仗,最后他终于说服他的上司,他带上五个兵,一门带有轮子的小炮,就上火线去了。

第一天,他们把一头骆驼当成是德军卡车,老远就开炮,后来走近一看,原来是一头骆驼。第二天他们挺进山区,想找一个理想的发射阵地,但总没有理想的。第三天,他们走出山区,到小山包上想找个好地方……

汤尼一向是和米勒(Chuck Miller)少校、少校的勤务兵尼哥林(William Nikolin)三人合住一间帐篷的,关系亲如一家。所以当第三天晚上,米勒少校回来发现汤尼的床铺空着时,吃了一惊,一种不祥之感袭上心头。第二天早上醒来时,他发现汤尼仍然没有回来,米勒少校立刻向上级报告,在得到允许后,米勒带上一小队宪兵找汤尼去了。

他们找遍了汤尼曾经出没过的地方，最后，对当地地形做了分析，问过当地土人，审讯了德军战俘，事情才弄清楚。原来汤尼早就被德军盯上了，他原想占领的那个小山包上，早已布满了德军。一个被俘的德军说，他们包围了美军，那个美军队长在被俘前用冲锋枪打死打伤德军各一名。

因此，这个汤尼—米勒—尼哥林三人小家庭算是散伙了。"我们很合得来"，米勒说，"汤尼为人随和，处事乐观，而我则是个炮筒子，所以有时我鼓舞他，而当我发脾气时，他泼我冷水，我们彼此正合拍。我们真的很想他，是吧，尼哥林？"

那年春天，有一段时间，我跟随另一支部队离开了前线，我估计，在我离开时，那里准会有战事，因此，当我回到那里，并和我的老朋友会面时，我很想看看他们有了些什么变化。

他们最明显的变化，就是他们在闲谈时对"杀戮"的那种态度。他们用一种行家里手的态度来谈论"杀戮"，认为"杀戮"是一种技巧而不是像以前那样，认为"杀戮"是一种罪恶，这种心理上的转变是很明显的，他们认为"杀戮"没有什么不对，事实上，他们甚至还很欣赏"杀戮"这玩意儿。

对于他们这种心理上的变化，我之所以印象深刻，我想这是因为我没有变化的缘故。作为一个非战斗员，我很少遇到危险，所以，我很少想到"杀戮"，而有时甚至会认为，不管怎么说，杀人就等于谋杀。

因此，即使在死人和废墟中度过了一个冬天以后，我也只是偶尔才会体会到战争是什么，战争是多么丑恶。现在面对血淋淋的现实，我也变得心狠了，我发现，当我面对成行成列的墓碑时，我已不会感到难过了。而面对残肢断腿时，我竟然不会动恻隐之心了。

　　但是当我远离这一切,独处一隅,或者是晚上蜷缩在睡袋里,回忆我所见到的一切时,我会陷入沉思,于是那些死者便会一个个地在我的脑海中再现,使我好像是在做噩梦似的。有好几次,我觉得我实在受不住了,想离开这种地方了。

　　但是对于那些在火线上打仗的人来说,是不管这些的,只要他打过一次仗,他便将一切置诸脑后了,他会拼命地打,因为他不想死,因而对他来说,杀戮成了他的职业,就像我以写作为生一样。

　　对我们的战士来说,他们就是要去杀敌,不管是一枪一个也好,或是整批地消灭也好,他们都要亲眼看到突尼斯的德军被打败、溃散,然后被消灭。当他们谈到德军尸横遍野,我们的空军把敌人的军舰炸得粉碎,在突尼斯的最后一役将把德军全部消灭时,他们无一不神色飞舞。

　　因此,一个上过火线的老兵,和我们这些从未上过火线的人,是截然不同的。我们这些人——你我,还有成千上万在北非后方的士兵,对于怎样结束战争,只有一种学究式的认识,而上过火线的老兵就不同了,他们认为结束战争的唯一途径,就是把德国佬通通消灭掉。战争就是这样,我们这些人,不管累死累活,总不能和他们相比。不管你怎么说,反正只有上过火线的老兵,才够资格算是一个真正的战士。

　　在决战的准备阶段——肃清突尼斯中部的敌军——我们第一次投入了大量的兵员,说实话,他们都不够资格算精锐部队,我们的指挥官承认这一点,他们不想为此辩护。在战斗中,英军确实帮过我们好几次忙,但不论是英军的还是美军的指挥官,对此都没有什么微词。他们都知道,美军并不缺乏勇气,而只是缺乏经验,而谁都明白,在下一次的战斗中,我们将会打一场漂亮的仗。

　　只要经过实战的锻炼,他们就会成为一支劲旅。美军第一步兵师就是一个绝好的例子:该师的战士都以他们自己的表现而自豪。在战斗中,伤员都不肯下火线,有的再次负伤,有的战死,没有一个退后一步。一位将军说,他们与阵地共存亡。

我听说,有一位英国高级军官,在战斗刚结束时,来到我们的阵地,战死的美军士兵还倒卧在他们的散兵壕里,手中紧紧地握着他们的步枪。这位英国老军人激动得热泪盈眶,连连说"真是英勇的战士!"

一天下午,我们来到距离我们的新阵地只有几里路的地方,阵地的那一边不远便是德军。头天晚上,起初平静无事,可是后来有些事情像鬼上身似的纠缠着我,使我久久不能忘怀。

事情是这样的,我们来到这个新营地已经整整一个小时了,我们还在搭帐篷,这时德国飞机来了,我们都停了下来,紧张地望着这些德国飞机。这是一场例行的轰炸扫射,于是地面上的高射炮和天上的机关枪都乒乒乓乓地响了起来。突然间我们发现有一架德机向着我们俯冲下来,于是我们赶紧跳进防空洞。我的两个军官朋友已经挖了一个洞口只有三尺宽的地洞,洞上面支了个帐篷。现在他们都扑向帐篷,我也跟着扑向帐篷。可是帐篷的门不知怎的打不开来,我们都急得发疯,最后门终于打开了,我们都一头栽进那个地洞里。

我们都脸朝下伏在地上,只听见那飞机在我们头上呼啸而过。我们等待着炸弹落下来,而炸弹果真就在我们周围惊天动地地爆炸开来,响声惊人。可是事后我们发现,既没有弹坑,也没有死伤者,而只有一些吓得发疯的人。

黄昏时,我们前面山岭上的大炮开始怒吼起来,炮声并不可怕,而且有点像阵阵的雷声,这种雷声使我回忆起童年时光,因而使人伤感。

当我们钻进帐篷时,他们都睡下了。营地附近有一个农庄,那里面的狗足足吠了一夜,炮声整整响了一天一夜没有停过。有时在远处会响起一阵枪声,有人说可能是德军侦察兵在骚扰,但这也不一定,反正我们翻来覆去老是睡不着,我打开了电筒。

"几点钟了?"睡在我旁边的甘宁汉问道。

"十二点三刻,"我答道,"你没有睡着吗?"

他的确没有睡着。

有飞机声自远而来,然后来到我们头顶上了。

"你看这是德国飞机还是我们的?"他问道

"根据马达声来看,那是我们的飞机,"我说,"不过究竟是不是,我也说不准。"

飞机飞远了,连声音都听不到了。大炮又怒吼起来,附近什么地方响了一枪,跟着又是一阵鸡叫的声音。我想起不久前有人在我们的营房前打死一条蛇,说那是眼镜蛇。又想起这里有沙漠蝎子的说法,我不禁毛骨悚然,心想要是帐篷的边缝没有密封好可就糟了。

飞机声又来了,我们只能带着不耐烦的心情静静地听着。附近有一只狗突然狂吠起来,那种声音就好像是它见了鬼似的,这种哀嚎声真把我折磨得要疯了。

据说,战场上到处都有鬼魂,他们到处游荡,而且最爱到营房里来,摸摸这样,碰碰那样,而且最爱逗狗大叫。当然,每当一次战役过后,他们就会数量大增。

我们就这样静静地躺着,心中老是想着坟墓、死人。大炮不停地响着,我们谁都睡不着。

"几点钟了?"黑暗中又有人问道。我又按着了手电筒。

"四点半了,老天爷,睡觉吧!"

拂晓前我们终于都睡着了。

第二天早上,我们发现昨天晚上大家都是整晚辗转反侧,没有睡着过。这真是一种无法解释的现象,因为我们谁都经历过更大的危险场面,而且往往大炮的轰鸣声只会加速我们入睡。

所以那几天夜里,我们好像都传染上了一种无法形容的精神恐惧症,我们好像又都返老还童,都"怕黑"了。

9 北非的最后一仗

在总攻开始时，我去了正在 Mateur 前线作战的第一步兵师，北非的战事就在那些山区里进行着。我们不断地爬山，山并不高，但连绵不断，而且大部分寸草不生，易守难攻。不过我们最终还是攻占了它。

德军固守在每一道山脊的后面，挖了无数的散兵坑和猫耳洞。而在正面的开阔地上，则埋设了大量的地雷。美军如果要想攻占这些斜坡，就会受到交叉的机枪火力、雨点般的迫击炮和手榴弹攻击。当然，我们不会往上硬冲，按照常规的战术，我们一方面用猛烈的炮火轰击他们，一面派步兵包抄他们的两翼。

火炮日夜不停地轰击着，在进攻的步兵面前筑起了一道火力屏障。大炮还轰击了德军防守着的反斜面，我们都知道德军为了逃避美军雨点般的炮弹，把散兵坑和猫耳洞都挖得很深，因此我们的炮弹在离地面几尺的地方爆炸，只有用这种方法才能消灭那些深藏在猫耳洞里的德军。我们的炮火的确是令人震惊的，有位军官告诉我，我们将整个地区中所有的大炮都集中起来使用，因此当所有的大炮都朝一个目标轰击时，德军阵地便像火山爆发般硝烟弥漫、弹片横飞。事后，有的德军老兵说：他们征战多年，也从未遇到过这么猛烈的炮火。

向步兵致敬——正如他们自己说的,这是些该死的步兵。我替他们抱不平,因为他们老是受到忽视,小伙子们受尽风霜雨雪的折磨,丝毫谈不上有任何享受。他们还要在缺衣少食的条件下去战斗,而最终就是靠他们才打赢了北非这场战役。

我想你们也可能见过这难忘的一幕。我们刚刚攻下了一个小山包,我就坐在山坡上的草丛乱石堆里,周围是一大片开阔地,一条小路绕过小山,往下是一个长坡,越过小溪,然后又是一个长坡,爬上长坡便又是另一个小山了。在这条小路上走满了成行的队伍,他们一连足足打了四天四夜,吃得很少,睡得很少,根本没有洗脸,他们连晚上都在战斗,有时甚至拼刺刀,白天则不停地受到炮轰。

他们在徒步前进。每人相隔约 10—20 米,他们已经疲惫不堪,所以走路都是慢吞吞的,快要走不动了。他们背着各式各样的武器装备,从机枪脚架到子弹带、子弹箱都有,他们的脚深陷在土中,他们负担太重了。

他们艰苦地前进着,看来每走一步就加重一份疲劳感。他们都是年轻人,可是现在都灰尘满面,脸孔又黑又瘦,长满了胡子,简直都成了小老头了。他们面无表情,没有欢乐,没有憎恨,也没有对胜利的渴望,他们只是在尽他们的本分,在干他们应干的工作。

无穷无尽的队伍在大路上行进着,就像一大队蚂蚁一样,足足走了一个下午,我真不好意思面对他们。

他们都是来自美国的小伙子,你只要望他们一眼,便会了解到,在美国国内,多苦的工作都比不上这些在突尼斯打仗的步兵。

在经过了四天的战斗之后,我所在的这个师就在这个被攻占的山头上休息了两天,而两边的友邻部队仍在进攻。

人人都在山的反斜面上掘穴自守,各挖各的,在挖掘防炮洞这件事上用不着上级下命令,人人都自觉地挖,即使疲劳得要死,他还是要挖,挖好了才躺进去休息。

在这个短暂的休息期间,我第一件事就是要了解这些疲乏不堪的士兵究竟要多少时间才能恢复过来,才能完全复原到和一个正常的人一样,会咒骂、会撒谎,特别是想回家。

哨兵派出了,巡逻队也开始巡逻了,电话线也拉好了,他们才蒙头大睡,不知东方之既白。

这一天,他们什么也不干,只是三三两两地坐在一起谈天,白天就这样打发过去了。黄昏来临了,宿营地显得像过节一样,吉普车带来了邮件、行李卷。天黑后,热饭、热菜也送来了,这是他们四天来第一次吃热饭。饭菜是用行军灶在几英里外的后方做好的,装在大保温桶里,用吉普车运到山脚,然后又挑又扛地摸着黑,顺着羊肠小道送上山来。

在饱餐一顿热菜热饭、灌饱咖啡之后,人们都活过来了,然后心满意足地躺下好睡了。整夜炮火不停,可是对他们毫无作用,他们太疲乏了,根本听不见炮声,山上没有蚊子,只有几个跳蚤,可是我们后来发现山脊上有蛇,到处爬来爬去,还有两脚蜥蜴、蝎子、蜈蚣、大沙虫,以及食人蚁。

天还未亮,热乎乎的早饭就送来了,四点钟开始吃早餐,然后队伍集合,宣布说有信快写,晚上就要集中发出。于是大兵们都趴在地上写信,可是他们不知说些什么才好,因为信中不允许提及刚刚发生的事情。

有些人干脆把钢盔当脸盆,装了水开始刮胡子。他们已经好几天没有洗脸了,有些人到后面山沟里的小溪里洗澡去了,没有去的三五成堆地坐着闲谈,有的独自躲在防炮洞里静静地擦枪、看书,或者干脆躺下来轻松一下。一些几个月前出版的杂志《美国佬》以及一些几个星期前出版的美国军报《星条旗》也送来了,有些人则看军中通俗读物和连环画,那是随着行李卷一起送来的。到了中午，所有的人都纷纷打开丙种军用干粮盒吃午餐，装在五加仑桶里的冷咖啡也拿来加热给大家喝。

大兵们互相理发，也不管式样好看不好看，因为他们根本不想也不可能到哪里去玩。有些人差不多脱得赤条条地躺在军毯上晒太阳，他们皮肤晒得红红的，就好像在迈阿密的沙滩上晒了一个冬天。有些人戴着钢盔的衬里，以避开中午的烈日。

由于经常在岩石上爬来爬去，他们的膝部脱了一层皮，而且很多地方都破了皮，有些人脱下鞋袜来检查，发现他们的脚都红肿化脓了。

我坐在他们当中，听他们谈打仗的事情，真是既严肃又有趣。"我们打硬仗，"他们说，"这是我们到非洲来的第三场大战了。那些德国佬现在真的害怕我们了，他们知道我们的厉害了，他们恨死我们了。"

他们又说又笑。太阳一下山，就开始冷起来了，天刚黑，晚饭就送来了，夜间口令也传达了。接着，从电话中传来了开拔的命令。对这些他们早习以为常了，大兵们默默地卷起行李卷背上，提起枪便去站队。

大兵们排成单行，顺着羊肠小道出发了。路并不好走，伸手不见五指，他们走得很慢，时不时有人摔倒了。他们悄悄地走着，就像一群幽灵。附近有我们的炮兵在开火，炮口闪出的亮光像手电筒一般，照亮了黑暗中的我们：一连串戴着钢盔的人影，还在不声不响地走着。

我所在的这个营分两路前进。第一路早就出发了，他们奉命要在凌晨三点半时攻击前面某个小山。第二路则奉命午夜出发，天亮前要进驻前面某个绿洲，然后掘壕据守，待命行动。我参加了后一路。

午夜一点钟时我们准备出发了,大行李和一切个人用品都留下了,不过我还是带了一条厚毛毯和一把小铁锹。我们排成双行下山了,山坡上草长过膝,到处都是弹坑,我们只好绕过它们,讨厌的是草丛中有大石块,所以不断有人摔倒。

慢慢地我们变成单行了。队伍愈来愈散了,前面的人和一大群第一批的掉队者混杂在一起了。我们在后面,前面发生了什么我们都不知道,于是只好坐下休息。

走在我前面的是列兵霍京斯,他背着一卷重达 50 磅的电话线,还提着两箱子弹,我真不明白他怎么没有掉队。

两个钟头以后,大约前面的混乱情况终于消除了,于是我们又成单行前进。我们小心翼翼、低头望路,一步步地行进着。虽然月亮出来了,但由于有一大块黑云遮掩着,所以只有一点点月光照下来。我们很少说话,但时不时仍然会停滞不前。这时突然前面传话下来了:往下传,不准说话。

我们默默地走着。在我们的后面,我军的大炮在轰鸣着,而在我们的前面,德军的大炮也在怒吼着,双方炮战不停。我们听得见炮弹的出口声,然后是炮弹啸叫着掠过我们的头顶。异乡月夜,炮火连天,队伍在前进,真是另一番感受。

我们队伍里有一位大兵,带着一台便携式步话机,从昨天晚上开始便想和上级首长联系。可是步话机有点毛病,于是他整个晚上跑来跑去,想找个最佳位置调好机器来恢复联系。这天晚上我们在行进中也好,在休息时也好,总听见他那可怜巴巴的声音:"李普曼在呼叫何维尔,听到吗? 老何?"

我们在突尼斯北部的山地战大多数是在夜晚进行的,甚至是在毫无月色的黑夜里进行的。所以最令我感到奇怪的是,我们的部队怎么能在完全陌生的异国土地上,在黑夜,在崎岖无路的山地上靠双脚来行军的呢?

这种行军的艰难一如我所料,速度是够慢的,每小时能走上一英里便算是快的了。大兵们一般成单行行进,他们并不是齐步走,而是便步走。每个人都背着自己的全套装备。他们会跌倒,会踩到泥洞,会被电话线绊倒,或是脚趾踢到石头上,但是,他们会爬起来继续行进,而且要尽量跟上前面的人,以免掉队。在这种环境下,要想好好地完成行军任务,就好像是在暴风雨时要想在海上进行领航一样困难。因为夜黑如墨,什么地貌都看不见。

来自纽约的迪里斯科尔(E.D. Driscoll)队长说:"在部队里人们都相信是有鬼的,而最小的鬼也会把大山搬走的。有一次,我们在黑夜里朝一个小山头走去,我们一边走一边仔细观察地形地貌,可是当我们走到那里时,我们怎么找也找不到那个该死的山头了,那个小山头已经被那些小鬼头搬走了。"

在我们队伍的前头,有一名向导在带路,他在白天巡逻时已经侦察过这一带的地形,所有的山包、小路、沟谷他都记得清清楚楚。此外,还有名带着指南针的军官在队伍前头伴着他,当发现有问题时,他便伏下身来拿毯子遮挡着,用手电筒照着指南针来校对方向。

整条行军路线都有士兵站岗,以免随后而来的部队迷路或误入歧途。此外,前面带队的人还一面走一面留下记号。他们一般是每隔大约 100 米便在地上摆上一块白布条,我们这次行军时白布用完了,于是只好用上药用白纱布。有时他们也用卫生纸包着石头放在路上做记号。虽然有了这种种措施,可是每个连队依然还有那么几个糊涂兵掉队迷路,于是在随后那几天里,他们只好在山头上跑来跑去,见人就问他们所属的连队到哪里去了。

在行军时,军用电话线是跟随着队伍拉设的,电话线当然就放在地面上,电话线都很细,细到连我这样的小个子也可以在腋下夹着一个半英里长的电线卷。在这次夜行军的头一个晚上,我们便带了两英里长的线卷,当刚刚拉完一个半英里长的线卷时,我们意外地和另一条电线接上了,于是我们便摇电话和营部接上了头,报告了我们目前的位置和情况,并请求指示。当另外那半英里线卷也用完时,电话机已接通到前面了。

德国人有一样事情是非常拿手的,那就是隐藏和伪装他们的炮兵阵地。有一次当我们进攻德军占据的一个山头时,发现了一门德军的 88 mm 大炮,可是等到我们攻占了这个山头,转过身来找这门大炮时,却怎么都找不到这门该死的大炮了,可是当时我们明明看见它就是在那里的。

德军通常都在山里埋伏下狙击手,当德军撤退,我军占领后,这些埋伏下来的狙击手都藏在石缝里,而且有时简直就躲在我们的阵地上,然后向我们的后续部队开火,给我们带来不少麻烦,而且要发现他们的确十分不容易。

有两个德军的狙击手就是这样藏在那小小的工事里,我们占领了那个山头后,他们竟然和我们打了三天。虽然当时我们的队伍就在那里露宿,离他们躲的地方只有几步路,而且每天都在他们的机枪头上过往好几次,可就是没有发现他们。

德国人最喜欢也最拿手的是在山腹里挖些藏身洞,大小刚好能容下一两个人,上面盖上大石头,只留下一个小洞作射击孔,洞里贮备有够吃好几天的干粮。留在里面的德国兵到弹尽粮绝时才束手就擒。这些地洞伪装得和山上普通的地形地物一个样,我们就在它旁边走过,有时则站在它的头上,可就是不知道下面藏着个德国兵。我们也知道,要想把这些德国兵挖出来,只有把整个山头掘地三尺才能把他们弄出来。

在突尼斯我经历了最难忘的一天,那天有好几千发炮弹在我们的头上飞过,当然,大多数炮弹只是飞过我们头上,然后落到别处爆炸了,可是有些炮弹却是实实在在地朝我们打来的,这就使人够受的了。当时我并不在主阵地上,真正交火的地方是在我们左边约200米处,在我们的右边,一辆吉普车被地雷炸翻在地,而德军的机枪则不停地扫射着。

那一整天我们都处在交叉炮火的弹幕之下,敌我双方的大炮就在我们的周围形成一个包围圈互相轰击。这个圈有3/8是德军的,而其余的5/8则是美军的。美军的炮兵正在轰击我们前面的德军阵地,而德军则在炮轰我们后面的美军炮兵阵地。在我们的四面八方都有大炮在轰鸣,在那一天的白天的十四个钟头里,炮火没有停过一分钟。

由于大炮就在距离我们不远的地方发射,所以炮弹出口时的轰鸣声响得怕人,而炮弹经过头顶时都带着一种嘶叫声。人们当然是看不见炮弹的,除非大炮开火时他就站在大炮旁边,但每当炮弹嘶叫着飞过天空时,人们总觉得应该是能看得见炮弹的。有些炮弹飞过时声音很大,有些则很小,而这种声音简直是无法形容的,我最多只能说,那声音就像拿棍子打在水面时的那种噼啪声。

有些外形明显有缺陷的炮弹飞过时,会发出一种奇怪的声音,我记得有一颗炸弹飞过时,那声音活像火车头正以时速40英里的速度在喘着气往前开时发出的那种声音。而另一颗飞过时,那声音就活像留声机出毛病时老是唱着同一句时的那种声音,当时我们全都忍不住哈哈大笑起来。

人们都说,当一个人被炮弹击中时,他根本就听不见炮弹飞来时的声音。幸亏我不懂这些,不过我知道炮弹来得愈近,能听得见的时间也就愈短。那些在100米以内着地爆炸的炮弹,当你听到它飞来的声音时,一秒钟后它就爆炸了,这种声音不但令人害怕,而且让人觉得特别恐怖。

每当听到炮弹飞来的声音时,我总是不期而然地想到,这一颗炮弹大约就要打中我了，于是本能地往地里钻，我不知道我是否紧闭双眼，但我十分清楚的是我快要坚持不住了，直到起码十分钟后我才能恢复。

有时炮弹落得太近了，以致老兵也和新兵一样会吓得跳起来。有一次我们同时听见三颗炮弹朝我们飞来，虽然这次我不会垮得特别厉害，可是当那 3 颗炮弹终于都在 100 米外爆炸时，我一面有气无力地咒骂着，一面费了很大的劲才把一片饼干塞进嘴里。

有时，德军的炮火会突然停了下来，于是我们都松了一口气，以为德军后撤。哪知突然间，德军的炮弹又铺天盖地打了过来，迫击炮弹如雨点般落下，而机关枪则泼水般地扫射过来。

终于，在一天下午，据说德军已被击退到山后面了，大兵们都从他们的藏身洞里钻了出来，坐的坐，站的站，都在休息，我也出来和他们混在一起。这时有人告诉我有个新兵大难不死的故事，于是我就去找这位大兵。

他就是列兵马高·哈比林（Malcolm Harblin），24 岁，原是个农民，1942 年 6 月才入伍的。他面色白净，戴着银边眼镜，像小老鼠般羞怯。他个子小，戴着顶钢盔看起来很不相称。他在 EL Guettar 那次战役中，一颗德军 88 mm 的炮弹在他身旁爆炸，一块弹片从他的左手和胸部之间穿过，把他的外衣、内衣和衬衫撕得稀烂，而他连皮都没有擦破。他现在还穿着那套烂衣服，因为他没有可替换的。他把那个破洞指给我看，而我则津津有味地听他讲事情发生的经过。

说着说着，突然间那使人心惊胆战的声音又来了，这可不是开玩笑的。有时即使你听到声音也来不及了，只好等着完蛋，除非那是个哑弹。哈比林一下子就跳进他的防炮洞里去了，而我则扑倒在他的身上。这次这个炮弹在我们前面约 30 米处着地，然后弹起来飞过我们头上，离我们那么近，几乎可以用手抓住它，最后它在我们后面不到 100 米处爆炸了。

哈比林呆呆地望着我，我也呆呆地望着他。过了半晌我只说出了这么一句话："你又一次死里逃生！"

我的生活，当然也是和大兵们一样，住、吃、睡都是在地面上。由于不断地由这个山头行进到另一个山头，所以我们每晚都睡在不同的地方。所谓露营，其实就是挖个掩蔽洞，睡在里面。我们很少脱衣服睡觉，更不用说脱鞋子了。我们每人仅有一张单毯，但有些人则一无所有。有三个晚上我睡在地面上，盖的垫的都没有，后来我总算弄到一张毯子，睡在一个浅浅的地洞里。

另外，我们已经有好几天没有吃过煮熟的食物了。大兵们只好吃随身携带的军用干粮。幸亏我是习惯了吃干粮的人。水都是用铁罐装来的，所以很少用来洗东西。有时我们也整夜行军而白天睡觉，一直睡到太阳晒得睡不着为止。有些人睡在防炮洞里，有些则干脆成行地睡在地面上。这里石头多的是，所以我们都在防炮洞里用石头砌墙。

我们经常受到德军 88 mm 口径大炮（德军著名的高平两用炮）、47 mm 平射炮、坦克炮及机关枪的轰击。虽然我们具有空中优势，可是德国的俯冲轰炸机仍经常来空袭我们。好在这些德国佬急于完成任务好早点飞回去，所以经常投不准，炸弹都投到目标以外，根本炸不着人。所以有时在拂晓空袭时，我们被惊醒了，都在数德国佬又投了多少个炸弹。

就炮轰和轰炸两者而言，我认为炮轰是最令人害怕的。当敌方炮火延伸直接打到我们身边时，那简直太让人受不了了。我就见过不少这样的"炮火恐惧症"患者。

战地的夜空是色彩缤纷的，大炮开火的闪光照亮了整个夜空。由地面发射的照明弹和由飞机上投下的照明弹吊在小降落伞上徐徐下降,把大地照得通亮。装甲车辆整晚在野地里行进。德国的夜间轰炸机在空中飞来飞去,地面上凡是发光闪亮的东西都成了它们攻击的目标。

黄昏时,一群担架兵到前沿搬运伤兵去了,天亮后伤员都由前沿运下来了,或抬或扶,也有自己走的。运输队排成长长的一行,他们肩上扛着三个一排的重型迫击炮弹,送到火线上去。

在我们后方两英里处,工兵们在日夜不停地工作着,他们挖土、爆破,用推土机把土推推平,使载重卡车能随着部队前进。

我们有时整整30个小时甚至更长时间没有睡觉,在开始时,由于活动和兴奋,我们都还没有睡意,而我之所以不想睡觉,是恐怕错过值得报道的新闻。当然,在开始时,炮声是惊人的,但在最后那两晚,我在火线上却实实在在地睡足了八个小时,什么声音都吵不醒我。

在那段时间里,我们都在挨炮火,而我并不觉得怎么样。这种能睡就睡的生活并不会难倒我,即使在行军后,我也不觉得怎么疲劳。日子过得这么多姿多彩,所以我还没有来得及好好体会一下,一个星期便已过去了。除了因为躲避炮火和空袭(通常时间不长)而不得不跑来跑去外,我并不觉得有什么兴奋或紧张情绪存在。最后,当我在某天早上离开火线返回后方时,我觉得这是我一生中最美好的日子。

可是,当我平安无事地回到后方时,我却感到疲乏得不得了。我接连睡了两天两夜,除了吃饭,我根本不起床,我的脑子和我的身子一样,疲乏得根本不想动。构成我这个人的所有细胞好像已经全部消耗完了,这是一种我从未体验的极度消耗。很明显,这是一种自己意识不到的极度紧张过后的一种松弛反应。直到第四天,我才感到一切又恢复到正常,并且从那以后,我很怕想起那些伤兵。我从中得到的教训是——德国产88 mm口径炮是邪恶的帮凶,要躲开这些家伙。

早在这次战役之前,我就说过,美军在这次北非战役中不会起主导作用。可是,当我亲身在火线上经历了这场战斗后,我觉得我应该收回这些话。

在这场山地战中,美军打得很艰苦。这是远处大洋彼岸本土上的美国人所无法想象的。那真是一场漫长的战斗,猛烈的炮火,到处是地雷,由机关枪构成的火网,有时甚至发生野蛮的白刃战,这真是一场残酷而又费力的战争。凡是经历过这次战役的人,都会怀疑是否还会有哪场战争会比这次为期半月的山地战更难打了。

德国人顽强地从这个山头打到另一个山头,直到最后被突破为止。有好几次,我们已经把德军固守的山头轰击得一塌糊涂了,可是我们还是要一次又一次地把整营整营的步兵投入战斗,才能拿下那个山头。我们的伤亡率大得惊人。

没有人能否认这次在北非与隆美尔的战斗中美国人所做出的贡献。

但是,在国内有些刊物上,流传着说美军第一师初到北非时,开头那几仗打得很差劲。第一师的官兵们对此当然有意见,他们经历了北非的四大战役,每次都赢得美誉,并为自己的胜利而骄傲。所以如果国内发生了这种令人不快的事情,那只是个别人的过错,因为第一师一直都打得很好。

正像一个人要对他的朋友忠诚一样,我对第一师也满怀忠诚之意。因为我曾在该师断续地生活了半年。不过在战争年代,对战友忠诚不见得是一件好事,因为那是一件令人十分伤心的事:你的老友一去不回,相见无期,然后来了些新的,可是他们也会一去不回,就这样,旧去新来,最后这个师只剩下番号仍然是原来的,而人员早已来了个大换班，所以这成了一个编有番号的人员流通机器。当然，只要美国陆军存在一天，第一师这个番号也就会存在一天，但人员就不一定了。

当你在美国本土，漫不经心地认为北非战役只是一件小事，那你就错了，第一师这次在北非所打的仗，比它在第一次世界大战时所打过的仗还要多。

当大兵要出发去打仗时，有些人会显得心事重重，有些人则满不在乎。我记得有一天晚上，天刚黑，晚饭就送来了，我们十来个人这时一面开罐头吃晚饭，一面聆听着不断的炮声，这时有个人唱起小曲来了，其他的人跟着合唱起来，他们不停地足足唱了五分钟，不过他们到底唱的是什么歌，我早已忘记了。

另外有一次是在黑夜里，我们都坐在一个石头山上，准备出发，作一次拂晓前的出击，我们当中一些人当然不可避免地会牺牲掉，这时，我们的领队军官们却在大谈特谈伦敦的地铁比纽约的好。最后又评论纽约长岛铁路的优缺点。在这场磨嘴皮的谈论中，唯一与战争有关的是某君说他现在最大的愿望，是让他能再坐一次长岛的火车。

打仗有时就像好莱坞电影一样，有一天就上演了这样一出好戏：我们前面远处的一个连队在一座小山的背面被敌人压制住了。这山的背坡几乎就是悬崖，又陡又深。这伙人陷入险境，只能躲藏在石头后面和悬崖凸出的岩石上。德国人从缓坡上攻了上来，并从四面八方把他们包围了起来。

就像在电影中所见的那样，他们虽然被包围了，可是电话是畅通的，于是那位连长通过电话要求迫击炮支援，轰击他们面前的德军。

我们先试射一发，攻击 1—2 英里外的德军，炮声一响，炮兵队长就用电话通知他们了："我们开炮啦,马克(Mac)!"

大约半分钟后,在那一边,连长马克回话了："炮弹正飞过我们头上,弹道再低一点。"

就这样,马克不断地上下左右校正弹着点,使炮弹能准确地拍在德国人脑袋上。

所有的炮兵都是这样射击的:一般都是在一英里外的小山上布置一个观测员,用双筒望远镜观察弹着点。但这次这位"观测员"离弹着点那么近,所以每一发炮弹飞来时,他都要躲到大石头后面。这种情景是连老兵看见了也会发笑的。但正如一般的电影那样,这当然是以我们取得胜利为结局的。我们的炮弹打跑了德国人,我们的人得救了。

某个下午,R·怀特(Russell Wight)上尉和我坐在路边的土堆上晒太阳,准备着如果有我们的坦克到来,他会告诉他们应该向哪里攻击。这时突然间一连串机枪弹掠过我们的头顶,同时十多架德国的俯冲轰炸机在离我们几百米外的空地上又是扫射又是轰炸,而恰恰就在我们后面,一辆德军的坦克正在发射它那 7.5 cm 口径的大炮,炮弹打在小山脚上,轰然雷鸣,给人一种那炮手正在大发脾气放炮泄愤的感觉,这时我们都躺在山背后的战壕里,平安无事,都在阳光下打瞌睡,简直就像在作野游一样。

怀特上尉是个典型的美国老好人。就我所知,大兵们对他比对其他军官更为爱戴。他家在麻省的剑桥,战前是一间大肥皂公司的业务经理,凭着从商经验及为人之道,他完全可以找个较安全的职务,可是他偏偏挑了个最危险的职务——步兵连长。对此,他倒没有什么怨言,因为他的那条小命是捡回来的。曾经有三次,德军的 88 mm 口径的炮弹就在他的身旁爆炸,而他竟然丝毫未损,他除了耳朵聋了一天以外,什么事也没有。他说当时根本就没有听到爆炸声,只觉得好像被一只大狗熊突然地紧抱了一下。

当我和怀特连长谈天时,我们的坦克一辆接一辆地驶过,领队的探出头来,想在上火线前休闲两分钟。这个小队的顶头上司坐着吉普车赶了上来,把情况通报了一下,摆摆手说:"如果热得耐不住,就停车等天黑再走吧!"

领队的小伙子笑了笑,说他也正是这么想的。可是半个钟头以后,他就战死了,我和怀特连长当时就在小山旁,目睹了这一切。

经过一夜激烈的战斗,拂晓时,我看见一长列伤员从火线上往回运,其中一个戴着一顶英国军官戴的大盖帽,躺在担架上,我心中一动,忙跑上前看看是不是他。果不其然,他就是前三天晚上曾和我同住一个帐篷的一位英军上尉。当我走近时,担架兵把担架放在地上,我走过去俯身向他。这时,他睁开了眼睛,笑了一笑,说:"你好!我真担心你们呀,你没事吧?"

真是英国式的作风!

我正想说点安慰性的话,可是话还没有出口,他又说了:"噢,没有什么大不了的事情,没事,没事。只是油皮擦伤了一点,就好像被针刺了一下那样。"

可是他的背上穿了个大洞,左臂也没有了,军医给他打了麻醉针,所以他并不觉得多疼。他的衬衣也没有了,可是军帽和手枪都还带着。他浑身是血,晒黑了的脸孔显得很苍白,但他的神态仍和平时一样。

我们前方的包扎站离火线太近了,所有的车辆包括救护车在内都不能驶过去,所以担架兵只好抬着他再走上一英里半,才能到后方。当了解到这些情况后,他说:"还要抬我走那么远,真是笑话,用不着抬啦,我自己会走路。"

可是医生说不行,医生说,如果他硬要起来,会流血不止的。可是他已经站起来了,于是我只好上前推他躺下,并说了他几句,他才听话了。

他是一个年轻人，有着一副拳击手似的身材，但温文尔雅，说话带有牛津口音，他在英国第八军已有两年了，从未受过伤，他这次是以联络官的身份来到美军部队的，可是没想到首次参战半小时便受了伤。

我和他好好地谈了一阵，谈到英国，谈到战争，等等。真没想到我的一位熟人，几小时前还是好好的，可是现在就变成这样子，而且正好是他。

这时，两个德军战俘从山上被押了下来，一个端着刺刀的美国大兵在后面跟着。这位大兵是个典型的美国南方的乡巴佬，说话时鼻音特别重，很可惜我没有记下他的名字，他把战俘带到他的班长面前，土里土气地喊道："喂！班长！我送两个希特勒的超人给你！"

这两个战俘都很年轻，而且看来都营养充足。他们穿着宽大合身的卡其布军服，有点似美国人穿的沙滩服，当他们身上所有的配备都去掉之后，他们看来就像是半裸体似的，他们都带着一副茫然不知所措、听天由命的神情。

另一个大兵接管了他们，把他们押到后方去，当我看见他小心翼翼地跟在他们后面走路时那副样子，忍不住了笑了起来。

包扎站就设在山旁的一块凸出的大石头后面，从火线上下来的伤员通通都要集中到这里，然后再用担架把他们送往后方。

我们的军医长，来自长岛希克斯维尔镇的上尉军医彼得曼（Robert Peterman）曾告诉我，我们的伤员送来时，没有一个是哭喊的，所以，现在我特别注意这事。他说的确是事实，送进来的伤员都静静地躺在担架上，等待进一步的治疗，有些注射过麻醉药，所以一动不动。有些一边吸烟一边谈天，好像没事人一样。很多人是被炮弹破片从后面击中的，在火线上抢救时，只好把那部分的衣服剪掉，要不干脆把裤子脱下来，于是他们就这样光着屁股，俯卧在担架上被抬了下来了。在绿草、红泥、褐色制服的背景下，点缀着一大片白屁股，真令人忍俊不禁。

有些伤员的伤势并不严重，所以他们都有一种"解脱"了的表情，我理解他们的感受，所以并不想责备他们。我想起第一次世界大战时，那首有名的英国歌曲《回老家去》，这是因为他们负了伤，便可以回英国去了。在北非，我们也有同样的歌，那就是《抢搭白色的船》。也就是说，现在他们负了伤，可以搭白色的船回美国了。

我很希望有人能在这次战争中，写一本关于北非前线医务人员的书。这些医务人员都属于前线部队，他们都在炮火下工作，他们都是些高尚的人，他们和前线的电话兵一样值得赞扬，他们的工作极度危险，有一个营就有好几位军医在火线上殒命，而很多人则获得了奖章。

话虽如此，我们的战地医疗系统还是远远不能满足要求的，担架兵也远远不够。我就亲眼看见有些伤员在火线上待了一天一夜还没有办法往后方送。而军医们已忙得不可开交，假如有足够的担架兵把伤员一下子都抬了来，那么又会有上千人闲坐在那里无法得到救治。所以，有设施但人手不足，这才是大问题。

在北非的石头山上，受了伤是很不好过的。在那种山上，一个人即使是空着双手，也寸步难行。而要抬着一个一百公斤重的人，那简直是连站都站不稳的。我见到过有些担架兵千辛万苦地把伤员弄下山来，可是只要其中有一个跌倒或是踩着石头滑了一跤，整个担架便会掉下来，躺在上面的伤员那可是够受的了。

担架兵有时要在那种崎岖山路上抬着伤员走上 5 英里甚至更远的路程，这当然是一种艰苦的工作，可是他们对伤员仍是满怀同情心的。

我听说过德军飞机曾经扫射救护车，轰炸过医院，据我所知，是有这样的事发生过，可是我也听到过与此相反的事情。有好些美军军官对我说，在北非的德军都英勇善战、光明磊落，而且战术也比我们优良。他们也认为，德军的武德无可指摘。

有一位营部的军官告诉我，有一次他开着救护车到炮火连天的火线上去，可是他车子一到，德国人就停止了炮轰，在其后连续八小时的撤运死者和伤员的过程中，德国人一炮未发。

我还多次听到这样的故事：我们的救护车通过德军的阵地（而对此，司机当然是不知道的），德国兵走了过来，于是停车、检查，看见都是伤员，便挥手放行。而我们的军医们也都知道，被俘的美军伤员都得到德军军医的良好治疗，当然，我们对于被俘的德军伤员也是一样。

在上次大战中，神经性毛病被称为"炮火震荡症"。而在这次大战中，则被称为"神经官能性抑郁症"。这种病患者有 50％都能痊愈，并且又回到战斗单位上去。其实，这种病的成因大部分是由于日夜不停地战斗，不食不眠，过度疲劳所致。

军医们有时也猜出这种病人有时有些是假装的，其目的是想借此脱离火线，于是他们便将这种病人编到担架队去当担架兵——这是一种又累人又危险，而且谁也不会感谢你的苦工。这种假病人对这种苦工应付自如，但很快地他们都会要求回到战斗部队去。

在火线上，我们都已经听惯了炮声，所以每当有大炮开火时，我们再也不会被吓得跳起来了，不过，我们变得很容易发火。试想一下，如果有人家里的小孩整天哭闹不休，或者养的狗整晚狂吠，你会耐得住吗？你肯定会变得暴躁不安，这种该死的噪声无休无止地继续下去，一天 24 小时中难得有停一秒的时候，最后，我们会被逼得发狂，暴跳起来，大声喊道："老天啊，不要再打啦！"

在这个故事中有三位英雄人物，如果你认为他们是英雄的话。

他们三个人在一场接连五个小时的战斗中,一个接一个地指挥同一个连队。为了叙述简单起见,我们就姑且叫那连队为第 K 连吧。

那是在白天,整个连队被压制在一片直通小山坡脚的麦田里,他们本想绕到小山的背后去,可是只要他们动一动,德军的机关枪就会把他们成片地打倒。

K 连的连长是柯勒(Cole)中尉,当时他正和全连人伏在麦田里,可是那天下午他受伤了,他的一只脚只受了点皮外伤,可是另一只脚的骨头却被打碎了。他开动脑筋,终于捡回了一命:他用手帕扎住伤口,用自来水笔绞紧扎口,把血止住,然后开始慢慢往后爬,他知道军医是绝对不会到战火纷飞的火线上来寻找伤员的。

大约一个钟头后,他把手帕解开,让血液流通,天快黑了,他仍在慢慢地往后爬,时不时地观察一下伤口。到了晚上,他忽然发现了一条电话线,这正是他所想找寻的。他拔出短刀,割断了电话线,他知道通讯兵会循着电话线来接线的,于是他躺下来等着,终于他被发现了,那时天已大亮,他受伤将近 20 个小时,然后他被送进了医院,双脚都被保存了下来。

当柯勒中尉负伤时,安东尼里(Antonelli)中尉自动接替了连长的位置。他们伏在麦田地里直到天黑,然后从左边慢慢绕到山背后,最后上刺刀冲到了山上,使德军措手不及。

安东尼里中尉从来都是冲锋在前的,这次他照例挥舞着手枪,带领全连冲上山头。一般情况下,连长是不必冲在前的,可他不是这样,为此他付出了代价,他的胸部被手榴弹的破片击中,但伤势并不严重,大兵们把他抬下山去,因此,他只当了四个小时的连长。

这时,军士长高文(Godwin)当机立断,指挥全连人上刺刀冲上前去,他们没有杀死德国兵,也没有俘虏德国兵,他们只是一面冲一面大喊:"疯子来啦! 疯子来啦!"把德国人全吓跑了,山头便被拿下了。这是在北非的战斗中,美军极少上刺刀冲锋中的一次,高文军士长的功绩受到高度赞扬,很快地便在全师传开了。

高文是阿拉巴马州人,原是个货车司机,收获季节到来时,他到佛罗里达州的果园去替人收水果,他入伍已三年,26岁,高个子,相貌英俊,衣着整齐,斯文沉静,处事冷静果决,是一个有用之才。

团里所有的人,包括团长在内,都认为一定会让他来带这个连了,可是营长已准备第二天就派一名军官去当第K连的连长,于是高文只好退回原职。

可是,慢着,故事还没有完呢。还在六个月前登陆北非之前,高文就已经得到了晋升的任命,可是军部办事拖沓,这事也就搁置了下来,高文仍是个军士长。这时,师长运用了他战地提拔的权力,于是几个小时后,高文军士长就变成了高文中尉连长。

当然人人都大为高兴,在实战中显示了才干的人是理应受到奖励的。

在那些日子里,有一天,我手托着下巴,靠在一块大石头上,坐了一个钟头,我自问道:"我在这里干了些什么?"

当我静下来后,我决定要抓紧工作了,我没有打字机,于是只好坐在地上,用铅笔写字。中午的太阳热辣辣的,明晃晃地照得人无法写字,而我当时所在的地方,在一座大石包旁边,是这一带唯一有遮荫的地方,也是营指挥所的所在地,所以在那荫影下,我也占了一席之地,作为我的工作室。

一开始倒也平安无事,只不过为了遮荫,我改坐在大石包的前面,所以不免有流弹飞来,我大约写了十多分钟的样子,这时,突然有机枪从已被我们占领的一个山头上的掩体内向我扫射过来,子弹"嗖嗖"地从我的头上飞过,很明显,我写字的白纸成了他们射击的目标。我立即卧倒不动,枪声一停,我立即跑到大石包的后面,告诉营长:"那家伙在向我开枪呢。"

过了一会儿，我又回到那老地方去写文章。那个下午，我被那个德军狙击手从那个遮荫的地方赶跑了四次。第四次时，有三颗子弹打得很近，而第四颗则打在离我只有三米远的地面上。每次挨打时，我便拼命跑开，差点把地面踩出一条小沟。后来我只有回到那大石包后面去。最后，我们的人终于找到了那个掩体，捉到了那个狙击手。

我不知道对我威胁最大的是什么——子弹，还是蛇。这里的石头山确实是爬虫类动物的天堂。自从我被那个德军狙击手打得团团转以后，我找了一个防炮洞，坐在里面写东西，如果那时我目不斜视，一心一意只顾写作的话，也许就万事大吉了。可是不知怎的，我却偏偏朝地面看了一眼，就在我脚旁边的地面上，我那可爱的瘦长滑溜的小朋友正亲昵地躺在那里呢！我像跳出枪膛的子弹壳一样跳出了防炮洞。

当我再爬回来窥视时，我的这位小朋友却犯了一个根本性的错误：它翻了一个身，它的肚子两边露出了两只脚，一边一只。我早已听说过，在非洲这鬼地方，这类动物有三分之二是蛇，其余的三分之一是蜥蜴，我当然不怕蜥蜴，我想打死它，可是它却一扭身子钻进洞的一头凹陷的石缝里去了。

有惊无险地过去了一个小时，我走过旁边的一个防炮洞，列得曼（Redmam）班长正躺在里面睡大觉，那个洞挖得很浅，他的头露在外边。这时，我发现有一条活蛇，就在他的头旁边，我吓得大叫一声，恐怕几公里外都听得见，好在这时营里的军医拿着一把铁铲赶了过来，一铲把蛇截成两段。军医说这是一条蝮蛇，是最毒的一种蛇，不久他在同一地方又杀了另一条。

当列得曼睡醒后，我告诉他所发生的事情，他听了后很高兴，他也是很怕蛇的。这时，睡在旁边的另一个防炮洞里的奥特（Otter）班长也走过来参加聊天。他说他也是很怕蛇的，可是自从来到北非,打过几次出生入死的大仗后,对蛇这一类的小玩意儿就根本不怕了。

我想我也应该是这样,可是我又不想回到那个防炮洞,和那条蜥蜴在一起过夜,何况这周围都有蛇。可是我又无路可去,于是只好又回到那个防炮洞里,呼呼大睡起来。

军士长博斯(Box)是一个步兵班长,黄头发,一只牙齿凸出,是一个整天嘻嘻哈哈、无忧无虑的人。他参加过四次惨烈的战斗,每次都是九死一生的肉搏战。但同时他也是一个赌纸牌的高手,据我所知,他已经汇了1 200元回家,另外还有每月25元的薪水,此外,他手头还有700元正等着寄回家呢。

每当他上火线时,他便把他的钱包交给他在后方的一位战友代为保管。他的无名指上一向戴有一只钻石戒指,可是每当上火线时,他便把戒指转戴在中指上,这可紧得要命,不似戴在无名指上那么舒适。他的解释是:如果他受伤被俘,他的钻戒不会被德国兵偷去,除非他们把他的手指切下来,而他相信德国兵是不会那样干的。

上等兵史密斯(Smith)是一个步兵,但有时也当担架兵。有一天,他和另一个担架兵发现一个重伤的德国兵,于是就把那个德国伤兵放上担架,抬往后方的包扎所,可是他们还没有走上几分钟,那个德国兵就死了,但他们还是抬着他,就在这时,德国88 mm口径的炮弹突然在他们周围纷纷落下,于是他俩只好丢下那副担架,跑了回去。

还有一次,他和另一个担架兵抬着一个美国伤兵离开火线回后方去。可是走到半路,德国88 mm口径的炮弹又打过来了,可是这回他们并没有丢下那个美国伤兵不管,倒是那个美国伤兵利索地跳下担架,拼命往后方跑,使得那两个气喘如牛的担架兵也只好随着他跑到包扎所。

有一次晚上行军,半夜时队伍停了下来,有命令传下来,要我们就在旁边的山腹的石头堆中宿营。这个山腹实际上是个陡坡,勉强可以容身。这里到处都是大石头,石头缝中长着一些蓟草,夜里伸手不见五指,我们这几百号人只好各自找地方睡觉。

我也和大家一样,摸着黑爬上陡坡,在差不多到坡顶的地方,居然幸运地找到一个刚够容身的地方。我一面把蓟草扳倒整平,一面心惊胆战,害怕跑出毒蛇来。我把一块帐篷布垫在身下,然后盖上毯子,再盖上一块帐篷布。这些蓟草戳得我很难受,气味又难闻,我想这下我要失眠了,可是我一躺下就睡着了,我从来没有睡过这么好。

其后我所知道的事情就是到处都是枪炮声,飞机就在我们头上呼啸着。这是德军例行的"拂晓轰炸"。我想这下可糟了,我吓得躲在帐篷布下不敢往外看,我伸出一只手去拿我的钢盔,就在帐篷布中把它戴到头上,然后侧身卧着,缩起双脚,膝头顶着下巴,尽量减少受伤的机会。

德国飞机俯冲下来,轰炸下面山谷里我们的车辆,然后拉起飞机,就在我们头上飞过,离我们的头顶最多只有几十米。我们全都暴露在山顶上,正是机枪扫射的好目标。

但是德国飞机没有扫射我们,这是我自上前线以来所受到的最厉害的一次空袭。不过,幸而北非战役不久就结束了。

10 战后述评

北非的突尼斯战役已经结束，我们的空军深入突尼斯境内，一直到达离西西里岛不远的海湾地带。美军和英军一起进入了这个被攻占的、残破不堪的海港城市。在码头区，我们先清理破船等杂物，腾出地方停泊我们的船只。码头开始繁忙起来，我们的船只不断地开来，卸下了大量的兵员和车辆。我们的战斗部队——这时已在敌机的空袭范围以外——在群众的欢呼声中正式开入这个海港城市，自由自在地休息了几天，然后进行了一次军事演习，从各方面来说，这确是一次真枪实弹的实战演习，只是没有伤亡而已。

早在秋天时，我们就已经预感到，我们在突尼斯的部队将会面临新的挑战。我们中的大多数都意识到可怕的日子还在后面。在我们的记忆里，突尼斯战役中原本如此可怕的大屠杀，与我们即将面临的年底战役相比就显得是小巫见大巫了。

对我们来说，突尼斯战役虽已结束，但如果没有这次战役，美军就不可能为下次更大的战役做充分的准备。在这种意义上，突尼斯的确成了我们战斗前的一个"热身场地"。我认为"战前的热身场地"这一名词十分恰当。实战等于给我们的枪炮、飞机、车辆等的性能做了一次彻底的检查。哪些好、哪些不好、哪些略作改进便能好上加好，等等。而对我们的战斗部队来说，这也是一次锻炼、供应线、组织方式等都需要改进。

国内的人实在很难想象一场战线广阔、错综复杂、艰难辛苦的战争究竟是怎么一回事。他们从报纸中知道的所谓战事，就是一大群人被送到海外，然后登陆，从港口被送到火线，向敌军开枪，于是，要么打胜，要么打输，事情就是这么简单。

一个人如果用这种眼光去看待战争，就等于一个人看了预告片，便说他已看了全部影片一样。我确实不知道在北非的战役中，我们的士兵有百分之几是在火线上作战，但我可以肯定地说，只有很少数的人是在火线上见过德军，并向他们开枪，或者被德军开枪打，而其余成千上万的人是在火线后方驾驶运输车辆，从运输船上卸下装备、煮饭、写东西、维修公路、绘制地图、修理机器、收发电报、训练新兵、做各种规划，等等。

要把这一大堆的东西组织起来，并且使之能有效地运作，其困难的程度不亚于把一筒通心粉织成一件衣裳。当然我们早已有个计划，但要通过实践才能真正得到教益。现在我们在北非已经有了半年的战斗经验，抛弃了那些陈腐的观念和错误的做法，扎扎实实地苦战苦干，把成千上万的新兵锻炼成能征善战之师。

在北非的那些日子里，我也改变了我的看法。有一段时间里，我独自一人住在帐篷里，深深地感到这次战役我们可能会被打败，但后来我放弃了这种想法。虽然我们国内也有种种令人烦恼的事情，但美国正在进行一场大生产，涓涓细流变成了大河，这是谁也否认不了的。国内在大干，而大兵们则在海外大战。即使像美国这样的一个国家，也要花上两年的时间才能全面地投入战争。我们已经度过了长期紧张的生活，因而我们也都习惯了战时的生活，这是时势所迫，谁也阻止不了的，只有时间才能使之发生变化。我们已经捱过了这么长的时间，我确信我们的品性已发生改变，成为一个战时国家。我尚不知我们何时、通过哪条线路、以何种方法赢得战争，但我可以毫不犹豫地说，我们一定会赢得这场战争。

就连这里的大兵们也有了某种变化，可能他们自己也强烈感受到了这种改变，对此我当然能够感觉到。由于我比大兵们年龄大一点，又是旁观者，所以我更能看清这一点。

在这一年来，无论我到什么地方，大兵们老是问我两个问题：这场战争什么时候才能结束？什么时候我们才能回家？

这种"回家"的思想曾经一度到处弥漫。而我相信，如果让大兵们举行一次投票的话——如果这种提议能付诸表决的话——毫无疑问，大兵们会一致通过立刻回家的，即使是让德国有条件地投降也好。

但现在可就不同了。当然，大兵们仍然想回家，我也一样。可是现在和半年前不一样了，我真不知道怎样说才好——那当然不会是像背台词一样，说为了自由，我们必须消灭敌人等。愈来愈多的人已经认识到这么一个严酷的现实：即我们必须战胜敌人，而想要战胜敌人，是绝对不能够依靠那些坐着旅游船横渡大西洋的恋家宝来赢得这场战争的。

离家外出，一年是够长的了，特别对那些未出过门的人来说，而在我们的部队里，这种人多的是。思家心切，有时是可能毁掉一个人的，但时间能医治一切创伤。随着时间的流逝，"家"渐渐地淡忘了，不会再为"家"而烦恼了。终于有一天——不是突然地而是渐渐地，就像晚霞慢慢地变换颜色一样——人们会突然觉得，他已经完全投入了这种生活，他已经和这种生活结为一体，他的生活就是打仗，而不是单纯地从美国搬家到非洲。

这就是大兵们的心路历程。我的意思是说，他们觉得，他们本来就是这样的，而我只是最近才经常听到说，大兵们开始热切地期待着有那么一天，他能够到巴黎、到柏林，在那里昂首阔步一番。所以，大兵们原来一心只是想回国，而现在则是想直捣柏林了。要是我们所有的大兵都那样想的话,我们早已回国了。

现在是 1943 年 6 月了。自从去年 11 月我们在奥兰登陆以来,好像已经是很久以前的事了。虽然当时我们在北非只有那么几千人,但都像是一家人一样,特别是在年初我们在突尼斯的那段艰苦的日子里,我们只有那么一些人,以至于我认得各个单位里的所有军官,此外还有数以百计的士兵。那时在我们的生活中,没有官场习气,大家都很融洽,而且随军记者又少,同时军方对我们也照顾得无微不至,所以我们相互间都结下了深厚的友谊。

寒冬来临,我经常到总部去,那里位于第比沙(Tebessa)河边的一条深谷中。他们安排了一间小帐篷给我住,我也准备就在那小帐篷中工作和休息。可是那小帐篷一天二十四小时都寒冷彻骨,所以我既不能工作,也无法入睡。我们吃饭的那个帐篷,地面铺了一层碎石,帐篷中间摆了一个大铁柜子,这是这里唯一有"暖气"的地方,所以在那段日子里,晚饭后我便不客气地赖在小炉边不走,和弗烈典道尔(Floyd Fredendall)中将天南地北地谈家常。他是驻突尼斯的美军司令官,我至今还穿着他送给我的一件装甲兵穿的短外衣。

在任何情况下,当情况顺利发展时,日子当然是好过的,一切都充满了生机,大家都和和气气地生活,彼此间毫无隔阂。在突尼斯战役的后期,对我们这些随军记者来说,日子更是好过了,军方对我们简直是有求必应,所以到了后来,我们觉得自己简直成了个旁观者而不是参与者。而当然地,那份亲切感也就没有了。

当然,突尼斯战役终于结束了。经过这场最艰苦的战斗,我们差不多都是垮了,只是到了最后那些日子,我才真正理解到什么是战争。我不知道那些经历了这场杀戮的人当中,有多少人还能保持着原有的精神状态。突尼斯战役的结束给人们带来了一阵欢乐,这种情绪然后慢慢地冷了下来,最后消失得无影无踪,这种现象后来我不知见过多少次。从战火纷飞的战场生活一下子转变为平静的日子,这不是所有上过战场的人都能适应的,正如他们当年从平静的日常生活中一下转变到战地生活一样,是难以接受的。

现在,一切都暂时沉静下来了,我们许多人都得到了短期的休息。我到城里去玩,可是过不惯那种生活,结果只玩了两天便回来了。我觉得住在野外,又舒适又清洁。我独自享用一间帐篷,有行军床,有一张缴获来的德国军用的折叠式桌子,供我写作时用。这里的日子过得平静又美好,以至我们产生了一种对不起那些牺牲了的战士的感觉,因为他们最后所看到的世界,是一个炮火连天、喊打喊杀的疯狂世界。

离我住处不到一百米远,便是地中海边的沙滩,微风过处,令人昏昏欲睡。正如人们所说的那样,海水蓝得出奇。晴空丽日,万里无云,唯一能听到的声音,便是海滨树丛中的鸟鸣声。这里到处都有小乌龟爬来爬去,有时,也有些黑甲虫在到处爬动。有一次还有条蛇从我的帐篷口爬过,我泰然处之,一点都不害怕。

可能战争已改变了我所有的一切。要一个人有自知之明能自我认识那是很困难的。我很明白,我是愈来愈走向个人主义了。可是,另一方面,我却是对人更富有同情心了。当你和一群人过着不正常的生活时,你可以忍受住各种打击,不会为了一些鸡毛蒜皮去责怪某一个人。我认为,一个经历过浴血沙场的人,是最能谅解别人的人。

当然,和北非这里的任何一个战士那样,我也希望战争早日完结。不过,在地中海滨的这种闲憩的生活自然也有其诱惑力,它令人昏昏欲睡,使人就想这样过一辈子。可惜不久我们又要卷起铺盖,随着大军前进,在震耳欲聋的大炮声中入睡。生活就是这样,谁也改变不了。

很可能我在有意无意之中,把战争说得太可怕了。如果说战争都是残酷的话,那很可能是错误的。因为如果真的是这样的话,人类的精神就不可能忍受那么多年。其实战争也有欢乐之时。我们当中有些人,甚至就在这里,仍然有着他们自己的生活方式。日子过得既舒服而又丰富多彩。正如有些大兵们所说的那样,军旅生活是欢乐的。这些美国大兵们仍然保持着他们一贯的善良个性,他们爱笑,虽然在很多场合下根本就没有什么值得欢笑的地方。

我也承认,战争的确可以令人振奋。现在,不管是在国内还是在前线,人们的生活节奏已大为加速了。人们忙于打仗,而有时,一个很普通的人也会沉醉于冒险行为中。不过这些其实都是一些假象,因为当命令下来,要我们上战场的时候,谁都会对打仗感到厌烦的。

至于所谓的"战争大场面",我根本就没有写。我简直不知道怎么说才好,因为在我们的"管见"中,我们只看见一些精疲力竭想生不想死的大兵、晚上摸黑运送军火的运输队、脚步踉跄刚从火线上下来的士兵、吵闹的人群、抗虐片、战壕、燃烧的坦克、手捧鸡蛋的阿拉伯人、炮弹的呼啸声、吉普车、废汽油桶、发臭的睡袋、罐头军粮、长满仙人掌的小道、破坏的桥梁、死骡马、医院的帐篷、穿了几个月的衣领又黑又油腻的衬衣,当然还有鲜花、欢笑、美酒和无所不在的骂娘话。所有这些组合起来,就是我们见到的所谓"战争大场面",当然另外还有数不清的坟墓。

这就是我们所见到的战争,无论我们走到哪里,我们所见到的都是这些。很多人永远留在海滩上,留在田野里。他们那么早便离开了我们,谁也说不上这究竟是福是祸,我想这都是一样的。对他们来说,奖章、赞美辞、凯旋等都是多余的。他们牺牲了,其他的人才能活下来,才能继续向前进。当我们离开这里,继续向前进发时,对于那些已长眠于地下的战友们,我们只能说一声:谢谢你啦,老伙计!

第二部分

西西里
1943.6—9

Sicily：June-September，1943

11   进攻的前奏

　　1943 年 6 月，陆军和海军部门开始允许随军记者采访有关进军西西里的准备工作的情况。我们基本上都得到了自行选择探访对象的权利——陆军部队、海军舰队、指挥部，等等。由于自到北非以来，我一直没有机会到海军部门去采访，所以这次我选择了去海军舰队。我的请求获得了批准，现在我唯一能做的事，就是等待通知了。我们这些随军记者都是分批出发的，以免由于大批出发而引起敌方的注意。

　　为了保密，为了防止我们这些随军记者把我们所知道的东西随口乱说出来，于是把我们的行止也列入了行动计划内。有些记者对于在行动前三个星期便被安排好感到不满，因为有些记者没有被安排，反而自由自在，直到最后一刻才接到安排通知。

　　我本人大约是在行动前的十天才被秘密地用飞机送走的。我们当然不准打电报回美国报告我们去什么地方或将要去什么地方。我猜我们的老板会以为我们还在闲逛混日子，反正肯定不会被阿拉伯人绑架或杀死。

　　坐了好大一阵子飞机，又风尘仆仆地换了两次吉普车，我终于到达被炸得千疮百孔的突尼斯比塞大港。我径直到海军司令部去报到，立刻就被分配到船上去。那艘船现在就停泊在港内——也是被炸得破破烂烂的。而且我可以马上就上船。在陆军部门待的时间长了,所以我也不自觉地有点像个大兵了,现在要一下子变成海军,去过一种秩序井然的文明的生活——和在野外牲畜似的生活比较而言,那的确是令人兴奋的。

我上的这艘船,既非运输船,也不是战斗船只,而是一艘指挥舰。它并不很大,但也足以令我们在这次行动中感到自豪,而且还使我们生活上亲切无间。当船开动后,我立刻就感觉到我已是船上大家庭的一份子了。我真是感谢开船前的那些时光,因为这使我有时间去熟悉船上的战时生活。

我们船上当然也搭载有部队,每个大兵上船后的生活差不多都是一样的:首先冲一个难得的淋浴,饮一杯冰水,坐在餐厅里使用正规的餐具进餐,把个人物品放在各自的小柜子里,然后坐在真正的椅子上,一边喝咖啡,一边看最新的杂志,晚饭后看上一场电影,最后睡在一张有垫褥的床上。

所有这一切,对我们这些过惯了山野大兵生活的人来说,确是新鲜得不得了。所以船上的海军人员起先对我们的土里土气感到好笑,可是后来也就见多不怪了。在他们看来,这实在是平常之至,他们还可以吃到冰淇淋和可口可乐,这是正常供应,真是要什么有什么。

我们当然不会知道什么时候启航,但很明显不会很快就出航的,因为整个港口人来人往,一片喧嚷忙乱的景象,准备军事行动的现象太明显了。几个星期以来,北非的每一个港口都是日夜灯火通明,根本不管什么危险不危险,谁也顾不上什么保密了。船只不停地上人载货,所以只好让港口公开透明。

船上人太挤了,每次开饭时都是分三批去吃。两个人共用一个铺位,一个人上班时,另一个人就趁机睡觉。分配给我的那个床位在一间大统舱，又热又闷，于是船长——一位严肃的、会动脑筋的老海军飞行员——替我在甲板上弄了个床位，铺了张席子，于是我便睡在那里，夜里享受着从地中海吹来的阵阵清风，这是全船最好的床位，甚至比船长本人的还要高级。

作为对这种慷慨行为的一种小小回报，我同意替船上每天的油印小报提供专业性的服务，即把来自无线电中世界各地的新闻进行编辑排版。我晚上工作两个小时，在凌晨三时竣工，然后我们便坐下来，一边喝咖啡，一边和无线电报务员谈天，所以弄得很迟才去睡觉。从我们这些新闻工作者的眼光来看，这些报务员都是些很风趣的人物。

在出发前的一个星期内，我自然是不允许发出任何新闻报道的。于是我只有整天读书，要不就是和水手们谈天，高兴时便去冲一个淋浴，像小孩子玩水一样。

船上的水手差不多都认识我，见了我都点头招呼。我发现这些水手和大兵们一样，全都是些老好人。他们基本上都很友善，都想回家，因此他们都竭尽绵力以期能早日打赢这场战争。但我也发现水手和陆军士兵之间有着微妙的不同点：一般人都认为水手不像陆军士兵那样能吃苦耐劳。水手们对此颇有怨言，这是可以理解的。

据我所知，长期生活在火线上的陆军士兵，其实景况与一般牲畜相差无几，他们时刻都面对着死亡，他们的生活是反常和变化多端的，他们食无定时，露天睡在地面上，他们身上的衣服油腻发亮，浑身污秽不堪，到处都是灰尘，饱受炎热和苍蝇蚊子的折磨。他们被调来调去，疲于奔命。生活中某些极普通的事物，诸如墙壁、椅子、地板、窗子、自来水、衣架、可口可乐、晚上按时熄灯睡觉、早上按时起床上班，等等，他们都与之无缘。

　　生活在火线上的大兵们，内心如外表一样，都是够坚强的，否则他们早就垮了。不过这些水手也并不是些奶油兵——无论就其传统或其气质而言。当然，他们并不像曾在北非突尼斯战斗过的大兵那样粗野和艰苦，这点我是深有体会的，因为我曾经和他们一起生活过。

　　船就是他们的家，而一种安全感更增加了他们的家的感觉。他们不像大兵那样随便骂人，更不像大兵那样讨人厌，他们上岸进城逛时也不会吵吵闹闹。从外表上看，他们全不像是干重活的人，他们不会像大兵那样，一下子远离正常人的生活：他们每天早上从船上的油印小报中知道世界大事，他们听收音机，差不多每天晚上都有电影看，有冰淇淋可吃。他们服饰整洁，床铺整理得干干净净，他们一连几个月生活在船上，天天通过同样的门，上下同样的楼梯，晚上在固定的床位睡觉。

　　当然，对于水手们来说，死亡也是人人都害怕的，而且他们往往是整船人一齐死掉的。不过，话又说回来，除非敌人在地平线上出现，否则他们是不用打仗的。而一个火线上的士兵就不同了，他要不停地打，捞着什么就用什么打，所以这两者是有分别的。

　　我注意到，上船的士兵和以往的士兵有了一种很微妙的变化：他们完全不像我以往在火线上所见到过的那种勇猛无畏的战士，相反地，他们都显得很文静，甚至是斯斯文文的。在船上，我没有见到过在大兵和水手之间发生过争吵，即便是讽刺挖苦的话也没有，更不用说那些骂人的习惯用语了。

　　一天晚上，我在船尾上和一帮水手闲谈。他们的言论很难令人相信出自水手之口。一位水手说："请你相信我吧！当我看到船上的这些大兵时，我不由得向他们脱帽致敬：这些可怜的家伙，他们真是任劳任怨，而且一点也不叫苦，他们只要能找到一块能睡觉的地方，哪怕只是在甲板上，便高兴得不得了，看了真令人心疼啊！"

第二个接着说:"只要我们为他们做了一点小事,他们就老是感激不已。如果我们为他们多干一些,看见他们那种感激不尽的样子,我只有远远躲开,我真受不起呀!"

第三个跟着说:"他们是要抢滩的人呀,可是他们的生活条件太糟糕了,打仗时我们免不了要死上几个,可是他们一死就是一大堆呀!"

第四个说:"听了他们的经历后,我只有跪下来感谢老天爷,把我分配到海军来了,可他们并不在乎这个,我们过得这么好,可他们并不眼红。"

这些水手说话时是一本正经的,我的眼泪差点流了出来,他们都知道我对步兵有感情,我是一个思想偏激的人,对于那些小看火线上战斗过的普通士兵的人,我是不会原谅的。

我所搭的这艘船来非洲已经有好几个月了,但对船上的大多数船员来说,登陆西西里却是他们第一次参加的一场激烈的战斗。他们之中只有为数很少的几个人,在太平洋战场曾经遭受过日方的鱼雷攻击,他们从来没有真正面对过死亡。因此,我很了解这些水手在登陆西西里时,他们的心情将和初次上火线的步兵毫无二致:外表冷静,其实内心紧张得不得了。在备战时间,那简直忙乱得使人忘记了什么叫害怕,而现在正是临战前的空闲时间,倒是有足够的时间来让人了解什么叫害怕了。

就在出发前的某天晚上,我和六七个水手坐在前甲板的黑暗处共享一罐偷来的菠萝罐头。在这群水手中,有些年纪较大,但他们在谈话时都是一本正经的。年纪大些的那些水手,都在论证,根据平均率,在这几百只船中,我们这一艘被击中的可能性不会大。他们都看不起意大利的海军,但都担心德国的空军,因为德国飞机很可能随时会从隐蔽的地方飞出来,把他们的船击沉。那些年轻的水手很少说话，他们向我说，他们希望战后能上大学，或者结婚，"只要我不在这场战争中死掉"。

就这样，当我们像一群印第安人那样，围着一筒菠萝罐头谈天的时候，我却感到十分伤感。在我们当中，即使是最糊涂的人，也会明白，我们当中一些人不久就会不再活在这个美好的尘世上了。我并不认为我们当中有人会怕死，但现实是他们都不想死，而不想死和怕死是有区别的。

这些即将走上战场的人，对未来的憧憬是多方面的：看望故乡、上大学、留在海军争取出人头地、抱抱从未见面的小儿子、当一个伟大的推销员、开着大货车在堪萨斯城的大街上晒太阳。就这样，当我们围坐在甲板上谈天时，这些小小的愿望竟使我们大家难分难舍。

在上一层的甲板上，到处聚集着一些人在谈论。我有意溜达了一圈听他们在讨论着什么。他们几乎都在谈论打仗时的生死问题。最多的是这样的话："好吧，我才不在乎呢。生死有命，轮到你时，跑都跑不掉；未轮到你时，你屁事都没有。"

其实，他们知道说这些话都是言不由衷的，但是，妈的！他们必须这么说。我听见有些年纪较大的人说："我们根本会平安无事，不信的话可以用二对一的钱来打赌。"当然这只是说说而已，谁也不会当真的。不过，拿我们的性命来打赌也未免过分了一点。

因此，有人就在暗中咒骂那些批评打赌的人。并且宣言：船长肯定要比那些建议打赌的人要命大些，否则他就不是船长了。要赌的话，我就押船长一宝。

这时，有位水手幽幽地说开了："妈的，船长在值班时睡大觉也比谁都多，可我就不行。"

出发前的最后一个夜晚，就这样过去了，一般书本上常说的那种什么爱国主义的话，在这里谁也没有说过。这些水手说的话，虽然带点哲学意味,却是简单而现实。我可以肯定地说,他们即使有机会也绝对不会借故留在岸上不上船的,谁都明白,留在岸上工作要安全多了。有时我想,我之所以要目睹这一次历史性的海上军事行动,目的纯粹是满足个人的愿望。而对于他们来说,则是义不容辞地去赴汤蹈火,为国捐躯。在这个星期的大部分时间里,我们的船都是在系在锚上,停泊在港口外。每天总有几次,警报响起来,于是水手们跑向各自的战斗岗位,但那往往只是一架德国的战斗机飞过,有时甚至就是我们自己的飞机。后来我们的船又停靠在防洪堤旁,那天晚上,我们遭受了一次空袭,可以说,这是我们这艘船第一次接受炮火的洗礼,用水手们的话来说,是大姑娘上轿第一次。那天晚上,我像往常一样,在凌晨三点就起床,迷迷糊糊地到电报室去收取新闻,报务员们都在工作着,我们一边啜着咖啡,一面工作。大约在四点钟时,外面还是漆黑一片,突然,警报声大作,这时船上到处都是奔跑着的人群,人人都匆忙地奔赴各自的战斗岗位,要说他们有些人连鞋子也顾不及穿上,拿着鞋子便跑,也未尝不可。

这时港口周围早已炮声隆隆,炮火连天。所以我们都相信,这一次可是真正的空袭了。那些报务员们,还有我们,都不管这些,继续工作,或者说,是试图继续工作,因为不断地有人出出进进,而每当舱门一打开,室内的电灯就会自动熄灭掉,这时,我们只好坐在黑暗里,什么事也干不成。

这时,我们船上的大口径高射炮也开火了,声音之大弄得大家都以为我们的船中弹了,灰尘到处飞扬,落在船旁的炸弹也把我们震得够呛。

船上的大炮每放一炮,整个船身便大震一下,舱房内的电灯泡被震得乱晃,舱板也被震得好像就要散架似的。在外面,港口可够热闹的,到处都是高射炮火,德国轰炸机投下的照明弹把整个港口照得亮堂堂的，而我们战舰上的探照灯则把整个天空照得通明。炸弹和高射炮的破片暴雨般落下，把甲板打得噼噼啪啪地响个不停。

空袭持续了一个半小时，当一切都静下来后，我们发现打下了四架德机。我们船的损失简直微不足道，只有三个人受了伤，船身则被打穿了很多小洞，但使我们感到高兴的是，据说有一架德机是被我们的船击落的。

这次空袭只是这次战争中无数次空袭中的一次，平凡得简直不值一提，而我只是想指出，这些美国小伙子是如何表现他们自己的。我们船上的小伙子，他们从来未上过战场，他们大多数是开战了才被征上船的，在本质上还是个老百姓，他们从未受到过攻击，除了演习，他们也从未开过炮去打别人。因此他们事事认真，觉得临近的军事行动对他们来说是一场严峻的考验。经过这一个半小时，他们成熟了，成了"老兵"了。他们就像创造了好成绩的运动员那样，振奋起来了。原来笨手笨脚的人，到了动真格时，很快便成了老手。他们在装填炮弹时，快得就像机器一样，有些原先懒散的人，这时也会喊叫起来："妈的，快点把炮弹递过来呀！"

船长的枪炮官事后在呈交给船长的报告中写道："长官，我们的水兵都是些他妈的好小子！"

我的船友之一是诺曼·森堡，是一位报务员。在空袭的前一天，他曾经告诉我，战前他曾在佐治亚大学读过一年的新闻系，并且希望在战后能回去继续学业，我注意到他老是说："假如我没有被打死的话……"

就在黎明前空袭结束时，他跑来看我，满头大汗地喊道："你看到那架被我们击落的飞机了没有？真是没有比这更使我高兴的了！"

空袭过后的这一整天，船上的人叽叽喳喳地说个不停：怎么打的，当时怎么想的，看到了些什么，等等。之后他们大都忙着去检查损伤，检修大炮，对于他们来说，打仗不再是纸上谈兵，是现实的了，而他们再也不怕打仗了，他们已经经历了其他成千上万水兵们早已经历过的事情——由老百姓变为战士。这虽然是极平常的事情，但是这种转变却是看得见的。

当我刚上船时，就被船上那种备战的景象震慑住了：所有的装饰品都搬走了，起先我还以为是要搞内部装修呢！后来我才知道，根据海军条例，这是一种战备措施。在船舱里面，也有规定：所有的布质或毛质的东西被收拾起来放到岸上，所有的隔舱板都加上了垫子，以抵挡炮弹的破片。

海军传统戴的那种白帽子也换上了灰色的钢盔，谁也不准穿白色的衣服走上甲板，全体水手都换上了战斗服。值夜班的人要提前45分钟，而不是通常的几分钟起床。他们必须提早半小时上甲板，以便使眼睛习惯黑暗的环境。

在启航前，船上所有那些作为纪念品之用的武器全都被送到岸上，而这些武器的弹药则全部抛入海中。船上有一个舱房，里面摆满了德国和意大利的步枪和手枪，都是船上的水手向那些火线上的大兵要来的，不把这些弹药丢掉是违犯军法的，再说，当官的不想万一船只着火时，子弹会乱飞伤人。

船上所有的食物都分散储存，以免一炮下来食物全部报销。所有的电影胶片全部送回到岸上。任何手电筒，哪怕是带有遮光罩的，都一律不准在甲板上使用。开在甲板上的门则和电冰箱相反，只要一打开，舱内的电灯便全部自动熄灭。甲板上所有的油布都拿走了，所有的船窗都用黑布遮了起来。

当我乘搭飞机来港口时，由于超重，我没有把陆军发下来的防毒面具带来。因此，在启航前，舰长把我和船上的水手们一视同仁，给我发了一具海军用的防毒面具，同时还发了一件橙黄色的救生衣，就是飞行员穿的那种。

在整个的行动期间，船上的全体水手都处于"紧急警报"或是"二级戒备"状态。所谓"紧急警报"，是指全体水手都要站在战斗岗位上准备应战，直到解除警报为止。这段时间可能只有 20 分钟，但也可能持续 24 个小时。"二级戒备"则是一半人值班警戒，一半人休息，每四小时一班。其实所谓休息，也只能在战斗岗位的近旁处休息，水手们这时可以趁机轻松一下而已。

在行动前，舰上到处都张贴了油印的通知书，介绍了情况和注意事项。通知书的结尾宣布：这次军事行动是一次完全意义上的攻击，在行动中本舰将相当长时期处于"紧急警报"或"二级戒备"状态，休息时间将会很少。本舰应完成指定的任务，如有任何意见可留待此次行动之后再说。

就在启航前的那天晚上，水手们照例收听德国电台的宣传节目，那是由一个投向纳粹德国的美国姑娘米奇（Midge）主持的。她试图对美军进行恐吓，使他们感到幻灭，感到沮丧，从而失去斗志。水手们听完后照例哈哈大笑，对她这种孩子气的叛国言论讪笑一番。

所以，在战斗的前夕，让士兵们听听敌人是怎样中伤我们的，让他们更加明白我们是为何而战。

12 登陆西西里

　　当我们在进攻西西里时,我们有两次遇到麻烦。当时我们都以为大难临头了,可是后来却平安无事地过去了,看来命运之神还是眷顾我们的。

　　首先是天气。就在我们要进攻西西里的那天早上,天气突然变坏了。本来,头天晚上天气就开始变了。拂晓时,海面上一片迷雾,波涛汹涌。像我们乘搭的这艘大船,都已经摇晃不已,而那些平底登陆舰则简直像软木塞子般在海面上抛上抛下。天气愈来愈坏,到了中午,波涛之大连老水手都受不了。到了下午,甲板已被波浪冲洗得干干净净。到黄昏时,简直可说是波涛如山,风速达到40英里(64公里),在甲板上根本站不住脚,而那一大片运输船则在波涛中上下翻滚不已。

　　在中午时,舰队的处境使舰上的高级官员都皱起了眉头。他们狼狈不堪,又着急,又烦恼。妈的,几个月来地中海一直是风平浪静,可是在这关键时刻却偏偏波浪滔天。可以想象这场风暴会使这次行动变成一场灾难,牺牲数千个士兵的生命,并且使战事延长。狂风巨浪将会引起下列灾害:

　　1. 登陆的大部分士兵会因晕船而衰弱不堪。部队的战斗力会损失三分之二。

2. 行动缓慢的平底登陆艇在波涛汹涌的海面上会被波浪打得七零八落，不能把人员和装备准时运送上岸。

3. 由于浪大，简直不可能把重装备从运输船上卸到岸上，由于登陆艇及人员等会受到损失，故进攻的力量将大为削弱。

在此期间，看来要想避免登陆的全盘失败，唯一的办法就是推延24小时进行。在这种情况下，我们只有回航，另选一个日子。可是这样一来，我们就增大了被发现的可能性，从而受到德军的猛烈反击。

为此，我问过船上的指挥官，他们都说："天知道！"

当然他们也想改变计划，但这是不可能的了。现在我们只有硬着头皮干下去（事后知悉，最高当局当时确曾考虑过推延登陆的时间）。

我们舰队的很多船上都带有阻挡气球，以防止空袭。可是，每当船只猛地一下落入又深又大的浪槽时，系留在甲板上的缆绳便"啪"的一声断了，于是气球便随风而去，愈飞愈高，最后爆掉，然后从我们的视野中消失得无影无踪。当天下午，我们目睹这些气球一只只飞掉，到了傍晚太阳下山时，整个舰队上空只剩下三只气球。

那些小护航舰以及搭载步兵的登陆艇在大浪中抛上抛下，当它们深深落入浪槽时，我们完全看不见它们，可是当它们一下子抛上浪顶时，简直是完全脱离了水面。到了下午，连我们舰上的很多水手都倒下了，于是派了一艘驱逐舰去了解舰队的情况，不久它就带回了惊人的消息：说是全舰队30％的士兵都倒下不能动了，一位陆军军官被打到海里，被后面的船只救了上来。

当风暴最猛烈时，我们都希望到黄昏时风暴会缓和下来。但事与愿违，晚饭时，军官们想说些笑话以缓和气氛，有一位军官说："试想，今晚我们登陆时，正是晕船晕得一塌糊涂，连黄胆水都吐了出来的时候，哪知却突然间面对面地碰到一个满口大蒜味的意大利佬。"

晚上十点钟，我和衣而卧，因为我无事可做，而且大风浪使我的胃也开始有点不舒服。在我一生中，我从未如此地消沉过。我一面躺着，一面思潮澎湃：明天日出时，美军将会遭到怎样的大灾难。当我终于进入梦乡时，风仍然在猛吹着，而船也在颠簸不停。

一个雷鸣般的声音把我惊醒了，那时船上的扩音器在广播："准备开火，消灭那些探照灯！"

我一跃而起，抓起钢盔就往甲板上跑。船已停车抛锚，风暴已经过去了，所有的船只都静静地停着，周围静寂得就像个坟场。天已蒙蒙亮，不远处西西里岛山丘的黑色轮廓已清晰可见，海面波平如镜，满载兵员的登陆艇掠过我们的船，直向岸边驶去，奇迹发生了。

第二个惊险镜头接踵而来。当时，不知怎的，岸上的探照灯忽然一下子照到我们的船桥和前甲板上，整整有好几分钟直勾勾地照着我们不动，看来我们的命运就看敌人的兴致了。可是不知是什么原因，照了一阵后，探照灯就熄灭了，我们平安无事。

情况是这样的：我们的船离岸约有三英里半，这实际仍处于大炮的射程之内。有两三只较小的舰只离岸较近些，但大部分的船只都在我们船的后面。我们舰队的司令官一向都喜欢亲临战场，在炮火下亲自指挥战斗。

我们在甲板上只站了一会儿，这时岸上的探照灯又亮了，很明显，岸上的守军觉察到海上有动静，于是巨大的光束在海面上扫来扫去，几分钟后，其中一个探照灯照中了我们这艘船，于是便照着我们不动，接着，所有的探照灯一只接一只地都集中射到我们船上，我们都吓懵了：他们发现目标了。

岸上所有的五台探照灯，分布在沿岸好几英里长的范围内，这时都集中射到我们船上,在亮如白昼夜的光线中,我们简直就像赤身露体的小娃娃一样,无所遁形。我们吓得不知所措,因为这意味着敌军已在瞄准我们了,我们不但被发现了,而且还陷于无法自救的绝境。

我们正处于大炮射程之内,成了一个绝好的靶子。五只无情无义的探照灯集中地照射着,我们根本无法脱身,我们已在等死。

"当我们被那些探照灯射中时,我想我的儿女很快要变成孤儿了。"船上的一位军官后来如是说。

"当我们船抛锚时,我的背脊骨都凉了。声音之大真是连在罗马也听得见。"另一位军官说。

"站在我旁边的那位老兄喘气声大到不得了,弄得我连抛锚声都听不见,后来我才发现我旁边根本就没有人。"第三位说。

我们准备发炮打那些探照灯,但还是等等再说。我们有三种选择——发炮攻击,但这会招致敌军还击。再就是起锚离开此地,最后是静静不动地看看有什么变化。我们选择了后者。舰队司令认为:很可能因为海上有雾气,他们可能并没有发现我们。虽然他也解释不清既然他没有发现我们,但为什么会把全部探照灯都集中射到我们船上。

我不知道被他们这样集中照射究竟有多久,可能有一个钟头,但也可能只有五分钟。总之,在这漫长而又令人难受的时间过后,其中一支突然熄灭,接着,其他的也一支接一支地熄了,而最后的那一支,好像故意要跟我们开玩笑似的,在熄灯前独自照了我们好大一阵子,但最终它也熄灭了,于是我们仍然停留在黑暗中,而且并未受到炮击。

满载登陆部队的炮艇不停地从我们船旁飞驰而过,几分钟后便抢滩登陆了。那些探照灯又亮了,但这次只是对海滩照来照去,由于距离近,登陆部队都懒得去理它。

看来，有些意大利人并没有为了自身的利益而放弃职守。我们至今还未弄清楚为什么那些意大利炮兵不对我们开火。天亮后，我们登陆时，很多人对此进行了调查。我们没有找到那些探照灯兵，但城里的一些意大利兵和市民告诉我们，原来那些意大利炮兵被海上那种进攻的气势吓晕了，根本不敢开炮。事后我想，我们应该感谢那些意大利炮兵，可以想象，当圣徒彼得在听到这个探照灯的奇谈时，他一定也会觉得怪有趣的。

天亮前，我躺了下来小睡了一下，我很清楚，在日出前这短暂的宁静是不会长久的。果不其然，正当曙光初露时，我们周围炮声大作，灰色的天空布满了高射炮的朵朵黑烟。

德国飞机开始袭击我们的船队了。它们受到了我们高射炮的猛烈还击，但更多的是受到我们早有准备的战机的攻击。

在这夜色未尽，黎明初现的海面上出现了一个令人难忘的场面：无数的登陆艇挤在海滩上，卸下装载后立刻冲出海滩回航。各种大大小小的船都在接连不断地驶向海滩。极目望去，直到海天地平线上处，密密麻麻全是我们的船只。那些大船离得最远，在等待着它的轮次，这些大船在我们后面的海天线上形成了一条黑线，而在这条黑线和海岸之间，海面简直被众多的船只弄得沸腾起来。而在这看似混乱不堪的场面中，一长列装载着坦克的驳船却井然有序在驶向海滩，就像印第安人上阵时那样，每船相距 50 码，缓慢地但却是无比威严地驶向海滩。

德国的飞机刚一飞走，海滩后面山丘上的意大利炮兵就开火了。炮弹一发接一发地在海滩上爆炸，扬起了一道道黄色的烟雾。接着，他们转向我们船队开火了。虽然他们并没有击中我们，但是炮弹落得这样近，每次爆炸时我们都情不自禁地缩了缩头。看来他们是想一只船一只船地打，现在就轮到我们船了。

炮击一开始时,我们船马上就采取行动了。不是驶开,而是左右运动避开炮弹。一颗炮弹在我们船后面五十码处炸开了,扬起了一阵大水柱。炮弹爆炸时气势之大,与陆地上的重型迫击炮弹爆炸时一模一样。我们本来没有想到会受到炮击的,可是舰队司令早有思想准备,他下令还击,于是在随后的十分钟里,我们这艘旗舰便像军火库爆炸一般,轰轰隆隆地响个不停。

只打了几发炮弹,我们舰便已经测定出了距离,于是便把炮弹朝城里和山丘上的意大利炮兵阵地倾泻而去。每发一次炮,船身都震动起来,从炮口中喷射出来的火药渣像下雨一般地落到甲板上。

我们一边射击,一边全速行驶着——与海岸线平行,离岸约一英里。这时,我注意到,只有两艘驱逐舰是在和我们一起边行进边射击,而其余的那些船只则在尽力避开意军的炮火,不断地在转半月形的弯。一眼望去,海面上尽是驶着半圆形白色航迹的船只,你来我往,一片混乱的景象。

我们全速行驶了约三海里,其间每分钟打上几炮。舰队一面高速行驶,一面发射出猛烈的炮火,这情景令人激动不已。我们船距岸不远,所以都看得见炮弹击中目标后爆发出来的朵朵灰黑色的烟雾。

我们船是沿着海岸边行进边炮击的,一到终点便掉头返回。掉头时转弯很急,船倾侧得很厉害。后面那两艘驱逐舰也是一样,所以掉头后径直在半路便和它们相遇,这就好像是三匹马在耕地一样,往前,一回头,再往前,再回头。这样头一航次一般离岸较近,而回头时则较远些,几次过后,我们离岸近到差不多是在浅水区了。

在这次攻击行动中,我始终站在一只大的铁制弹药箱上观看,而这个大铁箱上是明明白白地标有"不准靠近"字样的。我的左右两边及前面是大炮,而后面则是烟囱。这个地方不但安全而且我还可以自由自在地观战。

意军的炮火最后终于停止了。我们那两艘驱逐舰这时也停止了炮击,只是尽量地驶近海岸,有规律地来回巡逻。它们的烟囱喷出阵阵浓烟,这一大阵的黑烟根本不会消散,而是在海滩上空形成一道幕幛,于是我们那些载着坦克的驳船和满载步兵的登陆艇便在这道烟幕的掩护下,直驶海岸,抢滩登陆。

我们的坦克不久就入城了,在入城前它们开了几炮以示庆祝。我们这个地段的战斗就这样结束了。

在军事术语上,开始武力攻击的那一天叫做 D 日,登陆滩头的那个时辰叫 H 时。我最偏爱的第三步兵师的 H 时是 7 月 10 日的凌晨 2:45。

大规模的攻击行动是按计划进行的。事实上,在这之前的几个小时,已经空降了一批伞兵,另外两支由北非调来的美军部队,也在同一时间在我们的右方远处对滩头发行了攻击,他们也是在炮轰一轮之后顺利登陆的。

我在舰上观战时,觉得岸上好像打得很激烈,可是事后我才了解到,情况并不像所想象的那么激烈。在我们所攻击的地段中,有好些地方很轻易地便被拿下了,那里舰上的大炮在天亮前并没有发炮攻击,登陆的突击部队是用步枪、手榴弹和机关枪等来开路前进的。在舰上,我们都很清楚地听到机关枪的声音——先是点发,然后是连发。

我觉得我始终听不到意军的机枪声。在突尼斯战场,德军的机枪声我们都听得烂熟了,因为德军的机枪比我们的快得多,所以一听就能听出来。可是这一次直到晚上我们所听到的机枪声全是一个调子的,根本听不出个名堂来。时不时,会见到有些红色的曳光弹划着弧形穿过夜空。我记得有一枪肯定是碰到了石头,因为它突然间笔直地转向，直射到半空中。偶尔也可见到手榴弹爆炸的闪光。其实那天晚上没有什么战斗，而只是在滩头上打了一阵。

事实上，这次登陆战比起我在阿尔及利亚所见到的那次登陆战来，场面可谓差多了。

在我们右边 12—15 英里远处的滩头上，又是另一番景象：美军的第一步兵师遇到了顽强的抵抗，掩护他们登陆的舰只只好在离岸几英里远的海面上发炮攻击岸上的敌军炮兵阵地。另外，第45 师也遇到了麻烦：风浪太大而滩头地形恶劣。

这是我有生以来第一次目睹巨型大炮的曳光弹划过夜空，我相信从远处看去，那简直就像是在夜空里打网球，壮观而又迷人。只不过那些球都是红色的，并且只朝一个方向飞去。首先，在远处的黑暗中，一朵金黄色的火花闪耀了一下，然后从那黄花中出现了一个小红点，这小红点就是炮弹，几乎就在同时，它已经飞过了四分之一的路程，然后突然间慢了下来，好像有人给它刹车似的，但这期间并没有什么突变现象，而是很自然地慢了下来，而且也不再是向上斜飞，而当它速度减到最慢，将要向下呈抛物线状下落时，它的弹道几乎是水平的，就像是装上了车轮在一条平坦大路上奔驰一样。最后，当它长长地飞了一段路之后，它突然地闪了一下光，然后就消失了，这当然是击中了岸上的某处而爆炸了。隔了好长的一段时间，那沉重的爆炸声才从远处越过水面传到我们的耳中。

当天大亮时，我们在甲板上已经可以清晰地看到里卡塔城了。在城市后面的小山，在一座大约是古堡之类的建筑物的屋顶，已高高地飘扬着美国国旗。虽然城市本身还没有被我们全部占领，但我们的先头部队已经爬了上去并升起了美国国旗。

要把这样大的一支部队送到岸上，海军方面是尽了最大的努力的。你可能想象不到，这样大的一支护航队，在漆黑的夜里，在完全陌生的滩头上,要把每一艘船都精确无误地引导到那规定好了的、只有巴掌大的地方,是多么不容易。据我所知,在我所在的这个地段,每一艘船都准确地到达了所指定的位置。有人对我说,他们(海军)没有像这次这样把任务完成得这样好的。有位大兵对第三师师长特鲁斯哥德少将所讲的一番话,可以说是对海军方面最好的表扬了:"长官,当我站在登陆艇上往岸边驶去的时候,老实说,我心里是有点害怕的。当我们船冲到沙滩上,我们全都往水里跳的时候,我简直怕得要死。可是当我们爬上沙滩,一看前面,正是你所说过的那间白色房屋时,我一点也不怕了。"

当我们第一眼望见西西里岛时,我们都感到有点失望,在我的想象中,西西里岛应该是一个郁郁葱葱景色迷人的地方,其实那是 Capri 群岛的景象而不是西西里岛的。西西里岛南部的沿海地区,在我看来,景色单调,到处是淡褐色的房屋,而且树木稀少,农田里刚刚收割完毕,所以都是光秃秃的,到处都是灰尘,村庄都是浅灰色的,所以从远处就很难把它和田野分辨开来。这里水源也很少,在海滩后面半英里左右的一个小山坡上,草木被军舰上的炮火击中燃烧,冒着阵阵浓烟。

这里比北非冷多了。事实上,如果不吹风的话,这里的气候会好得多,可是这里一到下午就狂风大作,大到使我们在野外时讲话都听不清。这种大风把我们的运兵战船吹得团团转,比意大利军队更能妨碍我们。

当美军登陆进入西西里的第一天结束时,我们自己都觉得有点难以置信,因为战事进行得太顺利了,而我们当初本来估计在滩头上会有一场大战的。在这个长达 14 英里的正面阵地上,我们预计伤亡会逾千,可实际上却是惊人地少。

到傍晚时,美军已攻占了本来预计要五天才能攻下的地方。

甚至只是在下午,在岛上内陆几英里内的地方,已挤满了美军及其各种车辆,看起来就像是我们曾经住了几个月的突尼斯,而不是在一个早上才被攻下的敌国土地上,而海军方面则是按程序表提前了两天把大量的登陆部队运卸到陆上。

在傍晚前,运输船队就已经回航北非,把后续部队运来,而我们的攻击舰队,除了些正常的机械损伤外,没有受到任何损失,这真是奇迹,而且不合逻辑。即使是意大利人不想打,可是德国人会撒手不管吗?这到底是怎么回事?他们究竟想不想打?因此,谁都不认为西西里之战已经结束了,好戏还在后头。敌人一定会反攻的。而且,德军的俯冲轰炸机已经开始每半小时就来轰炸一次了。但是,我们每个人都感觉到,不管怎么样,我们已经有了一个好的开头了。

13 工程兵之战

　　在西西里战役的后期,我是在某两个师的工兵部队中度过的。他们受到全体官兵的一致称赞。当战事在进行时,从将军到大兵,我多次地听到他们指出：这仗是工程兵打的。事情的确是这样,随着敌军的逐步后撤,我军前进的每一步,都是靠工兵们清除地雷修桥补路而得来的。

　　西西里岛的东北部都是崇山峻岭,山高谷深,这种地形最有利于撤退,而德军就充分地利用了这一点。他们差不多把所有的桥梁都炸断了。在美军到达的地方,德军差不多炸毁了约 160 座桥梁。德军在每座桥梁周围的通道上,在溪涧的水边上,都埋下了地雷。德军甚至在果园里的每棵树下,都埋下了地雷。因为他们不无理由地认为,美军是会在那里露营的。

　　当然这一切都阻挡不了我们的前进,不过这也使德军有充分的时间进行有计划的撤退。一般地说,我们只消两个小时,便能清理完地雷,修好断桥,用推土机推出一条毛路,以便继续前进。不过,他们偶尔也会碰到一些特别难搞的地方,需要花上至少一天一夜的时间,才能搞好。要知道,在那种条件下连续 24 小时的工作量,在平时是要好多天才能完成的。他们的两个秘密武器就是探雷器和推土机。正如一位工兵班长所说的那样,这是一场推土机大战。

　　在西西里，美军如果没有推土机，就等于没有吉普车。德军破坏西西里的桥梁时，比在突尼斯时更为彻底。在突尼斯，德军只炸掉一个桥墩，但在西西里，他们把所有的桥墩都炸掉。为了让桥墩炸得更彻底，他们往往用上成千磅的炸药来炸毁一座桥。有一座七拱桥，所有的七个桥墩都被德军炸掉了。这简直是一种暴行，因为其实只要炸掉一两个桥墩，效果和炸掉所有的桥墩是一样的，足以阻滞我们前进。

　　西西里的桥梁都是些以大石头或是碎石混凝土为里，外面砌砖的老式拱桥，式样典雅美观，把这样的桥梁彻底摧毁掉，无异于砍断一棵能遮荫的大树，或者是毁掉一所教堂那样的可惜。这些桥梁在战后肯定都要重建，但搬掉这几百个桥墩肯定要花一大笔钱。我们猜想，德国佬和意大利人一定会认为，反正美国大阔佬是会出钱重修的，所以他们乐得放手大干。

　　德军经常把一边是悬崖一边是峭壁的公路炸出一个大坑，这比炸掉一座桥更使人恼火。这时部队根本无法前进，直到架起一道应急用的简便桥后，队伍才能继续通过。

　　我们偶尔也会遇到一座完好无损的桥，这是因为河床平浅，易于涉水而过，所以德军也就觉得不必再浪费炸药了。每当我驱车经过这种完好无损的桥时，我都觉得很不习惯。德军是坚决不让任何一座桥留下供美军利用的。有一次德军已做好了爆破的准备，只留下一个人到最后时刻才引爆。可是我们尖刀班的士兵发现了他，开枪把他击毙，桥才没有被炸掉。

　　在西西里，德军比在突尼斯时更大量地使用地雷，简直到了浪费的地步。第45师的工兵们曾发现过一个雷区，在一块只有六英亩大的地方，竟然埋有800个地雷。地雷给工兵造成了很大伤亡，特别是军官。他们在前面侦查分析敌方地雷的分布，在工兵们用探雷器探清地雷之前就闯入了雷区。

德军在破坏道路和埋设地雷方面,有两点做得很绝:其一是将沿海公路的某一个悬崖突出部——下临大海全长50码的一段整个连根炸掉,使你根本无法通过或绕道而行。其次是在岛上埃特纳火山北山脚下的熔岩地段上,凡是公路通过的地方,都埋下了地雷,因为熔岩含铁量高,探雷器不起作用,我们的工兵狼狈不堪,他们花了很长的时间,才把这些地雷清除掉。

众所周知,西西里岛在夏季时缺水的,所以我们的登陆部队带了足够五天用的水。仅就第45步兵师而言,其需水量就是15万5千加仑,这些水都分装在大水箱和5加仑装的水罐里,有三艘运水船专门负责装运淡水,每艘装载量是1万加仑,另外的12万5千加仑淡水则装在5加仑的水罐里,由运输船送来。这意味着仅仅一个步兵师就需要从北非供应2万5千罐淡水,其他师的情况也是一样。

事实上,在用水方面,我们所遇到的困难并不太大,而且我们也不需要那么多的水。

拿破仑曾经说过:军队要吃饱肚子才能打仗。而我则认为,有了水,军队才能打仗。没有水,就会士气低落。

在整个西西里战役中,第45步兵师每天用掉5万加仑的淡水。或者说,平均每人只用掉2加仑。我们可以用美国新墨西哥州的著名赌城拉斯维加斯来作对比:拉斯维加斯的人口只是12 000人,而日耗水量是100万加仑,即人均耗水量几近100加仑。这种对比当然有点荒唐,不过与我们的大兵用水量相比也还是稍微多了些,因为大兵们每天只要有一加仑水,就能生活并且战斗下去。

工程兵的任务之一就是为部队提供水。工兵们要紧随撤退的德军寻找补水区。工兵部队一般为每个师提供三个供水点——每个团一个。另外还有两个备用点。当供水点可以供水时,工兵们即把一整套的净水设备用车运来，这套设备包括一个水泵，一个砂质过滤器，一个水质氯化消毒器，以及一个可折叠的、容量为3 000加仑的大帆布水箱，这个水箱竖起来时，足有人的肩膀那么高。经过净化的水就抽到这个大帆布水箱中，然后各团的车辆就日夜不停地驶来装水，把一切能装水的东西，如水罐、水箱，乃至暖气包，都拿来装水。

在供水点周围几英里远的所有道路上，都竖立写有"供水点"的指示牌，箭头直指供水点的方向。

在西西里岛，我们所利用的水源主要是水井、山泉、溪涧、炸弹坑和灌溉渠。第45步兵师的工兵队曾经发现一个炸弹坑，里面有一条断了的水管，而从那里面漏出来的水足够我们用好几天。工兵们也找到一些干涸河床下的地下水，他们只要钻一个几米深的洞，便可以把水抽上来，真是要多少有多少。

有一次，工兵们找到一条只有一尺宽、四寸深的灌溉渠，起初他们以为那么点水，一头驴子便可以把它喝光，哪知放下抽水机去抽水时，才发现来水源源不绝，抽也抽不完。

西西里岛上的供水设施真是五花八门，形形色色，从现代化的20英寸口径的铸铁管到古罗马时代原始的陶制导水管都有。我们利用了这些设施，而又不影响岛上居民的用水。岛上的居民说，德国人在这方面就没有像我们那么能干。事实上，我们的确也尽了最大的努力，使千千万万的西西里岛居民有水可用，因为他们的供水管早就被炸断了。

尽管水的来源各有不同，但最后可供使用的水经过过滤器之后已经没有什么沉淀物了。当用水进入管道流通时，用水已经经过净化处理，一般是将氯粉剂混入用水中，其使用量为百分之一。第45师的工程兵带有足够使用半年的氯粉剂。除了氯粉剂之外，还使用了明矾和苏打。因此，经过消毒处理后的用水，已经根本没有任何异味了。

第45师一共有六套完善的用水净化设施以及一套海水蒸馏器,但这海水蒸馏器从未使用过。

一般的步兵在上前线时,都携带两个水壶而不是一个。但在夏天的炎日之下,经常可以看到有些人背着六个水壶行军。这些水壶都由一根皮带串着,看上去就像是一串葡萄。这些水壶有一半是从意大利士兵身上拿过来的,水壶外面都包着灰色毡片,使壶水保持清凉。

我敢夸口说,一个人只要他的鼻子好,没有伤风的话,他一定会嗅出,在这些水壶中,有一半装的不是清水,而是俗称"维诺"的廉价红葡萄酒。大兵们说,这是专治"跳蚤咬伤症"的。

在西西里前线时,我曾经在第45师的第120工兵营待过一阵子。120工兵营的大部分成员来自我的第二故乡新墨西哥州。他们是老的新墨西哥州部队(大部分成员于1942年春于菲律宾巴丹半岛丧生)的一部分。能够和这些聪明、平易近人而且说话慢吞吞的家乡人聊天,谈谈家乡的情况,是很令人高兴的事,特别是他的家刚好在你家附近的话。

第120工兵营的成员都是西班牙裔人、印第安人、纯墨西哥人以及少数来自美国东部各州的人。营长是路易士·弗朗兹(Lewis Frantz)中校,入伍前是新墨西哥州拉斯维加斯电力公司的经理,他入伍已三年,可是从未休假回过家。第45师在国内受训已经快两年半了,他们都绝望地以为不会被派出国了。

在具有这种奇怪想法的人当中,最具代表性的恐怕就是华都·路维(Waldo Lowe)中尉了。他本来可以休假回家过圣诞节,但他觉得无面目见家中人,因为入伍两年而仍然未出国门一步。现在他回家休假不再丢脸了,却又回不去了,奈何!

工兵营的行政官杰里·兴尼士(Jerry Hines)少校,曾经任新墨西哥州农业学校的体育教练多年,他说他希望儿子成为一个足球运动员,他儿子在九月中旬就要毕业了,所以他希望能及时赶回家去看看他。

詹姆斯·俾兹麦克(James Begemak)上尉和理查·斯特朗(Richard Strong)上尉都是我家乡阿布奎克县的同乡人,斯特朗上尉当时是个连长,后来调任营参谋,他和两名下属最近才逃过一次大难,当时他们的吉普车被德军的 88 mm 平射炮直接命中,车子被击得粉碎,而他们居然都大难不死。

几天之后,本·比洛斯(Ben Billups)上尉也遭遇同样的经历,他刚刚领来才一天的崭新的吉普车也是被德军一炮击中,着火焚烧。而那天上午,如果我不是因病入医院的话,我是会搭他的车的,所以,你看,我是多么聪明,知道什么时候应该去医院。

工兵营因地雷和炮火而导致的损失相当严重,弗朗兹中校估计,他们的工兵作业有一半以上是在德军的炮火下完成的。有一次,他营里的工兵竟跑在步兵的前面达 8 英里半之远。

中校本人是一个大个子,讲起话来慢声细气的,是一个典型的美国西南部的人,他精力过人,但绝不是天真无知,故得到所在部队官兵的尊敬。在任务紧急时,他可以一直工作到凌晨四点,然后在地上睡上几个小时,到七点又起来再干。

在打仗时,军官们也和大家一样,睡在硬地上,但在后方休整时,他们会在树下找一个软草窝,睡在挂上蚊帐、盖着毛毯的睡袋里。事实上,工兵营里的很多军官都有一床漂亮的白丝床单,他们找来一些破降落伞,请西西里的妇女把它裁成床单,代价只是几筒罐头食物。

工兵营大部分的人操西班牙语,偶尔我也听见有些军官也说西班牙语，这是他们的习惯，正如他们吃惯了西班牙口味的饭菜一样。他们的家人经常给他们寄些干辣椒和胡椒来，于是他们便打一次小牙祭。比特·欧文(Pete Erwin)便保存有一公升多的干玉米粉，即是他留着做圣诞大餐用的。

一般人很少注意到地图，可是对一个在前线作战的军官来说，地图就如同钢盔一样，是随身装备的一部分，他绝对不可能没有地图。

工兵部队的职责之一就是为部队提供军用地图。每当部队前进到地图的边缘地区时，掌管地图的军官便忙不迭地从后方仓库中找来新的地图，数量之大，内容之多，令人吃惊。光是第 45 师在进军西西里时，就携带了重达 83 吨的西西里地图。我没有问这大约有多少张，但可以肯定地说，至少有 50 万张。

第 45 师所使用的地图，都是根据意大利的旧地图绘制的，可是在入侵西西里之前的几个月，我们的侦察机便已经不断地在西西里岛上空进行航空摄影，照片立刻用飞机送回到华盛顿。地形上有任何新的发现或变动都立即在地图上加以修正，这项修正工作一直进行到最后一刻。当第 45 师在美国登船直驶西西里，准备登陆作战时，这些地图在华盛顿才刚刚印刷好，放在防水箱中随船带来。45 师那 83 吨的地图也在其中，都是新鲜出炉的。

第 120 工兵营还运用考古学解决了工作上的难题。有一次他们为了寻找一条便道，以便绕过一座断桥时，他们无意中发现了一条古罗马时代的石头路，这条路早已不用了，路面盖满泥土，杂草丛生，他们便把这条古道清理了出来，使用了其中一段，约一英里半长。如果他们没有发现这条古道，他们将要投入 400 个人去干 12 个小时，来修筑一条便道，可是现在，他们只用 150 个人，在 4

个小时内便完成了任务。

在这次战役中,工兵们尽量避免损害到当地人民的财产,他们宁可多费些人力和时间,而不愿那些菜园、民房、葡萄园等受到损害。有时他们宁可修一条弯路,也不愿意穿过一座菜园,这种做法使我们得到当地人民的好感。

我认识一位推土机手,约瑟夫·康帕格尼(Joseph Campagnone),家住马萨诸塞州牛顿市中街 14 号。他开着那部震耳欲聋的庞然大物,得心应手,简直就像一位魔术师在玩纸牌一样。他原是意大利人,7 年前当他 16 岁时才移民到美国。我见到他时,他已是一个地道的美国人了,他有一位兄弟在意军中服役,在北非被英军俘虏,他的母亲和姐妹们住在那不勒斯附近,他很希望在战争结束前能见到他们。我问他你对你的同胞打仗会不会有奇异的感受,他说:"不,我对他们打仗跟对其他任何人一样的。"

康帕格尼在工作时,显得非常熟练麻利。一天下午,我花了两小时观察他怎样工作。那时他正开着推土机把一大堆乱石推到公路上的一个大坑里去,以便恢复交通。他操纵着那台庞然大物,三下五除二便完成了任务,赢得了大家的喝彩。

康帕格尼也曾经有过惊险史:有一次他在一座断桥边推土作业时,推土机碰到了地雷,爆炸力把他从推土机上抛了出来,他昏了过去,但并没有受伤。这部无人驾驶的推土机继续往前走着,然后从 50 英尺高的断崖上掉了下去,翻了一个筋斗后又完好地落在地上,而且马达仍正常开动着。

在西西里岛作战时,部队有时也会抽空到海边去洗海水浴(登陆时工兵曾将一块长达 7 英里的海滩清除了地雷,现在这海滩成了美军的海水浴场了)。在西西里岛内陆山区,我见过数以百计的美国大兵,赤条条地在西西里人的马槽里,用钢盔浇水洗澡。美国大兵习惯上永远保持身体清洁,而这种习惯经常受到那些不惯于洗澡的哲学家们,包括西西里人、阿拉伯人还有我的嘲笑。

当第 45 师经过几个星期的艰苦战斗,终于进抵西西里岛的北海岸时,我到第三师去了,该师已攻占了西西里岛的东部,把德军挤压到墨西拿去了。

我到第三师的头一天,就碰上了一场西西里战役中最为壮观也是最为艰苦的"工程战"。卡拉瓦(Calava)岬是一个由陆地伸出到海中的、高耸的石头山脊,沿海的公路经由隧道穿过这个山脊,在隧道的两头,公路就像吊桥一样从峭壁上伸展出来。我们的工兵本来以为德军会将隧道口炸垮,把隧道口阻塞住,但德军没有这样做,他们的做法才绝呢!他们在距离洞口约 50 英尺处炸了一个长约 150 英尺的大坑,这个坑炸得又大又深,任何大小的一块石头,如果掉了下去,它就会不停地滚落下去,最后落进 200 英尺下面的大海中。

我们是真正遇到难题了。我们不可能绕道通过这座山岬,因为它是直接插入海中的。我们也不可能修路翻越这座山岬,因为这起码需要几个星期的时间。我们更不可能填掉这个坑,因为充填物会全部落入海中,永远也填不完。

我跟随着首批工兵亲赴现场观察情况,在距离现场约 4 英里的一座断桥处,我们下了吉普车,步行上山,有一营步兵与我们同行,他们正在追击撤退中的德军。

工兵唯一的办法就是搭桥,但这是一件极其艰难的工作,但这桥竟然在 24 小时内搭好了。

我们发现,德军在隧道内还埋设了地雷,不过在坚硬的石头面上挖坑埋雷难免留下痕迹,所以我们的工兵根本用不着费神去找它们,更懒得去拆卸它们的引信。我们一行一直走到那个大坑旁边,工兵们开始进行测算。

当工兵们在做准备时,一个团的步兵开始一个个地从那个大坑的边上爬过去,他们只能紧紧地抓着凸出的石头,名副其实地一步步爬过去。这时,另一个步兵团,只携带武器和干粮,正轻装爬过那座山岭,去追击撤退中的德军。在 24 个小时之内,这两个团将在距我们面前 20 英里处赶上德军。因此,修通这座桥,以及时给前方补充军需弹药就是一件事关生死的大事。

当我们到达那里时,已是下午二时了。两个小时后,在坑口上面,已搭好一座小平台,灯火通明,就像消防队在救火时的工作平台一样。满地都是管子,三台大型的空气压缩机一字排开,轰轰隆隆地开动着。风钻则发出震耳欲聋的声音,令人耳蜗刺痛。

推土机开了过来,把碎石通通清除掉,接着,带拖车的大卡车,带来了大量的钢轨、枕木、铜线绳、道钉,以及各式各样的大锤和撬棍。

第三师的数千辆汽车就停在十多英里外的地方,给工程兵让路。那个大坑只能容得下一个工兵排在里面工作,所以其余的人只好留在外面。

晚饭时,汽车送来了热辣辣的晚饭。在任何情况下,第三师的工兵们,除了中午是吃盒装干粮外,早晚两餐吃的都是热饭,吃热饭是工作上的需要,在光线昏暗的环境下做繁重的工作,一半以上的士兵都脱光了上身在工作。

地中海的夜空是潮湿的。微弱的月光只照了我们一阵子,不时有朵朵浮云掠过夜空,但是工作在连夜进行着。

这天晚上,第三师其余的部队也在一刻不停地前进着,他们在追赶撤退中的德军。军火和给养用小船绕过这个山岬运往前方去,连工兵部队也用这个方法往前赶。他们在前方几英里远处又发现了一个坑洞,不过这个坑洞不大,用推土机便可把它填平,但是他们无法把推土机开过这个正在搭桥的大坑，于是工兵们征用了两艘比划艇大一倍的西西里人的捕鱼船，他们把那两艘渔船并排连接在一起，铺上木板，然后把推土机开上去，船头上连接有一部水陆两用吉普车，于是这艘船便以每小时一海里的速度嘎吱嘎吱地开过卡拉瓦海角。

当我们在静静地观察着这进行着的一切的时候，第三师第 10 工兵营的营长宾汉（Bingham）中校微微一笑说："这就是我们工兵营自制的军舰。"

就在那天晚上，海军开始用武装登陆艇往前方运送军火给养。午夜时，发生了一件有趣的意外事件。

事情是这样的：工兵们要把卡拉瓦岬隧道头上的部分峭壁炸掉。一切都准备好了，所有的人都躲回到隧道里来了。一声爆炸，山摇地动。我们都害怕隧道会坍塌下来，在这宁静的夜晚，这一声爆炸是够吓人的。

恰恰就在这个时候，海军的一支小船队正在离岸不远处通过。这一声爆炸惊动了他们。他们以为受到岸上德军的炮火攻击了，而正当工兵们返回爆炸现场，准备继续工作的时候，从山岬下面黑洞洞的海面上，传来了清晰明确的口令声：准备开火还击。大兵们吓得四散奔逃，屁滚尿流地跑回到隧道里面去，就好像有德国的俯冲轰炸机在追着他们打屁股似的。我们当时当然不知道发生了这样一件事，但可以肯定的是，那支船队并没有开火。

晚上十点半左右，第三师的师长杜鲁司哥特（Truscott）少将跑来查看工程进度，他当时最大的愿望就是赶快搭好那座桥。在那里，他当然搭不上什么手，但他也不想离开那里，他只好在这里站站，那里站站，和旁边的人说话。后来，他退到一旁，坐在地上，点起了一支烟。

还没有吸上几口烟,一个路过的大兵看见有人抽烟,便俯下身子问道:"喂,借个火!"杜鲁司哥特将军照办了,那个大兵当然不知道他就是师长。

杜鲁司哥特将军也和很多干大事的人一样,能够只小睡 5—10 分钟,便能够恢复精神。所以这时他也懒得回师部去睡觉,便靠在石头上睡了起来。这时一个正忙着拖管子的工兵经过那里,这些管子这时正好缠住了师长的脚,这位忙得团团转的工兵心烦到不得了,于是对这个睡在地上的讨厌鬼吼了起来:"你不干活就滚到一边!"

将军一声不响地爬了起来,远远地躲开了。

整个工兵连的人不停地干着,军官们也整夜待在工地上,随时解决技术上的问题。我可是瞌睡得厉害,耐不住了,于是搭交通车回连部睡觉去。

大约在天亮前一个小时,一个休息完毕的工兵排集合起来,吵吵闹闹地吃过早饭,在天亮时便乘车出发了。不久三辆大卡车载回来一大批累得半死的工兵,他们回来后狼吞虎咽地吃过早餐,裹起毛毯就在地上睡着了。他们拼命地干了一个晚上,按时完成了任务。

天亮后不久,我就回到大坑的施工工地上。一眼望过去,场面好像没有什么大的改变,可是一个有经验的工程技术人员一眼便可看出,地表工作一切已经就绪,他们已经在坑下凹凸不平的峭壁上炸开了两个坑,这样墩柱便可放入坑内,而当上面重量增大时,柱墩便不会向下滑落。坑的另一边已炸平,形成一条约占大坑宽度三分之一的平台。在大坑的两边,已经装上了支架,安装上木柱后,便可成为桥墩了。在岩壁上,都深深地嵌入了承托电缆用的铁钩。隧道口堆满了木材,都组装成 2 平方米的方格,准备作搭桥之用。

　　大约在上午 10 点钟时,巨大的墩柱便顺着塌坑的峭壁往下滑放,一大群工兵紧贴住岩壁站着,努力地将墩柱安放入那炸开的柱坑内。通过紧绑在梁木上的粗绳,工兵们终于顺利地使墩柱安放入柱坑内。接着一根根大梁木也慢慢地、小心翼翼地由上面放下来,搭在墩柱上。

　　一个半裸的工兵,就像表演走钢丝一样,爬到横梁上,用小气钻在两根梁木上钻了一个深洞,然后用空压机把一个铜铆钉打了进去,把那两根梁木连结在一起,其他的人连忙用大铁锤把一根根长钉敲进去,接着,他们把钢丝绳从坑洞的这一边抛到坑道的另一边,再利用汽车的绞盘把钢丝绳紧紧地缠结在墩柱上。

　　接着,二十名上身赤裸、满身大汗的工兵扛着长长的、叠接起来的梁木,那情景就像中国的苦力在做工时一样,把它们横放在刚竖立起来的那两个木墩柱上,然后用钢丝绳把它们再拉紧。他们一共放了十根这样的横梁,这时已基本上有桥的样子了。接着又放上大枕木,再铺上木板,打上钉子,两边再填上石头。现在,这座桥便已接近完工。

　　大约在 11 点钟左右,在隧道口不远处,吉普车排成了一条长龙,车上乘搭着侦察排的人,还有机枪队和一箱箱的军火,他们有权首先通过这座桥。师长杜鲁司哥特少将又再次来到现场,坐在大木头上和工兵营的军官们谈话,耐心地等待着车队通过。

　　大约在昨天的黄昏时,工兵营的一位军官曾告诉过我:明天中午这个车队就可以通过这个大坑洞了。在当时看来这有点不可能,但他们胸有成竹,事后他们也承认,当第一部吉普车小心翼翼地通过这座桥时,正好是中午 12 点,那纯粹是一种巧合。

　　师长杜鲁司哥特坐在第一辆车上,第一个过桥。假如这座桥垮了,师长就会滚落到 200 米下面的海里去。工兵们曾经建议,最好是先开一辆车过去试试看。可是师长一看见桥已搭好,便坐上车开过去了。这可不是闹着玩的,这表示师长完全信得过他手下的工兵,而工兵们则对此感到骄傲。

吉普车一辆辆地跟着师长开过这座歪歪扭扭的桥去,而工兵们则站在桥下,观测桥的承压能力,当车队慢慢地开过时,桥发出轧轧声并且有点下弯,但它挺过来了,平安无事。不过当师长带头领着车队通过后,交通还是中断了三个小时,因为工兵们要加固桥身,在此期间,就像变戏法般又在两个墩柱之间再装上了一个墩柱。

这当然是一种艰苦的工作。不过就在整整四点钟时,第一架载重 3/4 吨的卡车开过去了。接着,载重越来越重的卡车不断地开过,在黄昏时,连庞大的推土机也开过去了,此后,什么车都可以通过了。

劳累不堪的工兵们把工具都收拾回车上,军官们则已连续 36 个小时没有合过眼,这时都回到果园里的帐篷里睡觉去了,他们在半天和一夜之内奇迹般地建造了一座桥,他们为此感到自豪,而师长也为他们感到自豪。

第三部分

意大利
1943.11—1944.4
Italy：December，1943—April，1944

14 山地战

　　意大利之战是非常艰苦的,地形和气候两者都对我们非常不利。天老是下雨,地上一片泥泞,车轮都陷在泥潭里,有时连桥梁也被冲掉。田野是惊人的美丽,可是要把它从德军手中夺回来,那也是惊人的不容易。山岭崎岖,怪石林立,而我们又不能从平坦的山谷里穿过去,因为德军就据守在这些山岭上面,他们居高临下,可以轻而易举地打垮我们,所以我们只能一个山头一个山头地仰攻上去,可是只要有少量的德军,哪怕只有一个排,在山顶上掘壕据守,他们就能长时间地抵挡住我们的猛烈攻击。

　　我知道美国国内的人对意大利战争进展之慢感到失望并且迷惑不解。他们感到奇怪的是,为什么我们在意大利的向北的进军会这样惊人的缓慢?他们对我们这么久还没有攻占罗马感到不耐烦。那么,好吧,我现在就说句公道话吧!我们这些大兵也同样地感到不耐烦。我听见到处都有人说:"这仗比在突尼斯时还难打。""我们遇到了新锐的德军部队。""假如不下雨就好了。""我们也明白,进军快些,回家也快些。"等等。

　　我们部队的处境是难以想象的可怕,富饶肥美的山谷到处是没膝的泥浆。数以千计的大兵的衣服一连几个星期都没有干过,而另外数以千计的大兵则生活和战斗在山岭上,那里夜间飘着雪花,气温降到零度以下,他们只能在石洞或石缝里找个栖身之处。他们就像原始人一样,在那种情况下,一根棍棒比一挺机枪还要管用。他们究竟是怎么度过这个冬天的,那是我们这些有幸睡在暖洋洋的被窝里的人根本无法想象的。

这条向北进军的路线真是够单调乏味,令人生厌的了。但这既不是我们部队的力量问题,也不是在方向的选择上有什么错误。这一切都只能怪气候和地形,特别是气候。即便没有德军在阻滞我们,即便德军的工兵仅仅只是炸了桥梁,或者即便德军根本就没有作任何抵抗,我们向北的进军仍然是缓慢的。在这个山区,我们不得不大量使用马匹。每个师都有数以百计的驮马和骡子,在汽车无法再前进一步的地方,来驮运军火和给养。除了骡子以外,有时还不得不用人——当然是美国大兵来背这些东西。

我去意大利时,是乘搭一架货机飞越地中海到意大利的。那是一架至少超载 500 公斤的运输机。货舱里堆满了大纸板箱,都是优先运送的物资。在这些纸板箱里,装着一包包重 100 磅或 150 磅的军火或给养,刚好够一个身强力壮的人背得动。他们要把这些物资运到山上给他们的战友。值得安慰的是,我们牢牢地掌握着制空权。喷火式战斗机整天在我们地面部队的头上飞上飞下,那情景就宛如警察在街头防止盗贼打劫一般。

而更主要的是,我们还拥有占优势的炮兵,我们不惜工本地轰击那些崎岖的山头,因为在那种鬼地方,一枚价值 50 美元的炮弹可能就会挽回我们 10 名士兵的生命。这种狂风暴雨式的炮轰逐渐摧毁了德军的士气,他们害怕我们的炮火了,特别是当我们集中火力攻击某一点的时候。

不过,无论如何,不管山头上是多么的寒冷,雨雪使道路如何的泥泞难行,无论对于德军还是对于我军,其危害性都是一样严重的。

我们正在向罗马进军,这是毫无疑义的,但道路是艰难的,他们在克服了泥泞、黑夜、崎岖的山岭等一系列的阻挠之后,正在急不可待地冲向罗马。

这种艰苦的山地战一个星期接着一个星期地持续下去。我们每个步兵营都有一个骡马分队,于是我也与一个骡马分队做过一次采访。这是一个极为普通的小分队,赶骡的都是美国兵或意大利人。

我采访的那个骡马分队,是专门向他们所属的那个营运送给养的。那个营当时正在海拔约 4 000 英尺的一个光秃秃的石头山上连续作战,已约有十天十夜,当他们最终撤下来时,剩下的人不到三分之一。

在那些艰苦的日子里,他们吃的每一口军粮,都是靠骡子和人力运上去的,有三分之一的路程是靠骡子运送的,余下三分之二的路程最为艰苦,是全靠人力运送上去的,因为山路崎岖到连骡子也无法爬上去。

这个骡马分队,骡夫都是意大利人,而背运物资的则大部分是美国兵。这些意大利骡夫都是来自萨丁尼亚岛,他们原来属于意军的一个山炮团,对于爬山和赶骡子都很有经验,他们都在山脚公路旁的一个橄榄园里露宿,除非有特别事故,他们在白天一般不出去,因为大部分路程都在德军的炮火射程之内。在白天,补给品都用大卡车运到橄榄园中,然后就在树林中装载上驮,天一入黑便出发上路。在路途中实际照管这些骡子的还是美国大兵,因为只要德军一炮轰,这些意大利佬便会躲得无影无踪。

这支骡马分队有 155 名骡夫,但一般每天晚上只用上 80 头骡子。每一头骡子要一个人专门牵着,另外有 10 个人专门负责诸如骡子跌倒了把它拉起,驮子掉了把它重新装上,到山顶时卸下驮子等工作。每次来回至少要三个小时,一般每个骡夫每晚只上山一次，但情况特殊时则要去两次。

　　每晚平均要往山上运送这么一些物资：80罐水、100箱盒装军用干粮、10英里长的电话线、25箱手榴弹、步枪弹和机枪子弹、100箱重型迫击炮弹、一部电台、二部电话机、四箱急救包和消炎药。此外，每个运送兵的口袋里还塞满了香烟，供山顶上的战友们享用。另外还有几罐酒精，以便能很快地煮出热腾腾的咖啡来。

　　同时，他们还要运送500套厚厚的军衣给山顶上的战友们御寒。他们还运了大量的玻璃纸袋上去，很多人喜欢拿它来当睡袋使用。

　　信封是最受欢迎的，每天晚上，他们都会带好几袋信件上去，可是，每晚他们都会把很大一部分的信件带回来，收信人在信件到来之前不是战死就是已经负伤。

　　在这条折磨人的、漫长的登山险道上，在骡马运输队起点处，每晚至少有20—300名人员在那里工作。那里什么人都有，包括炊事员、司机、上士文书，以及一切能放得下手上工作的人。有很大一部分的物资是由战斗部队自己来卸货的。有时为了准备进攻，在关键性的那天晚上，他们会由预备营中抽调300名第一线的战斗部队来参加装驮工作。装载好的骡子以20头为一组，在天刚入黑时便离开橄榄园，沿路在每个喊声可闻的站点都有美国兵在站哨，以免意大利骡夫因天黑而迷路。

　　这些站哨的美国兵，都自认为是这次战争中吃尽了苦头的大兵，因为他们在这些该死的山头上整周的长期作战，在石头缝里躲雨，吃冰冷的军用干粮，睡觉时又没有毯子盖，真是又冷又饿又累，而且还不断地受到德军的炮火袭击。他们不停地战斗，钻防空洞，并且眼看着他们的战友一个接一个地负伤，被抬下山去，于是他们变得愈来愈疲弱了。

　　最后，剩下来的人已筋疲力尽，于是只好把他们从山上撤下来,送到休整营地去。他们当中的大部分人已经腿酸脚软,浑身无力,下山时那最为艰苦的三分之二的路程,他们差不多走了一天。

可是,就在休整营地——他们心目中的天堂——已经在望的时候,他们却奉命原地停下,保护这条至关重要的交通补给线,因为当时已无兵可派了。据我所知,他们在山脚下至少待了三天三夜,他们可怜巴巴地沿路躺着,在黑暗中大声吆喝着,以免骡子走失。

他们就睡在石头上,连条毯子都没有,可是他们毫无怨言,人的精神意志真是个神奇的东西。

和美国的骡子比较起来,意大利的骡子显得较为瘦小,它们经常被装在卡车上运来运去,很多骡子在路上都病倒了。

在一开始时,我们都错误地让他们装驮得过重了。事实上,在那种道路上,我们美国的骡子也不会驮载这么重的。我们要每头骡子驮4罐水和两箱军用干粮,总重240磅,这是任何骡子也承受不住的,所以第二天它们都病倒了。所以后来我们只好把负载量减半:两罐水和一箱干粮。

人们都说,这些意大利骡夫在上路时对骡子很粗暴,但在休憩时却把骡子保养得很好。意大利骡夫吆喝骡子的声音,和我们美国人在感到寒冷时所发出的声音是一样的。所以,当我在晚上听到吆喝骡子上路时,那种声音就好像全世界的人都冻得要死似的。

在驮运开始时,我们还曾经使用过一些白色的骡子,可是很快就不用了,因为在有月亮的晚上,它们的目标太明显了。我们有些单位还曾经使用过驮马,其中有几匹马身上还有意大利皇室的印记。

当首批骡子从撒丁尼亚岛运来时,重要的问题便是要解决骡子的蹄掌问题。当时把当地所有的马掌都搜购一空。有了马掌,可是又没有蹄钉。在意大利，当时的马蹄钉非常缺货，而且价钱昂贵。最后终于从当地的赛马场中找到了足够用的蹄钉，所以给铁匠蹄钉时，是逐颗计算着用的，如果用坏了一颗，要交旧领新才行。

有些骡马运输队是全由美军管理的。据说美国佬比意大利佬更会赶骡子。可是也有人对我说过相反的话，所以我不知道哪一方是对的。不过有位美国大兵对我说过这样的话："那些从大城市来的美国佬从来未赶过骡子，所以一开头不会赶也是很自然的事。"

在紧急关头，在大白天也要赶骡子上山，这当然是很危险的，因为整条山路随时都会被德军的炮火打得个稀巴烂。

幸好我所采访的这个骡马分队在这条山路上还没有遭受过什么伤亡损失，只是在一次空袭中，有七名意大利人受了伤。这些意大利佬都非常害怕炮轰和轰炸。晚上，只要德军的炮火一接近这条骡马山道，这些意大利佬就会像耍魔术般地闪身钻到防炮洞里去了。人当然比骡子幸运多了，因为骡子不懂得躲进防炮洞里去。我采访的这个骡马分队在炮火和空袭中一共损失了 50 头骡子，而另外有 100 头骡子因劳累过度而病倒。

由意大利人组成的骡马队是由两名意军中尉率领的。这两名中尉头戴罗尔式的军帽，上面还插了两根鸡毛，可以说是风度翩翩。他们都不会说英语，不过在美军里，你只要随便喊上两声，就准能找到个会说意大利语的人。所以这支小小的队伍也就有了一名翻译官，在这支队伍里，要做什么事情都少不了他，一切都得看他的，他就是上等兵安东尼·沙威诺，他的那份工作是够累人的。意大利人做事没有我们美国人那么快捷稳妥，于是沙威诺对他们进行了装卸驴子的训练，消除了混乱拖沓现象，一切都井井有条。

主管这支骡马分队的实际上是威廉斯中尉，他有时干到凌晨三点钟，等所有的人都从山上回来了才去睡。有时他在晚上七点钟就早早地睡了。他随时随地都可以入睡，如果哪天晚上没有紧急任务,不需要向山头紧急运输的话,那便是很难得的了。他和手下的十名大兵一起睡在一间石砌的牛棚里。在从军前,他是开殡仪馆的,参军后是个反坦克炮手,而现在是个骡马专家。

沙威诺极其认真地执行他的翻译工作,以致在做梦时,都说到这些事。我和他们睡在同一间牛棚里,有晚大约是在凌晨三点钟时,我刚好醒来,就听见沙威诺在说梦话:"好吧,如果他们当不了翻译,就把他们赶走好了。"

后来当我告诉他这件事时,他觉得很有趣,他从来不知道他有说梦话的毛病。

我对运输兵比对骡子还更感兴趣,这一方面是因为他们的工作十分艰苦,另一方面是因为听他们说总比听骡子叫要好受些。这种人工的货运量是十分惊人的。

在一个为期十天的短时期内,这些美国兵就为这个山头约一个营的守军送了十万磅的物资,这只是一个分队而已。而在同时,有十多个山头都是靠这种人背的方式来进行补给的。有一半以上的路程是一片光秃秃的石头地,而且是在德军炮火的直接威胁下,当快要到山顶时,道路陡峭到要用绳子从上面垂下来,搬运兵要背着东西双手交替地攀着绳子才能爬到上面去。

我们曾经尝试让意大利人来做这种工作,可是只试了一天,第二天他们都跑了个精光。我还听说在某一个山头,有些意大利妇女自愿干这种工作,把装五加仑的水罐顶在头上运到山头上去。但我无法验证这是不是事实,我想这大约是编造出来的。

有些大兵们是用肩膀扛着水罐的,有些则是把水罐塞进背包里背着。在起先,有些大兵觉得水罐太重了,便偷偷地把水倒掉一些,但根据物理学的法则,半罐子水在走动时会在罐里荡来荡去,使背负者感到摇晃不定,寸步难行,所以倒水现象自行消失了。

从山脚到山顶,一个健步者空着手也要走两个小时,那么背着东西的话,时间当然就需要更长了,可是有些大兵还是做出了惊人之举。

我所采访的这个骡马分队,负重登山"冠军"是上等兵斯卡波罗,可惜我到这个分队时,他出差去了,后来我再未遇到他,他不久前病了一场,但早已复元。他能够背着满满的一罐水到山顶去,来回一共只需两个半小时,而别的人光是上山就要三个多小时。他并非只是偶尔那么来一次,而是天天如此。虽然如此,他一天也只能跑四趟,这已到了他的极限了,而且那天的第四趟,是因为情况紧急,他要加班背给养上去,以应付德军的一次反攻。

斯卡波罗不是什么大个子,他只有 18 岁,身高 5 英尺 7 英寸半,体重 135 磅,我简直想象不出,这么一个小个子,会有这么大的力气。

带我上山的是上等兵福特,是一个高大粗壮的汉子,他有两个星期没有刮胡子了,所以满脸胡子,加之风尘满面,显得有些凶神恶煞。其实,他为人厚道,善良愉快。像其他那些赶骡子的大兵一样,他也是在山头上连续打了几个星期的仗才换下山来休息一下。他在步兵连,是一个勃朗宁半自动步枪手。关于打仗,他有他的一套故事:

"我扔了十多个手榴弹和石头出去,心想这一下一定打死了不少德国佬的了,"福特说,"可我就是连放一枪的机会都没有。"

在他外衣的背上用紫色墨水写上了他的军号,和他妻子的名字"比提",而在里面则写上了他的家庭住址,他的妻子比提是一家国防工厂的化学技师。由于发肿,他的双脚全用绷带包了起来,可是他的鞋跟已经磨掉,所以他只好用脚趾走路。"上山时有时你认为是上不去的,"福特说,"可是终究还是上去了。"

不过也有上不去的人,我目睹他们一个又一个地跑回山脚下,报告说他再也走不动了。他们把背的东西扔了,跑下山来。他们当中有些是假装的，但是大多数的人的确是精疲力竭了。他们的脚磨损了，由于得了关节炎、疝气，或者心肌衰竭，他们变得虚弱，他们再也无力爬上那要命的山头了。

当我们开始下山回家时，德军用炮火为我们送行，一排排的炮弹落在我们的后面。

"我们不要管他，尽力快跑就是了。一停下来，炮弹就会跟上我们了。"福特说。

没有什么事需要我在路上办的，所以福特和我两人飞奔下山，速度之快连那些被我们踢起的小石头也没有我们滚得快。

人们可能记得口腔牙周炎和腿部肿胀这两种军人的职业病，但在意大利战场的敌我双方现在都出现了一种新的军人职业病，即所谓的"战壕烂脚病"，在第一次世界大战时，德军和美军都患上了这种病。

战壕烂脚病产生的原因，是由于脚长期受寒受潮，而又很少脱下鞋子的缘故。在山上，大兵们有时一连半个多月日夜都穿着湿鞋子，他们的脚从来没有干过，于是皮肤组织坏死，双脚肿烂，血液循环中止，肌肉腐烂，有时甚至会产生坏疽，于是只好截除脚掌。即使不截除脚掌，也是半年多不能走路，在这方面烂脚和冻伤很是相似。和冻伤一样，患者千万不能把他们的烂脚放在热水中泡。

有些大兵得了此病而又一声不响，最后不能行动了，只好用担架抬下山去。有些则是挣扎着自己走下山去。有个大兵足足走了一天半才到山下，而正常人只需走两个小时。他是脱掉鞋子赤着脚走下来的，双脚已经鲜血淋漓。他已经痛苦得有点迷迷糊糊了。

山顶上的战斗有时会发展到近乎原始人打架的地步。德国兵和美国兵靠得那么近，以致他们都向对方大扔石头。在地中海战役中，没有哪一场仗像在这里那样用了那么多的手榴弹。到了双方都能扔手榴弹的时候，你可以想象那距离是多么的近了。

在山地战中,石头起了很大的作用,人们躲在石头后面,扔石块,在石头缝中睡觉,甚至被飞过来的石头打死。

当炮弹在松散的石头地面上爆炸时,石头碎块会飞得很远。有一个营,其中15%的伤员是被炸飞的石头打伤的。有时炮弹会把峭壁上的大石头炸下来,这些蹦蹦跳跳的大石头会从山顶上一直滚到山下。大兵们说,这种滚下来的大石头,发出暴雷般的声音,由远而近,由小而大,吓死人了。

当大兵们从山上撤换下来时,他们都是满脸胡子,又脏又累,面无笑容,足足老了十岁。不过,下山两天后,他们更衣沐浴、刮过胡子后,很快便恢复过来了。有人说,我们洗过澡后,皮肤变得苍白,就像生过一场大病似的。

听大兵们谈天也是很有趣的。有天晚上,在我睡的牛栏里,我就恭听过某君谈他计划如何使他的儿子不参加下一次的世界大战。他说我回家后,我要他拿着十磅重的东西,从车房的顶上跳下来,好跌断他的腿骨,然后我喂他吃青草,弄坏他的胃,最后要他长期在烛光下看书,弄坏他的视力,这样一来,他保证当不成兵了。

另外一些刚从火线上下来的大兵则另有高明的见解,他们的意见是,让我们到那不勒斯去,我们会把所有那些什么文员、司机、服务员、宪兵机关里的勤杂人员等,都集合起来,通通送到山上打仗去。在接近前线的大城市里,这些后勤人员太多了。

有趣的是,即使让他们去了,他们也"征集"不到多少人,因为在后方单位,你只要随便说征求"志愿兵",马上便会供过于求。在战争中,一种奇怪的现象便是:在后方的人——不管有没有战斗经验,都想上前方去打仗,而在前方的人则不想打仗。

在某一个部队中,我注意到,大兵们很流行使用"叔叔"这个字眼,那是指顶头上司而言的。例如:"叔叔叫你干什么你就干什么。"又如:"我想叔叔是忙着工作去了。"另外一个流行字眼是"盯着看"。例如：他盯着那不勒斯，意即"他观察着并想到那不勒斯去"的意思。

在前线时，一天早上，我听到了一个可能属"老调子"的用词，当时觉得很有趣。那时我和十来个大兵睡在一个羊厩里，大兵们起码有好几个星期既没有洗澡，更没有刮过胡子了。他们都是和衣而睡的，他们早上从毛毯里爬出来时那副尊容，是可以把小孩子吓死的。

就在那么一个早上，一位大兵把另一位大兵凝视了好一阵子，然后说道："伙计，你真像一棵站满了猫头鹰的树！"

就在上述的那条骡马运输道的终点，亦即那光秃秃的石头大山的顶上，有着一座古老的石头大房子，那是美军的一个前方救护站。虽然如此，德军却把它作为他们的炮兵射击校正点，每天都向它发射几炮。有一天，碰巧我也在那里，正站在屋外谈天，我们大约有十多个人，都是些医师、电话兵、担架兵、骡夫和一些轻伤员，突然间，德军的炮弹，带着那熟悉的呼啸声飞过来了，我们飞快地钻进防炮洞中，炮弹在离我们不到 100 米远的地方猛烈地爆炸了，大约二十秒钟后，大大小小的破片乒乒乓乓地落在我们的周围。

有一天，也就是在这个救护站内，进来了一位负伤的伞兵上尉，他就是斯汉（Francis Sheehom）上尉，他仪表英俊，在这一大群污秽不堪的伤员之中，只有他一个人是胡子刮得精光，衣服干干净净的，他的脸虽然也有点脏，不过那是因为刚刚负了伤的缘故。和那些几个星期没有洗过澡、刮过胡子和换过衣服的人相比，他显得特别突出。他昨天才上山，来替换一位负了伤的营部军医，但他在山上才待了几个钟头，便又负了伤：一颗机枪子弹击中了他的右肩，不过幸好没有伤着骨头，所以伤势并不严重，他是自己走下山的，他说他的伤根本不算一回事。

他是印第安纳州立大学医学系 1938 年的毕业生,入伍前是印第安纳州玻利市市立医院的院长,他和我很谈得来,因为他经常在印市的《时报》上读到我的专栏。

读者可以想象,当我吃够了那些单调乏味的军用干粮之后,有一天,我竟然在来自德克萨斯州的第 36 师师部里,坐下来好好地享用了一顿有猪肉、烤薯片、美式烤鸡等的印第安纳州式的午餐时,那种惊喜的心情是可想而知的了。

第 36 师师部食堂的一名管理员摩根,是一位随和愉快的人,他入伍前体重 189 磅,而现在竟达 235 磅。

有一天,在那条骡马运输道上,我看见三个德军战俘正从山上押解下来,一个相貌凶恶的大兵,端着冲锋枪,跟在他们后面。

那时,刚好有几个通讯部队的电影摄影师也在那里,他们马上提出,要把这拍摄下来,他们要求那位大兵,让战俘们退回去 50 尺,然后再列队下山,进入镜头。一开始,那几个德国佬莫名其妙,不知是怎么回事,后来明白过来,是要拍入电影了,于是忙不迭地把衣服整理一番,把衣领扣子扣好,把裤管弄平直,然后面露笑容,像爱好虚荣的小孩子一般,步伐整齐地列队走过镜头前。

谈到无聊的事情时,我想起了第 36 师某团的某些人,他们有好些拍得很好的照片,而内容竟然是我蹲坐在野外军用便桶上解手时的情景,他们无疑是想开我的玩笑,而当我向他要底片时,他们想"敲诈"我一下。难道我是好欺的? 我过够了战地生活,而战地生活是毫无个人隐私可言的,所以我才不在乎呢! 因此,我告诉他们,如果出版这些图片资金不足的话,我可以资助他们。

当我在第 36 师各单位间跑来跑去时,我认识了某团的军医阿拉蒙(Allamon)上尉,他小有名气,说话时望着你,面带亲切的笑容，但思想敏锐。他的特点是每当说话时，在两个词语之间总要停顿一下，但一旦说开了，便说得很快，我跟不上他。

阿拉蒙已经在意大利待过两次，他那个团的团长，不久前曾经命令他开吉普车到接近火线的地方去拉伤员回来，但就在此之前，他曾被德军俘虏，过了六天的战俘生活。

就在我们攻进意大利不久，阿拉蒙和他的助手何兰（Holland）就被德军俘虏了。但德军并没有把他俩当一般的战俘来对待，而是把他俩当军医用。因为当时约有30名美军伤兵也被俘虏了，所以德军便让他俩照护那些美国伤兵。两天后，德军开始撤退，那些德国的军医不想将他俩作为一般的战俘来遣返，所以他们开会讨论，把问题提交给上级决定，结果上级命令要他俩随军撤退。

那些德国人都不会说英语，而阿拉蒙则勉强会讲几句法语。四天后的一个早上，他俩发现德军卫兵睡着了，便逃走了，一个意大利农家收藏了他俩几天，并设法把他俩逃脱的消息通知了附近的盟军。一天早上，一个意大利人走来，示意要他俩跟他一路走。他俩跟着他走了九英里，到了一个地方，那里已经有一辆美军的侦察车在等着，最后他俩终于顺利地回到了原单位。

阿拉蒙说，据他所知，德国人认为，前线救护站最好是设立在建筑物内，哪怕是个烂羊厩，也要比帐篷好。因为在前线，住在周围有墙的屋内，心理上总觉得要舒服些。因此，他认为，对于一个伤员来说，最好的医疗就是首先使他感到温暖和舒适。所以他尽可能地把救护站设立在建筑物内。炉子里日夜烧着火，并且随时都有热咖啡准备着。当来了一个伤员时，他立刻给他一杯咖啡，一支香烟，要他在火炉前暖暖身子，使他有安全感。于是伤员的精神提起来了。我在他的救护站里待过几个晚上，亲眼看见他就是这样干的。

就像所有的前线军医一样，他也接触过所谓的"精神崩溃"——

在战场上，当人的心理压力和恐惧感超过了某一个人的忍耐能力时，那人的精神便承受不了，于是产生了"精神崩溃"。

他认为，现今美国年轻的一代，得到父母过分的宠爱，失去了自理的能力，其后果是：当他长大后，遇到自认为无法克服的困难时，便会手足无措。阿拉蒙说，如果要他去选出一连他认为最适合去打仗的人，他会选些当过报童的人，因为他们很早便已进入社会谋生，所以他们的内心里已有一股力量，足以使他们承受种种压力，从而变得无所畏惧。

就我个人而言，我也是缺乏这种能力的。一想到美国一亿三千万人的内心都是那么冷漠时，实在不是滋味。不过，另一方面，我也很少听说过有这种事，而且使我感到奇怪的是，事实上任何人，只要是体格健全的，都能够在战斗中保持理智，而不会精神崩溃，这倒是令我感到惊讶的。

在这场战争中，我认识了好些受到属下衷心爱戴的军官，但没有一个比得上我在骡马运输道上所结识的瓦斯科（Waskow）上尉。

瓦斯科是第 36 师某连的连长，自从离开美国到海外以来，他就是这种连的连长，他实在够年轻了，只有 20 岁，但他待人真诚有礼，所以大兵们都乐意受他领导。

"除了我的亲爹，他就是最受我尊敬的了。"一位军士对我说。"他很关心我们，"另一位大兵说，"他经常和我们一起打球。""他为人公道。"另一位说。

他们把瓦斯科上尉送下山来的那天晚上，我正好在山脚下的驮道上。月亮快变成一个圆了，所以很远的地方都能看到。

那天傍晚，战死者的遗体就不断地由骡子驮着运下山来，死者都俯身横伏在骡背的木架子上，头在一边而脚在另一边，骡子走动时，他们那僵硬的双脚便一上一下晃动着。

意大利骡夫都不敢在死人旁边走路，所以那天晚上只好由美国兵赶着骡子下山，不过连美国大兵本身也不愿意干这种把死者从驮架上放到地面上来的事，所以这种事只好让军官们自己动手干，这当然要有人来帮衬才行。

我不知道首先动手干这工作的是哪一个，当然我也不方便过问这事。

他们首先把死者从骡背上放下来，扶着他让他站一会儿，在朦胧的月光下，这就像有病的人靠在别人身上一样。然后，他们把死者摆放在路边石墙的阴影里。我们放好第一个，便回到牛厩里，坐在水罐上或草堆上，等着下一个。

有人说，死者已经死了四天了。可是谁也没有心情说话，在一个多小时中，说话的人寥寥无几，死人就放在路边，谁也懒得去理。

这时进来了一位大兵，说是有好几匹骡子驮着死人从山上下来了。我们都走了出去，有四头骡子静静地站在路口上，赶骡子的大兵在等着我们。

"这是瓦斯科上尉。"其中一位大兵对我们说。

有两个人立刻上前，把他从骡背上放了下来，摆放到路边的石墙阴影里，其他的人则放下另外那几个。最后，五名死者一个接一个地摆成了一长行。在战地上是没有什么东西可以用来遮盖死者遗体的，所以死者就只能是这样摆着。

卸下了负担的骡子都赶回橄榄园里去了，但那几位大兵看来还不想离开。慢慢地，他们在瓦斯科的身边站成了一圈。看得出，他们不是想看瓦斯科，而是想对他说些什么。我站得很近，所以听得很清楚。

一位大兵站了出来，望了望，然后大声说："真是见鬼。"他只说了这么一句，便转身走开了。

另一个则说："怎么搞的？真他妈的见鬼了。"他静静地望了一阵,然后转身走了出去。

又站出来了一个人,我想可能是个军官,不过在朦胧的光线下很难把官和兵分出来。因为他们一样都是满脸胡子,浑身脏兮兮的。他直直地望着死者的面孔,开口说话了,就像死者还没有死一样:"对不起啊,老伙计。"

然后,又一位大兵走了出来,站在军官身边,弯下腰,对着他已死的上司,大声而温柔地说:"真是对不起啊,长官。"

这时,首先站出来说话的那个大兵走了回来,蹲在死者身边,紧拉着死者的手,默默地望着死者,足足有五分钟之久,一句话也说不出来。最后,他放下死者的手,把死者的衣领整理了一下,又把死者伤口周围的破衣服整理了一番,才站起来,在月光下静静地走开了。

剩下我们几个人回到牛厩中,那五个死者就那样一个接一个地躺在石墙的阴影里。我们在牛厩里的草堆上,不久都睡着了。

15 俯冲轰炸机

在空军中将依卡尔(Eaker)的指挥下,地中海战区的盟国空军纵横于由大西洋岸边的卡萨布兰卡直到接近亚洲的埃及开罗这一广阔无边的地中海空域。这是一支巨大的军事力量,虽然这其中有英国的空军,甚至还有几个中队的自由法国空军,可是在其中唱主角的,仍然是美国空军。

在意大利,我们进军的目标之一,是要为我们的战略轰炸机部队找一个基地,以便能从南部直接起飞去轰炸德国本土。我们的重型轰炸机正在批量生产中,不过其力量还未足以对德国本土进行大规模的空袭。但是在整个的冬天,我们的重型轰炸机正一批批地绕过南美洲,然后横越大西洋飞到非洲来。

这时,驻意大利的盟国空军第十二空中支援大队负起了这个重担。这支部队有战斗机、俯冲轰炸机和轻型轰炸机,他们的任务是协助我们的前线地面部队,并破坏德军后方的交通运输线。

当我一下子由步兵部队调换到空军部队时,我不得不做一些心理上的调整,因为两者对死亡的感受是不大相同的。

一个人如果想要舒舒服服地"战死",那他最好是去当空军。他当然随时会"战死",但他永远是吃得好、穿得好地去"战死"的。

他每天只打几个小时的仗，而不必像步兵那样一连几个月日夜不停地打仗。他傍晚下班，回到一处堪称"家"的地方，而那即使只是一个帐篷，他也能够过着一种近乎正常的生活，而如果是一个步兵，那他只能过着一种近乎原始人的生活……

因此，这两者之间有着明显的不同：当我在步兵部队时，我从不刮胡子，因为如果刮了胡子，那就显得出格，让人看不顺眼了。而到了空军部队，如果我三天不刮胡子，我就会自惭形秽，觉得自己十足像个叫花子，所以我只有入乡随俗，天天刮胡子。

我到第十二空中支援大队某个俯冲轰炸机中队待了些时候。这个中队有 50 名军官和 250 名地勤人员，他们全都住在一间公寓式的大楼里，这座大楼原来是意大利政府为他们的国防工厂的工人家属们而建的，就建在一个小市镇的郊外农村旁，大楼的样子与美国政府兴建的公寓大楼差不多。德国人把大楼附近的国防工厂破坏了，但却没有破坏这座大楼。

这是自从参战半年以来，这个中队第一次住进一所真正有屋顶的房子，他们的睡房里有火炉，睡在吊床上的睡袋里，有衣柜可以放衣服等物。他们在餐桌上吃饭，而且还有一个意大利侍童来收拾碗碟。他们有专任的意大利理发师，他们的衣服都洗得干干净净，熨得笔直。他们还有一个小小的卫生间，墙壁上少不了涂满了大兵们的艺术杰作。他们傍晚下班后可以到附近的小镇上看美国电影，他们当然也少不了和女护士们来个幽期密约。平时他们就玩玩纸牌，或者在暖洋洋的房间里开着电灯看书。

可是这一切都不要老是往好里想，他们的生活远远谈不上什么奢华。若在美国，这根本谈不上够标准。现在他们住在有门有窗的房子里，是够安全的了，但这是一种狗笼子般的生活。

厕所是坏了的，所以只好时刻装满一桶水，方便完后只好用罐头盔子舀水去冲掉。由于经常停电,夜里只好点蜡烛。为了拂晓出击,他们要在天亮前两个小时提前起床,而这正是睡眠的最佳时间。地面没有铺地毯,所以又硬又滑,而有些窗子则早已不知哪里去了。

不过到头来,他们也不得不厚着脸皮承认,和步兵们比较起来,他们可说是生活在天堂中了。他们完全了解步兵兄弟们的苦况,因为第12空中支援大队有一项规定,就是每个飞行员都要到前线去过上几天,就做地面部队和空军之间的联络官。他们回来后,当然把情况都向中队上的人传达了,所以他们都非常清楚地面部队的处境,因此他们发誓拼老命也要尽力帮助他们的地面战友。所以他们一旦飞临战线上空轰炸德军阵地时,他们不是按常规那样打了就走,而是盘算如何用有限的弹药达到最大的杀伤效果。他们认识到这是一种集体事业,所以,他们的战果愈来愈丰硕。

美国的俯冲轰炸机并未得到盟国陆军部队的赏识,而数英国的意见最大——德国的斯图卡俯冲轰炸机才是真正高效能的战争机器,美国的算得了什么?在太平洋战区,美国海军的俯冲轰炸机大显身手,可是在地中海战区,直到登陆西西里岛之前,美国的俯冲轰炸机并未上阵,而且还没有大量生产出来。

在意大利的俯冲轰炸机部队中,我们有几百名飞行员,他们都一致认为,俯冲轰炸机是这次战争中所制造出来的最神奇的武器之一。由于我了解不多,我不想加入这场讨论,但可以说,这些飞行员都是美国空军的精华。

我之所以这样说,是他们能够在极短的距离内,给步兵们以直接的火力支援。举例来说,有一门德军的大炮位于山上,他打得着我们,而我们虽然已知道他的位置,却打不着它。于是我们把俯冲轰炸机召唤来,告诉他位置,飞机很快就来了,甚至用不了一个小时，飞机就已飞到目标上空，对着目标俯冲下去，将它摧毁。

此外，俯冲轰炸机还可以杀伤敌方的军队，炸断桥梁，攻击坦克纵队、运输车队以及弹药库等。由于飞机具有这种近距攻击性能，所以它们专门攻击那些靠近我方前线部队的目标，而这正是其他类型的飞机所不能干的。它们往往攻击我方火线前面不到1 000米远的德军目标，而有时候距离甚至只有几百米。

我所采访的那个单位，已经战斗了6个月。在此期间，他们的战斗飞行上万次，发射了上百万发的口径为0.5英寸(12.8 mm)机枪子弹，投掷了300万磅的炸弹，这比在英国的第八航空队头一年的用量还要多。

美军所使用的俯冲轰炸机是A-36入侵者式。这种飞机当然比不上著名的、带刹车和减速器的P-51野马式战斗机。长期以来，这种飞机只有型号(A-36)而没有名称，后来在西西里岛时，有一天，该队的一位飞行员说：我们已经侵入敌国领土了，那么为什么不把它叫做"入侵者"呢？

通过新闻报道，这个消息马上传回了美国，于是甚至连制造这种飞机的厂家也把这种飞机命名为"入侵者"了。替飞机命名的人就是华斯(Walsh)中尉。我没有见到他，因为碰巧他刚刚飞完他的作战飞行任务次数，回美国休假去了。他的弟弟作为一名轮换顶班飞行员，也在他那个中队。

P-51野马式战斗机当然是最好的战斗机，不过，当装上了减速器后，A-36入侵者式也就成为大型俯冲轰炸机了。当飞机从高空向着地面目标作近乎垂直的俯冲时，是要使用减速器的，俯冲时，由于速度太快，飞机难以控制，这时，机师往往会提前拉起机头，因而在高空便把炸弹提前投下。

机师们一般在8 000英尺高度时开始俯冲。在俯冲时，如果不使用减速器，飞机的时速往往高达700英里，但使用减速器后，时速便减到 390 英里了。所谓减速器,其实只是一块 2 英尺长、8—10 英寸高的一块金属板,平时飞行时它就平放在机翼上。

俯冲轰炸机编成队形,飞临目标上空。带队机长认定目标后,便摆动机翼,把减速器板竖起来,然后一头冲下去,后面的飞机一架接一架地跟着俯冲,各机间距不超过 150 英尺。由于有减速器控制着速度,所以他们俯冲时的速度是一致的,不会出任何问题。他们靠得很拢,所以假如是有 20 架飞机在俯冲,那么看起来就像是一条小瀑布。

在大约 4 000 英尺(4 000 英尺似有误,应为 400 英尺——译者注)的高度上,飞机投下炸弹,然后开始"拉起"。这时人体受到的压力是巨大的,所有的机师这时都会"眼前发黑"一阵子,这当然只是 4—5 秒钟的事情。机师们都说,他们在这个时候,都感到头脑发胀,眼前发黑。但只要一拉起机头,他们马上尽量贴地低飞,因为这时敌军阵地上凡是可以射击的火器都会向他们开火,所以最安全的方法就是尽量低飞,笔直地飞回家去。

你只要听过一次 A‑36 入侵者飞机在俯冲时所发出的声音,便一辈子也忘不了。即使在平时飞行时,A‑36 也会发出一种刺耳的声音,而在俯冲时,这种声音加倍增大,在好几里路外也可以听得见。在地面上听到这种声音时,不管你是站在什么地方,你总是觉得飞机是朝着你俯冲过来的,这才令人害怕。

德国的斯图卡特俯冲轰炸机在俯冲时所发出的刺耳声,在吓唬人方面绝对比不上 A‑36,因为斯图卡式俯冲时,虽然角度大,但还不至于像 A‑36 那样近于垂直。但如果一架 A‑36 在你头上 600 米的高处开始向下俯冲,单凭声音你简直不知道它会俯冲到什么地方。它很可能冲到离你一里多外的地方,但也可能就冲到你的身边来,所以德军都怕它。

美军的飞行员已经完全掌握了德军地面部队的特点,德军在遇到空袭时，会坚定地开枪开炮对空射击，飞行员们都说："意大利兵遇到空袭时，也会对空射击，但只要一看见炸弹掉下来，便赶快躲到防炮洞里去，等炸弹爆炸后，才又跑上来对空射击。但德国兵可不是这样，就算炸弹掉到他们头上，他们也不会躲开。"

中队长克劳德（Kraud）少校是我的老友，他告诉我，有一次他飞到一个小山顶上时，发现了一辆德军的运输车。一般的人，如果看见一架飞机在向他冲过来时，恐怕都会情不自禁地跑到可以躲避的地方去，可是那德军车上的机枪手却不是这样，而是操起机枪，对着美军飞机就打，敌我双方从机枪发射出的电光弹，在空中交织成一片。那个德国兵不停地射击，直到克劳德飞机上那六挺机关枪把那辆德军军车打得粉碎为止。

基于种种原因，德国的战斗机很少找我们的俯冲轰炸机的麻烦。首先，当时该地区的德国空军力量相对较弱。其次，俯冲轰炸机主要是支援前线的步兵，所以他们很少会飞到有德国战斗机的地方去。同时，A-36也是一种性能优良的战斗机，所以德国的战斗机并不热衷于和他们缠斗。

因此，在这个中队里，很多飞行员完成额定的战斗飞行任务后，都回美国休假去了，而他们从来没有在空中向敌机开过一次枪。这也难怪他们，因为他们的任务是轰炸敌军，而不是和敌机进行空战。

长久以来，按照规定，战斗飞行满一定的次数后，便可以回美国休假，但突然间，定额提高了，当命令下达时，有些飞行员本来只要再飞一次便可以回国了，可是这样一来，他们走不了，只好留下来再飞几个月，而有些飞行员，则永远完成不了给他们的新任务定额。

这种完成定额便可回国休假的制度对飞行员的心理起了很坏

的影响。当一个飞行员尚差三四次便可完成定额任务时,他会变得十分神经质,浑身不安,而很多飞行员往往就是在最后一次飞行时才被敌人击落的,于是有些上级只好网开一面,当一个飞行员尚有六七次任务时,便找个借口让他回国休假去,免得他活受罪,甚至出问题。

美国空军和英国空军在战斗中亲密无间,充分合作。我们从未听说过有哪一个美国飞行员有轻慢英国飞行员的行为。美国飞行员通常都认为,在战斗中,英国飞行员比他们冷静。他们很欣赏英国人说话时的用词和风度,而且他们也不骄傲自大。

美国飞行员经常在无线电中聆听英国飞行员相互之间的对话。有次他们听到一个英国飞行员对另一个英国飞行员说:"喂!小鬼,你后面有个德国佬!"这位身陷险境的飞行员回答道:"是啊!是有这么回事!谢谢你,老头子!"

另一次,我们的一架A-36飞机在前线上空被击中了,飞机引擎冒烟,转速降低,飞机开始失去高度,这时他只好独自向海岸飞去,尽量不让飞机掉下来,这时如果飞来一架德国飞机,他就会被轻而易举击落。就在这孤立无援的时候,他突然在耳机中听到有人用纯正的英语对他说:"加油!小伙子!我们在这儿哩!"

他转头一望,发现有两架英国喷火式战斗机正一左一右地保护着他,一直送他回到基地。

美国的俯冲轰炸机驾驶员们虽然一点也不担心德国战斗机的攻击,可是他们却非常害怕德军的高射炮火和其他各种地面炮火。在前线,德军的高射炮火可以把整个天空遮蔽起来。

假如美军的飞行员像往常那样,在战线上空用一个新的角度转一个大圈,试图从德军后面飞向目标的话,那么,离目标还有几十英里,就已经有德军猛烈的高射炮火在恭候他了。此后直到目标区,沿途都有密如雨点般的高射炮火在等着他。

这就需要斗智了。可是,无论是空中的美军飞行员,还是地面的德军高射炮手,他们彼此对于对方都早已有了充分的了解,以至于任何一方都不可能再玩出什么新花样来。假如美军飞行员头天使用了一种新花招,德军高射炮手第二天就有办法对付他,反之亦然。

所以,美军飞行员在德军上空只好不停地作"迷惑飞行",那就是说,忽左忽右,忽上忽下。如果他笔直地飞,那么,最多不出五秒钟,他的飞机就会被德军炮火击中。

有位飞行员就是这样说的:"当时,德军一直忍耐着,没有开火,可是,突然间,他们开火,而且过不了几秒钟,炮弹就在我的身旁开花了,我老是觉得,他们就快要打中我了。"

他很清楚,德军已经知道了他的意图,知道他要改变方向了,会向他的上下左右开炮来拦截他。他当然也不能按常规那样飞行了,于是他不停地左转、右转、爬升、俯冲,要直接命中他是不可能的,而对他来说,最大的危险还在于当炮弹爆炸时,他刚好飞过那里,碰上了。

我曾经问过一个飞行员:"何不来一次出乎他们意料之外的笔直飞一阵子,来躲开他们的炮火呢?"

他回答说:"德国佬也会猜出你的飞行轨迹,早就会在你的前面布满高射炮啦!"

有些飞行员曾经历过惊险万分的场面。有些高射炮弹就在飞机旁一两米处爆炸,而飞机竟然安然无恙。他们说,那声音就好像有人在座舱外同时发射十多支霰弹猎枪时一样。炮弹爆炸时,飞机都被震动得摇摇晃晃的,但飞机竟然一点都没有受伤。我的一位老友,吉利斯·华尔德(Gris Wald)中尉说,有一次一发高射炮弹就在他的飞机尾部下方爆炸,把机尾抬了起来,以致他的飞机突然来了个俯冲,可是当他回到机场检查飞机是否有损伤时,却发现屁事也没有。

德国人真是聪明过人。有时天气不好，天空上有云层，但云层间有些空洞，飞机如果要空袭地面，一定要从这些空洞飞出云层才行，于是当他们听到飞机声临近时，便用高射炮火封锁这些空洞。有时，德军的高射炮发射时所散发出来的炮烟，也会在阵地上空形成一层厚厚的烟雾层，这时，德军也会在那些烟雾较薄、美机可能穿过的地方，同样用炮火封锁起来。

作为一个俯冲轰炸机的驾驶员，当他结束俯冲，改为贴地平飞、脱离战场时，他最害怕的，不是大口径的高射炮火，而是地面步兵的轻武器的密集射击。你如果能身历其境，就知道那种滋味了。我曾经目睹过一次德机袭击我们的阵地，在方圆几公里可见的范围内，几千支枪同时向着天空乱射，子弹像喷泉般射向空中。

同样，当我们的俯冲轰炸机飞临德军阵地上空时，当然也受到同样的"礼遇"。当他们投下炸弹、结束俯冲，然后脱离战场时，会让飞机贴近地面平飞，地面上就不会有很多人看到它。当他们快要接触到地面的时候，德国人的射击有时候会误伤自己人，可他们照打不误。所以，他们的飞机只有呼啸着往回飞。

飞行员们都说，其实他们最怕的，还是那些流弹，他们往往在飞过无人区时，中途会突然跑出个程咬金来，拿着枪，对着天空乱射一通，十次有九次，飞机都是在这种情况下被击中的。

当我军大举进攻时，他们往往一天要出动三次。所以，虽然他们在基地时，生活是蛮舒适的，可是当他们去执行任务时，却绝对不是去游山玩水，他们是去拼命的。

在此之前，我曾经和某些空军飞行员们住在同一所寓所内，他们来自各个战区。就在那时，我遇到了布兰德（Bland）少校。

那是1941年夏的事了。那时我住在新墨西哥州的阿尔伯克基市,我想买一部"庞迪克"牌有活动顶的双门小轿车,但那汽车供应商说当地缺货,但可以从科罗拉多州的普韦布洛市的汽车代理商那里调一部车给我。三天后,一部锃亮崭新的车来到了。这部车虽然自出厂后有一半的时间是在仓库里度过的,但看起来仍是非常漂亮悦目。

那么,这部小汽车和现在在意大利的一位俯冲轰炸机驾驶员又有什么关系呢?

就在空军寓所里,布兰德少校来找我,跟我谈关于那次我买车的事。原来在 1941 年春,他是普韦布洛市"庞迪克"牌汽车的推销商,当时全市只剩下一部活动顶双门轿车了,他已经订下了那部车,准备第二天就卖给人家,哪知货主收回了那部车,说是要送到阿尔伯克基市卖给我,因此,他白白损失了 80 元的佣金,他一气之下,一个月后就参军入伍了。

"那么,这就是说,我欠你 80 块喽。"我说。

他大笑起来:"我没有损失分文。"此后我们成了好朋友。

布兰德高个子,剪成水手式的满头金发,为人友善。当有人问起他的籍贯时,他简直不知怎么回答才好。他一会说是阿克拉荷马州,一会又说是科罗拉多州,其实他是在阿克拉荷马州的沃里卡市出生的。他的父母至今还住在那里呢。不过他和一位科罗拉多州摩根堡市的女子结了婚,所以他也和所有当兵的人那样,以老婆的家为家了。他所驾驶的那架飞机,就是以他妻子的名字 Annie Jane 来命名的。他只见过他的女儿一面,那时她出世才四天,他回家匆匆看了她一眼便出国了。

布兰德的父亲是罗克(Rock)岛的铁路总监,所以他常常想,他的父亲终生与火车为侣,而他却在外国专门毁坏火车,这真是够讽刺的。不过他虽然热爱飞行,但也有点厌倦,所以他决定战后不再搞飞行,到科罗拉多州的山区住下来,好好享受生活。

就在我遇到他之前的大约半个月,他差点完蛋。那天他作俯冲时,未能够把机头拉起来退出俯冲,这可能是副翼出了毛病。操纵杆猛烈地摆动着,然后从他的手中脱出,飞机失去控制。

这时,唯一的办法就是要抓住那操纵杆,我问他为什么不抓住那猛烈摆动着的操纵杆。"见鬼!"他说,"我当时根本看不见它。"

他伸手到座舱底,终于抓着那个操纵杆了,可是那个操纵杆却猛烈地击打着他的双手和双臂,痛得要命,他死死地紧抓着那个该死的操纵杆,不让它脱手,以致他的手掌肉都被打掉了一块,这才把飞机机头拉平,使飞机退出俯冲,这纯粹靠意志力和强健的体魄。

当他把飞机拉平时,飞机离地面只有 400 英尺(约 130 米)。"当时我想,大限到了,"布兰德说,"应该要向大伙说声再见了。"(当我在 1942 年春末离开意大利去英国时,他已是中校了,但他后来在德军后方被击落,被德军俘虏了。)

在布兰德少校的飞行中队里,最年轻的飞行员是德罗(Robert L. Drew)中尉,只有 19 岁,是肯德基州人。他虽然年轻,但他的军阶比他的父亲还高,他当上中尉时,他的父亲才刚刚晋升为少尉。他的父亲在第一次世界大战时是个海军,前几年在俄亥俄河上的水上飞机服务队中工作,现在是运输机的机师。当我到这个中队采访时,德罗中尉的战机已被击落,音讯全无。可是三个半月后,他奇迹般地从德军后方逃了回来,然后被遣送回国。他的父亲,现在和他一样,也是中尉了,获准假一周,回家和儿子欢聚了。

在那个中队里,我的另一个朋友就是上等兵西格(Adolph Seeger),他在印第安纳州埃文斯维尔(Evansville)市外两英里处有一个农场。在这里,他是卡车司机,当其他人都住在飞行员们住的宿舍时,他却自愿住在车库旁的帐篷里,为的是如果有事可以立即出车。

西格认为，卡车司机是一种无关紧要的工作，所以有点不很乐意。在老家，他有一个 65 公顷的大农场，可是现在只有他的老母亲一个人在那里，没有人去耕种，所以荒废了。

在空军基地里，经常可以听到人们在谈论"超低空攻击"这个话题。所谓"超低空"基本上就是贴地飞行了。飞机离地之低，足以撞倒地上的人。飞行员执行这种任务时，实际上就是自己找目标：不管是一门炮、一辆卡车、一列火车、一队德军、一个仓库，总之，见到什么就打什么。

在这个飞 A-36 入侵者式俯冲轰炸机的中队里，在执行任务时，往往会遇到些意想不到的惊险场面。武德（Wood）中尉，有次就差点自己被自己击落。那天他正在用机枪向地面目标扫射，因为飞得太低了，子弹打在石头，反弹上来，打中了飞机的螺旋桨，机翼也被打穿了个洞。而在当时那种飞行速度下，即使是一把泥巴也可以把机翼毁掉的。他之所以能飞回家，纯粹是运气好。

德军有时还在树顶上装上用电线编成的大网，以防止美军飞机低飞，有一次，我方有位飞行员一头穿过了那张大网，回家降落时，发现机翼上还拖带着一大截电线。

布兰德少校有次也是这样，那天他正全神贯注扫射德军，没有注意到前面有一条高压电缆，等到发现时，已躲不及了，于是他只好从电缆下面穿了过去——当时他的飞机的时速是 300 英里。

另一位机师有天在低飞扫射一辆德军的运输车时，也是太全神贯注了，以致飞机撞到一棵树，虽然机翼折断了 8 寸，而且翼面扭曲得像个手风琴，但飞机总算没有掉下来。他挣扎着飞回到我方战线，但最后飞机还是进入了螺旋状态，要掉下来了，他只好跳伞逃生。他离开座舱时弄伤了脚，头又碰到机尾上，最后在落地时又弄断了脚。

他是全中队里算是走运的，因为他总算是生还了。当布兰德少校去医院探望他时,他第一件事就是为损失了一架飞机而向布兰德道歉。

我们的飞机有时飞得太低了,所以德军有时甚至从山上向下射击他们。有时他们在德军后方低飞时,有些意大利人还跑到门口向他们招手致意,但有时也会有些坏家伙向他们开枪。

我们有些飞机低飞射击,只是为了试枪,有位机师飞了一天,什么目标也没有发现,他有气无处出,看见有一个草堆,便决定拿这个草堆出气,把它打着火,过过瘾。他冲下去,长长地打了一长串子弹,突然他发现子弹从那个草堆上反弹上来,而子弹应该是不会从草堆上反弹上来的,于是他干掉了那个"草堆",原来那是德军刚建成的一个碉堡。

如前所述,德军的高射炮兵的确诡计多端,他们会从高射炮上发射出古里古怪的东西来。他们会一炮打上天空,炮弹爆炸开时,撒出一大堆花圈似的电线圈来,那情景就像人们倒纸篓一般。他们想以此来缠住飞机的螺旋桨,妨碍我们飞机的飞行。

我还亲耳聆听过我方一位飞行员讲述他最为神奇的经历。那天,他已接近一架德军米式战斗机的后面,正准备扳动机枪射击时,突然从那架德机的机尾处弹出一副降落伞来,上面还带着一条长长的电线,他吓得赶快转弯躲开,那架德机乘机溜走了。

有一天,我军的一架炮兵观测机发现,在德军防线后几里处的田野上,开来了三辆德军的坦克,刚一停下,坦克手就将坦克加以伪装,才几分钟,三辆坦克就变成三个大草堆。

不到五分钟,美军的俯冲轰炸机就飞来了,他们攻击的目标本来是该地果园旁边的一处德军炮兵基地,但是他们没有瞄准,德军的炮兵阵地没有炸着,却把那三辆坦克炸着了,真是歪打正着。德国佬可能会觉得奇怪:怎么来到这里才不过五分钟,坦克就被人给炸了？真是活见鬼了。

还有一次，我们的俯冲轰炸机由于气候恶劣，没有找到预期的攻击目标，于是在回航时，他们把一个位于交叉路口处的仓库作为攻击目标。第一架俯冲下去，投了弹。突然间，一团巨大的火焰直冲上1500英尺的高空。几秒钟之后，最后一架刚刚投完弹，一道烟直冲上4000英尺的高空。他们这一下打得正好，可是他们始终不知道被炸中的究竟是个什么东西，因为大火喷得又高又快。

另外有一次，一位飞行员去执行侦察任务，由于气候恶劣，相邻的两个山隘又十分相似，于是他错误地飞进了另一个山隘，当时他根本不知道他已经迷航。根据飞行图他飞了好大一阵子，其实这时候他已在航图上应在位置以北很远的地方了。最后，他觉得有点不对头了，当他正在想方设法找出路时，十多架德军小型飞机正沿着跑道排成一线，他马上俯冲下去，把那些德军小飞机打得着火，然后掉头向南飞驰而去。

他回到基地时，汽油刚好用完，人家问他飞到哪里去了，他根本回答不出。中队长和他两人在图上紧张地研究了两个小时，才找出他打了个漂亮仗的那个德军机场，原来在他任务目的地以北200英里的地方。

有一次，德国飞机在我们的某一个机场上偷偷地撒满了一机场的五头钢叉，这些东西掉在地上时，总有一头是向上的，如果飞机从上面碾过，钢叉会刺破飞机的轮胎。

于是机场上的地勤人员把一块大磁铁装在卡车前面，去清扫地面，把那些钢叉都吸干净，然后再装上飞机，飞到德军机场上完璧奉还。此后，德机再也不来投钢叉了。

当这个中队住进这个招待所之前的半年，他们曾经在十个机场上居住过。他们住过帐篷,住过大树下,甚至住过防空洞,有些机场遍地泥泞,连飞机都要用人力把它推上跑道。有时则灰尘遍野,要用种种工具把它打扫干净。

他们所在的野战机场,有时离火线之近,以至于出去做一次轰炸任务,来回只需 10 分钟。事实上,我们的地勤人员,有时站在机场上就可以看见我们的飞机一架一架地在俯冲轰炸。

又有一次,他们所在的那个机场,由其他机场转场飞来了一大群受了伤的飞机,于是中队长只好亲自出马当"交通警察",指挥那些受伤最重的飞机首先降落。

在美国空军中,飞行员的轮换率是较高的,部分原因可归因于伤亡大,但主要是每个飞行员当飞行任务满一定的数额后,便可以回国休整一下。执行飞行任务满一年而尚未回国休假的飞行员是极其少见的。

我所在的这个中队,参战不过半年,原有的 50 人当中,有 12人负伤,只有 3 人尚在队里,其他的人因任务数额完成都回国了,而这三个人后来也很快地回国了。

那些俯冲轰炸机飞行员们曾经做过一些统计,他们发现,一个新手,如果一开始就想创造纪录,以便能早日回家,那他的成功率只有 75％。而如果他一旦被击落,则被俘的可能性只有 55％。

我经常听到飞行员们对那些地勤人员赞扬不已。那些地勤人员都以各自维护的飞机为荣,他们对飞机爱护备至,使飞机永远处于最佳状态。他们受过专业训练,大多数年龄至少也有 25 岁了,他们当中有一半的人完全有资格晋升为军官。

当我在这个机场采访时,他们问我国内的情况以及战后会如何如何等。好像我来自新闻局似的,他们可算是军队中对战争最有自己见解的一群人了。

这些地勤人员对于他们的工作很有自知之明,他们的生活比步兵要舒服万倍,这点他们自己感到很欣慰。那些驾机升空作战的飞行员都是他们那个大家庭中的一份子,飞行员的生命就掌握在他们手里。他们认识到这一点,所以他们的工作都极其认真负责。

如果有哪一个飞行员没有飞回来,他们和上级一样焦急。如果有哪一个地勤人员,他所维修的飞机竟然被敌方击落了,那他会极度伤心,简直就像一个小孩子失去了父亲。

就是在他们这些地勤人员当中,也存在着一种竞争精神。有一次,两架飞机进行了一场完成战斗任务的比赛,其中一架受了伤,足足修理了好几天,当然输了,弄得那一个组的人都难过不已。

这里有两个地勤人员热情工作的例子。有一次,一队飞机正在出发去做例行的飞行任务时,发现其中一架飞机的尾轮穿孔漏气,按一般规例,这架飞机会留下来,可是他们马上都跑了来,大家合作,马上就给这架飞机换了个新尾轮,而且一点也没有影响全队飞机正常的升空次序。

还有一次,一架飞机回来时浑身是孔,幸亏不是致命伤,按一般工作程序,这架飞机要两天才能修好,可是,他们本着热忱和自负,硬是在一个半小时内把飞机修好了,使飞机能按时再次出动。当时正是战斗激烈的时期,他们这个中队每天要出动两至三次之多。

在基地里,人们经常在谈论着某飞行员如何奇妙地打下一架德国飞机的故事。此君在执行一次"低空攻击"任务时,发现一架小得可怜的德军炮兵观察校正机,这架可怜的小飞机一见美国飞机飞来,赶忙低飞,能飞多低就飞多低。此君一头俯冲下去,开枪就打,可是那架小飞机速度实在太慢,此君估算错误,子弹都打到小飞机的前面去了。于是，他尾追下去，却碰到了那架小飞机，螺旋桨把那架可怜的小飞机翻了个仰面朝天，然后一头栽了下去——这纯粹是碰巧。所以人们都说，戏法人人会变，各有巧妙不同。

在战争期间，人们有时会对别人的不幸遭遇付之一笑。有位我熟悉的飞行员就笑嘻嘻地对我讲述了一个德军摩托车手的遭遇。那天他们沿着一条山间公路进行空袭，那个德军摩托车手一面驾车飞奔，一面回过头来张望那越来越近的飞机，结果摩托车一头冲到那400英尺深的悬崖下去了。

驾驶一架高性能的战斗机，有什么样的感觉呢？据一位驾驶员说，那种感觉就像坐在一匹巨大的千里马上。

一天晚上，我和飞行员们一道进城去看电影。那是一部美国的新片子，叫《这就是陆军》(This is the Army)。空军单位在这个意大利小城里拥有一座电影院，所以只要是美国军人，进去坐下来看就是了。这里三分之一的观众都是飞行员和地勤人员，我很难说他们对这部片子的反应如何，总的来说，他们认为不错，但每逢出现有装模作样、大谈什么爱国主义之类的废话等场面时，观众席上便嘘声四起。在前线作战时大兵们是看不得国内那种摇旗呐喊、故意做作的场面的。

我曾经指出，当一个飞行员飞完他的战斗次数定额后，便可以回国休假，而当他在飞那最后的几次时，那种紧张而又复杂的心情是可以想象的。这的确是一个令人感兴趣的心理学问题，一个令所有人，包括飞行员本人到他的顶头上司，乃至炊事员都关心的问题。当一个飞行员只剩下五次任务时，所有的人都会立即知道，都会留意着他的一举一动。当机群出击回来，少了一架时，人人心中都会情不自禁地问道：会不会就是快要完成定额任务的那架呢？

当一个飞行员快要飞完他的额定次数时，上级往往会分派给他一些较轻松的任务，但有些飞行员往往就是在飞最后一次时出事的，这种不幸的事例太多了。每逢出现这种事时，领导和飞行员们一样，都难过得要命。

当一位飞行员完成最后一次任务，安全返航临近机场时，他会脱离编队，飞到机场上空掠地低飞，向地面人员示意，其得意之状，堪比击落了一架德国飞机。

我在这个机场时，目睹了很多飞行员在完成任务后的各种有趣表现。我的一位朋友绥勒（D. Schuyler）上尉，在他完成任务后的那天晚上，高兴得一笔勾销了另一位飞行员欠他的300元债款。

就在同一天，苏立奇（S. Shortlidge）中尉也完成了他的任务，他的第一件事就是把他留了几个月的长胡子刮掉。去年秋天，苏立奇曾经被击落，他的前排上牙全被打掉了，脸部也受了伤。在医疗期间，由于无法每天刮胡子，于是他只好留着，后来他决定干脆留着，不完成任务绝不刮。牙科医生曾经替他装上一副假牙，但他不肯戴，所以他胡子长了，一笑便露出一个没有牙齿的大嘴巴，成了机场上的一大奇观。

当吉利斯·华尔德中尉完成他的任务后，我问他这最后一次飞行是不是最不好受的一次时，他说："不，这同以往的飞行没有什么不同，只不过觉得好像飞完这次，就可以进养老院似的。"

后来我和他们在餐厅里漫谈，绥勒说："原先我们都觉得干飞行这行是够浪漫的。当然啦，一开始时，我们都觉得既新鲜又好玩，可是到后来变成一种专门职业来干时，那就变成一种既艰苦又无味的工作了。"在座的所有飞行员都同意他的这种说法。

大多数俯冲轰炸机的驾驶员在任务完成回国休假时，连一架敌机都没有击落过。这也难怪，因为他们的任务本来就不是和敌机交战。吉利斯华尔德说，他回到家所遇到的第一件事，就是他的小弟弟问他打下了多少架敌机，当他回答说一架也没有打下时，小弟弟给了他一个轻蔑的鬼脸。

有些飞行员不到半年就完成任务回国休假了，而有些人则过了整整一年还没有飞完任务，当然有些人是因为有病或者受了伤，往往一个月都不能升空作战，所以时间便拉长了。

最最倒霉的是，有一位飞行员被德军飞机炸伤了一只脚，使他在医院里躺了好大一阵子，当他伤愈坐着吉普车回机场时，又碰上德机来袭，把他没有受伤的那只脚炸伤，他只好又回到医院里去，当他终于伤愈出院回到机场时，他的队友全都完成任务回国休假了，他只好从头来过。而最悲惨的是，当他终于完成任务，可以回国休假，坐着吉普车离开基地时，遇到空袭，被德机炸死了。

基地上到处都是吵吵嚷嚷的印第安纳州人，我很想把他们的名字登记下来，可这名单实在太长了，而且这似乎有些歧视，其余47个州的人可能要骂我了。

所以，我只好从中挑选出一位来描述一下，他就是苏特（J. Short）中尉，他入伍四年了，原先是一个普通的军士，去年晋升为中尉，他自称为"90天环游奇境记中的一员"。他只有22岁，但已是本中队的助理指挥官了。而我之所以从众多的印第安纳州人中单单挑选他出来，只不过因为他的出生地离我的故乡只有五英里远而已。

一天下午，我们身历了半小时的惊险场面。在机场上，除了两队俯冲轰炸机外，还有战斗机、夜间战斗机、轻型轰炸机、摄影侦察机和运输机等。我们站在机场上，等待着我们这个中队的飞机回来。他们终于回来了，可是，老天啊，他们乱哄哄一窝蜂地飞来，简直就像捅开了马蜂窝,那情景真是糟糕透了。

临近机场时,他们飞成两群,从两个相对方向同时进入机场,他们进入机场时,高度只有 400 英尺。当他们在跑道中心迎头相遇时,立刻向四面八方飞开去,我知道在罗盘上有 360 度方向,可是现在,他们起码飞出了上千个方向来。

在场的每一个人当然都明白是怎么一回事,而且他们事实上也飞得很有规律,并非胡来。可是地面上的人甚至是飞行员们,也觉得他们飞得太疯狂了,这个中队的领导又是抓头,又是捂脸,简直不敢看。

正在这混乱的时候,一架"空中堡垒"飞临机场上空,接着从机身里跳出一连串白色的降落伞来。一开头我们还以为是跳伞演习,可是我们都知道,在一个前线机场上是不可能进行跳伞演习的,所以肯定是飞机出了问题。

回来的飞机都一架一架地着陆了,而在同时,那一连串降落伞很明显地看出是七个人,这表明还有三个人在飞机上,而飞机还在飞着。

很快地,救护车和救火车都开来了,机场上空也已清场完毕,这架"空中堡垒"准备降落了。这时,在场的几千人都站在各自认为最有利的位置准备目击惊险场面。当飞机飞近时,我们都看见机上炸弹仓的门仍然大开着。

这架巨型飞机轻轻地落在跑道上,朝前跑了一段后便停了下来,我们所有的人这才松了一口气。

很快地我们便知道是怎么回事了,说起来真是令人难以置信:同队的一架"空中堡垒"在空中把炸弹投掷到他们这架飞机上了……

幸运的是,那架友机这次没有带通常使用的那种大炸弹,而只是些 25 磅重的小型杀伤弹。有两枚这样的小炸弹击中了这架飞机的左翼,把机翼炸得千疮百孔——一个引擎炸掉了,机上的无线电也炸坏了,炸弹仓的门被卡住了。这还不算,最危险的是,还有一枚炸弹没扔掉,倒在机翼内,随时会爆炸,如果一炸,那整段机翼就完蛋了。

当我们离开时,那架飞机已被拖到一旁,机场上的维修人员搭长梯子爬上了那架飞机的机翼,整整一个钟头望着那个炸弹,一边咒骂着自己他妈的怎么会干这一行。

那天晚上,我和一些飞行员到附近的一个机场去看望朋友。他们都抱怨他们的机场太拥挤了,他们都相信,他们已至少挪了五十架飞机到我们那边去了。听到这些,我们都大笑起来,说:"对呀,过来看看吧。我们那边确是乱七八糟的,因为来了多少架连我们自己都弄不清呢!"

一天晚上,维修组长耐特(J.E. Knight)军士把我拉了去,和大约五十名机械师闲谈了一晚上。他们和军官们一起住在同一座大楼里,他们部队也在那里。他们的住处秩序井然,舒适而整洁。

我发现,在空军部队里,特别是在技术单位里,那里的人比一般的人更会弄出些各种各样实用的东西来。他们在房间里装上了火炉,安装了电灯,弄了些衣架之类的东西,使他们的居室颇有住家的风味。

军士长宾纳德(C. Bennett)是维修工中最年轻的一个,他想用一个德国 88 cm 口径炮弹壳的底座,周围镶上一圈美国的机枪子弹,来做一个烟灰缸。好看是好看,可是这烟灰缸实在太沉了,而镶子弹的工作也很费工(估计要一年),所以最后他只有把这个烟灰缸寄回家去。

宾纳德的室友是白莱尔(Blain)军士长,他的舅父查普曼(Chapman)军士长是一位电工技师,和他在同一个单位,舅甥年龄相同,两年前同时入伍,而且至今一直在同一个单位内。

　　耐特作为小组长,负责维修六架飞机。另一位小组长里弗斯(Reeves)军士长,是我在空军部门所遇到过的极少几个极端迷信者之一。据我所知,就是在飞行员当中,也极少有迷信的人。

　　在通常情况下,里弗斯只负责六架飞机,但有时会不止六架,而他的脾气是"不负责七架"。他倒不是怕辛苦,但若要增加任务,他宁要同时增加两架,而不能只增加一架。理由是自从他们到海外以来,每逢增加一架任务时——整数便是七架,第二天一定会有一架被击落,这种情况已经出现过三次了,所以他坚决拒绝七架,你怎么骂他都没有用。

　　耐特有满满一皮夹子他妻子和他一岁大儿子的相片,他只见过他儿子一面,那时他儿子出世才一个星期。耐特说,有位意大利上校硬是向他要去了一张相片,作为圣诞节礼物。

　　机修工们都认为,他们辛苦工作,是为了要打胜仗,而不是为了自己。对此,耐特可说是一位代表了。耐特说,他手下的这班伙计,训练有素,工作勤奋自觉,根本用不着他来指点,所以有时他觉得简直是无事可干。因此,他认为,他还是回美国去学习飞行,甚至退伍算了。地勤人员中申请改行飞行的人很多,可是获批准的不过十分之一。

　　在战地,空军地勤人员谈得最多的话题是:为什么不把他们好好地训练一下,让他们也去打仗? 他们明白,在军旅生涯中,要想出人头地,只有去打仗。他们指出,他们一旦退伍,重新过平民生活时,他们恐怕只能靠踢足球来维持生活了。

　　不过,空军部门的人通常都对陆军士兵们赞扬备至。在短短半个月内,在机场上,我曾听到过上百次这样的赞扬。飞行员和地勤人员的看法是一致的,他们应向步兵弟兄们致敬。

　　有一位飞行员曾对我说:你们,还有那些陆军的大兵们,会不会老是认为,我们当飞行员的一天到晚只是想着完成飞行任务定额就回家呢?

我告诉他,他们之所以有这种想法,也是人之常情。而且步兵生活虽然很苦,但他们对飞行员并不怎么羡慕,因为他们觉得飞行员这种工作太危险了。

一天晚上,我和一群俯冲轰炸机驾驶员们坐在帐篷里谈天,坐在我旁边的一位突然说:"你想那辆车上的德国佬现在怎样了呢?"他说的是那天他出去执行任务,击毁了一辆德国军车的事情,这些事情有时会令他们难以忘怀。他们当然都喜欢出击,当他们驾机俯冲直下,对着目标扫射时,那情景就如同打猎时射击一只跑着的鹿那样,是非常令人振奋的。可是,去杀死那些他们本来并不想杀死的人,那又是另一回事了,他们根本不想这样干。

这位驾驶员后来自言自语地说:"他们中的有些人今晚肯定完了。"然后换了个话题。

每逢我到一个机场时,我老是睡在刚被击落没有回来的那个飞行员的铺位上。其实空铺很多,我是随便挑个空铺便睡的,可是事情就有那么巧,对此,我根本不在意,因为我并不迷信,但老是如此,这倒使我印象深刻。

我发现,差不多每一个空军的战斗部门都有这些现象:一、当一个飞行员经历了一次九死一生的战斗后,他会神经质得可笑。二、大多数的飞行员都热爱飞行而且喜欢空战,但也有个别的不喜欢打仗。三、也有极端厌恶飞行的人。我听说有两个飞行员得了神经病,只要看见飞机,病就发作,最后只有把他俩送到疗养院去,半年内不让看见任何飞机。

我认为,在军队中,飞行员们是最愉快的一个群体,每当出击回来时，他们都是意气扬扬的，而当他们晚上坐下来谈天时，都是内容丰富，妙语连篇的，他们在各方面都比前线的步兵轻松快活多了。

举例来说，有天晚上正当晚饭时，我们听到邻室发出阵阵欢呼声，那声音宛若一个政治家在美国国庆日那天发表演说时群众的欢呼声一样。我们都忍不住了，推门进去一看，里面坐满了飞行员，他们刚吃完晚餐，正在狂热地观看一位飞行员在作"请购买蛇油生发剂"的滑稽表演。

这位表演者就是霍里根（R. Horrigan）中尉，此君经常是一副感染人的笑容，并且极具模仿天赋。他的父亲是个银行家，但多年前是个魔术师，他的叔叔也是个魔术师，兄弟俩曾到欧洲大陆演出过。霍里根也曾想过，战后他也去当个演员，可是后来他放弃了这种打算。他现在最大的愿望就是当他有朝一日凯旋荣归故里时，他的所有亲戚朋友都能到家乡的飞机场来迎接他。

霍里根最大的本事就是能够即场逗笑观众。他的压轴戏是表演一架德国的米式战斗机如何意外地打下了一架英国的喷火式战斗机，动作、声音惟妙惟肖，在座的所有飞行员们都发出了热烈的欢呼声，他们根本不在乎人们会对他们有些什么样的看法。

使美国军方感到不安的问题之一是大兵们不知道这场战争现在进行得怎样了，这主要归咎于军方没有告诉他们。最后军方终于采取了一些措施，使前线的大兵们较好地了解他们周围的战况了。这些措施收到了效果，我在空军就看到了这么一个例子。

在我所采访的这个俯冲轰炸机部队里，飞行员们每天晚上到士兵食堂里向大兵们报告他们当天出击的经过。这个中队当天出动了三次，所以当晚就由三位飞行员每人讲述一次出击的经过。他们拿着地图，详细地向大兵们讲述他们是如何进行轰炸的，取得了哪些战果，德军的高射炮火怎么样，他们遇上了多少德国战机，他们返航时，向哪些公路进行了扫射。他们也讲了为什么要轰炸某些目标，轰炸这些目标意味着什么，等等。

他们所作的战况报告当然是比较简略的。他们当中一个，那天打得很辛苦，还受了点伤，但他说："今天我够本了。"

另一个则说，今天我没有赚到多少。因为他这天打得很轻松，既没有遇上德国战斗机，而德军的高射炮火也很稀疏。

后来，我又参加了一次 A-20 轻型轰炸机中队的晨早战况通报会。在开始传达当天的任务前，情报官先把过去二十四小时内由意大利直到俄国战场的战斗形势做了一个概括性的介绍，情况当然是来自电传打字电报。

这当然是一件好事，当一个人知道他周围的人是如何战斗，而他又应该做些什么时，他会干得更开心。

在这个 A-20 型轻型轰炸机中队为数众多的机上射手中，艾德曼（L. Eadman）军士在我刚刚到达他所在的那个机场的当天，刚刚飞完了他的额定飞行任务数。他出国作战已经有 15 个月了，去年入冬之前在北非突尼斯时的一次空袭中，他的脚骨受伤。而现在，他在完成任务后的第二天，梳洗干净，悠悠闲闲地过了一天，觉得非常满足。

很多空勤人员（机师和射手）在任务完成回国后都立即结了婚。这个中队就有三名射手回国，并且就在回到美国后的第二天都结了婚。

在美国军方办的报纸《星条旗》上，发生了一场有关"图片女郎"（美国军方战时发给大兵们的一种供"欣赏"用的半裸女子照片）与"家中女孩"之间的争论。有位大兵撰文投稿说，他只要手头有一张独一无二属于他的女子的照片就够了，再也不需要什么"图片女郎"了,但这招来了很多人的反对。就我个人而言,我看不出其间有什么矛盾,因为我从未听说过有哪一位大兵因为爱上了"图片女郎"而写信回国要和他的女友分手的。

欣赏"图片女郎"非但是一件赏心悦目的事,而且图片本身还颇具艺术性。当然,差不多人人都带着亲人的照片,而且动不动就要拿出来看一番。我见过无数妻子们和孩子们的相片,看后免不了说声"多漂亮呀""多可爱呀"之类的话。说多了,自己也觉得脸红,因为我掏不出自己的亲人的照片给人家看。

由于老是看别人的妻子的照片,看多了,使我不由得产生了这么一种印象,即世界上所有的女人,一眼看去都是一个样(请勿见怪,小伙子,我不是说你的妻子)。

在我们这个俯冲轰炸机中队里,六名机械员在他们所住的房间里挂了几十张"图片女郎",全都是些我见过的最为诱人的美女艳照,这使得这个房间成了间名副其实的"美女画廊"。后来这个中队调走了,这些美人图大约也就被遗弃在那里了。那些房子可能就被意大利政府封存起来,作为美军占领时期的一个纪念品。我倒是希望若干个世纪后,那些房子会成为历史博物馆。

16 无畏的战士

　　众所周知，我是比较偏爱步兵的，所以当我宣称我的下一个采访点是第 34 师的一个步兵连队时，谁也不会感到奇怪。第 34 师在国内是最古老的部队之一，出国作战已足有两年了。

　　就一个部队而言，到了国外，即使不打仗，光是来回调动，两年也是够长的了；可是第 34 师在这两年中却是不停地浴血苦战，所以第 34 师变得成熟了，就像一本被人读了又读的旧书，或是一座年代久远的建筑，可是仍然是傲视同侪，看不起那些新成立的部队。

　　第 34 师的每个步兵连有 200 人，可是出国作战两年来，每个连队剩下的老兵只有十多人了。有一个营，原来的军官一个也没有了。当然，他们并不都是战死了，有的是负伤、生病、调动或是轮流回美国去了。所以第 34 师自出国作战两年来，全师人员差不多来了个大换班，只有番号依旧。但每个老的部队都有它的传统精神，第 34 师也不例外。1942 年 6 月我在爱尔兰时，便已和第 34 师待在一起，所以我对它较为熟悉。

　　一天夜里，我坐着吉普车去该师的一个团部，到了团部，他们又把我转到某营，而营部最后把我安顿在一个连队里，该连连长是斯海(J. Sheehay)中尉。第 34 师的人员原先主要是来自爱荷华州和明尼苏达州,如今则是全国各地的人都有,但剩下的那些爱荷华州的老兵,则个个都是出类拔萃的人。

斯海又高又瘦,十分年轻,是一个爱尔兰人。在这个团里,他是一个名人。他的上级每逢谈到他时,总会说:"斯海会有办法解决的。"人们也曾向我提起过他,说是什么困难他都有办法解决。他既不怕德国佬,也不怕上级那些大老倌。他是一个既得到上级喜欢而又受到部下爱戴的连长。

斯海中尉原是纽约美国航空公司的一个办事员,他说他计划战后去当一个推销员,因为他自认为很有口才,这使我感到惊讶,因为我和他常在一起,发现他从来不是一个多嘴的人,事实上,他是个说话谨慎的人。

作为一个连长,斯海中尉深以他的连队为荣,而他的部属也以他为荣。我长期在军中待着,深知一支部队的士气,十之八九是要靠维护本单位的荣誉以及上下级之间的相互信赖来维系的。

很多人都认为,大兵们之所以不守军纪,是因为他们渴望着战斗。事实上,一万个人里没有一个是真的想去打仗的。斯海的这个连里,当然也不例外。老兵们对打仗已经厌烦发腻了,而新兵们当然也不想去死。虽然如此,斯海连队的大兵们仍然照样上前线去打仗,他们真是好样的。

当我到达这个连队时,他们刚好正在休整,这在战时是常事了。他们还在火线上,没有撤下来,但并不参加实际的战斗。他们前几天才攻下了一个城镇,现在正在等待下一步行动。这种"休整",使大兵们有时间来检查他们的装备和恢复他们的精神。一般而言,这种"休整"每隔几个星期便有一次。

他们所属的这个团,全都露宿在方圆一英里多的一个地段内,士兵们都住在橄榄树下的地洞里,只有连部、营部和团部是住在农舍里。而这个连的连部，是自从五个月前他们进军意大利以来，第一次住在有墙壁的房屋里。

在他们最近一次战斗过的那个地方，大多只剩下一个空城——实际上全是些经炮火和轰炸后剩下的一堆堆瓦砾——没有一间商店开门。所以，他们休想沽酒来饮了。但是这个团里有人极具"嗅酒"天才，他们在一个空城的一个地下室里，发掘出了大批名酒。

结果就是，城里城外，不管你到哪里，在任何一个连部或营部里，到处都摆满了你所能想象出来的美酒。不管你是脚步踉跄地走进一所半毁坏的大楼——队部就在那里面。大门口有一群大兵在烤火，或是在上午 10 点钟，大楼在德军炮轰下颤抖着。你都会受到樱桃酒、桃子酒、杏仁酒以及六七种牌子的白兰地酒的款待。但可以肯定地说，这种意外收获不可能老是从天上掉下来的。

我所在的这个连的连部设在一所两层的石头农舍里。所谓"连部"，包括一张桌子，一把椅子和一部电话机。就像这里大多数的农舍一样，楼梯是安装在屋外的，门口挂上了毯子，以免灯光外泄，屋子里则点着蜡烛。

这个连的五个排长就在这所农舍周围的橄榄树林里宿营，最远的一个地洞离这农舍也不超过 200 米。有些大兵把他们宿营的地洞挖得整整齐齐的，底下还铺上毯子。在大白天，他们多半是坐在洞口擦枪、写信，或是干点什么的，晚上才睡在地洞里。

但是也有人力求把地洞挖得尽善尽美，有些人虽然明知这是暂时住的，可是他们仍然要把地洞搞得像个"家"一样，这实在是令人惊讶不已。我亲眼看到他们是半夜才到这里来宿营的，他们只挖了一个勉强可以容身的小洞，能度过下半夜就算了，可是他们第二天便花了一天时间,加深加宽地洞,还加上"屋顶",虽然他们明知当晚就要开拔,永远也见不着这个地洞了。

在整个加西诺(Cassino)地区,由于打仗,所有的橄榄树没有几棵能够幸免无事的。就在我宿营的这个橄榄树林里,所有的树身都有炮火的痕迹,树林里满地都是断枝,有些树则被炮火炸断倒地。

所有的农舍,都至少有一个屋角被炸掉,农舍的石墙都被炮弹炸出一条条裂缝,而所有凸出地面的东西都布满了弹孔,满地都是破弹片,真是寸步难行。

有些大兵睡在谷仓的干草棚上,为了爬上去,他们修好了一条梯子,因为原有的楼梯早就被炸断了。

在这个农舍与谷仓之间,有一道凸起的地脊,上面就是人行小道,这个连攻占这里的那个晚上,受到了山谷底下一辆德军坦克的直接射击,一个美国士兵当场死亡。好几天以后,当我们经过那条小路时,他的钢盔还留在那里,上面血迹斑斑,满是弹孔。

另一个士兵的脚被打断了,但侥幸未死。有人告诉我,有个新兵,是在炮击后的那天才到连部报到的,当时那只断腿还留在小路上,那个新兵路过那里时,对那只断腿傻乎乎地看了又看,其他人望着这个新兵,他们说,当有人沿着小路走来时,这个新兵会躲到一边,不让人家看见他。总之,一有空他就跑来看,好像着了迷似的。他从不对人说这些,别人也不和他谈这些,不过第二天就有人把这断腿拿去埋了。

这个连出国时原来有将近200人,但现在只剩下8个了。这8名老兵,可说是已具有一个军人所应有的一切素质了。他们入伍已经差不多三年整了,其中有两年是在国外——他们到过北爱尔兰、英伦本土、阿尔及利亚、突尼斯和意大利。他们过惯了军旅生活，一点老百姓的味道都没有了。他们唯一的生活内容就是打仗，因为他们过去是、现在仍然是第一线的步兵。他们之所以能够幸存下来，一方面是运气好，另一方面是他们已经掌握了野兽般的生存之道。他们一点也不喜欢打仗，只是想回家。不过他们在部队里待得久了，都懂得如何照顾好自己，如何去领导别人。所有的连队，就是靠这样的一班人建立起来的。

我并不是说，他们自从离开美国以后，一点改变都没有。事实上，他们的确变化很大，不过当我和他们坐下来谈天时，他们和国内的普通老百姓没有什么不同。

以军士长阿林保（Allumbaugh）为例，他是爱荷华州人，是一个老兵了，但他十分文静，心地善良，简直不能想象他会杀人。他只有 20 岁，但已经有了多年的战斗经验了，每当打完一次仗，回来休整理发刮胡子后，他一点也不显老。乍一看，他个子不大，不像个大兵，但如果仔细一看，便会发现他发育良好，英俊的面容显示出他是一个本性善良的人。

他的绰号是 Tag，他打过那么多次仗，却从未受过伤，至于"历险"那就不计其数了。有一次，子弹从他手上擦过，另一次是从他脚上擦过，但这都不算是负伤。他曾经在英国的特种部队里服役过三个月，当时他所在的那个连队正驻扎在苏格兰，当时英国的特种部队征求他那个连队的志愿兵，他参加了，到非洲去打了一阵，然后和他的伙伴们，还有他的亲戚，一道回来了。有一阵子，他所在的那个单位，差不多都是他们家的人，这包括了他本人、他的兄弟以及五个老表，都是家乡人。他们七个人现在都还活着，只是遭遇各有不同。他的兄弟在 1943 年被德军俘虏，现在还在囚禁着。两个老表也被俘，其中一个后来逃脱了，其余的三个，一个轮休回国了，一个在工兵部队，另一个尚在本师。

当这个连队在橄榄园中作短暂的休整时,Tag 和他最亲的一个老表——也是个军士长,绰号是 Knobby——住在一个原先德军挖的防炮洞里。这是他们几经战斗才打下来的地方,所以他们决定住进去。Knobby 也有过极其惊险的经历。有一次,一颗子弹打穿了他的钢盔,紧贴着他的头皮穿过,把他头顶上的头发烧了一道槽,但头皮却一点也没有伤着。

Knobby 说,他的妻子从来都不知道他是在前方打仗的,后来他改正说,事实上他妻子是知道的,不过是从朋友们那里得知而不是从他本人那里知道的,他从来没有写信告诉过她有关他打仗的事情(可惜几天后 Knobby 就阵亡了)。

有时虽然是一些开玩笑的话,但却真实地反映了当事人当时真实的心情。军士长彼尔逊(Pierson)就讲述了这么一件事。

杰克是个能干的人,面容英俊,对人友善,但做事粗糙,人们都说他是个粗鲁的人。即使回到家,他也粗鲁,他和 Tag 曾经在特种部队里共事过,他的年纪比多数人都要大些,多年来,他一直在密苏里州和密西西比河一带的建筑工程队工作,他是开打桩机的,他自称"河鼠",但他的同伴们都称他为"光杆司令"。他受过一次伤。

杰克已婚,有 3 个孩子:大女儿 9 岁,两个儿子一个 7 岁,另一个老幺快 2 岁了。杰克十分想见到老幺,这些连里的人都知道。

有一天,他们打了一场十分艰苦的仗:敌我双方都用迫击炮、步枪、手榴弹等大干起来,双方都伤亡累累。杰克当时紧紧地趴在地上,Tag 离他不远,双方喊话都能听得见,所以 Tag 就喊了起来:"你怎么啦? 杰克!"于是这个不论是在平时还是在打仗时都十分顽强的人回答了,充分反映了一个普通战士不想死而是希望能活下去。他的回答是:"这次可不是开玩笑的了,看来我是再也看不到我的老幺啦。"(但后来他看到了,他没有战死,并且得到轮休,回到美国休假去了,所以我想他一定看到了他的老幺了。)

这批为数不多的老兵,相处日子长了,很自然地就形成了一个小圈子。在连队里,和那些新兵比较起来,他们是出类拔萃之人。每到一个新的宿营地,他们会找到最好住的地方,他们总是首先找到德军遗留的防炮洞,或是一间完好的猪厩,或者从废墟的地窖中找出成箱的白兰地酒来,他们真不愧为久经沙场的老兵。

他们中的大多数人,那时不是代理排长就是班长了,而整个连队就是靠这一小群尚未正式委任的士官们来领导的,事实上,他们都是军官了。在营地里吃饭,军官和士兵是分开的,这是他们和一般大兵唯一的区别。

在这种情况下,是很难维持严格的军纪的。某天下午,李伯托尔(Libertore)中尉懒洋洋地躺在地上,几个老班长则坐在他的旁边,东南西北地闲聊。

李伯托尔中尉不知说了些什么——我记不起了,彼尔逊班长一把抓住他的膝头使劲摇着,一边说道:"你吹牛皮,根本不是那么回事。"

一般而言,即便是开玩笑,对上级也不能这样的,除非你和他曾经出生入死地共同战斗过。

李伯托尔中尉对我说:"就拿 Tag 和 Knobby 来说吧,他俩老是跟我过不去,甚至还威吓我。可是今天有命令下来,说是要挑选六个人到疗养营休养。你看,这两个家伙又是打躬作揖,又是送这送那,还说是要什么有什么呢。"Tag 和 Knobby 就坐在旁边笑嘻嘻地听着。

连里的老兵们差不多已把我看成是他们中的一分子了。有天下午,斯比(Sheeby)中尉问我打过卡宾枪没有,我说未打过,但很想打。于是他说:"好,走吧,打枪去。"

当时我们距离火线只有两英里远,我们这个连当晚就要开赴前线,第二天便要参加进攻。当天下午他们无事可做,所以他们就像那些在公司上班的人回家休息一天那样,远处炮声隆隆,而在这里,阳光暖洋洋地晒着。

中尉取枪去了,那帮老兵也跟着去取。当他们回来时,他们拿着卡宾枪、汤姆生式冲锋枪、美国加兰式步枪以及著名的德国P-38式冲锋枪。我们一行走进了一个离我们宿营的橄榄园约1/4英里(约400米)远的一个隐蔽山谷,大家举目四望,要找一个适宜射击的地方。他们先观察山坡,然后说:"不行,那里到处都石头,子弹反射回来会打着我们在山上的炮兵阵地。"他们又望望另一边的山坡,又放弃了,因为我们看见有些意大利小孩子正好从那里跑过。最后我们选中了一条沙堤,沙堤的后面什么也没有,于是我们准备射击,由于那里找不到空罐头盒,于是我们找了些白色的小石片摆在沙堤上作为靶子,距离大约是68米。

由于我曾经吹过牛,说我打枪打得多好多好,所以这下我要用心了。幸好我和那些老兵一样,一枪一个地把那些白石片打掉,因而我感到自傲不已。

我们大约打了半个钟头,各种枪都试过一遍。白克·爱和索尔(Buck Eueusale)还表演了他们如何用冲锋枪把那些德国佬打得横尸遍野。最后中尉说:"最好不要打了,否则团长又要骂我们浪费子弹了。"

这时,他们在闹着玩。学着女孩子打枪的样子,把枪往前伸得老远,闭着眼睛,钩机枪时任由枪身跳动。

这真是一种不协调的插曲,但这在战争中多的是。这8个美军陆军中精干顽强的老兵,如同郊游一般,在火线后面只有两英里远的地方,开枪打石头闹着玩,而第二天,他们就要上火线,而且说不定就此战死。

大多数在前线上作战一年以上的步兵连队，其人员大部分已不是原来的人了。有些人刚补充进连队里只有几个星期，而有些人调进这连队的时间则较长，甚至可说是该连队的老兵了。

新兵当然都是怕死的，这不足为奇，所以他们都渴望多听多学，不放过老兵们所说的任何一句话。我认为，在临上火线前的几天，新兵们对这对那的揣测实在是他们一生中最难受的思想折磨。有些新兵甚至还没有上火线，在身心两方面就先垮了。

一天，我在橄榄园和一些新兵交谈，我发现有一个大兵坐在他的防炮洞旁，他戴着一顶黑色的丝质大礼帽——演剧用的大礼帽。他就是列兵温特（Winten），加拿大人。他说这顶帽子是他从附近村庄里的一间被毁坏了的屋里捡来的。"下一次打仗时，我要戴着它去打仗，"他说，"德国佬会以为我是个疯子，而他们最怕疯子。"

和他同住一个防炮洞的人，是一个瘦瘦的、样子善良的大孩子，看起来连个高中生都算不上，他脸上一根胡子也没有，只有些绒绒细毛。脸上那副稚气十足的表情，一看便知是个离家还不久的大孩子，他就是列兵维查德（Whichard），只有18岁，他是去年冬天才离开美国的，但已上过火线了。他笑嘻嘻地向我讲述了他第一次参加战斗时的情景。

那是一场大混战，阵地几经易手，他当时伏倒在地，只顾开枪射击，"也可能没有开枪，我都记不得了"。他承认他当时吓坏了，他抬头一看，只见德国兵正从他身边走过，他吓得要死，只好一动不动地躺着装死。可是不久美军的迫击炮雨点般飞来，德军快速撤退，又从他的身边跑过，他只好继续装死。直到德军都撤光了，他才获救。

他还说，他前几天的晚上做了一个梦，他梦到他的双脚冷得不得了，于是他跑到营部的医务站去求救，他的母亲和姐姐生火煮点热食给他吃，并且多加了柴火使他的双脚能暖和过来，可是脚还没有暖过来，热食也还没有到口，他就醒了，而他的双脚仍是冰冷的。

明那(Meena)班长也说，昨天晚上他也做了个梦，回到家了，他的母亲煮了满满一大盆的红烧肉给他吃，可他还没有吃上一口，就醒了。

明那班长最关心军邮系统了。他出国已经五个月了，可是还没有收到过一封信。他还没有上过火线，虽然他时刻准备着去。作为一个小班长，他当然无法决定自己的前途。

他的父亲是一个牧师。所以将来他也可能当一个牧师。他还承认，近来他已经开始阅读《圣经》了。

明那班长邀请我战后到他家里去做客。他父亲原是叙利亚人，住在克利夫兰，所以他准备好做一顿叙利亚式的佳肴来款待我。他说我不必死记他的姓名，而只要记着他的父亲是那里唯一的叙利亚人传教士，就可以找到他了。

另一个和我谈天的人是列兵维他尔(Vitale)，他是这师的一名老兵，那天他正在树底下擦拭一台缝纫机，而我发现还有两台缝纫机放在箱子里。"老天爷，你在干什么呀？开缝纫机厂吗？"我问道。

维他尔说不是，他是专替师部修改和缝补衣服的。那两台缝纫机是他从意大利人那里买来的，而这一部则是军需处发下来的，是美国名厂胜家的最新产品，用精致的桃花心木箱装着。

维他尔说，他当然够不上是一个高级缝纫师，但他曾经在民间服务公司工作过三年半，对于缝纫总说能对付过去，并且能够靠缝纫来谋生。临走时，他对我喊道："我可以在两个月内把战争缝好了结。"

人们有时会在意想不到的情况下说出一些非常愚蠢的话来。

比方说,有天晚上,上级命令我们这支部队当晚调到五英里以外的一个地方,我坐吉普车去,车上堆满了行李卷,我就坐在行李卷上。

夜色漆黑,而道路又坏极了。我们开着低档,可是仍是嫌开得快了些。有时我们根本看不见路,转来转去,不是撞着大树就是冲进水沟。

我们的车终于出事了:我们迷失了路,可是我们不知。突然间,车子一头冲到一道深约一米的壕沟里去,顿然停住了,只有我没有"停"住。我从行李卷上往前滚了下去,擦过司机的肩膀,碰到挡风玻璃上,然后落在车头盖上,当我碰到司机时,我说了声"对不起"。

我们连队里有一只宠物狗,已有一年多了,那是一只活泼异常、黑白相间的小狗,名叫"佐西"(Jossie),原产地是北非,可是它的名字慢慢地变成了"夜郎"。

夜郎是非常逗人喜爱的。当它到外面和本地的意大利狗玩了个够,跑回营地后,它会扑到那些老兵身上,去舔他们的脸,弄得他们只好把它推开。它负过两次伤,这对一只狗来说是颇为不寻常的了。但是最令连队里的人感到奇怪的是,这只母狗竟然从未怀过小狗。

说起狗来,这使我想起了有一次在战线后面试验一种新式的枪榴弹时所发生的一场喜剧。试验时,一批高级军官包括将军和上校都临场观看,试验场上摆放了一列椅子,供他们坐着观看。

一发枪榴弹发射出去了,在大约150米远处落地。就在这时,一只大黑狗箭一般地飞奔过去,一口咬着那枚枪榴弹,然后向高官们飞奔回来。

我从来没有见过作为贵宾的人会如此狼狈,他们一手推开椅子,争先恐后地往后飞逃。幸亏那枪榴弹很烫,那只大黑狗很快就把它丢了。但从狗的立场来看,这次演出是成功的:那枚枪榴弹没有爆炸。

一天下午,阳光灿烂,天气和暖,远方炮声不断,但在这里,却是一片祥和景象。

那时离天黑还有一个小时,我们坐在一间石头农舍后面的小树林里,正准备吃晚饭,突然间,"呜……轰"声传来,一发炮弹掠过我们的头顶,在我们旁边的山脚下爆炸开来。事情来得这么突然,而且距离这么近,吓得连老兵也躲避不迭,而新兵则一头撞进防炮洞里去,斯比也吓得找地方躲避,但接着就说不要怕,不会再打来的了,这是一发流弹。

他解释说,在我们前方的一英里处的树林中,有一辆德军的坦克,发炮攻击我们前面的那个山脚部位,这第一发是试射,但打得高了些,打到土堤那边去了。

他的这套理论很快便得到了证实:德军的炮弹一发接一发地飞过土堤,准确地打到那个山脚。由此可以看出,即使是一个普通的人,在完全陌生的环境下,也会变得聪明起来。

我们从缴获的德军军用品中,发现了一种"燃烧丸"。那是一种白色的、小小的圆丸,使用时它既不发光,也不冒烟,但它所产生的热量,足以煮开一杯咖啡,或者烧热一个罐头。我忘记了问问有关这种药丸的详情,但我知道我们的山地作战部队也想有这种药丸,他们最大的愿望,就是每天能吃上一顿热气腾腾的饭菜。

对于黎·克利珀(Ray Clapper)之死,我们都感到难过,到处都有他的足迹,到处都有他的朋友,我和他相识二十年了,我们难得见面,可他仍然记得我,经常为我做这做那,并且老在他的专栏里提到我。可我从来没有为他做过什么,当我想到也应为他做点什么时,他却死了,为此我真感到遗憾。

随军记者们都尽量不去想在这次战争中他们的负伤率有多高,他们从不提及这一点,但克利珀之死却使我们不能不想到这点,我们谁也没有料到他会死掉,我们更是难以想象下一个会是谁。

当《星条旗报》(美国军方报纸)宣布克利珀的死讯时,我想人们都会替他感到骄傲,可人们只会说"死了的都是英雄",都是老一套。

有一天晚上,一大群官兵聚在一起讨论这么一个问题:冲锋时大声呐喊是否有好作用?

有位军官认为,这在心理上有好作用,因为德国人害怕夜战,而一种印第安人式的呐喊会吓坏他们。但大部分士兵都不同意他的这种看法。大兵们认为,德国佬可不是那么容易被吓倒的,而且在进攻时大声呐喊,只会暴露位置。

由于发言踊跃,会场变得吵闹不堪,而当谈论到"尖叫"时,大兵们对此另有一个形容词——"德国炮弹式的啸叫",因为这种啸叫声实在难听之至。

德军有一种电动的六管火箭炮,发射时不是齐发而是一发接一发。这种火箭炮发射时声音倒是没有什么特别,可是火箭炮弹飞来时那种声音才真正吓死人,那种声音就像一个巨人在推着一个大铁磨在磨铁板一样,一阵一阵,既沉重而又尖锐刺耳,实在难听之至。

每当德军开始发射这种火箭炮时,人们便不由得停止了谈话,并且竖起耳朵听,这时,总会有一个人说话了:"妈的,这些德国佬又发羊癫疯了。"

这些火箭炮弹越过我们头顶,在远处着地爆炸,那种连续不断的爆炸声的确令人心颤胆寒。

当我们的炊事班在村落或是在农庄附近停留时，总有些当地的小孩子端着个饭盒默默无言地站在我们旁边，看看有什么吃剩的可以给他们。

有位大兵对我说，当他们站在那里望着我时，我简直吃不下饭，有好几次我装满了我的饭盒，然后走过去，倒到他们的饭盒里去了，然后回去睡觉去了，我不饿。

斯比中尉为他的部属感到十分骄傲，他对我说："我连里的每一个人都应该得到银星奖章。"当时他和我在连队的宿营地漫步，大兵都坐在营地里，在谈天或是擦枪。"我们到那边去"。他说，"我介绍你认识一位我们连里的英雄人物。"我想，他所谓的英雄人物一定是一位荣获银星奖章的战士了。果不其然，这位英雄人物就是爱弗索尔（Eversole）军士长，一位老兵。和我握手时，他略带腼腆地说："很高兴认识你。"然后就一言不发了。但我从他的眼神，以及说话时他那缓慢而有礼的言辞中，看得出他是西部人。想和他交谈是困难的，不过对于他的过分拘束沉默，我并不在意，因为我很了解一个西部人和他人初相识时，是怎样看待别人的。他眼神锐利，他的一双大手坚实而粗糙，完全是在野外生活惯了的人的那种大手。

那天下午，我再次走到他的宿营处，坐了下来，单独和他谈了一阵子。我们不谈战事，而主要谈我们美国的西部，我们一边谈着，一边用一根小棍在地上比划着。我们就这样互相认识了，在之后的日子里，我愈来愈了解他了，不但是我，就是和他在一起的人，都一致认为他是一个英雄人物。

在入伍前，他是一个牛仔，生于爱荷华州一个叫密苏里谷的小市镇,他的母亲现在还住在那里。他不到十六岁便离家出走,独自到西部闯世界去了。他在一个大牧场当畜牧工,今年28岁了,未婚,他还在爱达荷和内华达干过。就像很多的牛仔那样,只要有骑术竞技赛会,他一定参加,但成绩平平。一般他都是骑未经驯化的马表演,骑一匹马只有7.5元的收入。但有一次他得了奖——一副精美的马鞍。他在一些有名的赛会中表演过,而就像一般的牛仔那样,他也非常喜欢动物。到意大利战场后,有一天下午,德军的炮火异常猛烈,他和其他几个人都躲在一个小而又小的石头牛厩里,一只受惊的骡子也想挤进来,这个小牛厩当然不能再容纳下这头骡子,所以他只好把那匹骡子赶走,可是那匹骡子还没走出10米就被炸死了,他到现在还感到内疚。

另一次,一匹骡子受了伤,倒在地下,又是挣扎,又是嘶叫,他拔出手枪,一枪把那匹骡子打死。“它反正没得救了,我只好打死它,免得它受罪。”他说。

由于作战勇敢,他得过一枚紫心勋章和两枚银星奖章。他打仗时,头脑冷静,会盘算,讲求实效,他的上级对他的赏识超过任何人。他受过一次伤,至于“差点”那种惊险场面就不计其数了。每当他身临绝境时,他都有一种天生的求生本能显露出来。他不会像我们大多数人那样束手无策,他一切从实际出发,也能随时产生一些新的想法,然后加以补充,并贯彻执行。

他的语法,纯粹是山野人的那种自我式语法,与正规的语法大相径庭。他言词卑俗,但不伤害别人,而即使是和最亲近的人在一起谈话时,他也是细声细气的,人们认为他根本不可能会干出些不道德的事情来。他为人老实,见到不相识的人他都一律称呼为“长官”。

他希望战后能回到西部,那个他衷心向往的地方,有一块土地,养一群牛马,独立生活就够了。“我只要有一个牧场就够了,”

他说,"当然,那种生活是艰苦的,当你年事渐高时,你就会想有一块属于自己的天地了。"

他虽然消灭了不少德国兵,但他一点也不憎恨他们。他杀人,只是为了自己不被人杀。打了几年的仗,战争已成了他主要的生活内容,打仗成了他唯一的职业了。他用一种"凡事顺其自然"的生活哲学思想来武装自己。

"这一切令我作呕,"他静静地说,"但抱怨是没用的,我的想法是既然干了这行,就只有干下去,假如我被打死了,那什么都完了。"

他是一个排长,那就是说,他要带领 40 名大兵去打仗。他在前线打仗已有一年多了,对他来说,打仗是家常便饭,他已是"死亡学校"的高才生了。

打了那么长时间的仗,他这个排的士兵已经来来去去换过好几批了,剩下来的老兵已经不多了。

一天晚上,他用西部人那种真诚的态度低声慢气地和我说:"你看看那些新兵吧!他们乳臭未干,什么都不懂,怕死,他们有些人迟早会被打死。"

我们谈到,有些老兵快要疯了,要他们去打仗,他们打得很好,可是要他们带着一班新兵去打仗,在他们看来,这简直是要那些新兵去送死,他们可受不了。他特别谈到一位排长,一个不怕死的硬汉子,可是他竟然到连长那里,请求把他降为一个列兵。

"我们都知道,新兵被打死了,这不是我的错,"爱弗索尔说,"我已尽了我的职责,可是,我老是觉得杀死那些新兵的,不是德国人,而是我,我觉得自己像一个杀人凶手。当他们补充进来时,我简直不敢看他们。"

爱弗索尔还算命大,只受过一次伤:一颗子弹洞穿了他的手臂。他固有的本能和聪明多次救了他的命,但运气则救了他无数次的命。一天晚上,爱弗索尔和另一位军官在一座只有两个房间的意大利石屋里躲避德军的炮火,他们坐在屋里,突然间,一发炮弹打来,穿过另一间房间的外墙,然后弹头朝上插在两房中间的墙上,但没有爆炸。

另外一次,爱弗索尔率领着全排人去进行一次夜间攻击。他们一个跟一个地单行前进。突然间,有人踩着了地雷,把跟在他后面的那一个班全都炸死了。他带头穿过那个地雷阵,却奇迹般地没有踩着地雷。

还有一次,爱弗索尔和一位德国军官进行了一次近距离的交手战。德国军官抢占了一间农舍的一边,而他则在另一边,他们隔着房子互相掷手榴弹,但谁也没有炸到谁,后来他偷偷地顺着屋墙想潜行到另一边去包抄那德国佬的后路,可是在转弯拐角处却突然和那个德国佬迎面相撞了,看来那个德国佬也有同样的想法,不过他早有准备,眼疾手快先开火,把那个德国佬打死了。那位德军官身上挂着的一副望远镜也给打得粉碎,他为之惋惜不已,他早就想有一副德国的望远镜了。

对于生活在残酷战争中的人来说,把他们连结在一起的,是那种战友情谊。在这些长期共同生活在一个小圈子里、出生入死、前途未卜的人心中,战友情谊就是一股强大的精神力量。

一天下午,轮到爱弗索尔该到后方的休养营去休息五天了,但他知道,他所在的连队那天晚上就要上火线参加进攻了,于是他去找到连长,说:"连长,我想我还是不去休养的好,只要你认为有需要,我就留下不走。"连长说:"我当然需要你,我也想留着你,但这次该你轮休,所以我要你去,简而言之,是命令你去。"

天快黑时,卡车载着他们几个该轮休的人走了。天下着毛毛雨,山谷里笼罩着一层薄雾。从远方传来了敌我双方隆隆的炮声,夜幕渐渐扩大,人们都有种不祥的预感。

这时我和连里那几个老兵站在一起,爱弗索尔走了过来,带着一副好像是一去不回的样子,他和周围的每一个人握手。"好哇,祝你们好运气"。接着又加上一句:"五天后我就回来啦。"他是个硬汉子,这时在找借口好拖延几分钟再离开。他对所有的人又说了一次再见,这才恋恋不舍地离开了,可是才走几步,又走回来,对大家说了一次再见,并再重复地祝大家好运。

在黑暗中,我陪着他走向卡车,一路上他只是低着头,我想他快要哭出来了。过了一会,他平静地对我说:"在今天的这个战役中,我是第一次没有参加战斗。那次我手部受伤住院时,他们在休整。这是我第一次没有参加打仗,我祝他们好运。"然后又说:"我觉得我像个逃兵。"

他爬上卡车,走了。我回到宿营地,和同伴们挤在一起睡,等待着向前开拔的命令,黑暗中,我被那位牛仔大兵伟大而又纯洁的献身精神深深感动了。我在想着,留在国内的那些人,他们是否理解战争中这种战友情谊的伟大力量呢?

在晚饭前,我们得到了夜里开拔的命令,我们按照要求携带一昼夜的口粮和充分的弹药。吃晚饭时,每人左手拿着干粮袋,右手拿着饭盒去排队打饭。打饭时,管理人员将五盒 C 级干粮和一份 D 级干粮放进我们的干粮袋。

晚饭后,趁着还有点亮,每人都把他的简单行李收拾好。天黑得早,五点半就天黑了。天气寒冷,下起了小雨,人们都蜷缩在橄榄树下的地窝里。

天已经快黑了,激烈的炮火染红了远方的半边天,在那里,在那些低垂的云幕下,不断地发出阵阵的闪光,响起令大地震荡的隆隆声。

天很快就全黑了,现在唯一和外界联系的就只有一部和远在 1/4 英里外营部相连接的电话机了。谁也不知道出发的命令何时会来,我们只好等待着。天下着雨,而这里只有两个地方可以躲雨,那就是当地意大利农家在土堤下挖的两个大猪厩,那里面堆满了干草。西希(Sheehy)中尉和另外四个大兵,还有我,爬进了其中的一个猪厩,那架电话机当然也拿了进来,其他有些人则爬进了另一个。

我们躺在猪厩的地上,虽然都穿着大衣,但仍然冷得打颤。西希中尉带有一张毛毯,那是到真正打仗时才卷起来的,这时便打了开来,我们两个人便蜷缩在毛毯里,挤得紧紧的,居然觉得暖和了点。

中尉说,当我在美国读到你的专栏时,我做梦也没有想到我会在意大利遇到你,并且一起睡在泥巴地上。我们低声说着话,不久有人响起了鼻鼾声,很快地我们都睡着了,当时才七点钟。

西希中尉不时地要打电话到营部,看看有什么情况没有。可是后来得知到营部的电话线断了。西希中尉于是亲自出去查线,用手顺着电话线摸索,看看是什么地方断了。大约9点钟时线路修通了,但是还是没有出发的命令。

门口亮处出现了一个黑影,问连长是不是在这里? 西希中尉说他就是。于是那人问弟兄们是不是可以打开毯子,因为他们又湿又冷。

西希中尉想了一想,然后说:"最好不要打开,因为不出半个钟头就要出发了,所以还是不要打开为好。"那个人影说:"是的,长官。"然后走了。

10点钟时,猪厩里的人都醒了。橄榄园静悄悄的,一个人也看不见。虽然不远处就在打仗,时不时有人在毯子下躲着点支香烟。在远处,在德军的地方,我们看到一点亮光,最后我们认为,那可能是未被毁坏的意大利农舍里的灯光。

远处时不时突然出现一些火花,一开始是橙色的,然后是绿色、白色,最后又是橙色的,我们也说不清那究竟是德军发射的还是我们发射的。

在炮声中,我们还听到机枪声。通常我们都能分清哪些是德军的机枪声,哪些是我军的,因为德军的机枪打得比我们的快。打机枪一般很少长时连发,以免枪管过热。可是有次某个德军机枪手一口气连续打了 15 秒钟,我们的一位大兵叫了起来:"天呀! 他非要换个枪管不可了。"

时间一点点地过去,我们愈来愈觉得冷了。最后大约在午夜时,电话响了,命令我们出发。

一位大兵嚷开了:"在这个时候出发,天又黑,地又滑,真是他妈的见鬼了。"

一位排长跑出去命令全连集合,另一位则把电话机收拾好。人人都把沉重的行军装备背上。"到厨房那边集合",连长吩咐第一排排长,"各排依次出发——连部、第三排、第一排、第二排,重武器在最后。"

这位排长去了,我跟着他。头一两步还好,第三步我便一头栽进一条小沟里去了,我骂了起来。

那天晚上的确漆黑一片,没有月亮,天空满是层层黑云。"出国两年了,这是我所遇到过的最黑的一个夜晚。"一位大兵说。

我跟在他们后面,朝着认为是厨房的那个方向走去。我们都知道快到了,可就是看不到。

"大约就在我们面前 50 英尺处吧。"一位大兵说。

我也跟着乱说一通:"不,应该在我们右面 30 英尺处。"

就在这时,附近有一门大炮开火了,炮口喷出的火光把周围的景物闪耀了一下:我们正站在厨房门口。

几位排长一个个地进去,整理队伍,然后向连长报告:"整队完毕。"连长下令出发。

黑夜行军不可能讲究什么队形,更不可能再讲什么步伐整齐了，没有人喊出什么"齐步走"这种只适用于操场上的口令了。所以连长只是说了声："好啦，出发吧。"队伍便出发了。

走了一回，还没有走出这个果园。我们简直是迷失了。队伍最后干脆停了下来，互相呼唤，以免走失，连长和那几位排长也不停地呼唤我，看我是不是走失了。

我们终于上路了。我紧紧地跟在科墨斯（Cormers）排长的后面，他带有一卷地图，有两尺长，横放在他的背包上，这一卷白纸在黑暗中成了我的路标，因为我所能看到的，就只有这一点朦胧的白色影子了。

我全神贯注盯着这条救命的"白线"，当它下落两英寸时，我就知道科墨斯排长一定是踩到一个坑洼了，如果它一直沉落下去，我便知道是走下坡了，而如果它向旁边侧落下去，我知道科墨斯排长一定是滑跤了。每逢它有什么变动，我便要在千分之一秒内做出正确反应，以免重蹈覆辙。就这样，那天晚上，我奇迹般地只跌过一跤。

走着走着，我们突然听到一阵响亮的骂娘声，这是连长的声音。原来他一脚踩到一条两尺深的小沟里，四仰八叉地倒在沟里了。由于背包太大太重，他怎么也爬不起来，直到第三次才终于从小沟里爬了起来。

使我感到惊奇的是，战地上的这种要命的黑夜行军，人们的脾气竟然变得十分温良，人们用一种随遇而安的态度对待它。当我们又爬又跌、浑身泥浆拼命赶路时，我后面的一位大兵说："要把这些写信告诉我那个选区的国会议员。"另一位大兵说："见鬼吧。我连哪个是我选区的议员我都不知道。三年前我写过信，可现在我不写了。"

那位说要写信给国会议员的是上等兵杨，他是连里的传令兵。要认清一个人的声音是十分容易的，我到这个连还不久，可是我已经能够在黑夜中分清十多个人的声音了。杨的声音特别使我着迷，他的音色柔和，也很有幽默感。他的声音特别像去年因泛美客机失事而死于里斯本的名记者我的朋友本·罗勃逊（Ben Robertson）。只要杨一说话，我便会不由自主地觉得好像罗勃逊就在我的后面走着。

这个连第一排的排长是伍德（Wood），他是个高个子，又背着一个沉重的大背包，所以只要他跌倒，立刻就会惊动四邻，大家都会停下来。黑暗中，我们只听见他挣扎着想爬起来，可是又跌倒在泥泞里，每跌一次，他便大声地咒骂一声，我们都忍不住笑起来。最后他终于爬了起来，回到队伍里来，嘴里咕噜着说这有什么好笑的。几天后他受伤住院了。

我们足足花了半个小时才走出这个大果园。走上了一条所谓的"路"，这条"路"其实只是意大利农民的骡子走过后留下的两条车辙，里面满是齐膝深的烂泥和碎石。

队伍在路上停了一下，为的是让一队驮着物资的骡子通过。这时大家都不由自主地冒起了这么一个念头："在烂泥巴里爬真是累得够呛，假如现在能够在一间大仓库里休息一下那多好。"

道路弯弯曲曲，忽上忽下，横过溪涧，到处都是树木，带路的人是怎么带队的真是天知道。道路两旁的树木本来早就挂有白纸条作为记号，可是我们仍然迷了两次路，走到回头路上了。

队伍走得很慢，雨早就停了，但道路泥泞异常，我们几乎每行一步，泥浆都会把鞋子拔掉。我们差不多每隔半个钟头，便要停下来派人到后面看看队伍怎样了。他们传话回来说平安无事，放心走吧。

那天晚上，在我们这个连队的前前后后，都是我们这个营的人，其实那时全团三千人都在动着，只是我们不知道而已。

敌我双方的炮兵整夜都在激战,我军发炮时,发射声震着我的耳膜,可是当炮弹在德军的阵地上爆炸时,爆炸声比我方大炮的发射声还要响。

德军的炮弹呈一条弧线向我们射来,但目标是我们后面,所以我们一点也不危险。当我们接近火线时,机枪声和步枪声也愈来愈响了。在前面的阵地上,时不时可以看见一阵阵闪光和子弹飞溅时的红色光点。

大炮整夜不停地轰鸣着,不间断的炮声,使人厌烦透顶。特别是这天晚上,云层又低又厚,猛烈的炮声轰隆隆地传过去,然后从低垂的云层上和山坡上再传回来,沉重的回声延续在十秒钟以上。

的确,那天晚上低垂的厚云层使大炮的回声响亮得出奇。当我们停下来休息想谈谈天时,我们根本听不清对方在说些什么,因为炮声根本不停。

后来,我们穿过一个山谷,在出口处停了下来,带队的人跑去找人问路去了。我们遇到一大群骡子,只好站到一旁给它们让路。黑暗中,一个骡夫不断地说着骡子累坏了,没有人搭腔。那骡夫又说开了:"骡子都累坏啦,不能再走一步啦,再这样下去,它会倒下来死掉的。"

最后,黑暗中一个大兵说话了:"要他闭嘴。"我们私下里都同意他,但那骡夫却怒气冲冲地质问是谁在搭话,那搭话的大兵说:"老子是个新兵,怎么样?"

而这位老兄大言不惭的自我吹嘘令人生厌:"啊哈,你这个刚出国来的乳臭小子,你这个新丁,居然敢和我这个老兵顶嘴,你是个刚从美国来的大英雄吗?"

这时,我们连里一个真正的老兵教训这个多嘴的骡夫了:"闭嘴!我看你出国最多也只有两个月。"可能这一句话正中要害,要么就是他的声调里明显带有命令式的口吻,那个骡夫再也没有开腔了。

当队伍到达指定的地点,开始掘地做地窝时,已是午夜了。这是任何一支队伍到达宿营地后要做的第一件事,这已经成了一种本能了。天将拂晓,晨雾未散,露水点滴,我们坐在刚挖好的地窝里,吃着冰冷的军用干粮。

天大亮后,队伍开始进攻了,德军离我们不远。当队伍向前进发时,我留在后面。

出于职业上的本能,我知道我今后不大可能再遇到这支队伍了,但对我来说,这个连队永远是"我的连队"。

17 轻轰炸机

　　在美军众多的战斗单位中,若问我最有感受的是那一个单位的话,那么,我便会说,除去上述者外,第二个便是第 47 轻轰炸机大队了,他们驾驶的是道格拉斯厂制造的双引擎 A－20 型轻轰炸机。第 47 大队是个久经战阵的战斗单位了,从北非的突尼斯开始,直到意大利,把德军打退到卡萨林防线后面,这些战役,他们都参加了。

　　像大多数长期作战的空军单位那样,第 47 大队原先出国时的那些飞行员现已所剩无几了。他们的伤亡率并不高,但是飞行员们都已达到甚至超过额定的飞行次数而回国休假了。事实上,很多飞行员早就休假期满,又出国开始第二轮的战斗飞行了,现在他们有人在英国,有人则在南太平洋作战,这里的地勤人员经常收到他们的来信。

　　我到第 47 大队属下的一个中队去采访,我到的时候,他们刚好换了个中队长,调走的是史塔福特(Stafford)少校,一个出色的飞行员,现调去当大队的作战参谋,他的空缺由克里斯比(Clizbe)少校接替。

　　克里斯比是个老飞行员,过去几个月来,他一直在当作战参谋,能够回到那熟悉且亲密的作战中队里去,他感到十分高兴。他认为，在空军部门里，当中队长是最痛快的。

回队后的第一天，当其他人都去执行任务时，他驾机升空去温习功课了。我虽然和他还不十分熟悉，但我仍然站在他的帐篷前观看他，可以看得出来，他飞得很开心，而且很大胆。这任何人都可以看得出来。但他明显技术生疏了，人人心中都明白，他最怕的就是明天他去执行第一次任务时，他会因技术生疏而出洋相。

第二天早上，他出发执行任务，他的位置是在队形的边部，他飞得很顺利，当午饭前他们回来时，他显得精神振奋。

下午，他们又出发了。这次他不是飞在队形旁边，而是一个三机小组的领头机了。黄昏前，我站在梯板前望着他们回来，他下机时简直好像换了一个人，他那副样子就像一个足球队员刚刚赢了一场球赛似的。

他们的任务完成得很好，炸弹全部命中目标，引起了大火。而他们的飞机只受到一点点微不足道的损伤。这个新来的老兵全情投入，大显身手，证明他宝刀未老，他又高兴又得意。"我把那些德国佬痛打了一顿。"他说。

整个晚上，他都得意地笑着，就像一个人从困难中解脱出来后那样。那天晚上，他很疲倦，九点钟左右就上床睡了。他记得第二天早上他还要带队出击，就在上床要睡时，他突然想起了些什么，爬了起来说："哎哟，今天是我的生日呀！我差点忘记了。我今天一天里执行了两次任务，这真是我最好的生日礼物呀！"带着满足的心情，他安然入睡。

飞行员们常常笑谈他们意外的收获。某个轻轰炸机大队有次来了一位刚毕业的飞行员，执行他的第一次战斗任务，他们的目标极端靠近我方的防线，当他们飞临目标上空开始攻击时，这位新手脱离了编队，掉队了。

这位新手知道出错了，他掉队了，于是他把炸弹通通扔掉，然后迎头赶上去归队。

可是中队长把这一切都看在眼里，那些炸弹肯定是扔在我军头上了。回到基地后，他就坐在电话旁，汗流满面，等着电话响，准备挨骂。

果然不一会儿，电话响了，说是某某将军打来的，这位中队长的心一下子沉下去了，将军亲自打电话来肯定没有好事情。果然，将军在电话里爆开了："喂，你们那个疯子驾驶员是谁？就是离开编队去投弹的那个。"

中队长早就心中有数，准备挨骂了，他知道将军的下一句话准是告诉他，那些炸弹炸死了数以百计的美国弟兄。可是，将军却喊开了："喂，他究竟是谁？我要祝贺他，他直接命中了一门德军的火炮，那门火炮我们找了半个月想打掉它，可是都没有打着，这下给它干掉了，好样的，干得好！"

我们的基地位于一片空阔的田野中，那是英国的工兵部队花了三天的时间将一大片葡萄园推平了建成的。黑色的泥质跑道长达一英里多，另外还有无数弯弯曲曲的小径，可以把一架架的飞机分散到葡萄园中。由于这里的泥土是火山岩质的，容易排水，所以并不泥泞。每天早上，机场上都有一层薄雾，所以无论是草丛还是齐肩高的葡萄藤，都结了一层薄薄的霜。在有阳光的日子里，中午很暖和，可是一到下午四点钟以后，就冷起来了。

按理说，机场上是不准意大利人进入的，可是事实上总有意大利人混了进来，站在机库旁边看地勤人员维修飞机。机场上密密麻麻地布满了美国兵住的帐篷，而意大利农夫就在帐篷间的空地上修整他们的葡萄园。

当一个人沿着那些园中小径漫步，看着一个衣着褴褛的意大利姑娘一边唱歌一边在劳作时,那种感受是很奇特的。有时,当我们使用野外厕所时,在矮矮的帆布围栏外面,经常有一群群意大利农妇经过,她们望望我们,我们也望望她们,彼此都视若无睹,若无其事。

在这里,大家都住在四方尖顶的帐篷里,军官和士兵都一样,葡萄园里到处都是帐篷,彼此相距 50 英尺,距离虽近,但彼此都看不到对方。每个帐篷睡 4—6 个人,都睡在帆布行军床上,大部分人都有空军专用的那种又大又暖和的睡袋,所以他们住得很舒服。

至于帐篷内的布置,那就要看各人的了。有些整齐清洁,并且做了些小家具摆在里面,有些则好像穴居人般,里面只有一些生活必需品。

所有的帐篷里,中间都有一个火炉,那是由 25 加仑的汽油桶改制而成的。每个帐篷后面都有一桶汽油,放在一个齐腰高的架子上,有一条金属管连接到火炉那里,汽油是用虹吸法流过来的,需要油时只要用嘴把油吸过来就是了,真是简单又方便,油流通后,调节好开关就是了。火炉烧得很稳定,很少发生事故。

帐篷中间吊着一篮电灯,灯火管制并不严格,晚上外出可以打手电筒。有些帐篷内甚至还铺上了地板,那是把木箱拆开,把木板重新并合钉起来而成的,其他的帐篷则只有泥污的地面。

有些帐篷还有收音机,大兵们什么台都收——设在那不勒斯的美军电台、英国广播电台、胡言乱语的罗马意大利电台,而德国的电台则半嘲笑半忠告地告诉我们,假如我们有幸没有战死回到美国,则只会发现我们的饭碗打破了,我们的未婚妻早已另嫁他人。但大兵们最爱听的还是德国电台那些美好的古典音乐,以及美军电台的摇滚音乐。

军营生活是早睡早起的,每天早上六点钟时,营地各处的便携式发电机便一齐噗噗地发动起来,开始送电,晚上十点钟时停止送电,熄灯就寝,所以电灯根本用不着人工开关。

早上一来电,有线广播随即响了起来,这时,大兵们都跳了起来,把炉子生着,然后又回到被窝中睡上几分钟。不一会儿,营地上便到处升起了袅袅轻烟。过不了几分钟,在跑道的另一端,发动机震耳欲聋地响了起来,整个机场都在颤抖,有飞机升空作例行飞行了,有些倒霉的地勤人员,清晨四点钟便要爬起来做好准备工作。

最懒的人到六点半也不得不起床了。大兵们穿着灰色的长衬衣,冲出帐篷,跑到最近的一棵橄榄树下小便,然后冷得浑身颤抖地又跑回帐篷里,匆匆地从五加仑的水罐中取些冷水抹抹面,然后套上皱巴巴的衣服,匆匆忙忙地跑去吃早饭,这时天早已大亮。他们在七点半之前要吃完早饭,但在此之前,中队长以及手下的军官早已乘着吉普车,跑到机场起飞点去布置工作了。

每个中队都住得很分散,他们分为三个不同的集群,只有在空中战斗时,他们才合为一体。

吃完早饭后,飞行员们立刻到作战室集合,他们首先在旁边的一个帐篷里取出各自的降落伞和防弹背心,然后穿着笨重的飞行服站在作战室外等待着,当讯号一响,他们便蜂拥入内,坐在一行行的木箱上,就像小学生上课一般,于是队上的情报官站上低矮的讲坛上开始讲话。

他们对我说,这位情报官是整个大队中最好的情报官。我在英国和非洲时,参加过多次情报听讯会,那些情报官往往既啰嗦又呆板,但这位情报官却迥然不同,他说得既风趣生动而又详细扼要,听众完全了解他们该去干些什么,但主要的是,他说的全是实情。

一位飞机上的射击手告诉我:"有些情报官只是简单地告诉我们,目标还没有高射炮,可是当我们飞临目标上空时,却遭到对方高射炮的密集射击。但这位情报官就不同了,他说,你们今天可能不会受到高射炮火的射击,但是你要知道,德军的高射炮是机动的,昨天没有,但过了一晚,他们会把高射炮调过来,所以你还是注意点好。"

这位情报官一开始谈的是新闻摘要,他先把最近 24 小时内意大利战线的情况,包括地面和空中的先简介一番,此外,英国和俄罗斯战场也会谈一些。

然后,他转入正题了。在他身后,有一幅大地图和两块大黑板,那是一幅意大利中部地图,他先在图上标示出目标,然后在黑板上用粉笔勾勒出一幅面积约为 40—50 平方英里的目标区详图,画图时他一定把海岸线也画上,以便飞行员们可以沿着海岸飞抵目标。

接着,他在另一块黑板上画出一幅面积最多只有两平方英里的目标区放大图,图上什么都有,如城镇、大路、小湖泊、树林,甚至一座孤立的白色农舍,那是供飞行员们飞抵目标区后辨认目标时用的。

情报官讲解完后,带队的温斯(Vance)队长起立发言了,他首先宣布要带什么类型的炸弹,护航的战斗机是哪些、多少架等。他也详细交代了每架飞机投弹后的"飞离"路线,以及如何避开高射炮火等。他也指明了如果有哪架飞机受伤了,就应该循哪条航线飞回来等。有时飞行员们要把一包包的宣传小册子像投弹般地投向敌军阵地,所以这时他会强调要保持严整的队形,以免这些纸包碰中后面的友机。

最后,温斯队长下令对表,于是人人都注视着自己的手表,只听到温斯队长说:"现在是 9 点差 10 分 23 秒……现在是 20 秒……15 秒……10 秒……5 秒、4 秒、3 秒、2 秒、1 秒。好,9 点差 10 分正。"

飞行员们认真地对好表,然后鱼贯而出,乘上汽车,直奔停机坪而去。

飞行员驾驶飞机，机械士维修飞机，轰炸手投弹，这些早就有人谈得够多了，但我注意到，还没有人谈到那些把炸弹装上飞机的人，这些人就是军械士。他们不但要把炸弹装上飞机，而且还要让飞机上的枪炮保持在最佳状态。第 47 大队是飞 Ａ－20 型轻轰炸机的，在理论上是一个军械士专管一架飞机，但由于人手短缺，他们一般是一个人照管两架飞机。

军械士和飞行员一样，都以"我的飞机"为荣，如果他的那架飞机没有回来，他简直受不了，他们都知道那一架飞机执行过多少次任务。

军械士们也和中队的其他人一样，住在帐篷里。每天清晨，有大卡车把他们送到停机坪，他们要在飞机起飞前的一个半小时内，把飞机上的炸弹安装好。

遇到要装上重磅炸弹时，他们会用起重吊车把炸弹装上飞机，对于轻磅炸弹，哪怕是 300 磅重的，仍是用人手装上去，遇到这种情况时，他们便自动组合成 4—5 个人的小组，大家合作，一架一架地装炸弹。

一天早上，我随着一队军械士到停机坪去，炸弹已经从弹药库里取了出来，此刻正一行行地摆在飞机的旁边。这天取用的炸弹全是爆破弹，长约 3 英尺，直径约 10 英寸，重 250 磅。

军械士们用脚推炸弹，把炸弹滚到飞机机身下面。每架飞机装六个这样的炸弹。机身弹仓的底门早已打开，两个人爬进机身底下，把头伸进弹仓内，然后直立起来。弹仓壁上有长达 18 英寸的夹紧螺栓，可以勾住炸弹上的两个吊挂铁环。这时这两个人便一头一尾地把炸弹捧起来，而第三个人则钻到炸弹下面，用肩膀把炸弹扛起来，然后这两个人就把炸弹定位并勾挂起来。

这种工作既辛苦又吃力，但作为军械士，他们顶住了，有时有人会滑倒，于是炸弹就会压在他身上，但严重的事故很少发生。

当炸弹在弹仓内安置好后，军械士再给每个炸弹装上引爆器信管，装弹工作才算完成。

对军械士们来说，装载炸弹并不是什么繁重的工作，即使是用肩膀去顶炸弹，那也只是几分钟的事情。军械士们最讨厌的，是当炸弹已经装载好了，忽然首长改变了主意，要换装另一种炸弹，于是只好卸下，取出引爆器，再装上另一种。

有时他们根据命令，已经装好了 500 磅的炸弹，忽然来了命令，说是要换装爆破弹，正在换着，忽然又有命令下来，说是再换为 250 磅的炸弹，于是他们只好不停地装上、卸下，再装上，再卸下，又再装上……

军械士们对我说，他们曾经有一天装了 12 次，而到最后一切就绪可以起飞时，又来了命令，说是任务取消，不起飞了……

军士长梅佐（Major），身高六尺六寸，他委实是太高了，所以虽然体重 222 磅，但仍然显得有点瘦长。他虽然体格魁伟，可是脾气很好，喜欢说话。当他开着车巡视工地时，他会对那些他看不顺眼的军械士举着拳头大声喊道："你这个笨蛋！"谁都知道他的脾气。

他入伍快六年了，是个出色的士兵。他 17 岁离开高中从军。他曾经到过巴拿马，当他三年的兵役期满时，他离开部队，但六天后他再次入伍，条件是要调他到加利福尼亚州。他原是美国东海岸一带的人，他很想到处跑跑，见见世界，他的这个愿望当然得到了满足。

我问他战后会不会仍然留在军队里，他说："不，部队虽然好，但我已经过够了这种生活，现在我在银行里已经有了 3 000 元的存款，所以战后我想去读大学，然后做生意。"

这时旁边一个大兵插嘴说："我敢打赌，你会死掉的。"

梅佐对万事都抱着一种超然物外的心态。即使对在战争中他扮演了什么角色也是这样。他说："我曾经想当个飞行员，可是块头太大了。到飞机上当个射击手——块头太大了。所以我只好当个军械士，OK，我很高兴，真他妈的！"

他愈说愈来劲了："这种工作简单得很，我每天只是辛苦一会儿，其余的时间就无所事事了，任何一个老百姓只要稍微训练一下都可以做的，这是一项普通的职业，只是远离美国而已。这里和去年冬天在突尼斯时不同了，那时我们吃的是英国的军用干粮，还差点冷死，何况每天还都有空袭。但现在一切都不同了，我们现在在这里生活得很好，比在美国国内住帐篷时的生活还要好。"

他的块头太大了，所以他从未上过飞机，他所管的那架飞机已经失踪好几个星期了，所以他一直只是帮帮其他人的忙，他睡在停机坪旁边的一个帐篷里，为的是可以随时上工。

他工作时头脑冷静，一天，他所管的那架飞机满载炸弹飞了回来，当他们卸下那些未爆炸的炸弹时，他发现其中一个的信管已经被拔动了，那天他们装上的信管有些是延时 45 秒才爆炸的，可是他不知道这个信管是在什么时候被拔动的，若是换了别人，这时都会拔腿就跑，有多快跑多快，有多远跑多远，这是人之常情，可是梅佐却静静地坐了下来，用手把那个信管拧松，拔掉，把它扔到一边——平安无事。

大个子梅佐喜欢旅行，看来他比其他人到过更多地方。他经常出差到新机场去，而不到几天，他就会和附近村中的人交上朋友。他的父母是奥地利人和南斯拉夫人，他会说四种南斯拉夫的土语。在巴拿马时，他学习了西班牙语。来到意大利后，他每天晚上学 20 个意大利语单词。他在意大利生活得很好，午间休息时，他多半会乘车外出，到处去逛，和意大利人谈天，有时则到一个认识的意大利人家里吃便饭。"这里我认识的人当中，穷的富的都有，他们都是些好人，但他们都他妈的感情太丰富了，他们往往会为了一些鸡毛蒜皮的事而吵得不可开交，其实他们都是些善良的人。"

梅佐其实并不像一般人那样急着回家，对于战事，他的态度是既来之，则安之。他当然也想回家，但他不想长住家乡，他最担心的是，有朝一日他或许会认识了一位女子，然后莫名其妙地和她结了婚，他才不想被她拴在家里呢！他只是想干完这份装卸炸弹的工作后，好自由自在地环游世界。

在此期间，我大部分时间都是和机炮手们混在一起，他们的军阶都是上士。每架飞机都有两名机炮手，位于飞机的后舱。上炮手位于机身上面的半圆形玻璃罩舱内，下炮手当飞机起飞时坐在舱板上，当飞机升空后，他便打开底舱门，把他的机枪伸出旋转孔外。

由于战斗任务的性质，以及在意大利的德国空军在力量对比上已居于劣势，所以这些炮手们在空中很少受到损伤，他们主要害怕德军的高射炮火。

和大队的其他人一样，他们也是住在尖顶的方形帐篷中，四五个人住在一起，他们有些帐篷里装饰得比军官们住的还要好，但一般都是平平常常的。

他们也和其他大兵一样，拿着饭盒排队打饭吃，他们也经常参加诸如打扫卫生之类的工作。不过他们的确是把他们住的帐篷收拾得整整齐齐的。

我发现，这些炮手们都是些高雅而真诚的青年。他们当中只有少部分热衷于空中战斗，而大部分人把这视为例行的日常公事，他们最关心的是他们的飞行任务次数，每出动一次，离家门口就又近了一步，他们只想早点完成任务好回家去。

一般而言，一个炮手每天只出动一次，但随着形势的需要，他们往往会上下午各出动一次，天天如是。有些人是12月份才到的，可是现在都已经差不多完成任务定额了，因为他们用了半年多的时间来力争早日完成任务。

在空军的战斗部队中，一般都是熟不拘礼的，所以我很少见到有人动辄举手行礼，其实这也没有什么。在空勤人员中，炮手是士兵，驾驶员是军官，可是他们都在同一架飞机上执行任务，彼此关系密切，所以就不讲究这些了。

炮手们最恨那些自吹自擂的人，不管他是自己的顶头上司还是炮手自己。我和他们混熟了，他们会告诉我，别人说他已出动多少次了，而他其实只有几次，等等。如果有哪个炮手自吹自擂，他们会提出指责的。

来自俄亥俄州的炮手彼查尔（Petchal）军士有天对我说，他们想在晚饭后请我到他们那里去，看看能不能在就寝前弄顿夜宵给我吃。他说，他们惯于在休假时自己煮点东西吃吃。

于是我在晚上八点钟时到彼查尔那里去了。他说："我们怕你不来，所以土豆还没有下锅。"

土豆早就削好皮了，彼查尔切了些土豆片，放到汽油炉上的小锅内，当土豆片煮到变成黄色时，他问我吃过鸡蛋加土豆片的大杂烩没有？他说这种吃法，是他母亲教给他的。于是他打了几个鸡蛋到锅里去，和土豆片拌在一起，然后起锅，舀到饭盒里吃，味道好极了。

我后来才知道，当时鸡蛋是 20 美分一个。

有七名炮手参加了这次盛宴。我们一边吃一边东拉西扯地谈天。最后，我想记下他们的名字，可是，我发现，除了一个例外，其余的人至少有一次惊人的经历。

史维格（Sweigart）军士是个相貌温和的人，小个子，所以有人叫他"娃娃"。他有次被高射炮火击伤，在医院住了两个月。另一次，他那架飞机被严重击伤，迫降时飞机一断为二，并且着了火，幸好机员们都获救。他们给我看了这架毁坏了的飞机的照片。

唐古马（Tanguma）军士刚才接到回国的命令，他高兴得不得了。他有西班牙人的血统，能说一口流利的西班牙语。因此，他在意大利觉得很自在。他的经历听了令人毛骨悚然，虽然后来平安无事。他们那架飞机的驾驶员被打死了，于是飞机直往下冲，唐古马又爬不进驾驶员的座舱里去，于是他和另外那位炮手唯一能做的是跳伞逃生，他们成功地跳出飞机了。

唐古马四脚朝天地落在一棵大树上，被意大利人从树上解救了下来，于是他把降落伞送给那些意大利人，45分钟后，他在一间意大利人的农庄里大吃煎鸡蛋，一位意大利人自告奋勇领他回到美军基地，那些救了他一命的意大利人不要他的分文报酬，另外的那位炮手则平安着陆。

另一位炮手拉姆舒尔（Ramseur）军士，曾经是我的好友，俯冲轰炸机队布兰德（Bland）少校座机的炮手。布兰德说："拉姆舒尔是个一流的炮手。"当我见到拉姆舒尔时，他显得有些忸怩不安，原来那天他的顶头上司军士长严肃地批评了他。原因是他本来留着半寸长的络腮大胡子，那天他刮胡子时，没有全部刮去，却留下了唇上的八字胡和下颏的山羊胡。他是美国南部各州常见的那种山地人，沉静有礼，虽未受过高深的教育，但却显得性格温雅。他想能快些回美国去，虽然调令并未下达。

拉姆舒尔从军后，曾经自学雕刻术，并且小有成就，就凭一把小刀，他能雕刻出各种徽章，他的饭盒盖上刻着他的名字和飞机标志。他有一本照相簿，封面是用一架德国飞机的铝片做成的，上面也刻满了名字和地点。在他的头盔上，刻满了小炸弹，每个炸弹代表了一次出击。所以这头盔成了他的纪念品。拉姆舒尔希望凭着这手雕刻术，在战后当个雕刻师。

弗莱明(Fleming)和史蒂夫(Steve)这两位军士在同一架飞机上当机炮手,在一次出击中,他们那架战机上的驾驶员获得了一枚优异飞行奖章,那位机师就是吉卜逊(Gibson)中尉,他有一个绰号"Hoot"(可笑的人),可是出于莫名其妙的原因,"Hoot"变成了"Hooch"(酒鬼),他已完成任务回国休假去了,可就在他离开前我认识了他。他是一个人见人喜的老好人,但也是一个怪人。他一本正经地告诉我,他其实是世界上最糟糕的战斗机机师,他说他差不多有半数的作战飞行都是慌慌张张的,差点被打死,又魂不附体地逃回来了。

有一次作战回来,他的飞机已遍体鳞伤,但居然成功地迫降着陆。这次他不但拯救了本机的全体机员,而且还成功地避开了这时正对着他冲过来的另一架飞机,那架飞机已受伤,在跑道的另一头先行强迫着陆,吉卜逊让过了他,从而挽救了那架飞机,为此,他得到了一枚优异飞行奖章。

最后,轮到主人家彼查尔军士发言了,当他端着盒子出去倒水时,人们告诉我,彼查尔的经历是最最惊险的。

去年夏天,彼查尔作为一名俯冲轰炸机上的枪炮手,随着机队从美国飞来,他们先飞到中部非洲,然后向北朝北非战区飞来。可是不知怎的,他所在的那架飞机脱离了编队,汽油用完,只好降落在撒哈拉沙漠上。撒哈拉沙漠的沙丘每个足有两层楼那么高,飞机冲过了四座沙丘的顶部,然后在第五座沙丘前停住了。他们三个人全都受了伤,他们爬了出来,用机翼下的救生筏做了个遮蔽物,然后尽力把伤口包扎好。

他们在那里过了三天三夜。第三天,彼查尔走了 8 英里远的路,出去侦察了一番。他看到远处有树和骆驼,这显然是海市蜃楼。

第四天,他们决定出走了。他们用汽油把飞机烧了,这当然是很伤心的。他们只有五加仑的水,伤口痛得很厉害,晚上则几乎冻僵了。彼查尔胃病发作了,其余两人则处于半神经错乱状态,争吵得很厉害,有一天,他们看到远处有三架飞机飞过,可是太远了,毫无作用。

最后他们终于找到一条大道,并且在同一天就遇到了一个骆驼商队,阿拉伯人拿东西给他们吃,并且带着他们一同走。他们也曾经尝试着骑骆驼,可是骑上去又觉得太难受了,所以最后他们觉得还是走路为好。

到第十天的晚上,他们的苦难才终于到了尽头。法国沙漠哨所的士兵跑来接待了他们。他们跟着这个商队已足足走了100英里。后来在医院里住了几个月,此后又几经艰辛曲折,他们才终于回到了本单位。现在他出击已超过60次,有条件回国休假了。

彼查尔曾经被高射炮火击伤过,不过我们谁都没有提到这点。

唯一没有经历过"惊险"的只有麦克唐纳(Mc Donnell)军士了。他是一位英俊、友善、好客的人,过圣诞节时,他家乡的亲戚朋友给他寄来了一大罐好酒,酒装在一只大咖啡罐里,看起来像是罐咖啡,其实里面是酒。他计划当他飞完最后一次任务时才饮它。现在他想拿出来和我共饮,我谢绝了。

麦克唐纳已经飞完了额定任务的80%,可是连德国飞机是怎样的他都未见过。并且,自始至今,他所在的那架飞机仅只是被高射炮弹片轻轻地擦过一下。"太妙了,"他说,"但愿永远如此。"我也是这么说。

在我所到过的众多单位中,这个空军大队恐怕是养狗最多的了。一般的步兵单位,囿于条件关系,要想养狗是很不容易的。可是空军单位就不同了,他们在一个基地一待往往就是几个月,过着正常的生活。有位大兵告诉我,几个月前医疗处已来过通知,说是不准养狗,基地内的狗一律都要枪杀,可是不知为什么,这命令并未执行。他说："我倒是很想看看医疗处的人怎样来打死这些狗，特别是克里斯比上校养的那只狗。"

克里斯比（Clizbe）上校养着一只墨黑的名叫"大虎"的纽芬兰猎狗。克里斯比上校在英国时就收养了它。它当时小得可以藏在上校的衬衣里面，可是现在长得有如德国的牧羊狗那么大了。"大虎"又聪明又好看，可是它浑身漆黑，弄得上校想替他照张相都没有办法。它是在北非突尼斯那些寸草不生、风沙遍野的机场上长大的，从来没有见过树木。

人和狗之间是有情感交流的，当上校执行任务飞回来时，狗会显得特别狂躁。

上校用木箱给大虎做了一间狗舍，就放在上校住的那间帐篷里，任何时候，不管是白天还是黑夜，只要上校说一句"睡觉去"，大虎就只有乖乖地虽然是不情愿地回到它的狗舍里躺下来。早上，当上校起床时，大虎会在狗舍里等待十多秒钟，然后溜出来爬进上校的睡袋里去。如果是一只小狗，那当然是很有趣的，可是现在它是一只壮硕的大狗，那就一点都不有趣了。

与一般的狗不同的是，大虎是很喜欢洗脸的，上校洗完自己的脸后，便替大虎洗脸。

当看到很多大兵都有狗可玩时，我微微感到有点嫉妒，在这种命中注定的异乡生涯中，这是唯一的"平民化"生活了。

科克兰（Cochrane）少校是大队的执行官，他本身不是个飞行员，可是他承担了大队长（通常是一位飞行员）大部分的繁琐工作。

科克兰可说是一心奉公的典范。他已经55岁了，当祖父了，他参加过上一次大战，后转为预备役，他出国已三年了，在这以前，他是个富有的牧场主，在旧金山的北郊，他有300公顷的土地，地点离杰克·伦敦那著名的牧场"月亮谷"不远。那里，每年出产75

头肉牛。他有一个美好的家庭,养有一群好马,过着一种理想的生活。可是,现在他离开旧金山已有八年了,他说:"如果想要重温旧梦,只有回到牧场去。"

科克兰沉静有礼,官兵们一致尊敬他而且都喜欢他。可能是当兵当久了,因此他连见到我时也习惯性地喊我"长官",虽然我是个老百姓,而且年纪比他轻。

又调来了一批新的飞行员,都是些技术过硬的人,其中一位是勒罗(Leroy)中尉,是个脾气很好、淡黄色头发的年轻人。

他的生活是充满离奇故事的。有一天他出动了两次。早上和下午各一次。当早上的那一次他飞回来时,他飞机上的一个轮子怎么也放不下来,他在机场上足足盘旋了一个小时,最后来了个"失速下坠",才总算把那个轮子甩了出来。

当他下午正准备起飞时,有位少校坐着吉普车赶了来,跳下车就朝他大喊:"喂,等一下,有位姑娘要和你吻别呢。"

他从来没有见过这位姑娘,而这是一位实实在在年轻漂亮的美国姑娘,于是他跳下飞机,抱着姑娘狠狠地吻,然后才爬回飞机去。当他回来后,逢人就说他的这次艳遇,他说他在飞机上兴奋得连飞行帽都除下了。这也难怪,这位美女就是好莱坞的明星路易斯·奥尔布烈顿(Louise Allbritton),她是和珍·克拉德(June Clyde)一起来劳军的,两位都是大美人。

一天,当我正在一架 A-20 攻击机前闲逛时,一位地勤组长走了过来,从口袋里掏出一叠剪报,那是我的一位朋友,美联社记者哈尔·波勒(Hal Boyle)一年多前写的一篇关于他的那架飞机的报道。

波勒报道说,这架飞机是全大队受伤最重的一架,当塞德(Sutter)机长在一年半以前从英国调来这里时,就已经是飞这架飞机的了。当时机身已有 100 多个弹孔。他为这个记录而感到骄傲，而且一直保持着高纪录。现在已增加到 300 多个弹孔了。可是塞德和他的那个机组人员硬是挺过来了，继续飞着这架飞机，而令人奇怪的是，全机组只有一个人受过伤，而且只是一点轻伤。

机组人员现在都有"防弹背心"了。这种防弹背心是用厚帆布制成的，上面蒙有一层细钢丝，样子有点像船用救生衣，重约 25 磅。

事实证明，这种防弹背心已经多次使机上人员免受高射炮火的杀伤了。最有趣的一个事例是：一位枪炮手由于嫌这防弹背心太笨重而把它脱了下来，随手放在他的脚下，说时迟那时快，一块高射炮弹破片飞来，穿过机舱底，打进了防弹背心内，要是他不除下防弹背心的话，他的脚肯定会受重伤。

和 A - 20 攻击机的炮手们接触得多了，他们逐渐把他们在空战中的感受告诉我了。

他们中有些人快要飞完任务定额了，可是他们说，如果需要的话，他们乐意再多飞一次。在任何一个飞行大队中，都有许多人愿意超期服役，如果情况需要的话。不过一般人当然不会对此表示热心。但在这个大队就有这样的热心人士，他就是炮手贝克尔（Baker）军士，他年仅 21 岁，在这个大队中，他的飞行任务次数比任何人（不论官兵）都得多，他说他的目标是要飞够 100 次。

在这个大队中，很多人早已完成定额任务，可是他们还是在飞，因此往往出事。军医们开始研究空勤人员到了什么时候就会出现"紧张"这种现象。

他们中有些人的精神状态是难以查明的。我的一个当驾驶员的朋友告诉我，有一次他在执行任务时，周围都有高射炮弹在爆炸，他一点也不感觉到危险，反而只是担心万一座舱罩玻璃破了，外面气温在零度下的冷空气会跑进座舱里来，他可受不了。

另一位驾驶员的感受更为有趣，他说，他对周围爆炸的高射炮弹一点都不介意，因为当你能够看到它们爆炸时，危险早已过去，你根本平安无事，能看见就证明你没有被击中。

一位有着良好记录的炮手告诉我，他不但愈来愈害怕去打仗，而且简直连飞机都不敢上了。他说每当早上发电机一发动，飞机开始咔咔响时，他就要做梦，而且总是梦到受到攻击，一颗子弹射穿机身，打进了他的喉咙……

另一位炮手告诉我，他干不下去了，他已经完成了他的定额任务，而且没有人怀疑他的勇气，他要求改行做地勤工作。

我建议他向上级报告。不久，他的上级告诉我，那炮手正在"发神经"，不要去理他。等他神经病发完了，那时再说他不配在空中工作，要调他到地面上去，看他的自尊心怎么样？其实这些都是他们内心的真实感受，但他们很少表露出来，他们很少会坐在一起说二话。

他们的言行举止，和一般人在平时所表现的完全一样，他们平时互相开开玩笑，写信，听收音机，往家里寄礼物，喝喝意大利的红葡萄酒，总之，和一般人毫无二致。

因而，只有一个人得了"那种"病——残酷的战斗经历使他的心理承受不了时，他就会一个人呆呆地坐着，一言不发。

彼查尔并不认识爱弗索尔（Eversale），当我离开大队的那个早上，彼查尔向我谈到了他们这些人的心理状态，而在前线时他也是这样说的，他说："既然干了这一行，就要干下去，我们是被选拔来干这一行的，所以我们要尽力干好。"

拉姆舒尔军士也说："我不想再飞了，但如果有命令要我飞，我一定会去飞，就是这样，你有什么办法？"

18 坦克登陆艇

在西西里，一个新闻记者如果想要去安齐奥（Angio），他只需驱车到码头，找到军方的值班军官，对他说一声，他便会说："好的，就搭这条船吧！"在战时，一切都简单明了。码头上泊满了船，陆上部队的给养和调动，都靠这些运输船。我登上了一艘坦克登陆艇，这种船在国内广为传扬，因为那是水陆两栖的。

这是我第二次坐这种船了。第一次是在去年的六月份，在北非突尼斯的比塞大，就在我们登陆西西里的前几天，那时我本来住在一艘战舰上，可是那天我乘上了一艘登陆艇，花了半个小时，在港口巡游了一番，看看各式各样的登陆用的船艇究竟是怎么样的。自此之后，我也就再没有乘过这种艇了。

当我登上这艘登陆艇出发去安齐奥时，我简直难以相信，这竟然是我上次乘搭过的那一艘，甚至连艇长也是原来的那位——卡洛（Kahro）中尉，他已37岁了，曾在两所大学得到过学士学位。战前他和他父亲合伙开了间律师行，珍珠港事变后，他加入了海军，现在他的薪金总额比他当律师时少了几倍。

刚好就在他入伍一周年的那天，卡洛中尉和一名跟他一样的新手驾驶着一艘崭新的登陆艇，从美国直航非洲，在船上的60名水手中，只有两人曾经出过海。

就在我搭这船去安齐奥的前一天，他们刚好庆祝了这船的周岁生日，船上所有的人都吃了一顿火鸡大餐。在这一年中，他们曾经横渡大西洋，登陆西西里时，又为三处滩头阵地运送过兵员物资。那时，这艘登陆艇在非洲西西里和安齐奥滩头阵地之间，不避艰险地来回跑了 23 趟之多。

他们曾经差点被轰沉，奇迹般地多次逃出险地，可谓九死一生。但船始终未受过严重的损毁，大部分原先的水手仍然存活着，他们虽然是海上新手，但决心要成为一名老海员。

一长列的大兵沿着码头登上运输船，他们是调去支援安齐奥前线的。看他们的脸色，就可以知道他们那些人是刚从美国来的，他们每个人都带有一个我们从未见过的新型大背包，背包看来很沉，但每个人都背得动。

他们中有个人大叫道："见鬼！自从离开美国以后，我还没有拿过这么多的衣服呢，天知道他们是怎么收集来的。"

有些意大利的小孩子跟着队伍走，帮大兵们背起那些大背包，有些大兵赶开这些小孩，但也有些大兵很乐意接受这些小孩的好意。

就在我上船后不久，快要启航时，忽然接到了风暴警告，说是从地中海方向将会吹来一股强风，所以我们只好延期 24 小时。

船上有些水手乘机上岸去玩，问我去不去？笑话！我在岸上好几个月了，我还上岸去干什么？我没有去，在船上无所事事地过了一天。

我们船停靠在那不勒斯附近一个小港口的码头上，码头上挤满了吵吵嚷嚷的意大利人，起码有 200 人，他们抢着争夺水手或大兵们从船上抛下去的诸如饼干、巧克力以及诸如此类的小东西，有些"接球技术"好的往往能接到他想要的东西。在这人群中有很多是小孩，男女都有，衣衫褴褛，但都很温顺。

每当有饼干抛下去时，他们便一窝蜂地冲上来抢夺，好像足球运动员冲刺似的。时不时有些年纪小的被挤倒了，于是哭喊之声大作，但大多数都是欢乐地笑着，有时还带点羞怯的样子。每争夺一次后，便退回去，然后等待下一包。

所有的意大利小孩都知道把美国大兵叫"乔"（Joe）准没有错，所以码头便好像挤满了叽叽喳喳的小鸡一般，都在叫着"乔"，他们扯开了喉咙大叫，一边挥着手，以图引起大兵们的注意。

但是大兵们最感兴趣的是一个大约八岁大的男孩，他满头黑发，很温顺地站在一旁，他可能是这群孩子中唯一衣着较为整齐的一个，因为他浑身上下穿的全是军用品：他上身穿着一件蓝色条纹的海军圆领衫，下穿一条有史以来我所见过的最大号的英军在热带地方穿的军短裤，这条短裤一直盖过了他的膝头，他双脚穿着灰色的军用袜子，那袜子却成堆地堆盖在短筒军靴的靴帮上，那是一双全新的、最大号的美军军靴。他嘻嘻地笑着，露出一口白牙齿。

这小家伙最大的本事就是用双手来"走路"，他不停地在泥泞的石子马路上表演：双脚朝天，用手走路。大兵们简直被他迷住了，每表演完一次，他便得到一大堆饼干。我后来才发觉，他用双手走路倒还容易些，因为他穿上那双奇大无比的军靴后，根本无法移步。

一些穿着红色运动服的意大利少女也跑来站在人群的后面看热闹，站在扶手栏杆旁的水手们和大兵们，很快地就都注意到了她们，于是向她们打招呼，最后，这些少女都羞答答地走上前来，表示愿意接受大兵抛给她们的东西，于是一包包的饼干便雨点般地抛向她们。

很多大兵都觉得这些衣衫褴褛的意大利小孩很可怜，可是很快地大兵们就觉得有点不对头了，因为虽然的确有些意大利小孩是在饥馑中，可是其余的那些简直像是一伙小流氓。

人群中有些老太婆，真是惨不忍睹，她们大约有二十多个，也挤在人群中想拾些东西，可是怎么都抢不到，最后都垂头丧气地走开了，她们都衣服破烂，又老又脏，而她们才是真正饥饿的一群。

有一个穿着黑色破烂衣衫的老太婆，拿着一个旧购物袋，远远地站在人群后面，徒劳地想得到些东西，最后被一位水手发现了，他开始时是一块块饼干地抛给她，后来干脆整盒地抛过去，他抛得准，她也接得准，可是她才接到手，一大群人便扑到她的身上，大人小孩都有，不过一瞬间，一盒饼干便被抢得精光。

这个可怜的老太婆当然不会放手，好像那是她宝贵的生命一般，但是当最后一块饼干都被抢走时，她就像一个被欺负的小孩子一样，仰天大哭起来，手里仍然拿着那个空盒子。

这的确是令人感到难过的场景：一群大人和小孩互相打架，只是为了几块饼干，但现实就是这样，为了生存的需要。所以当我们得知晚上就可以开船时，我们都松了一口气。

登陆艇上的水手，其精神面貌已和其他出国的大兵们一样无任何区别。他们相互之间主要的话题就是"思乡"：什么时候可以回家。

他们都经历过战斗的洗礼，都是老兵了。他们曾在西西里、萨里诺、安齐奥等滩头阵地上奋战过。他们只消听见炮声，便能判断出这是一门什么炮。他们虽然驾着船在枪林弹雨中把军火和给养物资等运送上岸，但他们的生活毕竟比步兵们好多了。他们吃得好、住得好，还可以洗热水澡，读新来的杂志，有糖果吃，有热饭食，而且不会挨冻。

从外表上来看，一艘登陆艇其实平凡之至，它绝不是一艘大船——并不比一般货船大——外形也很普通，一点也不"辉煌夺目"，而且还走得慢，但无论如何，它是一艘"好船"，而船上的水手也以此为傲。

水手们都睡在折叠式的卧铺上，军官们则睡在小舱房中，两人一间。在其他的大船上，也是这样。机器舱、水手舱、船桥等，通通都在船的后部，而船的其余部分，就像一个没有支柱的长方形大货舱那样。

船头的两扇大挂门打开后，跟着便放下一块大铁板，以便车辆、坦克等开进去，这种登陆艇可以驶近海滩浅水处来装卸。

因为是平底船，所以即使是在风平浪静的时候，它也老是摇晃不已。水手们都说，就算进了干船坞，这登陆艇还是要摇晃的。船的确摇晃得厉害，平均每六秒便摇晃一下。水手们说，真正有风浪时，他们站在船桥上，会觉得船头就像一只大海兽那样在左右摆头。这可不是水手们看花了眼，而是这种船在这种情况下必然会产生的一种现象。水手们还说，当这种船驶过一道浅滩时，船就像一条毛毛虫那样，一寸一寸慢慢爬过去。

我乘搭的这艘登陆艇满载着各种军用物资，但主要是已装上信管的炮弹，这是最最危险的一种军火。除此之外，船上还载有印度兵。水手们发现，这些印度人不但"有趣"，而且对人友好，同时又像小孩般好奇。美国人都很喜欢他们。事实上，我们美国人对任何人都是很友善的，哪怕是认识不久的人。

这些印度兵一切都依照他们的教规行事，他们自己带有食物，由他们自己派专人煮食，他们用面粉制成一种煎饼，里面包裹着一些像是象鼻虫那样的虫子。所有这些都是"圣物"，如果有哪一个好心肠的美国厨师想去帮忙，接触了那些东西，那可糟了，所有的东西连煎锅带煎饼都会给抛到海里去。他们连上厕所都有一套宗教仪式,他们带有专用的马桶盖,那是由专人念过咒的,如果你要他们使用一个未经专人念过咒的厕所,那你就等于是个杀人凶手。

卡洛中尉告诉我,有次印度兵送上岸后,就发生一起意外事故:一个印度兵病倒了,这个印度兵当时是唯一尚未上岸的人,这个倒霉鬼使用了一个未经他们专人念过咒的厕所,结果得了痢疾,因此只好把他送回非洲去。

"这究竟是怎么回事?"我奇怪了。

"我没有问,"卡洛中尉说,"我也不想知道。对我来说,这真是这次大战最惊人的一次事故。"

当我们这艘船驶离码头时,天已经黑了。我们船向海大约行驶了一海里左右,便抛锚停船了两个小时,等其他一些船装载好后赶上我们。

这里是德国潜艇的出没之地。有一段时间,滩头对开的海面还是个危险地区,那里经常受到空袭和陆上的炮击,有些船甚至受到过陆海空齐来的联合攻击。但我们的给养仍是源源不断地送上滩头,虽然有时也要排整天的队等待入港。

有天晚上,德国轰炸机炸中了我们的一所汽油库,烧毁了约5 000加仑的汽油,当时有位军官就说:"现在在美国国内,汽油是配给的,5 000加仑可是个大损失,但在这里,这简直是九牛一毛,不值一提。"

我们这个运输船队有美国、英国和希腊的船。当我们这艘船出海前尚在码头停泊时,我们船的一边是一艘英国的登陆艇,而另一边则是希腊的。

当我们终于启航时,我走到船桥顶上去看看一支运输船队在晚上是如何集合出航的。登陆艇的船桥是装甲密封的,只有一些装有厚层防弹玻璃的窥视孔可以看到外界。由于视域太狭窄,值班军官只好提着个喇叭式扩音筒跑到那船桥顶上去下达各种命令。

月亮被云层遮盖住了，夜色昏暗，我只能看到远方一些陆地的轮廓，此外什么都看不见。

"你使用过夜视望远镜吗?"船长对我说。"看看怎么样?"

我举镜一望，出现的景象令我大吃一惊：这种夜视望远镜好像把夜间的光亮度一下子提高了几倍，在镜中，我看到了成行成列的船，而这用肉眼我是根本看不见的。

就在我们前面远处的海面上，时不时有炮火的闪光，我问他们这究竟是怎么回事，可是谁也说不清，因为看样子那里是不应该会发生海战的，可是那里现在却明明有炮火的闪光。

"海上就老是有这样的事发生，"卡洛中尉说，"老是碰到一些神秘而又无法解释的事物，你不要管它就是了，更不要问为什么。"

海风吹起来了，气温下降，我跑下舱睡觉去了。一夜平安无事，只是船摇晃得厉害，船舱里有些东西掉下来，碎了。外面货舱里好些装甲牵引车固定索断了，正在冲来冲去，轮子在铁甲板上刮得吱嘎怪响，而那些新水手还在呼呼大睡呢。

黎明前，甲板值班官派人来喊醒了我，我睡眼惺忪地走到船桥顶去。安齐奥和奈特诺(Nettuno)出现在我们的右边远处，我们时不时看见岸上有金黄色的炮火闪光。

天空呈灰白色，云层密布，下起大雨来了，这意味着我们的滩头作战部队今天又没有空中掩护了，不过德军也同样没了空中掩护，但我们的运输船队却因此可以免受德军的空袭而安全卸货了，所以我们都觉得很欣慰。

船队顺利地到了安齐奥的外港，平安无事。我在甲板上闲逛着，一边眺望着陆上的景色，突然一发炮弹在不到100米开外的水面上爆炸了，距离那么近，我们竟是先看见爆炸随后才听见爆炸声的。船长马上把我们赶开,此后大约每隔 10 分钟便打来一炮,不过不像第一炮那么近,我们都戴上了钢盔。

最后终于发出讯号,我们可以进港了。卡洛中尉站在甲板的小平台上,操纵本船进入泊位。我站在他背后看着。早晨的天气异常阴冷,可是他只穿着一件短而薄的军外套,一条薄薄的卡其布袜和一双网球鞋,他冷得直打颤。

炮弹依然在空中飞鸣着,有些落在我们前面,有些落在后面,有一发就打中了我们前面的防波堤,而另一发则嘶鸣着越过我们的头顶,击中了我们后面的防波堤。每当炮弹嘶鸣着飞来时,我们都不由自主地缩了缩头,弯下身子,卡洛中尉笑了起来,说:"在这次航行中,我们做够体操了。"

当船驶进泊位时,我们全都静了下来,紧张地注视着,卡洛中尉要把船驶进那仅有本船那么大的一个空间里去,可是卡洛中尉顺顺当当地把船靠岸泊上了,刚好停靠在指定的位置上。对于一个原本是从事与海洋无关的职业的人来说,现在竟然高超地掌握了这门新技术,我只能赞叹不已。

他就站在那里,远离家乡,在炮火纷飞中把船驶进一个被炸得支离破碎的港口,他专心而且满怀信心地工作着。一个人只要肯干就可以干出非凡的事迹来。

19　后勤供应

　　在安齐奥的滩头战中，真正唱主角的恐怕还得数我们的后勤支援系统。在地中海战役中，他们对第五军的支援供应是功不可没的。

　　我们的后勤工作无可否认地干得棒极了。我们所夺取的这个港口，塞满了沉船，而市区则简直是一片废墟，因此我们要在港里清理沉船，在市区里清理瓦砾，以利船只和车辆通行。我们的运输船只驶过滩头阵地附近的水域时，经常是不分白天黑夜随时随地会受到陆上德军的炮轰和德机的空袭。除此之外，德军的鱼雷快艇和驱逐舰也经常对运输船队进行偷袭，所以我们的军舰不得不随时注意着他们。

　　因此，我们的运输船只不得不采用各种方式来卸货，有些在港口码头，有些在附近的滩头上，而有些运输船则只有停在外海，把物资卸到较小的船上，然后运到码头或者滩头上卸货。

　　在安齐奥港口外围这一大片海域，直到海天线处，挤满了开来开去大大小小的各种船只。就像繁忙的纽约港一样。在远处，布满了巡洋舰和大型战舰，而在舰队附近，则往往停有一艘医疗船以收容伤病员。到了黄昏，一批快船到处施放烟幕，使整个港口及船队上空形成一层烟雾。

晚上德机来空袭了,岸上的高射炮乒乒乓乓地打了起来,德机则在船队上空来回盘旋。有时德机会投下照明弹,于是整个地区会变得比白天还要明亮,明亮到足以使下面的每一个人似乎都觉得德国佬正在居高临下地注视着他呢。

当满月时,金色的月光洒满了海面,海面是如此宁静,令人难以相信这里竟然充满了死亡。在没有月亮的晚上,黑暗中伸手不见五指,我们只能摸索着前进,即使是有我们的舰炮喷出来的火光,也帮不了我们的忙。

德军的炮击和空袭是很凌厉的,可是有时却又一连几个小时一炮不发,不过这种袭击是随时都会发生的。我经常站在窗前,支手托着下巴,静静地观赏着在我面前所发生的陆海空大战。

安齐奥附近的所有道路都严重地发生了交通阻塞,车队望不到头。一天,我站在路边,才只一会儿,就发现在我面前所经过的十二辆车中,没有一辆是同类型的:有坦克,有巨型的履带式修理车,经过时路面都在颤抖;有一辆是某一位准将乘坐的吉普车,挡风玻璃有一颗白星;有水陆两用车;有高轮子的英军货车;有前轮驱动的美军炮车,长长的炮管指向后方,然后是一辆指挥车,一辆四轮炮车,车上粗短的炮身用帆布蒙盖着,一辆救护车、一辆通讯车、一辆弹药车、一门自行推进炮,最后是一辆水陆两用车,此后又是同样的车队在通过。

到处都在活动着:大兵们锯倒道旁的大树,放倒路边的水泥电杆,这样便将道路加宽了。工程车正在把一车车的碎砖瓦运去修复道路。在所有的路口和转弯处,都有宪兵在疏导交通。在这里,容不得有半点的延误,因为只要稍微停顿一下,就会立即招来一阵炮轰。

由水路运来的物资,都堆积在码头上,就像一个小岛一般。军火和给养如果不是源源不绝地运来的话,这个基地就会不复存在。德军所有的炮击和空袭,目的只有一个,就是要切断我们的补给线。德军当然也破坏了一些我们的交通线,但关系不大,大量物资仍是源源不绝运来,各类物资堆得到处都是,我们差不多连住的地方也没有了。

各行各业各种单位都来支援这条供应线,这其中有海军、商船队、工程兵、运输部门。英军也参加了这项工作,希腊和波兰的货船也参加了运输。

美国陆军工程队管理着滩头上的一切设施,安齐奥城内已经破坏不堪。在港口外面,到处都是沉船,而随着德军不断的炮击和空袭,沉船也愈来愈多。我们都把安齐奥戏称为"今日的比塞大",因为当年的比塞大港就是充满了沉船的,可是我们的大兵们和水手们仍然在安齐奥奋战着。安齐奥城里任何一个人都有讲不完的惊险经历,如果你想听听有关空袭的故事,那么安齐奥人准是讲得最精彩的。城里每天都有伤亡,可是人们照常干下去。

美国人那种压抑不住的幽默性格在安齐奥也尽情地发挥了出来。在码头上,一辆大垃圾车每天都把码头上的垃圾运去倒掉,这辆车被大兵们油漆雪白,在车厢两侧工整地写上了"安齐奥卫生部"这几个蓝色的字,任何人只要见过那些乱七八糟的沉船,就会对"卫生部"这个词发出会心的微笑。

在我们所拥有的各种运输工具中,最有用的恐怕就是水陆两用车了,它们从大船上直接装上物资,然后一直开到海滩上来,再装上卡车运走,没有这些水陆两用车,登陆行动不可能这么顺利。

在某一个运输连里,所有的水陆两用车都给起了名字,大兵们用模板把名字用白漆刷在车的两侧,每个名字都是用"A"开头的。这些车有的叫"Avalon",有的叫"Ark Royal"(皇家方舟),有些刻薄些的则叫"Atabrine"(抗虐剂),有的甚至称之为"Assinine"(笨驴),但故意多拼写一个"s"。

这种水陆两用车(船)——每船只有一名水手,即驾驶员——日夜不停地往返于运输船和海滩之间,因为这些大型运输船都只能停泊在距岸 1—2 海里处。数以百计的这种船组成了一来一回的两条黑线,这使我想起了工作中的蚂蚁。

我跟着施耐德(Schnerder)出海跑了一回,他只有 22 岁,可是从面容来看,他很显老,甚至说他有 40 岁也不为过。他那黑黑的小胡子上沾满了灰尘,戴着一副绿色的太阳镜,他的门牙全掉了,这使他笑起来时显得有点孩子气,又有点像古时的人。他的门牙是在一次车祸中丢掉的,那时他还在美国,而此后他每到一个地方,停留时间之短都使他无法装上一副假牙。我问他吃东西时有麻烦吗?他说不,他已经习惯了,因为除了军用干粮外,他没有吃过其他东西。

当我们驶离海滩,直向船驶回去时,我介绍了我自己,他说:"噢,原来是你呀! 我刚刚读完了你写的一本书呢!"从这时起,在我的心目中,施耐德应是美军中水陆两用船的王牌驾驶员,是一个绝顶聪明和思维敏锐的人,即使没了门牙。

有一次在海上,施耐德开动舱底水泵排水,马达声大得不得了,连讲话都听不见,这时施耐德喊道:"你来驾驶怎么样?"

"当然好啦。"我说。于是我们换了个位置。驾驶一艘水陆两用船的确是十分有趣的,我稍一转舵,15 秒钟后船就开始转弯了。由于海面有浪,我把船稍稍顶浪前进,驾驶着这么一艘破旧生锈的两栖船,跑到安齐奥港外那炮火纷飞的海面上,把宝贵的物资运载到那洁白的海滩上,我感到既伟大又自豪。在这次航程中,我们运载的是装满 20 mm 口径炮弹的铁箱子。

装卸工作有时会在晚上停下来,可是水陆两用船是从来不会停的。每艘两用船的驾驶员每天工作12小时,他唯一的休息时间是当岸上的物资已堆满需迁移清场时,这段时间他才能休息一下。

施耐德说,他倒是不怕炮击,而是怕晚上被那些又大又快的船撞沉,他们已经撞沉了好几艘两用船。海上浪大,船小就上下颠簸得厉害,当小船停在大船边上装载货物时,小船往往会猛然撞到大船上,有时甚至连在装吊中的货物也会打到小船上的人。

两用船上的轮胎用不久就会坏。为了便于爬上沙滩,这些轮胎往往是充气不足但很柔软,所以上岸后很快就坏了。此外,海水盐分重,刹车很快就坏了,所以因为刹车失灵以致把船弄坏是经常发生的事。但总的来说,两用船和吉普车一样,是一种十分方便而又实用的交通工具。

施耐德已经坏了两条船,现在在开着第三艘。他有几次差点被炮火击中,但都幸免于难。一个人如果长时间在炮火中生活,而又丝毫无损的话,他就会不期而然地产生一种"平安无事"的必然感觉。所以他一点也不在乎可能会怎样……

施耐德高中毕业后,先是参加了国民警卫队,然后才正式入伍的。他的妻子在西雅图的一所国防工厂里工作。他曾参加过西西里、沙连诺和安齐奥的战斗。他认为,驾驶一艘两用船也没有什么不好的。对于一个喜欢读书的人来说,这就是他的人生哲学了。

图西诺(Tousineau)中尉是安齐奥港新成立的"商会"的公关主任,每当有船抛锚泊岸后,他便立即登船,介绍城里的情况,并带领船上的有关人员到城里去走走。

他检查进港每一艘船载来的货物,并检查每天卸货的进度,他整天坐着一艘小快艇在港里来来去去,爬着绳梯上船,干完事后又双手攀着绳滑下小艇。而这时他下面的那艘小艇正在水面上乱蹦乱跳,稍有不慎就会碰伤他。"我买了一万元保险的。"他笑着说。

德军不停地在炮轰安齐奥港，可他仍是整天不停地跑来跑去，根本不管不顾，换了我，给我一百万元我也不干，可他干得挺起劲。

有一天我跟着他出海，看看是怎样卸货的。随同一齐去的还有可乐(Coyle)中尉，他是去见习的。港里港外停满了运输船，一个人去检查怎样也忙不过来，所以他们两人想分分工，分开干。我很想体会一下，坐在一艘装满爆炸物的船上，而周围不停地有炮弹在落下，是一种什么样的滋味，老实说，这的确不是好受的。

图西诺中尉干这工作已经有六个星期了。他是一个感情奔放的人，干什么事情都是勇往直前的。他爬上每一艘船，帮助船上的人工作，他对任何人都是大喊大叫的，哪怕他本人只是一个小小的中尉。假如有哪一艘船不好好地循章工作，他会毫不留情地告到司令部去。"不要放过他们，长官。"正是有了像他这样的人，我们才赢得了这场战争。

图西诺中尉已经多次死里逃生了。在海上时，炮弹经常在他身旁落下，有天晚上空袭时，他的住所差点被炸掉，还有一次他刚刚离开一条船，几分钟后那条船就中弹了。

在战前，图西诺是一间夜总会的经理，一个办事精干的人。他又高又黑，一张长马脸，留着两撇细细的小胡子，就像古罗马的君王。

他自称为团里的"坏小子"。"我今天受人称赞，可是第二天就受人指责，"他说，"团长要我干一件危险的好差事，哪有什么！干就是了。"

有四名大兵在给他开船，以前的那些他认为都不适宜干这份工作，都退掉了。他要自己来选拔人手，于是他号召别人来参加这份工作，可谁也不干，于是他只好指派这四个人来干，这四个人干了几天以后，都迷上了这份工作，而那些没有响应号召的人则后悔不已："这是一份轻松的工作，整天开着船在海里转来转去，只是时不时要躲开炮弹而已。"

在没有到安齐奥港以前,这四个人谁也没有开过船,他们只好边学边干。"起先我们对开船简直一窍不通。"列兵大维士(Davis)说。他原来是个农民,"可是现在会了"。

后来,当我们停靠在一艘英国货轮边上时,大维士说:"把船开到这艘大船上去,怎么样?"已故的海军司令杜威要是听到了这种话,准会气得从坟墓里跳出来的。

这船的舵手是一等兵汉迪(Handy),他以前是在加州油田开货车的,但他想当水手已经有好些年了。

另一名"水手"是一等兵卡拉奥士(Karaos),他的绰号是"兔子",曾经是冲压机操作员。

再一名"水手"是一等兵列比次基(Lipiczky),是俄罗斯与匈牙利的混血儿,所以人们都叫他"老匈",他原来是个电焊工。

当他们这几个人学习驾驶船时,开始都有点晕船,但他们挺过来了。他们现在连炮击也不在乎了,有时甚至连钢盔也不戴,如果炮弹落得太近了,大维士就会说:"我早就告诉过那些德国佬,叫他们去罗马休假,可他们就是没有接到我的通知。"

在安齐奥—奈特诺(Nettuno)一带,我发现,最值得同情的,不是那些已经登陆数周正在奋战的人,而是那些留在海上等待卸货的海员。

从一艘大货船上卸下所有的装载,是要好几天的,而在那几天里,他们总要忍受着来自岸上德军的炮击和空中的轰炸,他们干的可绝不是一件轻松的工作。

读者可曾目睹过炮弹是如何飞来并爆炸的,如果是一颗哑弹,那只是激起一股几尺高的白色水柱而已。而一颗中等口径的炮弹爆炸时,那水柱就足有100英尺高,而如果是大口径炮弹的话,那水柱就会有200英尺高了——就像一道又高又细又美丽的喷泉,而爆开四射的破片又会将半径几百英尺范围内的水面冲激起无数朵雪白的雪花。

有时炮弹接连飞来,因此呼啸声、爆炸声、激起的水柱,是此起彼落混杂在一起的,这是他们往往到离岸只有数十米时最常遇到的情况。

德国佬的大炮是不会白放的,总有些船会被击中。一想到自己是在一条装满军火的船上,而说不定哪天便会飞来一颗炮弹,想到这里,谁都会浑身发麻的。

那些运输船上的水手,多半原来都是商船上的船员,他们对于卸货工作一窍不通,所以具体的搬运工作,都是由大兵们来干的。

在这方面,他们是组织得很好的。在那不勒斯时,每艘船在启航前都载上了整整一个连的运输兵,他们随船来回:在安齐奥港卸下货物,然后回到那不勒斯,登上码头干他们原来的工作,而另一个连则登船替换他们。

因此,这些运输兵个个干劲十足,都渴望能随船到安齐奥港跑一趟,其结果就是:货如轮转。而在此之前,所有的卸货工作都是由安齐奥港内的运输兵来干的,他们卸完了一艘船,接着又要卸第二艘船,永无了期,日子一长,弟兄们都耐不住了,工作效率每况愈下,可是自从采取新措施后,工作效率立刻直线上升。

比较大的运输船,一般不在码头上卸货,他们用吊车把货物从船舱里吊起来,越过船舷,把货物放到不是码头而是平底的登陆艇上,再由登陆艇直接开往滩头阵地。

在船上工作的人,起码要有十多个,此外还要加上吊车手和讯号手,他们都是大兵,他们每班工作十二个小时,这中间当然有休息时间。

一天早上十点的时候,我登上了一艘自由型货轮,所有的五个舱口全部打开,正在往外提货,他们正在搬运一箱箱的军用干粮。

而在另一边的甲板下，一大堆的大兵正在睡大觉，他们是上夜班的，都睡在吊床上，裹着毛毯，盖上衣服，对周围震耳欲聋的喧闹声，他们一点反应都没有。

这些装卸兵的领班之一是林奇（Lynch）军士，他是一名老兵了，他曾在北极服务了四个月，然后调到这里来，到现在已经有 14 个月了。战前他在宾夕法尼亚州的铁路上当一名伙夫，后来是邮车职员，他已经结婚了，并且有一个孩子。

我问他到安齐奥港来干这份工作喜欢不喜欢，他说他并不怎么喜欢。"问题主要是，"他说，"我们赤手空拳地让人家来打，真他妈的糟糕透了，要是我有枪在手，可以还击，那又不同了。"

可是，当炮弹呼啸而来，或是当炸弹从天而降时，所有运输船上的大兵，还有船上的炮兵都只能坐在船上干瞪眼睛，他们毫无办法。

所以，在这种情况下，有时不管你是否卸完货，回航时间一到，船队立刻开走。

人们告诉我这么一个故事：有一艘船卸完货物后，船队已开走 45 分钟了，船长下令立刻拔锚起航，赶上船队。可是有命令下来，要他们停船，上级提醒他们：脱离护航队，独自在海上航行，是非常危险的，脱离了护航队的掉队船只，是德国潜艇的绝好目标，所以他们最后还是返回安齐奥港，过一夜再说。可是他们宁可违抗军令，也不愿意在安齐奥港再停留一夜，让德国飞机来炸，所以他们宁愿冒险也不愿返回安齐奥港。好在他们最后还是赶上了护航队。

有一段时间，所有运来的物资，给养方面的由军需队接收，军火则由军械队接收。

一般而言，军需队是一支后勤部队，危险性是最小的。但是在安齐奥港，即使是滩头阵地已经建立起来了，可是他们仍然处在炮火攻击之下，他们的伤亡率很高。在滩头阵地上，军需队中大约有

70％是黑人,他们要从船上卸货,开卡车,看守仓库,他们差不多每天都有伤亡,但是他们在炮火下英勇地完成了任务。

军需队的头头是荷尔甘(Holcomb)中校,他原来是个记者,在入伍前,他在西雅图的《时报》工作了12年。他是个面带笑容、说话又急又快、雪茄烟从不离口的大个子。他为他手下工作的人有成绩而感到骄傲。他认为,在一支黑人部队里,好处是吃得比国王还要高级。"如果你想找一个好厨子,只要下一道命令,全连集合,所有当过厨子的都站出来,因此你只管去挑就是了"。

一天,我们去参观一个军粮仓库,那些装着军用干粮的木箱子堆得有一人多高,整齐地排列着,足足有几百码长,看起来就像一个木材仓库,载重卡车不停地由码头运来,而各个单位来的卡车又不断地来提货,把军粮拉走。

不过这些货场,一点也未能幸免于德军的炮轰,我们所看到的这个,就曾经受到过上百发德军炮弹的轰击,在此工作的大兵死伤不少。

当然,我们的供应品种类上千种,军火、粮食、装备什么都有,货物堆场太大了,任何一个德军炮手,满可以闭上眼睛,朝着大致的这个方向开炮,准能打中一些东西。不过我们的仓库即使被击中,大火也能很快地被扑灭,所以损失不大。

但是因为有油库,如果被击中后着火,而如何使大火不致蔓延开来,这就是个大问题了。不过荷尔甘中校自有他的办法,他下令把油罐分成若干小堆,每堆只有一个房间那么大,每堆只有两层,我们所用的油罐全是五加仑的那种。

然后他调来推土机,把每堆油罐周围都筑成一道土墙,从而避免了即使有油罐渗漏着火也不致引起蔓延。此后,这油库曾经有十多次被击中,但并未引起大火,而在此之前,即使是星星之火,也会一夜之间烧掉几千加仑的汽油,那已经是常事了。

粮食仓库倒是很少着火,因为干粮不是易燃物,但在早些时候,滩头阵地上的一个香烟堆被德军炮火击中,几百万支香烟被付之一炬。

荷尔甘中校也有好几次差点被炸死,就在我去采访他之前,一颗炮弹直接命中他住所的门口,炸出一个深坑来,而且伤了几个人。

另一次他正站在安齐奥港某处大门口和一名中尉谈话,他下面是一条往下通往地下室的石阶,正在谈着,中校突然听到炮弹飞来时那熟悉的呼啸声,他立刻往下扑倒在石阶上,并且对那中尉大喊"卧倒!"

炮弹直接击中大门口,那中尉一下子倒在他的头上。"你受伤没有?"中校问道。中尉没有回应。中校爬过去看他怎样了,只见那名中尉倒在墙角上。

很快地来了一名军医,他见中校满脸是血,忙问他受伤了没有? 中校说没有。

"你肯定吗?"军医问。

"我想我没有受伤。"中校说。

"好吧。你把这喝下去。"军医倒了满满的一杯罗姆酒(Rum,甘蔗酒)给他,这使他整天都昏沉沉的。

军需队实行了一种制度,即把那些在滩头阵地上干了六个星期以上的得力人员送到索伦托(Sorrento)这样的胜地去休假,时间是一个星期。

一个人如果夜以继日地在危险的环境下干劳累的工作,最后会变得有点"呆头呆脑",或俗语所说的"木头人",换句话说,他得了"安齐奥病"。虽然他自己并不知道。可是休息一个星期后,他会精神饱满地回到工作岗位上。这种"病"只有用这种方法才能治好。

史特力克兰(Strickland)少校是本地区的军需总监,在他的办公桌上,压着一个珍贵的镇纸——一小罐奥地利香肠,那是他的妻子送给他的,他把它当作纪念品保留了下来。他写信告诉妻子,作为一个地区的军需总监,掌管着数以百万计的这种罐头,他本人每星期就吃十多次,当然要想办法换着花样吃,不过他仍然十分感激她,等等。

除了向部队提供衣食等例行服务外,军需队还承办了烤面包房,替军医院濯洗衣物,废旧物品处理和建立军人公墓等工作。

军医院里的帆布担架和床单等都由军需队来洗。对于一般的大兵来说,他们要么自己洗,要么雇当地的意大利农妇来洗。

军需队的流动洗衣站就设立在几辆大卡车上,这些车隐蔽在一个小山的陡坡下,伪装得很好,曾经有一位来采访的摄影师竟然什么也没有看到,当然也就空手而归。

这些流动洗衣站可以在十小时内洗净三千件衣物,这个洗衣队共有 80 人,他们掘洞而居,生活得很好。

在其他的战场上,洗衣兵也有牺牲的,可是这次在安齐奥,他们都幸免了。他们唯一受到最大的"攻击",是他们建立起来自己享用的沐浴室,曾连续三次受到破坏:都是因为水陆两用车刹车失灵,把他们的沐浴室撞个稀巴烂。

废品站是一个令人心酸的地方。地点在离城不远的一块空地上,每天都有五六部大卡车把已经分好类的东西运到这里来,卸下后就堆在地上,这些东西大部分是伤亡士兵穿过的衣服,全都是血迹斑斑,糊满泥浆的。

黑人大兵们把这些衣服分类放开,再拿去洗濯干净。然后又把各种东西一一分类：皮鞋按大小配好对，刀叉、护腿、衬衣、军粮盒、风尘眼镜、罐头等都分别堆放在一起。

那些还可以用的东西，都放入有盖的大木箱中，运送到那不勒斯这样的地方去整理。他们往往会在这些衣物的口袋中发现一些古怪的东西，所以他们一定要把口袋掏干净看个究竟，因为有时会是个手榴弹。

如果走近这些堆场仔细看看的话，那真是够触目惊心的：一顶前面有一个弹孔的钢盔、一只被打得稀烂的鞋套、一架被打得粉碎的手提打印机，血迹斑斑糊满烂泥的半边裤子……

美军坟场整齐清洁。巨大的白色木质十字架排成一行，所有在滩头阵地上阵亡的美军都葬在这里，大卡车每天都把阵亡美军的遗体运来这里。坟坑由意大利平民、美军来挖掘，他们每天掘五十多个坟坑，而只有一两天少于此数，每位死者都盖着一床白色被单。每个坑深五英尺，靠得密。而 300 多名阵亡的德国兵则埋在另一边。

活人为死人挖掘坟墓，可是活人本身也不是绝对平安无事的，德军的炮弹有时也会落到坟场上来，有些掘墓的大兵因此受伤了。有一次甚至连死人也被炸了出来，于是只好再埋一次。

在战时，攻下一个破烂不堪的港口，然后又要它正常运作起来，这纯粹是一项组织系统工程。在安齐奥，英国海军和美国陆军干的正好就是这种工作。工作人员坐在正规办公室内的正式写字台前，拟文件、打电话、作表格、作出决策，就如同在纽约港的办公室内一样，他们既是外勤人员，又是办公室内的职员。

他们很少有连续三个小时内不被炮击或是空袭的，到处被打得稀烂，可是他们坚持下来了，工作正常进行。

当步入港务局长办公室时，我发现局长原来就是进攻西西里那天和我一起登陆的蒙尼尔（Monnier），那时他是少校，现在已是中校了，在他到非洲以来的一年半中，他参加了多次港口攻略战，并协助把乱七八糟的港口整顿得井井有条。

像蒙尼尔这样的人多得很，他们从实践中获得了经验，每当他们攻下一个残破不堪的港口时，他们知道应注意些什么，该做些什么以及如何去完成它。

在他们的工作中，不存在着"推测"这种做法。在调度室的墙上，挂着黑板和各种图表。当天每小时输往岸上的货运量全部都写在黑板上，每天晚上最新的当天到货量则登记在图上，他们只要举目一望，过去三个月来每天的货运流量便一目了然。

所有的人都拿在安齐奥—奈图诺地区所经受的危险生活作为谈资。我自己就很欣赏这一段长时间内我的神经忍受性。有些人受不住，早就离开了，而留下的那些人只是觉得好玩。

所谓的"安齐奥病"或"奈图诺病"，其实就是"神经过敏症"。一个得了这种病后，他会伸出他的手摇动着，并且说："瞧，我一点也没有生病。"至于所谓的"安齐奥脚病"，那就是说，患者的双脚指向一方，而他的头部转向另一方，那副模样十足就是在侧耳倾听什么时候又会有一颗炮弹飞来，他好随时拔腿就跑。此外，又有所谓的"安齐奥舞蹈病"，这真是一种新型的"舞蹈"，患者跳动着，身子扭曲，头缩起，魂不守舍，他跳着跳着，然后会突然扑倒在地，好像炮弹已经朝他飞来似的。

虽然环境艰险，但人们还是如常工作，供应的物资源源不断地运来。我当然不可能详尽地把他们的辉煌业绩全部报道出来，但我可以告诉你，他们每天的工作量是原计划的九倍。能够和他们在一起战斗，对我来说，实在是无上的光荣。

20 医疗船

    当我终于可以离开安齐奥滩头阵地时,有三种途径可以任我选择:乘搭飞机、运输船或是医疗船。我选择了医疗船,因为我还从未搭乘过医疗船。

    医疗船一般都停在离岸 2—3 海里的海面上,伤员一般都用救护车从前方救急站直接运到海边,再用平底的小型坦克登陆艇把他们运到船上,登陆艇上有帆布篷,可以挡雨。

    一般情况下,半数伤员是可以自己走动的,他们都在船的一端或站或坐,而躺在担架上的重伤员则成行地放在另一端,我就是乘搭这么一艘登陆艇上医疗船的。

    为了让先来的船先卸下他的伤员,我们等待了一个多小时,负责运送的军官指示另一艘艇上能走动的轻伤员都转到我们艇上,于是我们两艘艇用缆绳系好拢在一起,那些轻伤员也不管船在撞来撞去,都纷纷跳上船来。

    海上风浪很大,船有时会猛然离开几尺,然后又"砰"一声碰在一起。这对伤员们来说简直就是磨难。我站在伤员们当中,每当船只相互碰撞时,他们都闭起眼睛咬紧牙关。

    一位差不多赤身露体的伤员向我发牢骚:"那些混蛋难道不知道这些都是重伤员吗?"

　　德军的炮弹有时也会掠过市区打到我们船的附近来,伤员们对这种危险简直不屑一顾,可是船的颠簸却使他们受不了。

　　当登陆艇靠上白色的医疗船时,伤员们就像货物般地被吊索吊到医疗船上去,吊笼就像个木架子,上下两层,每层可放两副担架。吊笼用绞盘绞上甲板,早已等候在那里的担架兵立即把他们抬到船舱里去,运输船上的水手们也会来帮忙。

　　每个重伤员都随身带有一个褐色的大信封,里面放着他的 X 光底片。有一次吊一个重伤员,一阵风吹来,把那个信封吹跑了,于是立刻响起了一阵喊声:"快抓住那张 X 光片。"幸好这信封掉到下面登陆艇的甲板上,被捡回来了。

　　要把大约 500 名伤员吊上大船来,差不多要耗费四个小时。当一切都完事后,医疗船便起锚启航了。和任何的其他船一样,医疗船停留在安齐奥海面的时间是愈短愈好。

　　我乘搭的这艘医疗船,是经常开往安齐奥接受大量伤员的。不过,医疗船停留在滩头阵地附近,怎么说都是危险的。

　　医疗船很像一艘豪华客轮,在这里,它们大多是英国船,但这次我乘搭的这艘是美国的,船长到水手全都来自商船,但医师则全都是军医——总共有 10 名医生,32 名护士以及 80 名卫生兵,主任医师是包利(Pauli)少校。

　　医疗船不停地把伤员从战地送往后方,再把重伤员送回美国。我乘搭的这艘,出国一年来,已经三次载重伤员回国了。

　　在战争的年代里,医疗船是最能令人回想起和平时代生活的了。船上灯火通明,船员们吃得好,住得好,而且 24 小时都有热水供应。

　　我和一位军医合住一室,我睡上铺。我在船上走了一阵,发现船上的各种方便设施应有尽有,包括卫生间和沐浴在内。

　　我有点不相信,便问这个沐浴是否可用? 他们说当然可以用啦！于是我便洗了一次澡，花了半个小时，沐浴过后，浑身软绵绵的，舒服极了。

这艘医疗船在战前原是航行于美洲加勒比海上的一艘豪华游轮，现在它甲板上的两层舱房还保留着，部分留给医生、护士和高级船员居住，其余的在改装为运兵船时已改动过，现在又再次作了改动：舱房隔板被拆除掉，将舱房改成大统舱，并且安放了双层铁床，整艘船就这样改装成了医疗船，当然有手术室。

伤员们都得到良好的照顾，他们都睡在铺有漂白床单的床垫上——对于他们中大多数人来说，这还是出国后的第一次。每一间病房都有一名护士照顾，大的舱房则有两名，卫生兵则照顾伤员们的饮食和生活问题。

医生们倒是没有什么可干的：伤员们上船还不到 24 小时。伤员们在上船前已经得到过精心的治疗，而在这短暂的航程中，很少有病情恶化的现象发生。

晚饭后，一位医生领着我参观全船，他就是哈朋（Halporn）上尉，他的妻子也是医生，现在美国。他说："在这里，我们的确无事可干，我们的技术都快要忘记了，我妻子一天的工作量比我现在一个月的还要多。"这能怪谁呢？ 在这里，他们唯一的工作就是指点一下，或者有急病时抢救而已。

我们在船上到处参观，于我而言，有点像是一次"出风头"的巡游了。当我们离开某个舱房时，有位护士追了上来，对我说："你可否回来一下呢？ 大兵们想见见你呢。"

当我站在两位伤员的床前时，舱房另一头的一位伤员喊了起来："喂，厄尼，到这儿来，我们都想看看你是什么样子的呢。"我只好走过去，让他们看个够。

大兵们都知道国会通过了对战斗部队给予"战斗津贴"。他们大都认为,这不在于钱的多少,而在于这是对他们努力作战的一种认可和奖励。

这时,有些伤员向医生要求派名护士来照顾他们,一位手臂受伤的伤员,伤口正在出血,需要换新的绷带。另一位肩部受伤的伤员,则和颜悦色地说:"他也弄不清此刻他的伤口是在出血还是在流汗。"

一位黑人兵说,他的伤腿被包扎得太紧了,连脚背都擦伤了。于是医生看了一下,用铅笔做了个记号,把多余的部分剪了去。另一位右腿负伤的伤员是一名英国的突击队员,医生问他伤口痛不痛?他微微一笑,说是有点疼,但并不太痛。

当我问他是怎么受的伤时,他们都热情地向我叙述受伤的详细经过。但那些痛得厉害的伤员则对这一切毫无兴趣。

由于超载,所以床位不够分配,于是那些患病的或是轻伤的,都睡在大舱间的地板上。他们每人都有一张软草垫,这对于大兵们来说,是够舒服的了。

精神病患者都睡在甲板下的小舱房里。事实上,正如医生们所说,他们大部分只是"过度疲劳",休息几天就会好的。他们所住的舱房,都装有可以上锁的原木门,但门都是开着的,这说明他们的病情并不严重。

此外,船上还有四间舱壁上有厚褥子的小房间,那是专为严重的精神病患者而设的。铁门上都有一个可以拉开的小窥视孔,这样的病人只有一个:他死也不肯穿上衣服。我们从窥视孔望进去,看见他还赤条条地睡着。

每艘医疗船上都有一位红十字会的工作人员,她不但为伤员们做一切她力所能及的工作,而且也为船上的每一位船员谋取福利。在这艘船上的,便是吉尔(Gill)小姐,她原是加州某女子中学的体育老师。

每逢晚饭后,她都会发给船上每人一瓶可口可乐,对大多数大兵们来说,这是他们离开美国后第一次享用到的可口可乐。船上的水手都帮她分派可乐给伤员。

吉尔小姐有一个小小的办公室,里面放满了图书、杂志、乐器以及各种卫生用品,当伤员们上船时,她派给每人一包香烟和一支牙刷,因为大部分的伤员早就什么都丢光了。

当伤员们上船时,我看见有些伤员什么东西都没有了,有些则把他们那些少得可怜的个人用品都放在饭盒里,小心翼翼地捧在胸前。有些人穿着医院发的睡衣,有些则穿着破烂不堪的衬衣,有些甚至只穿着一件脏兮兮的背心。

吉尔小姐从来不去干扰他们,他知道重伤员需要安静独处。有时她会拿本书给伤员看,可是她发现过了几个小时后他仍在看同一页,有些伤员则干脆把书当扇子用。

吉尔小姐还有些法文和德文的书。每次运送伤员时,总附带有些受伤的战俘,这次也有两名,一位是只有 17 岁的德国大孩子,脸上老是带着一副受惊的表情。受伤战俘的待遇和我们的伤员是完全一样的。

吉尔小姐的乐器包括一架手风琴、四把吉他、一把小提琴、两把班祖琴、两支萨克斯管、一支单簧管、一支长号、两打口琴。在从滩头阵地到那不勒斯这短短的航程之中,没有多少人要玩乐器或看书,因为时间不长。但要是在回航美国的漫长航程中,情况就不同了,伤员们觉得身体好转,有了精神,而且时间也好像过得太慢了些。回航美国一次需 16 天,在此期间,伤员们共阅读了 3 000本书,平均每人 6 本。

对于那些在泥泞、寒冷而又危险的环境下过了几个月最后又负了伤的人来说,生活在医疗船上,真可说是一种解脱,之所以说是一种"解脱",是因为医疗船毫无战争气息,而且船上的人都是同胞。

船上没有什么灯光管制，窗子永远是打开的，每个人都是穿得又暖和又干净，还可以在甲板上抽烟。装在托架上的反射灯使漆在两边船舷上的大红十字一览无遗。

医疗船的航线都远离战区。而且，不但不保持无线电静默，反而每隔15分钟便将船的所在位置用无线电播出一次，目的是要令敌方知道那里有一艘医疗船，所以从未发生过误击的事件。

我乘搭的这艘医疗船，也曾发生过几次意外事件：她曾经被浮上水面的德国潜艇截停过，德国的飞机也曾在船的上空盘旋过，不过德国人一般都很尊重医疗船。其实，医疗船所遇到的最大危险就是开到像安齐奥这样的地方，或是在敌机空袭港口时碰巧医疗船也在那里。

船舱里的灯一般到晚上10:30便熄了，但这次到9:30便熄了，因为明天一早船便要进港了，伤员们最早五时便要起床，让护士们来帮助他们洗脸和进早餐。

所以那天晚上才十点钟，船舱里一切都安静下来了，护士们在微弱的蓝灯下轻手轻脚地走动着，值班的医生在顶层的甲板的小厅里下棋或打牌消遣。有几位大兵还在甲板上散步或是倚坐在栏杆上，天气温暖，环境宁静，浪花轻轻地拍打着船舷。

远离战场而不是走向战场，这当然是一件大好事。对于那些重伤员来说，会有种完成了艰苦任务的感觉，而对于一般的伤员来说，那只不过是小休。不过，舒适的小房间，洁白柔软的床铺，这都给了他们一种安全、满足的感受。

闷在船上当然是很苦恼的，到了10:30时，我发觉他们那种原本安静的情绪，顿时就变得有些烦乱了。明天又要到一个陌生的地方了。

第二天清晨，我们到了那不勒斯了。

21　别了,意大利!

离开意大利的那天,天一亮我便要起来去搭飞机。天还未亮,我想谁也不会起得这么早的,可是我才张开眼睛,上等兵佐丹(Jordan)便把我的早餐送来了,有果汁、鸡蛋、火腿、面包和咖啡,一点也不像是在战时。

这还不算,我们那位意大利小男仆莱夫(Reif),平时是要到八点钟才来上班的,可是今天天一亮,他就来了。莱夫是个聪明伶俐的大孩子,脾气又好,他到我们这里来打工,可能是他一生中最快乐的日子了。今天他是自告奋勇,要把我们的行李送到飞机场去。

最后,我的那位老朋友,附近陆军医院的护士,也是一位食疗专家,宝德曼(Budeman)中尉,也跑来为我送行,她只有我的肩膀那么高,体重约为90磅。前些时我得了贫血症,她从医院里偷偷地送鸡蛋和牛肉给我吃,当其他的护士都在笑话我的瘦弱时,她弄来的营养品救了我一命。

到飞机场时,莱夫帮我把行李卷和背包等弄上飞机,然后我们几个人就在一辆指挥车的旁边,互道再见了。这时有一群军官和士兵,是乘搭另一架飞机的,站在旁边笑嘻嘻地观看我们这个小型的告别仪式。

我俯下身来,和这位可亲可爱的护士吻别了,吻声之大,简直连罗马都可以听得到。最后，我和莱夫握手道别。

可是莱夫却抱住我的双肩，并且按照欧洲大陆的方式，先在我的右颊，然后在我的左颊给了我一个充满意大利风味的热吻，围观的人都震惊了，连我本人都吓了一跳。虽然有点难为情，不过应该承认，我也是感到很高兴的，任何一个国家都有其风趣的人民。而据我所知，当时在场的很多人都是对意大利具有好感的。

从这种国际吻别式中脱身而出后，我终于上了飞机，在途中我们越过了壮丽的维苏威火山。一路上我不但不想往后望，而且也不想望出窗外，因为我离开美好的意大利了。

我在意大利战场待久了，觉得自己也成了意大利战场上的一分子了。我虽然不是军人，但现在，我却觉得我是个逃兵。

在意大利当然也有过欢乐的时光，当然，有乐也有苦，但就总体而言，还是好日子居多。对意大利战场，我们当中很少有人能够把真实的情况如实地反映出来。对于那些在前线艰苦作战的士兵，以及那些牺牲了的人，把他们的事迹报道出来，应该说对他们多少也是一种慰藉。

我就是这样看问题的——因为在意大利有了这么一支小小的部队在奋战，才能在英国组织起一支大军来。因为在意大利战场牺牲了几千人，这才避免了日后在西欧战场上死亡几十万人。

在这里，我要特别提一下以往我从未报道过的一个小单位的那些工作人员，即在陆军公共关系处工作的那些人，就是他们在各方面照顾我们这些新闻记者。他们都是大兵，属于军事部门，可是他们却要和我们这些非军事人员工作生活在一起，要适应这种生活，并不是件容易的事，可是他们工作得很好，无论在能力上或品德上均堪称一流。

我不可能把他们全部都一一列举出来，但我可以随便抽几个出来作为代表，例如理查逊（Richardson）、辛默尔（Zimmer）、比南

(Benane)。他们原都是司机,负责照管我们的生活,他们永远是有礼貌的,做事主动自觉,从未出现过令人不快的事情。

又如卡素曼(Casfleman),他是我的同乡,他经常在极其恶劣的气候条件下,骑着摩托车在坏得一塌糊涂的路上到发讯站去,为我们发送急件。又如佐丹(Jordan),他堪称是我们的"同行",是美国东北部人,布朗大学的毕业生,是一位古董商,又是作家。他一口波士顿的口音,会说法语,在家中,他只读文学和艺术,可是在这里,你猜他干什么?——厨子!他不但是厨子,而且还保证要让我们吃得满意。此外,他还是这里的图书保管员、清洁工、翻译,满足我们的一切要求,而且永远是笑容满面的。

还有艾弗列特(Evereette)、科维(Cowe)等,他们干的是军官的工作,可是他们干到现在,都还只是个军士长,连个准尉都不是,可是他们毫无怨言,就是他们这些默默无言的人们,为我们这些新闻记者尽了大力——我向他们致敬。

在我们的地中海战场中海战场上的大军中,我和他们——从士兵到将军——一起度过了一种严酷可怕但又老是思乡的生活。我很奇怪,我怎么会跑到那些地方去,但我毕竟是去了,我想我是不是有点疯了,但无论如何,我去了,我不后悔。

离开意大利后,我们足足飞了一天半夜。过了地中海后,我爬到一堆邮包上睡着了。到阿尔及利亚后,我换了架飞机,直飞摩洛哥。在飞机上,我裹着毛毯,在舱板上睡了几小时,我醒来时,太阳才刚升起。

我们经常说,战争一点也不浪漫,但在这次航程中,我却感受到什么叫浪漫了。

机舱内慢慢地暗下来了,只显露出乘客们扒在窗旁向外凝望的朦胧身影。在远方的地平线上,太阳的余晖把云层染上了一道红色的裙边。马达柔和的鸣响着。在我们的下面,是绿色阿特拉斯(Atlas)山,山上分布着有红色屋顶的村庄,那是牧民的生活区,他们从未听说过什么"大炮"之类的东西。他们一辈子都生活在这贫困狭小然而美丽、安全的家园中。可是这美丽山区的上空,却不协调地飞翔着美国的飞机。有一瞬间,我感觉自己好像在梦中,并将永远留在这个梦境般的地方。这种感受只可意会,不可言传。在这一瞬间,我想到了这世界的美好和我们残酷的命运,真想大哭一场。

第四部分

英　国
1944.4—5
England：April-May，1944

22　盟军统帅部里的将军们

　　最高统帅部为了开辟第二战场，已紧张地工作了几个月，数以千计的高级军官正夜以继日地工作着，他们每天一早便起来，晚上加班直到深夜，他们难得休息一天。

　　代表美国军方参与制定这项计划的，是布雷德利（Bradly）中将，他是西欧战区美军的总指挥。

　　我首先找到施图特（Stout）军士，他是布雷德利的司机，布雷德利对施图特很好，所以施图特凡事都对他的主子直言不讳。

　　一天，施图特对布雷德利说了，将军，你工作得太苦了，如果你不能休息一天，坐着车子出去，到乡间去转上几个小时，不是也可以么？说得多了，终于一天，布雷德利说待他办完一两件公事后，他就坐车出去半个小时。于是施图特就载着他驱车往乡下驶去。

　　施图特后来说，我实际上玩了两个小时，我对将军说我们迷路了，要找路回城呢！事实上，我对路径是一清二楚的，哈哈！

　　以往，我一向采访得较多的是大兵，但是现在，我反过来，专门采访美国将军了。

　　在西西里时，我采访了布雷德利三天，我徜徉在周围尽是肩章上有星星的将军们中间，有时觉得自己成了一颗彗星。

　　我承认我是尊敬布雷德利的，我从未见过有哪一位将军像他那样被他的同僚和下属如此地崇敬爱戴。他长得并不英俊,但他有一副仁慈和冷静的面孔。对他来说,说他像个军人,不如说他像个学校教师。当我对他这样说时,他说这一点都不错,因为他父亲是个乡村教师,他本人就曾经在西部军校教数学。

他不吸烟,配给他的香烟他根本不要。他有时也适量地饮酒。他言语斯文,他说在家时他也只是每月一次在晚饭前饮点酒。他的家乡是禁酒的,不过如果有客人来访,他也会和客人畅饮一番。他现在藏有三瓶香槟酒,那是别人送给他的,他说等到攻下墨西那(Mesina,意大利南部城市——译者注)时,就痛饮庆祝一番。

他说话时,声音不高但清晰,不过他的声音实在太柔和了,所以稍微远离一些就会听不清楚。他的助手说,他对任何人说话时都是低声细气的。他为人正直,做事坚定,但绝不粗糙,更不粗野,从不为难下属。

他不是个伪君子,和别人说话时,从不矫揉造作,而是真心实意。他说话时带有美国中西部的口音。他从不自吹自擂,事实上,他最憎恨那些吹牛拍马的人。

除非出席正式场合,他很少在他的吉普车插上中将的三星旗。他的助手有很多关于他的轶事,说他经常躲在助手们后面,不愿意大兵们一见他便立正敬礼,虽然他有权让大兵们这样做。他甚至很少佩戴勋章绶带和戴大盖帽。

说来也奇怪,像他这样斯文的人,却从不介意当众演讲。他不是个夸夸其谈的演说家,可他的演讲却真诚而充满力量。每当战役吃紧之时,他经常会来到记者招待会上,站在一张巨大的军用地图前,对当前的战场态势作一个全面的评析。他第一次在非洲这样做时,我们都很感兴趣,但印象并不深刻。随着时日的流逝,他对我们的影响逐渐增加,一如对与他共事的人,我们也不再是他不信任的战地记者。

布雷德利虽然脾气温和，但绝不是马虎随便的人。他洞悉一切，具有充分的信心。一旦他下了决心，任何事物都不能动摇他，他心如磐石。他的属下要么服从，要么滚蛋。他不会像一般的军人那样开口骂人，但不称职的人他会将其撤职。

他有一个良好的习惯，那就是肯倾听并尊重别人的意见。我注意到，他打电话时，对接线员也说"请替我接……"当他驱车上路其他的车为他让路时，他一定会对那位驾驶兵说一声"谢谢"。

当他遇到一群工兵在忙着修复一座被毁的桥梁时，他会对那位当值的军官说"你们干得好样的！"

他经常坐着吉普车上前线巡视。当西西里北部的战事在进行时，他经常是每天五小时甚至八小时在车上度过。他坚持认为乘车巡视对工作有好处。有时他也乘飞机，他希望有一架能短距离起落的小飞机供他个人使用，这样他便可节省很多时间。

在布雷德利专用吉普车前的挡板上，有一块红色的木板，上面画有三颗白星，任何人不管是官是兵，一见是布雷德利中将，都要行礼致敬。所以有时在人多的路上，布雷德利要不停地举手还礼，我问他这样不停地举手还礼有什么感想，他笑笑说"我在锻炼身体呢！"

在西西里时，有次他驱车经过一个市镇，街上所有的人，那些普通市民，都向他挥手、欢呼，他也挥手致意。那些意大利警察，甚至还有解散了的意大利士兵，也都对他行礼，他也一一回礼。有一个人出于老习惯，竟然对他行了个法西斯式的抬手礼，他也同样还了礼，不过是美国式的。

他从来不会为摆架子而拿手杖，不过有时他也会拿一根一头装有钢矛头的英国式短手杖，那是宾夕法尼亚州（Pennsylvania）的前国会议员弗迪斯（Faddis）送给他的。

在西西里战役时，布雷德利的司令部里有上百名军官，不过，他的主要随从人员只有两名年轻的上尉副官、他的司机、传令兵以及他的少将参谋长。

这两名副官就是汉森（Hansen）上尉和布里奇（Bridge）上尉，两人都是 25 岁，都是 1939 年的大学毕业生，两人又都是从宾宁堡（Fort Benning）的军官学校出来后就直接分配到布雷德利的司令部里来的，他俩在布雷德利手下工作 16 个月了，自称是全美陆军中最走运的两个。布雷德利晚上睡在他的指挥车里，车就停在一棵大树下，而他两人则睡在离布雷德利德 50 米远的另一棵大树下，不过是睡在睡袋里。布雷德利最讨厌住在房子里，他的指挥所经常设立在野地上的帐篷里。

在司令部里，他两人是随叫随到的，但当陪同布雷乘车外出时，则是每人轮流去一天。他们两个都是开朗、明白事理、讨人喜欢的人。他们以能在将军麾下工作为荣，所以工作出色。

布雷德利的吉普车司机斯托特（Stout），只有 23 岁，可是已经有 6 年的驾龄了。他给布雷德利当司机已有两年半了，布雷德利一到非洲，就立刻把他从美国调来给他当司机。

斯托特把布雷德利的吉普车保养得极好，他用海绵把车子擦得锃亮，在他的座位下面还有 3 个干干净净的粮箱。

布雷德利说，有一个好的司机对他来说是非常重要的，因为坐车时，他要坐得舒适自在，司机若是鲁莽开车弄得他紧张兮兮的，他当然不允许，若开得太慢了，他也不高兴。有天晚上，他的司机突发夜盲症看不清路，车子开得比走路还要慢，布雷德利只好亲自开了半夜的车。

斯托特则是一心一意地为布雷德利服务。"他帮助我，"斯托特说，"我有什么事情就问他，没钱用就向他借，他简直就像是我的父亲。"

布雷德利的传令兵是石卡达（Cekada），他是上个月才调到布雷德利身边的。石卡达说,在北非奥兰时,他的上级发现他特别整齐清洁,于是便把他调来这里。在这之前,他是个卡车司机,他从来没有当过传令兵,不过调来后很快就上手了。用他自己的话来说,他的主要工作就是要让将军生活得舒服。他打扫房间,行动时照顾行李,如果请不到意大利农妇来洗将军的衣服,他就自己来洗。

石卡达 24 岁了,入伍前是个酒保,他说将军对他如同朋友,他希望大家都平安无事。

布雷德利住在一辆军车里,他把那辆军车改装成旅行车一般。在车前部摆着一张床,上面铺着一张印有美国军事学院徽章的毛毯。车中间一侧是一张写字台,旁边挂着一副放在皮盒里电话机。另一边则放着衣箱和洗脸盆,墙上贴着一张大日历,每过一天,就在上面画个"×"。此外,还有一个书架,上面放着四五本军事方面的著作,其中一本是《日本——我们的敌人》,还有一本是法文的文法书,可是布雷德利根本没有时间翻它。

在床前的墙上,挂着一幅北非各战役的进展图,其中包括战役的起止时间以及进攻西西里的日程表。

我们猜测西西里战役将会在何时结束,布雷德利认为不会那么快结束,在他的寝车里,壁上既没有挂什么照片,桌子上也没有什么小摆设,布雷德利从来没有寄过什么纪念品回家,他随身上带有两件纪念品,一是一支在北非突尼斯战役中缴获的德国著名的卢格牌手枪,另一件是一把西西里出品的精美匕首,刀把上有法西斯的党徽。桌子对面的壁上是一幅西西里大地图,这大约是室内唯一也是最重要的物件了。

晚上,布雷德利对着这幅大地图一坐就是几个小时,考虑着部队明天该怎样行动。布雷德利很多决策就是在这幅地图前决定下来的。

作为一个高级指挥官,一般人是不会太过于接近前线的,可是布雷德利老是把他的指挥所尽量接近前线,有时简直就在火线的后面。

有一次,他们进抵到一个尚在发炮的我军炮兵阵地上,结果被追踪而来的德国俯冲轰炸机狠狠地炸了一顿。

有一天,我和布雷德利坐着吉普车出巡,在经过一座小山时,一门隐藏在路边的大炮突然开火了,而我们正好从炮口下经过,炮声之大,几乎震破我们的耳膜,而且我们还被震得抛离了座位。在随后的那几天,布雷德利老是打趣说"我们差点被自己的大炮轰掉了脑袋"。

另一天,我们在第一步兵师的指挥所里吃午饭,师长是艾连(Alen)少将。指挥所是一座古老的大屋,接近前线,第一师的重炮阵地正好就在房子的外边,正当我们在用午餐时,那些大炮不停地发射着,声音大得吓人。每次发射时,房子都震动了,饭桌上的碗碗碟碟都跳了起来!玻璃窗也乒乓作响,我们都感觉到气浪穿透了房屋。

过了一会儿,布雷德利对艾连少将开玩笑地说:"你可不可以让这些大炮弹从房子顶上飞过去,而不是从房子中间穿过去?"

在布雷德利的指挥部里,他有一处单独用餐的地方,设在离大饭堂不远处的一所帐篷内。他之所以需要一间单独的饭堂,是因为每当他用餐时总有些美国或是英国的将军来见他,一起讨论问题,所以他需要这么一个私人用的安静场所。那里可以容得下七个人,布雷德利进餐时,总有一位参谋陪同他用餐。按照军规,其他军官见了他应该称他"将军"或是"长官",但我注意到,在非正规场合下,例如在吃饭时,他的下属都喊他"布雷德(Brad)"。

布雷德利差不多每天都要到各师的司令部去巡视一番,他说他本来可以打电话的,但如果他亲自去,他可以和师部的参谋们自由交谈,如果他们正制订作战计划而他又觉得需要修订的话,他认为商谈总比简单地下命令为好。

一天，我和布雷德利站在一个制高点的观察所上，眺望着前面我军正在进攻的一个城镇。德军硬是不退（当然后来还是退了）。我们所有的人，包括布雷德利在内，都烦恼得不得了。布雷德利说："为了拿下这个地方，我们已经动用了足够的军力，可是德国佬就是不退，要想办法才行呀！我们有些指挥官宁可按照传统的军事理论进行正面攻击，即使要伤亡30％的人也在所不惜，因为这样可以快些达到目的，可是我还是要想些办法尽量减少伤亡。"

我对他说："我是做不来将军的，要我下命令决定一些人的生死，我是做不来的。"

"当然啦，"布雷德利说，"你可以不管，可是我们每下一道命令，总是要死人的。我最恨炸毁全城这种做法，但有时也不得不如此。"在谈到我们的伤亡时，他说："对于那些新来的部属很快就要伤亡时，我是感到痛心的。不过我从军30年了，对此我早就有思想准备了。"

由于我和军方高层人士来往多了，我理所当然地被其他一些新闻记者们揶揄。

当我回到记者群中时，他们都说："呀哈，派尔，你这个大兵们的老朋友！所有那些大兵的母亲都知道你和将军们交上朋友了！""是呀"，我说，"从现在起连上校也只配陪我翻跟斗了。"

我每次遇到合众社的记者波尔（Boyle）时，他总是用仅仅让我听得见的声音说："著名的专栏作家来了！"

而美联社记者坎宁汉（Cuningham）则推断说，如果这种情况继续下去，用不了多久，我就会坐在记者群当中向他们宣布："我告诉过布雷德利，他的作战计划行不通的，可他硬要那样干。"

另一位记者对我说："今天我见到你和那位大将军一起坐在车

上，而你光着头，你要知道，这是违犯军纪的！"

于是我只好说："是这样的，我早就对将军说过，我不喜欢戴钢盔。事情就是这样，好不好？"但坎宁汉却跟着说："你老是往将军那里跑，所以才弄到第一手资料，你难道不会脸红吗？"

我成了他们开玩笑的目标，他们嘲弄我，说我一向是专门采访大兵的，现在怎么一下子可悲地掉了下来，和将军们混在一起了。如此持续下去的确是一种惩罚，如果不得不如此，我会挑选一个好一点的将军采访。

但是，每当他看见我在和一个有少校以上军衔的军官谈话时，他们就会说："你脱离群众了！"

所以，我很想对他们说："民主政治包括大人物和小人物，所以我的采访必须时不时地选择中庸之道(general)，以求平衡。"

我离开那不勒斯前，曾经和克拉克(Clark)将军共进晚餐，我以前曾见过他，但未谈过话。

有趣的是，就在我去克拉克将军的司令部之前的几小时，我收到了一封信。我在路上拆开信封一看，吓了一跳，因为那是克拉克将军夫人写来的。

五分钟后，我见到了克拉克将军，拿信给他看了。

将军说，如果她太太再写信给我，他就要把我送上军事法庭。我说："好吧！如果我是军长，我就要把她也送上军事法庭。"然后我们两人互相干杯。

晚餐是在一间独立的平房里进行的，房子破旧，屋外正刮着大风，我真担心房子会塌下来。除了我和将军以外，还有3位记者和4位参谋一起共进晚餐。吃过晚饭，我们靠在椅子上闲谈。将军告诉了一些我们前所未闻的事情，这里我就不说了。他也没有说战事什么时候会结束。

这场意大利战役很令将军头痛,战役的进程很慢,但这可不是将军的过错。我想没有人会因此责怪他。

我发现,将军和我们很谈得来,他是一个直来直去的人,而且绝对是一个诚实的人。

在那不勒斯,我还有一位老相识,他就是地中海战区盟国空军总司令伊卡(Eaker)中将。我和他是 15 年的老朋友了。

我经常和他一起共进晚餐,常常有四五位客人在座。此时,他只简单地介绍说:"派尔,籍籍无名时就已经和我相识了。"我也就顺着他的话说:"当将军还是个上尉时,我就认识他了。"

每次我离开司令部时,他都要送些小礼物给我,以便我寄回美国给我的"女朋友"。当他为别人做事时,哪怕是小事他都考虑得很周到。

他的头发差不多掉光了,喜欢抽雪茄,而且是插在烟斗上抽的。他几乎滴酒不沾,像一般的德克萨斯人一样,说话又慢,声音又小,有时简直听不到。为了健身,他经常在下午打打排球。

他的司机是一个英国空军的军士,替他开车已经两年了。伊卡的性格中最大的特点是对早年的老朋友爱护备至,忠诚相待。

空军司令部的人员都住在一个果园里的拖车上和帐篷里,在大饭堂里吃饭,将军和客人都在那里进餐。

伊卡住在一间木屋里,内有火炉、舒适的躺椅,墙上挂着相片,所以看来就像一间漂亮的猎舍。

每天早上 9∶30,他来到他的作战室,花上 20 分钟听取最近 24 小时以来全球各地的最新战况。为此,很多参谋人员凌晨五时就要起床,收集综合各种情报,以便向他禀报。

在意大利战场,伊卡的任务是繁重的,在此之前,他是驻英的美国第八航空队的司令,任务简单,但在意大利,他要面对很多新的问题。在英国,他只是负责空中战斗,但在意大利,空中和地面他都要管。此外,他的战线延长几千公里,飞行员包括三种国籍。把空中和地面上的战斗统合起来,是一件极其艰巨的工作,而伊卡干的就是这么一种工作。他的任务就是要把德国人"欧洲堡垒"炸个稀巴烂。

我回到英国,等待登陆法国。在伦敦,到处都可遇到将军。这次我采访了杜立德,现在他也是一位肩上有三颗星的中将了,是一位顶呱呱的男子汉。他现在掌管美国第八航空队,这是一项巨大而又艰苦的工作,但他仍然保持着他那幽默的天性。

从意大利回到英国后,就听到了两则有关杜立德的荒唐说法。一个说他的绰号是"卷毛",他经常把他的秃头向后一仰,以便把垂到眼睛上的卷毛甩开。另一则是说他本是个身长七尺的汉子,可是这近半年来他开始担心自己矮下去。

杜立德有着比任何人都多得多的令誉。他是 25 年来美国最伟大的飞行员,勇敢无畏。他精通航空机械工程方面的技术。他是我所见过的人中最易与人相处的一个,他说话生动活泼,声音明亮清晰,思路敏捷且判断正确。

我上一次见到他,那大约是 16 个月以前的事了,那是在北非撒哈拉沙漠边缘上荒凉的比斯克拉(Biskra)空军基地,那时他正带领着美国空军大肆轰炸突尼斯的各个港口。

一天下午,杜立德飞离了约克斯(Yourks)前进基地。而前一天晚上,他的整个机组成员,除了副驾驶外,都在德国空军夜袭约克斯机场时丧生。那时他的机组成员用飞机上的机枪对空射击,直到枪管发热不堪再用,于是他们朝大约 50 码外的一个弹坑奔去,正当他们跳进那个弹坑时,一颗炸弹直接命中了那个弹坑,他们全部粉身碎骨,世界上真是没有比这更倒霉的事了。

　　杜立德曾经写过上千封的信,给那些在他的队伍中失去了儿子或丈夫的人,但是在写这次的信时,他觉得这是最难下笔的了。

　　杜立德领导了那次著名的"空袭东京"。当时他还只是一个上校,关于这次空袭的详情,现在已经揭晓,机群飞散了,有的在日本上空被击落,有的用完了汽油然后跳伞了,一架飞机降落在海参崴,其余的都侥幸地掉到了中国的水稻田中。

　　那天晚上,杜立德跌落到他生命中最低谷。对他来说,这可不是什么可开玩笑的事情。他的思想痛苦不堪,"你搞砸了对任何人来说都是最难得的一次机遇,简直糟透了,飞机损失殆尽,满盘皆输。为此,你可能会到利文华斯(Levenworth)军事监狱去尝铁窗的滋味,除非交上好运,否则休想再出来了"。

　　这时,跟随他多年的随机机械师对他说:"上校,不要把这事想象得那么糟。"

　　杜立德不理他,但这位机械师继续说:"事情不会像你想象的那么糟,不久你便会等到一枚国会勋章,而且还会升你为少将的。"

　　杜立德哼了哼鼻子。

　　"好吧,"这位机械师说,"现在我告诉你一件事,只要你还开飞机,我就永远当你的随机机械师。"

　　这句话触动杜立德灵魂的深处,还有人信任他哩!于是他振作了起来:"好伙计,只要我还能开飞机,你就永远是我的机械师。"

　　杜立德不仅获得了国会荣誉勋章,而且还晋升了——不是少将,而是中将。那位曾经激励杜立德上校的机械师,却于1943年2月在约克斯机场遇难了。他就是在弹坑中丧生的机组人员之一。

　　杜立德写了信给这位机械师的双亲。

　　一天,在他伦敦的司令部里,他看到在军官花名册上有一位杜立德上尉。

这个人的姓和他一样，所以他打算有空时找这位上尉来谈谈天。不久，电话响了，那边说，我是杜立德上尉。

"哦，我知道了，"将军说，"我打算有空时再找你谈话。"

"我想要见你。"那边的杜立德上尉说。

"为什么呀？"将军说，"这几天我很忙，我会吩咐我的副官，他会安排时间让你来见我的，谢谢你的电话，再见，上尉。"

他正想挂上电话时，那边的杜立德上尉大声嚷开了："爸，是我呀，你忘记了吗？妈妈托我带了个包裹给你。"

将军跳了起来："你怎么不早说呀！"

他就是小杜立德，第九航空队 B - 26 轰炸机的一位驾驶员。我不知道杜立德将军有没有再遇到一位杜立德上尉，如果有，那可能是他的兄弟或是什么了！

杜立德将军是个故事大王，据我所知，他能够讲个通宵而且不会重复。他懂得多种语言，从瑞典语到中国话他都会。

但他最爱谈他自己的故事。一天他准备驾机飞去英国北部，天气变坏了，他的一个机组成员建议取消这趟行程。将军说，如果需要他是会取消的，可是由手下的人来说，倒像是由他们来决定了。

他们在作战室里议论着，等待着最新的天气报告。他们以为将军已经离开作战室，那帮机组成员这时便大谈在这种天气下飞行是多么的危险。他们没有料到将军刚回来，于是其中一个说开了："我想这个浑蛋是不会咒骂这种鬼天气的。"

当他发觉将军已经听到这话时，他吓得半死。

后来，在飞机上，这个多嘴的家伙只是呆呆地坐在舱板上，像一个待决的因犯。

将军倒是觉得这很有趣，他倒没有对那家伙怎么样，他已经平静下来了。

"只有一件事救了他"，将军说，如果他说我是"老浑蛋"，那我一定吊死他。

他还说了另一个故事。一天下午，他在机场上，一群空中堡垒正返航归来，很多飞机都受了伤，机上还有伤员。

将军朝一架机员正在下机的飞机走过去，这架飞机尾部炮塔的上部已经被打掉了，将军问那个炮手："炮塔盖被打掉时你已在那里面了吗？"

炮手有点生气，大声答："是的，长官！"

当将军走开时，这个炮手转身对其他人大声说开了："他妈的，我还能跑到那里去？ 难道我能跑到小卖部买火腿三明治吗？"

有人劝他："小声点！ 将军可能会听见呢！ 兄弟，你知道他是谁吗？"

"我当然知道，"这炮手冒火了，"我才不会骂他的！ 不过他这个问题确实问得太愚蠢了！"

杜立德在谈起这个故事时，也承认他当时的确是问得太愚蠢了！

另一次，杜立德和斯巴茨（Spartz）中将访问一个空军基地，那里的轰炸机出击时受到了重创，损失重大。他俩认为，他们去探访一下，可以鼓舞一下那里的士气。正当他们准备离开时，一位空中堡垒的老驾驶员，走上前来对他说："我知道你们为什么探访我们，你以为我们是因为受到重创而会士气低落，错了！ 我可以告诉你，我们的士气很好！ 只有一样事损害了我们的士气，那就是你们这些三星将军亲自跑来看到底是怎么回事！"

他说这些故事时，显得既幽默而又风趣，这都是些亲身经历的事。他曾经说过，战争的残酷性有时是会把一个人的快活天性消磨掉的。可是有人如果仍能以一种诙谐的态度对待自己，那他就会平安无事。他就是这样的人。

第五部分

法　国
1944.6—9

France：June—September，1944

23 登陆前夕

军方经常把新闻记者们召集来,介绍开辟第二战场的准备情况,在这些会议上经常发生笑话。

例如有一天,有位军官站起来说道:"如果我们现在还没有万事俱备的话,那我们现在就该去写遗嘱了。"屋子里的所有人都笑了起来——这是一种苦笑,类似那种肚子痛的人的笑法。

这位官员继续说,我们只能捎带我们背得动的东西,其余的行李可以交给军方,并可能会在我们登陆法国后的两三个星期交给我们。

当时有一位新来的记者就问:"我们要不要随身带上钢盔和防毒面具? 还是和行李放在一起,等以后再送过去?"

这家伙又惹起了一场哄堂大笑,难道等房子烧塌了半个月后才派消防车去?

几天后,当我们秘密离开伦敦时,这里已云集了 450 名记者在此等待这历史性的一天。但在这 450 人当中只有 28 人被允许参加这次所谓的"突击行动"。我是其中之一。其余的人会晚些时候才去,有些可能会去成,而有些则根本去不成。

在这一个多月中,我们这 28 人属军方管辖。在伦敦我们是自由行动的,但有时军方会突然安排我们在英国作一次旅行。在最后的那几个星期,我们经常被召集集中开会,接受一些简短的指示。我们准备好了一切野外装备,接受了最新的防疫注射,结束与盟军最高统帅部的隶属关系,甚至在接到最后通知前的十天就已打好了背包。

在我们这 28 人中,有 2/3 的人都到过前线采访。我们都在推测这个最后通知什么时候才会到来,推测我们将如何分配任务,将被分配到哪个单位去。而在这段令人压抑的时间里,我们考虑更多的是我们有多少生存几率。

我们都觉得前景未可乐观,不能高兴过早。有些老报业人如汤·怀特比尔德(Don Whitebeard)、克拉克·李(Clark Lee)等,都是些经过大风浪的人了,可是现在也都有些神经分兮的。很显然,我将是下一个。

我变得意志消沉,经常做噩梦,整天浑浑噩噩的。别人和我说话,我听见了,但不知道他在说些什么。

军方曾告诉我们说将会提前 24 小时下通知。一天早上九点钟,通知真的来了,要我们带齐装备在十点半时到某个地点集合。多余的东西我们全部丢了,有些人忙着跑去兑换钞票,有些人晚上已有约会,可是也不敢打电话告诉对方。

当到达指定的地点时,我们都感到有些不安。军方告诉我们说,这次仍然是演习。可是我们心里都明白,这次是真的了。

比尔·斯通曼(Bill Stoneman),是一个曾经受过伤,却从不将此当回事的人。但这一次他是否仍不在乎,我不敢说。比尔具有一种幽默而又爱挖苦人的天性。现在,当我们无所适从的时候,他掏出铅笔和笔记本,一本正经地对我进行采访了:"派尔先生,请告诉我,作为一个上前线采访的记者,你有何感想?"

作为一个寡言木讷的人,我答道:"前景不妙。"

我们把行李都放到卡车上,而我们这些人则坐到吉普车上走了。第一天晚上，我们都住在部队的帐篷里。我们还最后一次领取了战地必备用品，防毒气的消毒毛巾、铁铲、晕船片、一罐香烟、药品盒、军用干粮等。由于我们的行李已经提前运走了，所以那天晚上每人又发了三床毯子。

天气很冷，三条毯子也不管用，我整晚差不多没有睡着。当第二天早上醒来时，汤普森（Thompson）说："这是我有生以来最冷的一个晚上。"而怀特比尔德则说："这种事稀松平常。"

在过去的几个星期里，我们都在舒适的环境中生活惯了，可是我们现在又要回到曾经习惯然而恶劣的生活环境中去了——睡在污秽的地上或是地洞里，就着冷水吃着干粮——现在我们又投入到战争中了。

刚一吃完早餐，军方就把我们这 28 人召集起来，做了一次简短的情况介绍后，就用吉普车把我们送到各个部队里去。

我们仍然不知道行动的详细情况，也不知道将要上哪一条船，到哪一个部队里去。每当有几个人被分走时，未走的就只有挥挥手了。我们都感到前景不容乐观，只好互相安慰："既来之，则安之吧！"

第二天早上 4 点我就在另一个军营里被叫醒了。同住的那些军官们一边咒骂着一边起床，他们都是属于某一个单位的司令部的，现在要出发了。过去几个月来，他们都过着平民化的生活，睡得舒适，吃得又好，衣着光鲜整洁，办公室光洁明亮，还有正常的社交生活，可是这一切现在都完了，他们又要上前方了。他们现在正忙着戴钢盔，穿皮靴，有的已经背起了背包。

在黎明前的黑暗中，有人开玩笑地对另一个人说："你干嘛穿得那么好？是去参加化装舞会吗？"他们身上带的东西太多了，有位军官就开始嚷嚷："我背这么多的东西，要是德国佬打来了，我根本打不过。"

但他们说得最多的是："你是非去不可的吗？"

他们这些人，都花了几个月的时间，协作制订一项宏伟的作战计划，现在完成了，就只等着付诸实施了，如果他们只是关心自己的话，他们是不会这样说的。

这个车队的队长是我的老朋友了，我和他坐在一辆敞篷的吉普车上，车往前开去。天刚蒙蒙亮，我们才一出发，就下起雨来了，这是一种只有英国才有的那种阴沉而又寒冷的雨，就像一年半以前我们离开英国去非洲时下的那种雨。

我们走了一天，沿途有摩托车照顾着我们。我们每隔两小时便下车舒展一下手脚，中午时我们只好吃军用干粮，天气可真够冷的。

大兵们带着一条粗毛梗狗，那是某一位军士长的。每次有行动时，总免不了有几条狗参加。每当我们下车休息时，这条狗便到处跑，但从不惹事。

英国的公路早已整治得畅通无阻，在每个交叉路口，都有警察和宪兵站岗，当我们接近登船地点时，沿途的居民都站在各自的门口微笑地望着我们，祝我们一路平安。孩子们则把拇指和食指屈成一个圆圈，给我们一个美国式的"OK"。一个男孩微笑地把一支树枝当作枪般瞄准着我们，一个大兵走过去，把他的"枪"推向一边，一边笑着对我们说："是不是让他打一枪。"

一个小女孩，出于天知道的原因，对着我们做了一个鬼脸。

临近黄昏，我们终于上船了。那是一艘登陆艇，满载着军车和兵员，正在离岸几米远的地方颠簸着。作为老兵，我正想鼓起勇气涉水上去。这时，在我后面的一位军官甲板喊："哎！叫船长把船靠拢点！"

几分钟后，登陆艇靠上了岸，我们这支队伍上了船，我是唯一弄湿了脚的人。

终于启航出海了。晚上，船上部队的总指挥，一位上校，把这次行动的详细计划告诉了我。一年多来，这计划可真是个大秘密，任何人只要知道这个计划，那他就是参与这个计划行动的一分子，再也不能置身事外，不干也得干了。

我向他提了很多问题，我知道我的声音是有点颤抖，但我就是控制不了。情况将会很严重，这点上校自己也承认，他希望能尽量减少伤亡，但伤亡总是难免的。

登陆行动现在对我来说，是一个严酷的现实。几个钟头以后，一场大战就要临头，谁也不能保证他自己能平安无事。这对我更是如此。整个晚上，这些要命的想法缠住了我，把我折磨得要死，差不多到凌晨四点钟，我才睡着。

我乘搭的这艘船所在的位置很好，因为它已接近船队的后面，这就是说，在我们的周围都有船只，而不会像外圈的船那样易于受到袭击。

我们这支船队，差不多全是登陆艇，都满载着兵员，每只船都拖带着一只铁浮舟，当登陆艇驶近海滩或浅水区时，这艘浮舟便可以起到驳船或码头的作用，而在这只铁浮舟的后面，还拖带着更小的、两头都有马达的小浮舟，我们都把它叫做"犀牛"。

在航程中，很多船的拖缆断了，因此损失了一些浮舟。特别救援队奉命抢救这些浮舟。在最后的那天晚上，我们船也丢失了那条"犀牛"，但不知救援队有没有把它捞回来。

我们得到通知说，如果我们的船沉了，我们获救的机会很小，海水很冷，我们很可能会在 15 分钟内冻僵，失去知觉，然后在四个小时内死亡。所以我们都在估量,万一这船沉了,我们爬上后面那艘浮舟的几率有多大?问题的关键是,万一船沉时,我们是否来得及把拖缆斩断,而不致使浮舟也被沉船拖下水去?

有传言说,已有一名水手奉命手持利斧站在拖缆旁边,如果船中了鱼雷,就立刻砍断拖缆。我跑去问船长,他说根本没有这回事。

在这次航程中,发生了一件趣事,有一艘船的轮机坏了,船体倾侧,引擎空转,后面的船赶快驶来把它扶正。

整个船队排成直线,不见头尾,船队两边有驱逐舰护卫着,而在以往,当一个船队配置得当的话,是不需要这些护卫的。

晚上,当我们将要到达登陆地点时,和我同处一室的舰长从舰桥上走了下来。

"事情进行得怎么样?"我问他。

"不妙,"他答道,"又来了一队船队,把我们赶出了扫雷区。船的引擎坏了一只,另一只引擎只能慢速转动,风和潮水把我们赶向比利时海岸那边去,我们现在勉勉强强地向西行驶。"

我想,假如我们并没有碰上水雷,而且被风浪吹到敌方的海域,然后被俘,在战俘营中度过战争,这可真是够刺激的。但不幸的是我却睡着了,当拂晓我醒来时,我们的船的两个引擎都在好好地转动着,我们的船回到了船队中,进入了扫雷区。

头天晚上启航前,我们都得到通知说,我们应该在次日早餐前吞服两粒晕船片,然后在整个航程中每隔四小时吞一粒,药片是早已分到每个人的手里了。

我们都遵照嘱咐先吞下两粒,可是,这可把我们害惨了。这药片具有强烈的催眠作用,结果到中午时,船上所有的陆军人员全部都变得昏昏沉沉的,幸亏船上的海军人员没有吃(海军还会晕船么?),所以船还有人在驾驶。这药片吃下去,不但使人昏昏欲睡,而且还会令人喉咙收缩,口里又干又苦,而且还会使眼球扩张,使得我们差点什么都看不见。

当我们从这种无妄之灾中缓过来时，已快到黄昏了，我们都把这些药片抛到海里去了，这时，我们才觉得好过了些。此后，在通过扫雷区时，虽然风浪很大，我们船上却没有一个人晕船。

当我们接近将要登陆的滩头时，所有的恐惧和消沉情绪都一扫而空。我们周围都是震耳欲聋的炮声，岸上则扬起了一道道黄色的烟柱。我们知道，我们的轰炸机今晚就来大炸一轮的。所有的疑虑都成了过去，我又回到那平淡无奇的战争生活中去了。我相信船上的每一个人也是如此，即使是那些从未上过战场的人。

在这次航程中，我们都害怕会遇到德国潜水艇、鱼雷艇和夜间轰炸机的袭击，可是一切都平安无事。

这次我们在海上停留的时间，比平时由英国到法国的渡轮所花的时间还要长。当我们进入扫雷区时，那里已挤满各式舰船，扫雷艇已清开了一条条通道，通道宽达几英里，每条有浮标显示着。

在我们的前面，聚集着有史以来未曾有过的庞大的船队。在我们的北面，是另一支庞大的船队，其中有些还是客轮，这时正全速开回英国去，以便重新装载兵员和物资。

我们不管朝哪一个方向望去，都只能看到海上挤满了世界范围内的各式各样的船只。在远处，我好像还看到了一艘明轮船，但也可能是我眼花了。

这里有大至战列舰，小到巡逻艇等各种战斗舰艇。有大量的自由型运输船，有由豪华邮轮改装而成的运兵船，还有很多大型登陆艇和坦克登陆艇，而在这些舰船群中，还有各种无法形容的船只，如改装了的快艇、内河小船、拖船、驳船等穿梭其中。

对于这支"无敌舰队"的那种纷纷攘攘的情景。我只能形容为，我们不妨想象一下，纽约港每年最繁忙的那天的情景，然后再把这情景放大，你视线所及的范围，直至远方的水天线。而在水天线外，还有十倍于此的船只，如此，你便可以想象出是怎样的一种情景。

一切都是经过精心策划的，每一条船，甚至是最小的那艘，都被安排到以分秒计算。我们这支船队由于受到风和海浪的影响，竟然比时间表跑快了 5 个小时，而且这中间还不算中途引擎出故障而有一半的时间是停着的。于是我们只好兜圈子，以符合时间表的计划安排。

最后，我们船队虽然按时到达指定地点，可是我们仍然未能靠岸，只好一连几个小时地在海上摇晃着，周围都是卸载后离岸的船，最后终于轮到我们了。

就在这时，开始登陆了，我们处在这史无前例的大进军的最前列。从战舰上发射出来的炮弹从我们头上飞鸣而过，时不时有一具浮尸漂过船旁。我们周围无数只军舰都在开火，我们站在船桥上，可以目睹敌我双方的炮弹都在海滩上爆炸，我们的人正在拖带装备强行涉水登陆。

我们正身处战事的焦点。这时，康尼（C.Conick）中尉正坐在舱底下，开着电唱机，一边听宾·克罗斯比（Bing Closby）演唱《甜蜜的 Leilani》，一边在玩纸牌。

炮弹不断地在我们周围爆炸，时不时船会猛烈地晃动起来，但大兵们都坐在船舱里，穿着防护服和救生衣，一边在看《生活》杂志，一边从收音机里听英国广播公司的新闻报道。他们正在向我们报道正发生在我们眼前的事。

但在岸上可就不是那么回事了。

24　到柏林之路

　　根据安排,我没有立刻登上滩头,而在次日早晨,当我们的第一波突击队拿下了滩头阵地后,我才登上滩头。

　　滩头上的战事已经结束,战事在内陆几英里远的地方进行着,滩头阵地上只有些零星的炮火和枪声,偶尔有一个地雷被踩爆了,扬起了一道灰褐色的沙土。几英里长的海滩上,到处都是破破烂烂、乱七八糟的东西。

　　滩头上到处都是打烂的坦克、翻转了的船、燃烧着的军车,打得千疮百孔的吉普车以及个人用品,更多的是一排排的死者,都用毯子盖着,他们的双脚整齐地露在毯子外,排列成行。至于那些还没来得及收拾的死者,都伸开双脚奇形怪状地躺在沙滩上,或是倒身伏在乱草丛中。但更为严酷的,是那些累得半死不活的大兵们,他们一方面要把沙滩清理好,又要把沉船上的补给品抢运出来,搬到沙滩上。

　　我们拿下了这些滩头,在我看来,这简直是一场奇迹。当然,我们有些部队打得并不怎么吃力,可是在我登陆的这个地方,他们面对着顽强的对手,要登上这个滩头,就像要我去把世界拳王乔·路易斯(Joe Louis)打成肉饼一样困难。登上这个滩头的,是第一师及第 29 师。

在这种地方开辟第二战场，人们不禁要对为此而献身的人，感到叹服。

在我们的面前，敌军比我方的突击队要多，他们占据了有利地形，而我们则相反。德军掘壕据守已经有几个月了，虽然有些工事还未完工。在离岸约 200 米处，是一座高数十米的绝壁，德军在山顶上用水泥建筑了火炮阵地，阵地向侧面而不是向前面开口，所以我们的舰炮很难击中它。而德军则可以轰击几英里内的任何一个目标。

在前面的斜坡上，德军还筑有隐蔽的机枪巢，可以用交叉火力封锁住滩头上的每一寸土地。这些机枪巢有交通壕互相连接，所以机枪手可以自由走动而不致暴露。

沿着整个滩头上，在离岸 200 多米的地方，有一道弯弯曲曲的 V 字形的壕沟，除非填平它，否则任何人都过不去。而在滩头的两端，地势较平，德军筑有水泥墙，不过这些水泥墙很快地就被我方的舰炮或是登陆后的工兵们炸毁了。

我们现在所占有这个滩头，其唯一的出口就是一些洼地和山谷，每处都只有几百米宽，德军在那里设下了大量的陷阱，并布满了地雷，此外，还布设了带刺的铁丝网，下面还埋上了地雷，挖了暗沟，同时还有从斜坡上射来的机枪交叉火力。

这一切都还是滩头上的事情，可是我们的大兵们在登上滩头前，还要先经过一道要命的"海上迷宫"，在靠近滩头的海水中，到处都是障碍物，德国人在整个近海水域中布了大量的破坏物来阻止我们的船靠岸，我们要不停地清理航道，可是时不时还是有船碰上水雷。

德国人制造了很多"六爪大蜘蛛"，都是用铁轨制的，竖起来有人的肩膀那么高——都布置在水面上下，好用来撞穿我们的船。

德国人还在海底埋了很多大圆木,木头刚好到水面处,而木头下面则连接有水雷。

除此之外,德国人还在海边布了很多浮雷,沙滩上也布满了地雷,而沙滩后面的草地上,则按棋盘状布下了大量的地雷。在兵力方面,我们是以三个人对他们四个人。

可是我们还是在向前推进。

制订滩头登陆计划就是要拟订好一个预定时间的作战进程表,一切都要按时行动,互相配合好,以便使后到的登陆部队能在预定的时间按时登陆。有些突击部队进度很快,已攻入内地,进攻那些明显的德军目标。在计划中,一般安排有特别的部队,首先预先进内地,当第一批登陆部队上滩头时,他们分秒不差地立刻从后方攻击德军的炮兵阵地。

我经常为这个计划感到迷惑。按照计划,工兵应该在 H 时(行动开始时)2 分钟后登陆,后勤部队是 30 分钟,甚至连新闻检察官也规定于 H 时 75 分钟后登陆,可是,在我目前所在的这个地段——最艰苦的地段,却奇怪地没有标明进攻的时间。

大兵们根本无法越过这片海滩,他们被敌方从陡崖上射来的火力封锁着,只能伏在水里。我们的第一波攻击队已经登陆几个小时,而不是几分钟,可是就是无法攻入内陆。

大兵们就在海滩上,就在海边上,挖掘了战壕,海沙里混杂着小石头。卫生兵尽量地抢救伤员,很多人刚一跨出登陆艇就被打死了。我认识的一位军官,他身先士卒,登陆艇的前大门刚一打开,他的头就正正中了一颗子弹,而很多人是淹死的。

最后,终于由海军的舰炮来支援他们了,他们用猛烈的炮火把岸上的德军的火力点一一打掉。最值得称赞的是那些驱逐舰,他们驶近岸边,用直射的炮火把德军的水泥火力点全部打掉。

炮火一停,大兵们就在军官的率领下,向内地挺进,绕过机枪巢,然后从后面向敌人攻击,把他们消灭掉。

正如一位军官所说的那样,要攻占这个滩头唯一的办法就是面对现实,奋勇前进。一开始当然是要付出代价的,但这别无他法,假如人们只是趴在滩头上掘壕据守,而不是主动出击,那只有死路一条。

我们的登陆大军在滩头上只是稍微停顿一下,便挺起身子奋勇地前进了,这样便拿下了滩头阵地,完成了登陆。回顾这两天来的战况,我们都认为我们登陆了,站稳了,这本身就是一个奇迹。

我们当然有伤亡,在整个滩头阵地上,包括其他单位的在内,我们的伤亡率是出乎意外地低,而我们的指挥官,本来以为伤亡率会是相当高的。

那些已攻入内地的部队,打得很苦,而且没有休息,可是他们的士气仍然很高,他们的牺牲精神已经达到无以复加的地步。

他们很自豪,"我们会再干他一家伙的!"他们说。他们都认为,老子天下第一,其他的部队都比不上他们。虽然别人对他们的评价并不像他们自己所想象的那样,但他们的确是抱有必胜的决心的。

我踏上法国土地的第一件事,就是去找我的那些同行们,几天前我们在英国时才分手的,我要去看看他们现在怎样了。在出发的前一天,我们都一致认为,在我们新闻记者当中,肯定是会有伤亡的。新闻记者自成一个帮派,我们熟悉一切门路,他们的行事方式也是一样的。所以我知道到那里去找他们,而且很容易地就找到了。

天刚拂晓,大兵们还没有开始一天的行动,在离滩头约半英里一个长满青草的山背后面,我在战壕中找到了他们。我老远便看出是他们了,因为我一眼便认出了汤普森(Thompson)的大胡子,他穿着一双伞兵靴,正坐在战壕边上,大约有十多名新闻记者聚集在那里,其中有三个是我的老友,汤普森、怀赫德和奥莱利(O'Reilly)。

我们马上互相打听其他人的情况。大多数都平安无事,只死了一个,另一个可能是因沉船而失踪了,但不知此人是谁。另外有一到两人受了伤,另外还有三名我们都很熟悉的人都毫无消息,看来情况不妙,不过后来才知道他们都平安无事。

他们都没有刮胡子,眼睛发红,浑身酸痛。他们登陆时只带着手提打字机和军用干粮,有两天没有睡觉了,现在他们都穿着湿衣服席地而睡,连张毯子都没有。

但是,这几天来他们实在太疲劳了,由于筋疲力尽,所以他们心思迷乱,假如有人问他一个问题,他要先集中思想思考一下,才能做出回答。

他们有两人亲身经历了那可怕的一夜,因为他们两人是跟着突击部队一起登陆的。

怀赫德在开始登陆后的一小时跟着一个团登上了滩头,汤普森则跟着另一个团同时登上了滩头,但他们在滩头上足足捱了四个小时的炮火轰击和密集的机枪扫射。

汤普森说:"我从来没有见过这样的滩头,死伤的人到处都是,想走一步都困难,一位军官就在我身边被打死了。"

我找到怀赫德时,他正在战壕里睡大觉,我大喊一声:"起来,你这个懒鬼!"他笑了一下,可是连眼睛都没有睁开,他听出了喊他的人是谁。

要把他弄清醒实在是太困难了,他累得不得了,反而睡不着,于是只好服一颗安眠药。

唐(Don)在滩头上弄了张毯子,此刻便裹着毯子睡着了。他因为穿着湿鞋湿袜走路,所以他的脚肿了起来,他把鞋子脱了,让他的脚见见风好消肿。

他终于爬起来了。"我真不明白我怎么还能活着,"他说,"真是可怕极了。一连几个钟头,炮弹不停地打过来,光是飞起来的泥巴和石头就够把我们打死了,所以过不多久我们就觉得只好听天由命了。"

唐伸手在干粮袋里找香烟,他摸出一个封包,看了一眼便把它摔了:"狗屁,要来干啥?"原来那是一包晕船药。

"当船在海上荡来荡去等着上岸时,我晕得更厉害了,"他说,"所有的人都晕船了,大兵们躺在船舱里,吐得一塌糊涂。"

奥莱利在一只小船上足足等了六个小时才上了岸。所有的人都又冷又湿,又晕船又担惊受怕。当然,如果你是隔岸观火的话,你一定会以为打仗很够刺激。

怀赫德可能比其他的记者参加过更多次数的登陆战。我知道他参加过六次,其中四次可怕极了。"我想我参加的次数太多了,就我个人而言,这些我已经没有什么新鲜感了,这就像是天天晚上做着同样的噩梦,当你想把你的感受写下来时,却发现那是千篇一律的,已经毫无新意了。"他说。

对此我也有同感。

要想记者们在登陆的头几天就立刻把报告写出来,那是十分困难的。当然只有记者才能提供全面而又真实可靠的第一手资料,别人是无法写出这些东西的,只有记者可以,而你无论写得怎么样,读者都不会介意。

那天早上,记者们都聚集在那小山坡下的防炮洞中,对通讯问题大发牢骚。虽然他们都随着第一波登陆了,可是他们肯定,他们的通讯稿还没有被送回美国,我比他们晚一天登陆,但可以肯定的是,我的稿子也有同样的问题了。

我沿着那具有历史意义的诺曼底海滩作了一次漫步,那是一个值得纪念的日子，人们都睡在海滩上，有些人已经长眠不醒，有些则漂浮在海水里，可是他们自己并不知道，因为他们已经死了。

海水里到处都是巴掌大的水母，每个水母的中心就像一个绿色的四叶苜蓿，真是一种吉祥物啊！

我沿着漫长的登陆滩头大约走了一英里半，我漫步走着，要想详述登陆的情景是不可能的。海边到处都是破船，战事所带来巨大的破坏和浪费是未曾身临其境的人难以想象的，所有这一切都价值不菲，可在登陆的头几个钟头内便全部报销了。

在离岸一海里的范围内，有大量的坦克、军车和船只，但在水面上是看不到的，因为它们全部沉到海底下去了。这些船，有些是因为超载，有些是被炮火击中，有些则是触雷而沉没的，船上的人大多数都死了。

在海面上，到处都有破烂的军车、驳船、吉普车和小登陆艇等在海水里浮浮沉沉。随波逐流，当退潮时，还可以看到德国人布下的专门用来破坏船只的六头钢爪。

在高出海面的干燥沙滩上，到处都是被打烂的车辆。有些坦克刚一上岸便被打坏了，有些吉普车烧成了一堆废铁，有些工程车被打坏了，可是吊臂还好好地吊挂着，有些满载办公用具的半履带式运输车，只一炮便被打得歪倒在一边，打得粉碎的打字机、电话机、公文夹等抛撒得满地都是。

有些坦克登陆艇船底朝天地翻了过来，我真不明白这是怎么搞的。有些小船则背靠背地倒在一起，船舷洞开，吊门也被打掉了。

在这个沙滩上的"战事博物馆"里，还可见到成捆的电线、打坏了的推土机、一大堆的救生衣以及等待运走的一大批炮弹。在水面上还可见到漂浮着的救生艇、士兵的背包、干粮箱以及凳子。在水边还有一大堆乱七八糟的电话线和一捆捆已经生锈的步枪。

倒在这一带的人和物资足够打一场小规模的战役。在物资方面我们花得起,可是人却永远地倒下去了。

物资方面我们当然花得起,数不清的补充物资正在源源不断地运来。由兵员和物资组成的洪流正从英伦三岛滚滚而来,其数量之多以致这里的破船烂车简直不值一提,真的不值一提。可是,沿着海岸线,长长的担架行列足足有几英里长,睡在担架上的这些人,就是他们——为打开进军欧陆之门而献身的人,他们已尽了他们的本分,可是现在再也用不着他们了。

一堆堆的大兵们的零星杂物,堆了足足有几英里长,那里面有袜子、皮鞋油、针线盒、袖珍本《圣经》、手榴弹、最近才收到的来信、牙刷、剃刀,还有全家福照片——它们正在望着你呢!此外,还有小记事簿、小镜子、血淋淋的皮靴、断了柄的铲子、破得差不多无法辨认的手提收音机以及歪歪扭扭的探雷器、破烂的手枪皮套、急救包、破烂的救生衣……我拣了一本有签名的袖珍本《圣经》,放进袋里,可是没走多远我还是把它放回到沙滩上了,我自己也不明白我为什么要拣它起来,然后又把它放回去。

大兵们登陆时,往往都会带着些莫名其妙的东西。据我所知,有次登陆时,有一位大兵背了3个六弦琴登陆。可是,这次表示我们已攻上滩头的标志物,是一只网球拍,那是由好几个人共同带上来的,现在它孤零零地但是却紧紧地矗立在沙滩上,完好无损,一根弦也不曾断。

在海滩上,抛撒得最多的是香烟和信纸。上岸时,按规定每个兵都要带一箱香烟上岸,可是那天登陆时有数以千箱的香烟被抛到海中,香烟都漂散到海面上,鲜明地标出了我们的登陆路线。

其次是信纸和航空信封。大兵们本来都想在法国时好好地大写特写,可是现在这么一来,信是永远写不成了,这些信纸都浪费了。

当然,每次行动时总是有狗儿参加的,这次也不例外,一只狗孤零零地站在海滩上，可怜巴巴地在找寻它的主人。

这只狗儿站在水边一只半浮半沉的破船旁，每当有人走过，它就热切地向他吠几声，跟着他跑上几步，后来发觉他不是它的主人，于是失望地跑回到那破船旁，徒劳地等待它的主人出现。

就在这一长条的废杂物资的周围，能动的人都在忙着，把物资运往前方，以便我们的大军能向法国内地推进，一部分人则在破船中收集那些还能够使用的物资。人们就这样夜以继日地在沙滩上忙着，直到把最后一名阵亡者掩埋好。

一个年轻人躺在地上，我以为他死了，可是走过去一看，原来他是睡着了。他十分年轻，但可以看出来，他是累坏了。他侧身睡着，一只手里握着一块又大又光滑的石头。

我站在那里，久久地望着他，他在睡梦中还紧紧地握着那块石头，好像那块石头就是他和这个动乱世界的唯一联系了。我一点也不明白他为什么在睡觉时还要握着那块石头，为什么不在睡觉前丢掉它。这就是一些令人难以忘怀但又无法解释的事情。

诺曼底海湾那强烈的回旋潮流不停地来回冲刷，使沿岸沙滩的形状不断地改变。

潮水把战死者的遗体带入海中，然后又把他们送回到岸上，用沙子把遗体掩盖了起来，可是退潮时又把他们暴露了出来。

当我在沙滩上走来走去，东拉西刨时，我发现有两支木头似的东西从沙滩里伸了出来，我仔细一看，不是木头，而是一名大兵的两只脚，他全身都被沙埋起来了，只有脚还伸在外面，他的双脚直直地指向内陆，他从那么远的地方来到这里，但现在只能这样地望着他想要到的地方了。

从沙滩往前几百米处，是一个高峭的陡崖，我军在那里支起了一个帐篷作为收容所，周围用铁丝网圈了起来，战俘就关在那里。

我走到陡崖上面，居高临下，整个海滩便呈现在我的眼前，一眼望过去,除了海边那一大片破船外,在远处是人类历史上所仅见的巨型舰队,这支巨型舰队现在就停在那里,等待着卸下它的装载。由山顶上望下去,密密麻麻的船只一直延伸到海天线上,而在两边,则向外伸展有几海里长。

这时,我看到一群刚俘虏来的德国兵,正站在离我不远处,还没有关进铁丝网内,两个面容凶恶的美国兵拿着冲锋枪守着他们。

这些战俘也在望着大海——多年来,他们都认为这是他们的安全线,可是,现在他们觉得这真是一场噩梦,他们都沉默了,他们脸上的表情令人永世难忘。这是他们最终无法抗拒的可怕的命运。

25 高射炮兵的战斗

在我们攻进欧陆的头几个星期中,头等大事就是保护我们那些在海滩或港口尚未卸下的物资和人。正是靠着这大量物资,我们的部队才有足够的力量席卷法国,攻进德国,所以卸货的工作绝对不能中断,由此,我们已经腾出足够的力量来保护我们的海滩和港口。我们的地面部队已经在诺曼底内陆一带站稳脚跟,盟国的空军则保卫着海峡,以防德军偷袭。我们巨大的空中优势使得我们白天的伤亡减到最少,只有在晚上,德国人才有机会来袭击我们。他们的夜间轰炸机不断地骚扰我们,但最多也只是使我们睡不成觉并且加深我们的防空洞而已。

因此,夜间保卫海滩、码头的任务就交给了高射炮部队。据说,在滩头上,单位面积内高射炮数量之多是空前的。炮兵们一连几个星期都是夜里打仗,白天抓紧时间睡一下,对此我毫不怀疑。可是,落下来的高射炮弹碎片才真正地构成了最大的威胁——这是在这次大战中所罕闻的。一个星期以来,每天晚上,高射炮弹的碎片雨点般地落在我住的帐篷周围。有次一枚没有爆炸的炮弹竟然穿透帐篷,插入地下。滩头上大部分的人整夜都只好睡在防空壕内,有些人则干脆在滩头上挖掘防空洞,以躲避碎片雨,就像当年在意大利战线的安齐奥滩头上那样。

　　所有的高炮部队都归一名将级军官来统辖，由此可见高炮部队的重要性。他手下的几百门高射炮足以把德国飞机截住，不让它们飞进我方的阵地。在他的指挥所帐篷里，挂着一幅大地图，所有的高炮阵地都标在图上，就像步兵单位的作战地图一样，而每天击落敌机的架数，都是有统计的。有一个四门炮连，在头两个星期就击落了15架德机，这就是他们战绩的一个例子。

　　德国飞机不能像以往那样在空中随心所欲了。它们整晚在外围盘旋着，有时只有少数几架钻空子飞了进来，但也没造成什么损害。当我们90 mm口径的高射炮开始射击时，他们就转头飞回去了。我们的高射炮手都说，这些德国飞行员一定是些新手，对此我不敢苟同。我同德国空军打了两年的交道了，我知道他们技术高超，而且是不怕死的人。德军的夜航机通常都是先在目标区上空投下照明弹，把目标区照得通亮，然后再投弹轰炸。炮兵们说，难得有20％的敌机能够突破我们的防线，飞去轰炸我们和船只。但我们的海滩防线是那么的长，任何一架德机只要随便投下一颗炸弹，都可以炸中我们，他们通常都是投完弹就赶忙飞回去了。

　　当德机飞临滩头阵地上空，我方万炮齐发时，那情景才壮观呢！船上所有的高射炮机枪都用曳光弹对空射击，岸上的也是一样，常有红色曳光弹的弹道从四面八方一齐向天空射击，到一定高度就往下掉，所以整个天空就像莲蓬头喷水般到处都是一串串的弹道在上升、下落。在黑色的夜空背景下，煞是好看。而在这暴雨般的流星群中，最为壮观的是高射炮弹在高空中爆炸，在瞬间形成一朵朵金黄色的花朵。这时，地上空中响成一片。当有低矮云层时，云层会将连续不断爆炸声汇集，然后放大反射回来，那声音就像台风来袭时那种令人听了血为之凝固的呼啸声，可怕极了。这时，炸弹爆炸，炮声动地，我们的帐篷也晃动起来，如果是睡在地下坑道里，这时便会有一阵阵的烟尘冲进洞内。每当德机临近，炮声大作时,我们即使是睡在床上,这时也会不由自主地戴上钢盔,有时干脆就不睡觉了,傻乎乎地一直坐到天亮。

　　美军的高炮部队在登陆的那天及以后的日子里,起了重大的作用。一般人都认为,高炮部队是不会和步兵一起登陆的,可是在登陆的时候,什么人都有,有步兵,有新闻检察官,有工兵,甚至有随军牧师。总之,什么人都有。

　　高炮部队是首批登陆的,因为指挥官认为,德国飞机在大白天一定会来袭击他们,他不能让他的部队受到损失。可是德国飞机根本就没有来,高炮部队变得无事可干了,于是他们自动加入步兵或炮兵单位内,参加战斗,所以他们的伤亡也和步兵一样地高,某支高炮部队甚至损失了一半的人员和大炮。我前往采访的那个高炮部队,他们只用一门 37 mm 口径的小型高炮,就敲掉了一门深藏在水泥碉堡内的德军 88 mm 高平两用炮。这简直就像是神话里的大卫王战胜了巨人哥利亚。

　　这支高炮部队这时已进入内陆几英里了,那时他们还在一块小小的开阔地的边缘上扎营,大炮都已半埋入地下架好了。即使是在大白天,也有两位炮手坐在炮位上,两眼望天,准备随时开火。其余的人有的睡在树下的帐篷里,有的则在忙着弄东西吃,一块面包或是咖啡什么的。炮长哈斯(Haas)是个热情而又直率的年轻人,当他见到是我来采访时,高兴得不得了,因为他在报上看过我的专栏,他想不到我们竟然会在这里相遇。当我向他说我想采访他们时,他谦虚地说,让家里的人知道了高兴一下也好。

　　他们是紧随着首批登陆的步兵之后登陆的。由海滩进入内陆,必须通过一条狭窄的谷地,可是这条通道却被一门深藏在水泥碉堡内的德军 88 mm 平射炮封锁着,于是炮车司机亨德里克斯(Hendrix)把半履带式炮车倒退入水中,使车上的火炮能够对准德军碉堡的炮眼。他们一共打了 23 发炮弹,其中有几发打进碉堡里去了,德军投降了,他们为此骄傲不已。当我做记录时,他们都谦虚地说,这一切应归功于吉伯斯(Gibbsk)中尉,因为是他领着干的。这门炮被命名为 BLIP,那是他们家乡(他们来自四个不同的州)名字的第一个字母。

美军的高射武器可分为三种类型,首先是 0.5 英寸(12.7 mm)的高射机枪和 20 mm 口径的机关炮,这是对付低空飞行的飞机的有效武器。在一个防空阵地上,就有数以千计的这种机关炮。每个阵地都是这样,当德军的俯冲轰炸机来袭时,阵地上所有的人,不管他们是干什么的,只要手头有一支轻机枪以上的重火器,都要开枪对天空射击。第二种是 40 mm 口径的长管速射机关炮,这是对付中空飞行的飞机的有效武器,阵地上有上千门这样的火器,最后,高射炮的主角当然就是我们 90 mm 口径的高射炮了,这是专门对付高空飞机的,我们就是靠它来击退德国飞机的,击落德机最多的也是它。

在诺曼底的滩头阵地上,我和一群 90 mm 高炮的炮手们过了两天两夜,他们都是初次参战,但是在三个星期后,他们觉得自己已是全营最好的一个连中的最好的一群炮手了。他们认为,他们根本不会让德国轰炸机接近他们的阵地,德机从来都炸不着他们。后来我发现,其他炮群的炮手也都有同样的想法,我想这大约就是所谓的“士气”吧!

他们一共有 13 个人,有些人负责瞄准,有些人负责装填炮弹和发射,有些则专门从不远处的一个弹药坑把炮弹运送过来。一个炮连通常有 4 门炮,另外还有专人照管各种仪器设备。连里的 4 门炮都在一块小空地上掘坑架炮,各炮间距 50 米,炮手们有的睡在小帐篷里,有的睡在树下的炮车底下,有的则睡在伪装的网里,炮手们夜里上班,白天睡觉,他们懒得挖什么防空坑,因为德机夜里才来,而那时他们正在浴血奋战。

可是在白天,他们还要检修大炮,所以他们只好一些人上午睡,一些人下午睡。他们生活艰苦,可是他们还没有体验过真正战争的滋味,他们远离敌人,又不是天天移动,所以还算是不错。他们最大的危险是德机的袭击,但这并不严重。他们参战还不久,还懂得要保持衣衫整洁,每天照常刮胡子、洗衣服。他们的后勤补给还在英国,没有到,所以他们只好自己烧饭。他们盼望着后勤补给能早些来,以便能吃上顿热饭。现在他们只好在地上挖个坑,点着树枝柴火,把干粮弄热了吃。

这门炮的炮长是萨缪尔森(Samuelson)上士,他手下的 13 名弟兄没有一个超过 25 岁,其中只有两个是已婚。他是个文静的人,说话声音柔和,为人正派,所以人人都喜欢他。

在这群炮兵中,有两个是同乡,来自新罕布什尔州的曼彻斯特(Mancheater,New Hampshine)。事实上,在该连中有 6 人,在该营中有 15 人,都是来自曼彻斯特。所有这些人,都是在同一天在同一个地点参军的,到了法国后,也是在相隔不远的地方打仗。其中,上等兵普罗文彻(Provencher)是法裔加拿大人,是这里唯一会说法语的人,而在家里,他就是说法语的,所以来到这里,一切的“外交”工作都交由他去办。我曾经听说过,真正的法国人都听不懂法裔加拿大人所说的法语,可是普罗文彻就从来没有遇到过这样的事。

上等兵哥维尔(Cover),来自马萨诸塞州,一副黑色的大胡子,使他看起来活像一个大流氓,所以他每隔两天就要刮一次胡子,剃过胡子后,我们都几乎认不出他了。而斯拉文(Slaven)原是一位商人,家里开着一间药房,他当兵外出,药房就由妻子照管着,他妻子经常寄一包包的药给他,所以不久他的药品就多得足以开一间小药店了。他的这些药品包括阿司匹林、雪花膏、洗头液等。他也曾经有过一大批雪茄烟,不过早已抽光了。大兵们都说,他是他们当中得到邮包最多的人,他们两个是这群大兵中仅有的已婚人士。

大兵米列(Millea)是一位预言家,会说些又长又动听的故事,对世界形势自有他的一套看法,他有从政的意愿,战后他要回家竞选市参议员。因为是个弹药手,在夜间的战斗间隙,他会蜷身睡在火炮旁边的弹药坑里,就睡在炮弹堆上,鼾声如雷,老远就能听到。

这个炮连的连长是利弗(Reiver)上尉,整个晚上他都在掩蔽部里指挥战斗,有情况时电话会随时通知他。

第二天,大兵们请求连长允许他们趁我在时写信回家,连长批准了。天气转暖,大兵们就坐在草地上,把炮弹箱当作桌子,写起家书来了,他们写完信后,都要求我在他们的信上签名。

这些小伙子都说,他们都是被分配到高炮部队而不是自己要求来的。但到了部队后,他们也喜欢干这一行了。打了几个星期的仗后,他们都喜欢摸枪弄炮,不再是怕听枪炮声的老百姓了。他们出国半年多了,都非常想回家,他们闲谈时最喜欢的话题就是"去年今天我在美国干什么?"他们都希望欧战结束后不要再到太平洋战场上去。

他们都还是一群大孩子。在他们当中,没有什么特殊人物,正如在任何人群中,有多嘴饶舌的,也有性格沉静的。由于会说法语,普罗文彻早就和这附近的法国农民拉上了关系,所以他们经常能得到些诸如鸡蛋、牛油之类的东西吃,农民们曾答应送些鸡给他们,可是至今还未见送来。虽然炮声震耳欲聋,可是他们谁也不需要用棉花来塞耳朵了。他们说,鼓舞士气最好的东西就是军报《星条旗》和家中来信。

大兵们对于他们刚踏上法国土地时的经历非常自豪。他们在离海滩不远的一块空地上构筑了阵地,不停地开火,到处都有德军的狙击手,子弹整夜地从他们的头上飞过。他们最津津乐道的是,当周围的步兵都在弯着腰甚至是爬伏潜行前进时,他们全部都直立着身子挖掘炮位,每当他们移动到一处新阵地时,他们便得连续12个小时不停地挖掘炮位,当他们挖一门炮位时,其他三门炮便不停地战斗。我访问的这一门炮,它的圆形炮坑 1.2 米深,直径约7 米,炮坑边缘有用沙包筑成的胸墙,所以当一个人站在坑底时,从外面只能看到他的头顶,所以除非直接命中,否则在坑底里是十分安全的。

在大白天,所有的炮都用伪装网罩着,晚上战斗时,他们发射10—150 发炮弹不等。在滩头阵地上头几天,他们整夜都在开火,以致最后只剩下几发炮弹。不过补给线已经建立了起来,他们再也不愁弹药短缺了。我和他们在一起的那个夜晚,时间过得好像太慢了,因为那晚他们一共才打了 9 炮,他们觉得一点也不过瘾。他们都说,那晚是他们有史以来最静寂最寒冷的一个夜晚,因此,我在他们那里又多待了一晚。

正如德国人做任何事情都是刻板地、有条不紊地进行一样,在诺曼底滩头阵地上,德机的夜袭也是这样的,每晚到了 11:30,我们准能听到头一批德机在远方飞来时的嗡嗡声。我们的飞机在天黑时便升空巡逻了。11 点钟时天早已全黑了,而在大白天,天空中满是我方的战斗机和轰炸机,机声震耳欲聋,可是入黑后便突然沉寂了下来,天空中一架飞机也没有了。

当一听到德机的声音,炮手们便纷纷从帐篷里跑出来,跑到高炮跟前。他们都披着毛毯,因为夜里很冷,他们在等待电话响,只要命令一来,他们便开火。这时,他们便偷个空抽抽烟,不过抽烟时他们都把毛毯蒙在头上,以免烟火外露。在这个圆形炮坑的胸墙上,有 4—5 处挖有鸽子笼似的空格,一箱箱的备用炮弹便放在那些空格里。开火时,两名弹药手负责把放在炮坑旁边的炮弹一箱箱地传给炮坑下的那名弹药手,他接到炮弹箱后便把炮弹箱塞进那些空格里去。高射炮射击时一面射击一面转动炮身,但不管它转到任何一个方向,高炮后面总会有一个装了炮弹的空格在等待着它。高射炮的炮弹有人的手臂那么长,足有40磅重。每发射一炮,空弹壳便被踢到一边,到战斗间歇时,炮手们才把这些空弹壳集中到一边,第二天早上再把这些空弹壳装进木箱,等到有船回美国时便带回去,另作他用。

每门高炮都有电话与设在掩蔽部里的连部相通,在任何时候,总有一名炮手守在电话机旁,拿着听筒在听着,每当有德机进入防区时,连长便会下达命令,各就各位。这时炮长便会命令炮手们就位,这时人人各在其位,各司其职,用不着炮长再下口令。不管德机是否已被击落,或是已经飞离防区,只要防区周围已经没有情况了,连长便会下令休息,于是大家都松了一口气,离开炮位但不离开炮坑,坐在地上休息。

这种休息,有时只有几分钟,有时则会长达两个小时。当有较长时间休息时,除了守电话机的外,所有的人都裹着毛毯睡在地上。在下半夜的2—4点时,德国人照例也"休息"两个钟头,然后在拂晓前又来一次空袭。大约到凌晨4:30时,天空开始蒙蒙亮了,但德机仍在天上转悠着,直到天大亮才离开,这时每个人都谢天谢地谢德国人。

在白天,我们的飞机控制了整个天空,德机望风而逃。在登陆的头几天,我们的飞机都是从英国飞来的,所以一大清早,滩头上的大兵们都可以看见我们的飞机从西面飞来,而德国的飞机则向东飞回家去。

天大亮时,炮手们把高射炮的炮管放平,通过炮管望向附近一间农舍的石头磴子上,看看打了一夜之后炮身有没有移位。然后,有些人清理那些空弹壳,有些人收拾柴火煮早餐,有些人则支起伪装网。到七点钟时,这些工作都干完了,于是一半的人钻进帐篷里睡觉去,而另一半的人则拿着擦枪油、通条、碎布等来检修大炮。

晚上 11:15 了,夜色朦胧,但不是墨黑,周遭一带的丛林篱墙,以及其他几门高炮那高高仰起的炮管都依稀可见。我们都在炮坑里靠着墙坐着,等着夜间战斗的到来,我们有的是时间,还有十多分钟德国飞机才会来呢。可是,突然间,守在电话旁拿着听筒的炮长喊了起来:“各就各位!”所有的人都跑到各自的岗位上去。我们当然看不到飞机,可是远方那微弱的飞机声却是听得到的。人们有时光凭感觉就可以知道事情发展得怎么样了,特别是在夜里。

在这个作为高炮阵地的空地的那一头,有发电装置,用电缆接通各门炮,只要一按开关,炮管便会仰起和左右旋转,这一切全是自动化的。炮手们现在开始操作大炮了,一名炮手按动了开关,机器咔咔地响着,长长的炮管抬起了头,左右旋转,忽前忽后,简直就像一条想咬人的眼镜蛇。最后大炮终于瞄准好,于是炮长下令:瞄准! 三发放! 大炮轰然一声,猛然往前一冲,炮口喷出一道火焰,炮坑里顿然充满了呛人的浓烟,空弹壳退了出来,铿然一声落到地上,炮手们默默地又再装弹,再次发射。炮坑里浓烟密布,发射时我被震得向后倒退。慢慢地,烟雾消散了,然后大炮又再次左右旋转,找寻新的目标。

整个晚上就是这样过去的。我们只听见天上嗡嗡的飞机声,什么也看不见,偶尔可见高射炮的闪光,以及远方一串串的红色曳光弹,被我们射击的飞机,我们一架也见不着,除非它变成一团火焰掉下来,可是这样的火团很少见到。

我发现,晚上有敌机来袭时,一个人要是在高射炮旁边忙碌着,那他根本就顾不上什么害怕,只有那些毯子蒙头、躲在帐篷里的人,一边哆嗦着一边竖起耳朵倾听外面有什么动静的人,才会觉得害怕。

那天晚上,德国飞机特别活跃,我们不停地射击,只是间歇地休息几分钟。突然间,我们前面的天空发出一道亮光,一直照射到大海,整个夜空刹那间明亮了起来,我们不但可以清清楚楚地看到炮坑里的每一个人,甚至连阵地周围的景物都看得一清二楚。人们愕然相向,我们都害怕照明弹。而敌机就在我们的头上盘旋着,当然,德机可能会飞去轰炸那些海边的船只,但也可能扑下来攻击我们这个高炮阵地。一连串带有红色曳光弹的高射机枪子弹射向那颗照明弹,可是够不着。这时,"各就各位"的口令下达了,所有的高炮这时都抬起了头,转来转去指向那个该死的照明弹,接着,高射炮都开火了,想要把那个照明弹打下来。

其实,照明弹极少有被击落的,到一定时候它会裂成几小块,慢慢地变得暗淡无光,然后慢慢落下,熄灭。

在照明弹的亮光照耀下,人们会觉得自己好像是一丝不挂、由人宰割,老是想找个地方躲起来,当最后一片照明弹碎片也熄灭时,我们不禁松了一口气,然后又重新对着夜空开火。

对高炮连来说,晚上这六个小时这么快就过去了,实在是谢天谢地。在战斗时,时间过得很快,在敌机夜袭的停顿时间,我们都抽空打起瞌睡来了。有次,在午夜过后那漫长的停顿时间里,我们炮坑里的六七名炮手轻声地唱起歌来了,他们的歌声低沉而甜蜜和谐,他们唱的是《我曾在铁路上工作》和《Tipperary》等歌曲,他们唱得轻松自在,他们喜欢唱歌,只因为他们是年轻人,而现在他们在法国,在一个炮坑里,正在打仗。

夜里愈来愈冷了,在战斗停顿时,大兵们都披着毛毯,有的甚至还蒙着头,在黑沉沉的夜色中,他们就像阿拉伯人似的。在午夜两点过后,战斗间歇的时间较长,所有的人都披着毛毯躺在炮坑里睡着了，不久响起了鼾声。我和炮长低声地谈了一会儿，可是不久我也觉得眼皮沉重起来了，于是我也披着毯子坐在地上，靠着墙打起瞌睡来了。周围像墓地般静寂，没有炮声，没有任何动静，于是慢慢地，我的头倒向一侧，可是我仍然睡不着，我不习惯坐着睡，我冷得够呛，我只能埋怨我自己，怎么不能像其他人那样倒头便睡。

我终于睡了，可是，突然间，"各就各位"的口令大声地喊了起来，这就像是有人对我迎面泼了一盆冷水似的。我立刻望了望手表，发觉我才睡了一个钟头。炮坑里乱成一团，毛毯乱飞，人们互相碰撞着，"开始射击"的口令下达了，大炮轰然一声，炮坑里又是烟气腾腾，一晚就这样过去了，有时路过的车声听起来也会像是远方的飞机声，远处的村里有狗在吠着。

在战争中，什么怪事都是会发生的。就在天亮前，来了一架飞机，愈飞愈近，愈飞愈低，可是我们没有得到开火的命令，我们都觉得奇怪，可是我们周围的高射机枪和机关炮都响起来了，接着，这架飞机飞近了，开始俯冲了，我们都觉得它正贴着我们所在的这个空地边沿一冲而过，我们都吓得心惊胆战。因为不知道这是架什么飞机，也不知道它们要干什么。在这个时候，这会不会是我们的飞机呢？如果是德国飞机，那它为什么不投弹或扫射我们呢？对此我们始终得不到答案。

终于露出一线曙光了，我们又沉沉睡下，可是，突然间有人喊了句："看，那是什么？"我们睁开眼一看，原来在我们头上的天空，一个硕大无比的东西正无声无息地从我们的头上飘过，这真是难得一见的景象。后来看清楚了，我们才松了一口气，原来这是我们的一只阻隔气球，断了索，正在慢慢地落下来呢！它落到不远处的苹果树丛里，天亮后才有人来处理。

天大亮后，我们都抽起烟来了，高炮连长通过电话问我们消耗了多少发炮弹，并且告诉我们，夜里一共打下了七架敌机，大伙都高兴得不得了，而且感到自豪。白天一到，天气就热起来了，我们都摔掉毯子，可是仍感到眼皮沉重，睡意未消。经过一夜的战斗，我们都是满面烟尘，好像刚刚从一场沙尘暴中走出来似的，可是在我们的周围，露水正在芳草上闪闪发亮！

　　然后我们听见我们的飞机从远处飞来了，它们从云层中突然出现，飞过我们的上空。最后，"休息"的命令下达了，我们都休息去了，直到黑夜的再次来临。

26 巷战

　　最受我们战地记者欢迎的将军之一就是第九师师长艾迪（Eddy）少将，我们之所以喜爱他，是因为他对我们绝对老实，而且十分随和，易于相处。我们都认为，他是一位万能将军，早在突尼斯和西西里时，我们便已认识他了，现在在法国，又见到他了。

　　就像他的顶头上司布雷德利中将一样，艾迪将军也是像一名教师而不像一个军人。他又高又胖，戴着一副眼镜，所以看上去有点斜视。他是美国中西部的人，虽然从军 28 年了，可是他仍然把芝加哥视为他的故乡。他参加过一战，受过伤。他口齿伶俐，但并不多嘴。他虽然是个职业军人，但憎恶战争。他也和普通人一样，痛恨由战争带来的浪费和悲剧。和任何人一样，他希望早日打完这场仗，然后回家。

　　在战地上，他住在一辆车上，那原本是一辆机修车，后来经过了一番整理，安上一张床，一张写字台，一个橱柜，还铺上地毯。他的勤务兵是一位皮肤黑黑的厄瓜多尔人，很多军官都睡在地洞里，只有他睡在车上。一天晚上，正好我也在师部，炮弹乒乒乓乓地打来，破片一直飞到车上，他只好跑下车来睡了。

　　他生活规律，上午在"室内"办公，下午到各团、营部去视察。出巡时，他坐在一辆吉普车上，后面跟着一辆吉普车，车上有机关枪和步枪手,以提防德军的狙击手,车上还有一部手提电话机,当他需要和哪个单位通话时,他只消下车,把线接入路旁的电话线,便可以通话了。

艾迪将军喜欢在部下意想不到的地方出现。他知道,他在战斗激烈的地方出现,能大大地提高部下的士气。所以,他经常大踏步地在战地上巡视,一点也不理会下属要他注意安全的劝告。

一天,我随着艾迪将军出行,我们在一个前线指挥所停了下来,坐在树下的草丛中,打开地图研究情况,一大群军官围着我们,我们的炮兵正在附近开炮,情况一切正常。突然,好像闪电一般,一枚炮弹正正地从我们的头上掠过,看来只有树顶那高,它根本没有发出呼啸声响而只是"噗"的一声飞过,所有的人,包括团长在内,都吓得就地扑倒在草丛中,这炮弹在我们旁边的一个果园里爆炸了。艾迪将军却动也不动,只是说:"怎么搞的! 是我们自己的炮弹!"

过了一会儿,我大着胆子对艾迪将军说:"将军,如果这一发炮弹的确是我们自己打出的话,那么我们打的这场仗真是最糟糕不过的了! 我们本是朝北打的,可是这炮弹却是朝南打的。"

将军笑了起来。

有一段时间,将军喜欢在凌晨四点就起床,然后直奔饭堂而去,这使他的下属都感到意外。有许多关于他的战地小故事。有次在非洲,他们要露营,偏偏下着倾盆大雨,地上泥泞没膝,单人帐篷根本搭不起来,因为桩脚打不下去,人人都浑身湿透,狼狈不堪。到了晚上,将军走出帐篷,巡视营地,他觉得关心下属不够,感到内疚。这时,一个大兵正在努力地支起他的帐篷,正把他的钢盔当锤子用,累得够呛。他一边咒骂着,一边摸着黑干。这时将军正拿着根手电筒走了过来。这兵哥一见有亮,便大声喊道:"喂! 兄弟! 给我照照亮,好吗?"

艾迪将军一声不响地走过来,蹲下来给他照亮,这兵哥这才把桩脚打了下去。当他俩都站起来时,将军问道:"小伙子,你叫什么名字?"

这兵哥吃了一惊,发觉眼前站着的是将军,不禁失声喊了起来:"耶稣基督!"

在瑟得堡半岛的战役中,我在第九步兵师中待了九天。第九师直接攻入瑟堡半岛,并且是攻下瑟堡的三个师中的一个。第九师是我们最好的师中的一个,它曾经登陆北非,在突尼斯和西西里都打过仗,然后在 1943 年的秋天调回到英国,而整个冬天都在进行进攻法国的训练,是美国陆军中在登陆前最有战斗经验的步兵师之一。

在地中海战区时,第九师遇到一件很微妙的事情,他们打得很辛苦,伤亡不少,可是不知出于什么原因,也可能是受到新闻检查的不当处理,总之,在美国国内没有得到报道,而其他的师则不是这样。

不全面的报道是会影响军中士气的。每一个带兵官都知道,对公众的宣传是鼓舞士气的重要因素,向国内的公众作虚假的报道——例如某个部队如何如何是最要不得的。普通的大兵们只希望国内的公众能知道他们的真实情况,而不是那些虚构出来的光荣。

由于有了上次地中海战区所受到的教训,第九师现在在处理这些事时谨慎多了。首先,制定了一个新闻检查制度,详细阐明了第九师在这次战役中所担当的角色,并保证新闻记者们在部队中能有"宾至如归"的感觉。第九师设立了一个公关小组,由一名军官负责,有整整一个班的大兵为记者们提供生活方便——有卡车、带床铺的三顶帐篷、电灯、写字台等。吃饭到食堂,办公有地方,到前方探访有吉普车，如有需要，随时可以发急电回后方。

由于采取了上述的种种措施，国内的公众开始知道第九师了。在瑟堡战役期间，它表现良好，不单单只是在个别的战斗中，而且是在整个集团军的战斗中。我以前曾经说过，战争主要依靠的是"组织"，而非一般人所想象的东西。

在以往的报道中，我们很少谈到第九师在这次战役中的表现。事实上，第九师正狠狠地抓着德国佬不放，当德国人稍稍退一步，第九师便一个箭步冲上去，永远不给德军一个喘息的机会。他们进展神速，我在师指挥所待过，亲眼看见他们在七天内往前搬了六次家，大兵们白天忙着拆帐篷、搬帐篷、搭帐篷。一个大兵得意洋洋地说道："跟着这样的头儿打仗，真是过瘾！"

一般而言，师司令部应该是一个很安全的地方，但在第九师就不一样，情况随时都会发生。我们受到炮击，有人员伤亡，时不时有德军狙击手打死我们的人，我从来没有睡过一晚好觉，我们周围都是我军的炮兵阵地，他们夜间也不停地开炮，而德国飞机也经常来夜袭，弄得我们神经紧张，心绪不宁。有天晚上，我和纳尔逊（Lindsey Nerson）上尉同在一间帐篷，突然一阵猛烈的爆炸声传来，跟着一块破片飞鸣着穿过我们头顶上的树梢。我们静静地坐着，过了一会我说："我知道是什么了，那是我们的大炮打出的一发'近爆弹'，作为一名老炮兵，这样的近爆弹我见得多了，它的爆炸声像是狗吠，这没有什么可怕的。"

"是的，"纳尔逊说，"这的确是一枚近爆弹。"几分钟后，我们才发现，所谓的近爆弹，是一块足有一码见方、赤红发烫、锯齿形的德军 240 mm 口径巨炮的破片，它就落在离我们只有 100 码远的地方。

在诺曼底的战争是一场由篱墙到篱墙的乡野战争，而一进入城镇，那就是一场巷战了。一天，绝对是偶然地，我加入一个步兵连中去，他们正奉命清理瑟堡郊区那些敌军零星的小据点。那是步兵连在那个期间一种典型的步兵战斗程序，而现在我有幸目睹了这一过程。正如前面所说的那样，我本来不是特意来观战的。那天下午，我和平常一样，去一个营指挥所，和我同行的有新闻记者查理斯·沃登巴克(Charles Wertenbaker)、摄影记者鲍勃·卡帕(Bob Capa)，他俩是属于《时代》(Time)和《生活》(Life)杂志的。

当我们到达指挥所时，我发现这里其实已是火线了。指挥所布置在一条窄街里的教堂内。在教堂前的空地上，宪兵们正在清点着战俘。我在那里停留了片刻，这里离火线很近，战俘们都还举着双手，他们面容惊慌，而且带有乞怜的表情。站在我旁边的那个大兵向一个德国兵(还只是一个大孩子)要他军帽上的帽徽，那个德国孩子兵马上摘下来给他。这些德军战俘们身上都有一股青涩的气息。有些战俘是俄国人，其中两个还带着老婆，他们在战场上都还是共同生活在一起的。这两个俄国女人都以为我们就要枪毙她们的丈夫了，而她们的丈夫都是无辜的。德国人曾经告诉这些俄国人，如果他们一旦被俘，盟军就会枪毙他们，德国人就是用这种方法令这些俄国人为他们卖命的。

街上火焰纷飞，浓烟阵阵。到处都是爆炸声，我军的大炮弹呼啸着越过我们的头顶在我们前面不远处爆炸，而德军的 20 mm 的小口径速射炮则对着我们这边不停地扫射。步枪声和机枪声不停地响着，我们既感到紧张而又刺激，而火线就在 200 码远的地方。

当我们正全神贯注于这一情景时，一位身穿战壕服，戴着太阳镜的——其实这天阴沉寒冷——年轻的中尉跑了过来说："我们连马上就要前去攻击半英里外一个德军的大据点了，沿途的房屋里可能有德军的狙击手，你们想不想去？"

我不想去，跟着一个步兵连去冲锋陷阵简直就是去找死。可是现在已经不可能临阵退缩了，所以我只好说："去！"沃登巴克和卡帕也是一样。沃登巴克从来都是镇定自若的,而卡帕则是出了名的不怕死。于是我们出发了,大兵们早就已经在道路的两旁,等待着连长前来下令前进。当我们来到这连队时,那位年轻的中尉来了个自我介绍"奥利安·沙克利中尉(Orion Shockley)",我问他为什么起奥利安(猎户星座)这么一个怪名字,他说这是跟马克·吐温(美国名作家)的弟弟学的。他从未上过战场,几个钟头之前他才调到这里当代理连长,原来的连长麦克·罗林中尉(Mc.Laughlin)刚调走。我注意到他想保持着镇定的态度,但当我方的炮弹在前方落下时,他有时也会不由自主地蹲下身来。

这些大兵们都有半个月没有刮胡子了。他们身上穿的衣服都是油腻腻的,非常脏,从登陆以来就未曾换过。差不多三个星期以来,他们都是在不停地打仗,不停地往前冲,睡在潮湿的地面上,吃着又硬又冷的军用干粮,没有休息,目睹了战友们的牺牲,他们真是太疲乏了。有一位大兵走了出来,挑战似的质问我:"你是怎样把我们的情况报道给国内的民众? 他们听到的总是些什么'胜利'啊、'光荣'啊这些东西! 他们知不知道我们每前进一步就会有人牺牲? 你为什么不把我们这里这种艰苦的情形告诉他们?"

我告诉他,这正是我现在需要做的。可以看出他在这方面的感受太深了,他们拼命地打仗,可是国内的人并不知道。可是据我所知,其他有些师比他们打得更艰苦,伤亡也很大。总之,过分疲劳是会使人产生这样的情绪的,其实只要休息几天,情绪就会好转。

就在我们等着出发时,我们身后的天空黑了下来,大雨倾盆,我们浑身湿透。沙克利中尉拿着一张地图跑了过来,向我们解释,上级命令我连去消灭德军的碉堡群和机枪巢。我们的友军已经两面包抄了前面的城镇了,可是我们谁也不知道,所说的那条街道在哪里。

"我们准备这样干,"中尉说,"一个步枪排上前开路,后面机枪排的火力掩护他们。然后是第二排跟着前进,后面的迫击炮组跟进,最后是第三排,最后面是另一个机炮组作掩护。我不知道打响以后会怎么样,我不好把你安排到第一线去,你就和我一道留在连队中间好不好?"

我说"好吧。"怕也没有用了。这时做种种瞎猜测只会更糟,好在这个事情来得很突然,根本来不及做出瞎猜测。

大雨不停地下着,我们谁也没有雨衣,到黄昏时,我们早已经湿透,我可以回到后方的帐篷里过夜,可是大兵们就只好淋着雨过夜了。

我们正在准备出发,突然间,一发炮弹刚刚好从我们头顶上飞过。"又是那些 20 mm 口径的炮弹,"中尉说,"晚点打来就好了。"大兵们都在墙下蹲着,那些炮弹不停地落到我们对面小山下的那片草地里,而那里正好有一个法国农夫正在他的谷仓前空地牵着他的马。炮弹纷纷落下,他吓得躲进仓库里去了。两个德国兵和一个美国兵的尸体还躺在大路上,我们只需前行几步便可看到他们。

炮击停止了,出发的命令也下达了。在我们所藏身的这堵墙外面是一块空地,中间有一条暗渠,于是我们每次只出去一个人,弯着腰跑过那片危险地带。他们跑过那条暗渠后,都会停下来休息一下。于是中尉冲着他们大喊:"都散开! 你们想死吗? 不要挤在一起,每个人间隔 5 米,散开! 他妈的!"

当感到有危险时,人们会不由自主地聚拢到一起,或者跑到他们的长官那里去。这时,中尉又喊开了:"你到右边! 注意街道左边有没有狙击手! 你们两个交叉掩护前进!"

这时,有名军士长也对他身边的大兵喊:"把手榴弹从匣子里拿出来! 留在匣子里有个屁用! 把匣子摔了! 对! 就是这样!"

有些大兵这时早就已经把枪榴弹装到步枪的弹筒里了。大兵们都带有手榴弹,有些还带勃朗宁式自动步枪,有一个大兵则带了一支火箭筒。在这支稀稀拉拉的队伍中还有卫生兵,带着个送药箱,左臂上有红十字的袖章。大兵们一声不响,默默地前进着。他们一个跟着一个,没有什么所谓的"英雄气概"。而在一般人的想象中,他们应该是表现出一副"英雄无畏"的形象的。他们小心翼翼地前进着,他们是猎人,可是看起来却像猎物,他们都显得紧张冷酷而疑虑重重。

看到他们,我真是感到伤心。他们不是什么战士,他们只是普通的美国孩子,可是命运就是要他们握着枪,在异国他乡的土地上,在一个尸横遍野,到处是残垣败瓦的小市镇上,淋着大雨打仗。他们当然也会害怕,这是难免的。他们别无选择。他们都是好孩子。那天整个下午,当我们沿着被大炮轰得破破烂烂的街道前进时,我和他们谈过话,他们都是好孩子,他们不是生下来就要去打仗的人,可是他们打赢了。事情就是这样。

现在轮到我了——我要独自跑过片15米宽的开阔地,然后再跑到前面情况不明的街道上去。有位大兵问我要不要支枪,每次到战地采访时我都遇到这样的情况。我谢绝了,战地记者携枪是违反国际法的。可是在他们看来,这是不对的。现在,那位军士长示意要我跑过那片开阔地了,我弯着腰拼命跑,这时,我才真正感到什么叫孤立无援,跑到开阔地的中间时我还停了一下,为的是要与我前面的那个人保持距离。后来碰到一棵小树,我又摔了一跤,这使我又停了一下。

就在出发前,我正和我后面的一群大兵们谈话,当轮到我跑过那片开阔地时,我正在记录他们的名字,所以这事直到差不多一个多钟头后,才又接着进行。这时,我们都在一幢建筑物前停顿了下来。倾盆大雨中,大兵们一个个来到我跟前,用钢盔挡着雨水,在我膝头上摊开的笔记本上写下名字。他们是第九师的老兵了,有的还在突尼斯和西西里打过仗。

　　然后,我们又往前行动了,但每次都只有几米远,大兵们在街道两边匍匐前进。城里到处都是枪炮声,我们谁也说不清情况如何。房屋并没有倒塌,但到处都可以看到墙上那些圆圆的弹孔,窗子都被震坏了,遍地都是碎玻璃,断了的电线乱七八糟地到处都是。这里的居民大部分都离开了这个废墟。门扉被震动得乒乒作响,偶尔还会跑来一大群狗,一边吠着一边互相追逐,由于遭到主人的遗弃,它们都变野了。它们吵闹得太厉害了,我们只好嘘声制止它,以免引起德军的注意。

　　街道弯弯曲曲,所以我们不知道前面的先头排打得怎么样。但不久我们就听到了前面不远处有步枪、机关枪和冲锋枪的枪声。有好大一阵子人们都没有往前挪一步。这时,中尉跑进我们后面的一间屋里去,厨房里只有一个法国的中年男子和他的妻子,穷得可怜,那个法国女人紧紧地抱着一只狗,那只狗被枪炮声吓得浑身颤抖,那女人把脸贴在狗头上来安抚他的爱犬。

　　可是不久巷战就结束了。几百米外的一间德国医院被我们攻占了,那里面有很多我们的伤兵,现在他们都解放了。沙克利中尉、沃登巴克、卡帕和我便到街上去,不过我们还是贴着墙走,可是行不多远我就掉队了,因为当我经过一家门洞时,有几位大兵向我招呼,我只好停下来和他们谈几句,并记下他们的名字。

　　由于这一仗他们没有伤亡,所以大兵们都很高兴,为此,我在这里足足耽搁了半个小时,才去到医院。医院是被我们拿下了,可是里面却是空荡荡的,什么都没了。看来在后面的一幢大楼里曾发生过逐屋战。巷战和在野外打仗一样,也是十分混乱的,我们打一阵,对方也还手打一阵,然后往往双方都沉寂下来,只是时不时打上一两枪。偶尔会有人影闪现一下,但对面的德军阵地上我却一点东西都看不到。

　　在医院大门口的街道中间,停着两辆美国坦克,间距约50码。

我们的步兵都躲在街两边的门洞里。我想跑到他们那里去,当我跑到离前面的那辆坦克约 50 英尺时,那辆坦克的 75 mm 口径的大炮正开始射击。炮声一响,整个街区都震动起来,周围的窗玻璃纷纷掉下,浓烟笼罩着这辆坦克。坦克继续射击,我赶紧冲进一家门洞里去。德国人一定会还手的,我想。门洞里面是一个与路面同高、地面污秽的地窖,里面放满了货架,上面都是装着酒瓶子的条板箱,不过酒瓶子都是空的,这里分明是一间酒铺。

我回到门洞里,望了一眼坦克,坦克正在开始倒车,突然间响起猛烈的爆炸声,坦克底部中了一炮,冒出了黄色的火焰,吓得我不由自主闭上了眼睛。坦克离我最多不会超过 50 英尺(17 米),被德军一炮命中。紧接着第二炮打在坦克旁边的人行道上。浓烟弥漫,但坦克并没着火,坦克手纷纷从炮塔中钻了出来,拼命地向我们跑来,那副样子比马拉松选手在作最后冲刺时还要紧张,我忍不住笑了起来,他们终于冲进了我们这个门洞。

我们换了个门洞,然后在过道上的箱子上坐了下来。就在不到一个小时前,这里曾经是伤员们的包扎室,所以地板上到处是血。这时我们才知道,这坦克先是用 75 mm 的坦克炮向前方的德军碉堡射击,车内全是炮烟,外面什么都看不见。他们决定倒车,好换个位置,但驾驶员因为看不清情况,把车停了下来。不幸的是,坦克停在一条横街的路口上,更不幸的是,横街的那一头就有一个德军的碉堡,德军的炮兵连瞄都不用瞄,就像打靶似的一炮便击中了坦克的履带,使坦克动弹不得,他们只好弃车而逃。我们感到奇怪的是,德军为什么不向他们开枪射击?

这些死里逃生的坦克手们当然都很激动。在登陆诺曼底之前,他们从未打过仗。然后,在三个星期之内,他们的坦克已被击中三次,但每次都是修理后便重返战场。所以这一次也是一样,他们的坦克名字就叫"瞬即重返"。

他们目前最担心的是坦克的发动机还在运转着，我们都能听到它的"卡卡"声。对于发动机来说，长时间的空转是最糟糕的事，可是他们又不敢跑回去把发动机熄火关掉，因为坦克现在仍在德军大炮的眼皮底下。他们跑出来时，只戴着坦克兵的皮帽，钢盔和枪都还留在车里。"除了钢盔和枪以外，我们什么都有。"有位坦克手这样说。

这辆坦克的乘员有五人，即车长，正、副驾驶，炮手和装填手。其中装填手年龄最大，也是唯一已婚的，原是某一个种植园的保安。"我是那里的监工，我管理着 1 500 名女工，"他笑嘻嘻地说，"这真是一份好差事，打完仗回去我还要干这个。"坦克手们哄然大笑，为他叫好。

车长向我解释坦克出了什么问题。事实上，连他自己也不十分清楚，因为坦克一被击中，他们都立刻跳了出来。所以当枪炮声稍一停息之时，他们便悄悄地爬到这辆坦克跟前，避开面向德军碉堡的那一面。他们发现，炮弹不但打坏了坦克履带的曲轴，而且还穿到弹药箱的下面。"它差点打中了下面的弹药箱，如果弹药箱被击中了，我们都会变成肉酱。"车长惊奇地说。

街道上仍然空荡荡的。在这辆坦克的对面不远处，一辆德军的运输车孤零零地停在街道中间，已被烧得稀烂，连轮胎都烧没了，这是我们唯一能看到的东西。街上一个人影也没有。这时，不知从哪里跑来了一个大兵，大声喊着要找卫生兵，他说前面有一个重伤员需要立刻救治。他大喊大叫，还咒骂着怎么连一个卫生兵也找不着。于是我们一个个地把话往后传，果然不久便从一个门洞出来了一个卫生兵，那个大兵一边骂着一边和那名卫生兵跑过那辆坦克，然后一头冲进一个门洞里去了。

离我们不远处，在街道那边的街角处，有一个被打毁了的碉堡，就如同美国国内的一般街角处的杂货店的入口处一样，只不过安装的不是门,而是一个有枪眼的加固火力点。

我们这辆坦克击毁了这个火力点,准备移动位置去攻击下一个德军的碉堡。那个碉堡就在前方一座大楼下的一个凹进处。坦克发炮攻击它时,自己却挨了一炮,不过好在被击中前已把那个碉堡击毁了。

战火沉寂了近一个小时,我们没有去攻击第三个碉堡,第二辆坦克只是后退了一丁点儿,在等待时机。只有步兵漫无目的地对着那些窗户开枪,也不管里面有没有人。偶尔有些德军 20 mm 口径的机关炮对着我们射击,于是这第二辆坦克便用机枪对着来弹方向展开还击。虽然这时枪炮声大作,但看来双方都没有人员伤亡。

这时,就在那辆残破的德军运输车那里,出现了一小群德国兵,一名军官手持红十字会的旗帜走在前面。卡帕这时正在那辆中弹的坦克旁边的一条小通道上,这时立刻跑了出来,去迎接那批德国兵。首先,他抢拍了几张照片,然后说着德语,把他们带到我们这一面来。他们中的八个人,抬着两副担架,上面是两名德军伤兵,其余的都举着双手跟在后面,他们都到我方的军医院去了。我们估计,他们都是从那第二个碉堡里逃出来的。那些残余的碉堡后来怎样了我不知道,不过我想那第二辆坦克会逐一收拾掉它们的。于是,除了狙击手外,德军都后撤了。那些躲进门洞里的步兵,这时都跑了出来,逐屋地搜索残余的德军。

一个个城镇就是这样被我们攻下的。并不是每次战斗都有坦克协同作战,更不会老是以这样小的伤亡便能攻克一个地方。当我们终于拿下这个地方时,它早已被炮火轰得千疮百孔,而且,现在我们所攻下的这个小城镇,它绝对不是最后一个。它只是一个起点。

27 后勤维修

一般人很少听说过什么是"军需部"。事实上，连一般的大兵们也只有在艰苦的情况下才会想到它。但只要打仗，那就少不了它。所有的军用车辆和军械弹药都由它来供应。在我们登陆的滩头阵地上，车辆比一个美国中等城市所拥有的车辆还要多。我们的大炮平均每天消耗一千万发炮弹。所以军需部门拥有大量的工作人员。

军需人员大约只占陆军总人数的 6—7％。那就是说，光是在诺曼底海滩，就已经有数以千计的军需人员。他们的袖徽是"一束由炸弹头上伸出的火焰"——在陆军中的绰号就是"火洋葱"。他们管理着散布在滩头阵地上的弹药库。可是他们最主要的工作还是维修。各种部件零件就有几百万种，光是名称目录就摆满了一列长达 20 英尺的书架。

在诺曼底滩头指挥中心的一座大帐篷内，设立有一个现代化的档案系统，对在滩头阵地上主要使用的 500 种武器装备——由坦克到手枪——的数量和使用情况都有详细的记录。我们采访过好几个维修连——他们都信心十足，说能维修好军队中的任何一样东西，他们能提升起一辆 30 吨重的坦克，就好像用手提起一辆自行车那样，小到一条裤子，大到一门巨炮，他们都能修理好。

有些特殊专业的维修连，其成员大部分来自战前同行业的技术工作。他们的平均年龄高于军中的其他兵种。他们有些人——都是军士长——在1940年代后期回国后，再干同样的工作，肯定可以拿到了3—4万的年薪。他们的智商远远高于军中的平均水平。他们工作认真，态度真诚，不会因为工作有点成绩便沾沾自喜。我曾看到他们在大树下操作机器，若是在国内，他应得到5万元的年薪。他们每天工作16个小时，睡在地上。以他们这种年纪，他们本来不应该这样生活的。

维修工作是军中最枯燥乏味的兵种之一。他们都干技术工作，但工作却是要命的。在一般情况下，他们的工作环境并不危险，都在德军大炮射程以外，只是在登陆诺曼底滩头时有过伤亡。此外，在德军的炮火下把被打坏的坦克从火线上拖拽回来，这时也有过伤亡。

如同其他的单位那样，军需后勤部门也有一个庞大的组织机构。离火线愈远，硕大而精密的装备也就愈多，沉重而又繁重的工作也就愈多。每个步兵师或是装甲师都配备有一个维修连。这个连专做快速维修工作，专做那些不能由后方单位用手工来做的工作。

这个师的维修连在第一天就登陆诺曼底海滩了。第二梯队是在第二天才登陆。重装备不久就运抵海滩了。经过七个星期的战斗后，破损的装备堆满了一个又一个仓库，这些损坏的东西经过修理、重新组合，或是送回美国大修后，都变成可再用的东西，然后又重新送上火线供大兵们使用。

我到"汽车维修连"去采访。他们只维修吉普车、轻型货车、轻武器和小炮，而坦克、大型货车、重炮等是不归他们修理的。他们在一个L形芳草鲜美的牧场上安营扎寨，牧场周围有层层矮树围绕着，而牧场内一棵树也没有，只有几匹马在吃草。行人和车辆都不经过这里，即使有也往往会陷入矮树丛中。令人难以置信的是在这个被一层层矮树林包藏着的牧场里，竟然有一个拥有六台自动机床，人数将近 200 人的工作队在工作着。他们离火线至少有18 公里，而在白天，也没有德国飞机会飞过那里，所以他们用不着伪装，不过，有伪装当然更好。

这是一个值得自豪的连队。他们是师的直属队，随着部队首先踏上法国。他们在第二天登陆，在卸下装备时，一颗炮弹飞来，死三伤七。在其后的好几天里，他们和另一个维修连是当时在海滩上仅有的维修连。附带说一句，在道理上，他们只应修理本师的耗损物，可是实际上他们却承担了四个师的维修工作，直到其他维修连到齐为止。这个连曾有过光荣的记录，在第一次大战时，他们曾参加过几次重大的战役。在这个连的连史上，也曾有过戏剧性的巧合，在 1917 年和 1943 年，他们都是在 12 月 12 日这一天离开美国开赴法国。

在牧场的一角，连部的帐篷就搭在那里，里面有两名军官和两名军士长在折叠式桌子上办公。连长是一名中尉，有五名少尉作为助手。这其中最得力的是派克(Pike)准尉，他入伍 15 年了，而其中有 13 年就是待在这个连队里。若有人问他实际干了些什么工作，那么去看看那些死了的德国人就知道了。

在牧场另一端的树林下，是一辆炊事车，厨房就在那里，大兵们都端着饭盒，排队打饭，官兵伙食一样，都坐在草地上吃饭。吃完饭，军官们会坐在一起谈天，逗小狗玩，抽抽烟休息一会儿。

这种维修连是高度机动的。它可以在不到一个小时便整装上路。如果工作顺利，它最多六天才移动，即上路一天，卸装安排工场一天，然后狠狠地大干四天，然后又再前移。如果前方的战事进展太快，他们便相互交替前进，即 A 连继续工作，B 连前移、安顿、工作，然后 A 连立即前移，越过 B 连，安顿、工作。

维修连的装备统统由货车和牵引车来承载。货车装的多是机器和供应品，有些平板货车则装载各式各样的原材料。他们下车后，沿着矮树林，打下了一些柱子，上面盖搭起黑绿色顶盖，周围用伪装网围着，大部分人就在这里面工作，只有特级技工才在车上的机器间工作。在200米以外，人们看这里只是一个模模糊糊的黑点。他们跑到这里来，想看看到底是怎么回事，但只看到矮树林和伪装网。安顿下来后，大兵们都睡在矮树林旁的单人小帐篷内，或是挖个地洞睡下。除了从远处传来一些微弱的大炮声，以及从头上飞过的我方飞机外，这个牧场简直平静得如同美国的牧场一样，就连那三只在没膝深的草丛中自由自在地吃草的马，也显露出一种对战争漠不关心的样子。每天都有从伤亡的士兵手中拣来的枪支用货车运到维修连的轻武器组来维修，而这个组每天则把上百支已维修好、抹过油的锃亮的枪支运回师部。他们其实就是把坏部件卸下，换上新的就行了。他们的工场就像一个小型的装配厂。每天上午，他们把破枪拆开，由于每支步枪的部件都是标准化可通用的，所以他们把每一个相同的部件都放到一个大铁盘中，这种大铁盘总计有十多个。最后他们便用汽油、砂纸来清洗这些被雨淋日晒、沾满泥土的部件，清洗、打磨干净后，便把完好的部件安装回枪上，这时盘子也空了，一大堆好枪就放在那里。有些坏到不能修的就扔掉了，能修的都送到加工组去加工重修。所以，师部除了补充的新枪外，还等于每天多补充了上百支新枪。

说起来令人难以置信的是，在登陆的头几天，前线的大兵们十分需要这些枪。有位修理工告诉我，经常有些打散了的伞兵或是步兵，从火线上跑了回来——都是满身硝烟、疲劳不堪的人——请求他们换支新枪给他，好让他返回前线去"打那些狗日的"。有个伞兵抓到一匹德国军马，牵了来要拿马换支新枪。在那些日子里，这个小小的修理车间全天开工，才能满足需求。

　　有天上午,我坐在草地上,和这些修理工谈天。他们并不是拼命乱干的人,事实上,他们是按部就班工作的,因为并不是催促就能干好。这个工作组的组长是威尔士(Welch),他入伍前在油田里工作。这次登陆后不久,他创制出一个小装置,可以把一个生锈的锥管在几秒钟内清理好,而通常是要 20 分钟才能清理好的。这个小装置其实很简单,在电钻上套上一根管子,管子头上装上一个钢丝刷,然后把它摇入枪管中,开动电钻,几秒钟内枪管里的铁锈便被清理干净。这个先进方法很快便传到其他修理连中。

　　他们在修理枪械时,还经常会互相开开玩笑。就像一般的大兵们那样,他们也经常取笑对方的家乡。这里便有两个来自阿肯色州的人,于是很自然地便被取笑说,阿肯色州的人是些乡巴佬,在入伍当兵前连鞋子都没有穿过。于是这两人中有一个便开玩笑地问我,会不会在我的报道中把他的名字写上。"当然啦,"我说,"除非阿肯色州的人都不识字。"

　　所有的人都为我这个回应而哄笑起来,特别是那个问我的人,他当然明白这一点。他后来谈起来,有些伞兵经常跑来,要求换支新枪。他坦诚地说了军需部所有人的感受,以平衡自己太过安全的工作带来的愧疚:"我们都很同情这些大孩子,我们能做的就是动动手指让他们把要的东西拿走。"

　　在我所采访过的轻武器维修单位中,只有一个人在入伍前便已经是一位职业枪械收藏家,熟悉所有各种枪械。他就是陶斯(Toth)军士长,俄亥俄州人。当天气开始变热时,他脱光上身工作,当时正在用一桶水,一块海绵在擦洗枪柄。他入伍前在西屋电气公司的一间企业工作,把所有能省下的钱都用来收藏枪支,他是俄亥俄州枪械收藏家协会的会员。他说俄亥俄州的收藏家每个人都有不同的爱好,有些人专门收藏冲锋枪,而在他的收藏品中,有 35 支枪都是精品枪。而令人感到好笑的是,自诺曼底登陆后,无数的枪特别是冲锋枪,都曾经在他那里过手,可他一支也看不上眼。

一堆破烂的枪支实在是令人触目惊心。我曾观察过这一支支破枪都是哪里坏了:被破片打断;被子弹打穿;扳机被打掉了;枪管被破片打得斑斑驳驳;长期浸在烂泥中已泡成灰色;染满黑色血迹。我无法想象这些枪的主人后来怎样了!

像所有的大兵们一样,步兵们也喜欢在他们的枪上刻名字。就像汽车司机喜欢在他们的车上喷上名字那样,所以步兵喜欢在枪柄上刻上他们的名字或是首字母。我看到过不少兵哥哥们在坚硬的枪柄上刻上名字,而其中很多是女孩子的名字,刻字的技巧简直可与雕刻家比美。但最令人伤心的是,有人看到过在一支步枪的木柄上,刻了一个银币大小的圆洞,里面放着一张可能是他妻子也可能是他恋人的照片,上面盖着一块有机玻璃。他们当然不知道这是谁的枪,当然更不知道枪主人后来怎样了,只知道送来了这么一支枪。

我到另一个回收连去采访。他们的工作就是驾驶着大货车、长拖车或是重型大拖车把那些被打坏了的坦克、反坦克炮等从火线上拉回来。对于他们,有一条不成文法就是,假如他们在一段时间内毫无伤亡,或是车子连一块破片也没有被刮过,那么这一定是个工作效率低下的连队。坦克被打坏后,要尽可能快地拖回来,不能让德军得到它,拖回后要尽快修好,重新投入使用。

有时,他们会遇到一些莫名其妙的事情,一天,一辆反坦克自动推进炮开了进来,它一点损伤都没有,只是炮口塞进了一根 2.5 英尺长的木头。原来当时这辆炮车正沿着树木边行进,炮手转动火炮时炮口插进了一段树木。人们会以为这辆炮车当时的时速至少有 100 英里,不然怎么会塞入这么长的一段树木呢!事实上它当时的时速还不到 20 英里。修理工们又用凿子又用铰刀,花了足足 4 个小时才把它清理干净,炮管内部倒是分毫未损,所以一清除干净后它马上就开回前线了。

一门 7.5 公分口径的坦克炮,在离炮口 6 英寸处穿了一个洞,而这个洞是由内往外穿的。这是怎么回事?原来,一枚德国的反坦克火箭弹射进了炮口——真是鬼使神差啊!——然后在离炮口 6 英寸处穿了出去,爆炸了。车上的人一个也没有受伤,炮管报废了,运回英国处理掉了。

还有一辆坦克,其侧面在几秒钟内连中两炮,弹孔相距不到 0.6 米,可是在坦克的另一面,出弹孔只有一个,原来第二炮是从头一炮的弹孔里穿出去的。

还有一次,一辆坦克的炮塔被德军的 88 mm 口径的平射炮击中,但未击穿炮塔的厚钢板,只是把钢板刨出了一个 1 英尺长、6 英寸宽的一个坑。考虑到在这里不大可能会再中一炮,所以修理工在边角不重要处用喷灯切下了半个西瓜大的一块,填补上去,然后再用大小相当的一块钢板焊在上面。这样一来,比原先更坚固了。

这个维修连的伤亡率虽然很低,但有时也有惊险离奇的一幕。有一次,有 4 个人乘一辆吉普车出差,但没有回来,毫无踪迹。三个星期后,其中的两个人从医院回来了。就在同一天,收到了第三个人从一所英国医院寄来的信,而第四个则至今音讯全无。奇怪的是,这三个人只记得当时正坐着车,然后突然间……醒来时已在医院里了……他们三个人都受了伤,但怎么受伤的就不知道了,最大的可能是"一炮击中"。

拉德克利夫(M. Rodcriff)军士长是某一个运输单位的主管,

这个单位所使用的是重型大卡车，即著名的"M－195"车。他带我去见了他手下的那些小伙子，即俗称的"Diesel boy"。和美军中的其他单位一样，他们的车都盖上伪装网，排成一行停靠在路边。拉德克利夫在入伍前是某公司的雇员，他和其他的前公司雇员一样，每半个月便会收到一封公司的来信，保证他们战后能回到公司继续工作。

军士长琼斯(Jones)从帐篷里爬了出来，用印第安人的方式和我们坐在一起。在草地的另一端，是一架在登陆日那天毁坏的运输机残骸。这是一个平静的、充满阳光的下午，和现在比较起来，以往的日子真是受难。他们跟我说，琼斯以前是连里的炊事班长，但他想干些实际工作，所以就调到这里来了。他的司机是一个长着卷发的高个子小伙儿，名叫德拉斯·汉金斯，来自佐治亚州的斯通沃尔。他收到了家里寄来的一大块火腿，刚刚就在大快朵颐。

当无所事事之时，他们只能摆弄自己的车辆以消磨时间，但他们并不喜欢这样。他们会去整理一下帐篷，虽然很可能明天又要搬家了。有位司机从一个法国人家那里弄来了一床羽毛褥垫，一个普通兵是无法携带一床羽毛褥垫的，但作为一个巨型大货车的司机，上万床的羽毛褥垫都能带。

他们对自己的这个连队非常自豪。他们说在登陆的最初几天，他们干得非常好，很可能会得到上级的嘉奖的。可是有一天，因为贪玩，他们跑到一个弹坑中，拿走了缴获的德国枪，对着对面的堤岸乱打一通，这是严重的违规行为，所以申请奖励这事就吹了。对此，他们只是付之一笑。

大兵安德森(Anderson)也是一名司机，他对他开的那辆大卡车是又恨又爱。法国的公路对于这些美国大卡车来说，未免狭窄了些，在这种公路上行车，不但要缓速，而且还不好操作。"真是见鬼！"安德森说，"整个车队跟在我后面，可是我只能这样慢吞吞地

走,他们都不耐烦啦,可是我有什么办法。骂我也没有用啊!如果
让我把后面的大拖车扔掉,那什么事情都好办了!"安德森留着一
把红色的山羊胡子,他说要到打完仗才把它剃掉。在入伍前,他本
是个开"的士"的,现在要他来开大货车,他当然感到很恼火。

"是因为车上没有安装仪表?"我问道。"或者可能是因为你没
有带女乘客!"另一位司机说。

天开始黑了,从草场的另一端跑来了一名大兵,说是上面有命
令下来,要这个回收连立即出发,去把那些坏了的坦克拖回来。我
们跳上车,开车出发,一辆 M-19 大卡车和一辆带吊钩的起重车
已在等待着我们了。就如同往日一样,白天暖洋洋的,可是太阳一
落下,马上就感到有点凉意了。有位大兵借了件雨衣给我。大兵
们都站在车上,就像消防员一样,待命出发。车队穿过矮树林,转
上一条碎石高速公路。"现在离前线大约有十英里。我们要在天
黑前赶到。"一位军官说。

我们经过损毁的卡林顿(Carentom),然后转过一个弯,这里
就是"紫心角"(Purple Heart Corner),一位军官说。在对面的路
上出现了几个大兵。车队停了下来。在我们周围,大炮响了起来,
小树都摇动起来,死人的气味扑鼻而来。世上再也没有比死人气
味更难闻的了,可是现在根本没有办法处理它们。

我们转入一条砂砾小道,慢慢地行驶着,天色愈来愈黑了,在
路旁有一座灰色的石头农舍,农舍前有一个小庭院和一个半圆形
的车道,5 个德国兵双手放在头上,面对墙壁站着,一个手持冲锋
的美国兵站在车道上看守着他们。我们又再往前行驶了 50 米,然
后停了下来,汽车也都熄了火。

一位军官跑进果园里去,看看是否能找到人,知道那些坦克在
哪里。在战时,一问摇头三不知的人多的是。我们都在路边的一
所谷仓旁等着。与我们在一起的还有三辆吉普车,夜色愈来愈浓

了。在我们的周围，我军的大炮在怒吼着。这时，有一位军官点着了一支香烟，马上就跑过来一名背着步枪的军士长，对军官说："你最好把烟熄掉，长官，这里到处都有德军的狙击手，他们看见有一点点光就会开枪的。"

这位军官马上用手指掐熄了香烟，说了声"谢谢"，但并没有把香烟丢掉。

"我这是为你好。"军士长说。

在前面的小道中，有长长一列的吉普车停在那里，吉普车上面装了个铁架，刚好可以放下两张担架。每隔几分钟便会有一辆载着伤员的吉普车慢慢地驶过。

一个人当处于黑暗而又危险的境地时，往往会不由自主地一声不响，要说话都是声音小小的。这时，一架德国飞机在半英里外掠过，并且打了一串曳光弹，我们蹲在一处石墙下，感到有点紧张。在我们前面，一辆卡车被推进浅沟中，并且熄了火。他们说，这样做是避免被德军发现。

前面传来单响的步枪声，以及或快或慢的机枪声——德军的机枪比我们的打得快。我知道，在每一阵枪声过后，总会有人在这无边黑暗中痛苦地倒下。一颗炮弹掠过我们头顶，在果园里爆炸了。我立刻躲到谷仓后面。

"你不喜欢那样？"一名士兵过来问我。

我说："是的，你呢？"

他如实地回答道："我他妈当然不喜欢。"

从大路那边来了一名军士长，他说："你们想待在这里多久那随你的便，不过德军的大炮是随时都会向这个谷仓射击的，他们早就瞄准好了。"

我们望望手表，23点55分。队伍中胆子大些的大兵已跑到路中间来，而我们中间有些胆子比较小的，已经躲到石墙下面，甚至躲到那些大卡车下面去了。这时,一名军官从果园里走了出来,他已经得到指示了,我们立刻围绕着他。他说,我们要由原路退回,然后经过两个牧场,再转入一条小路,便到目的地了。

原来是要我们去把两辆损坏了的德军坦克拖回去,以免德军趁夜间把它们拖回德军方面去。长长的车队又隆隆地开了回去,扬起大阵灰尘。当我们经过那座农舍时,看到那 5 个德国兵还是原样地站在那里。我们慢慢地通过了那两个牧场,和那些回收车会合,这时刚刚过了午夜。过了牧场后,我们转入了一条小路,没有人给我们指路,我们找到一名哨兵,问他知不知道德军的坦克在哪里,哨兵说他对此一无所知。我们停车熄火等待着,军官们则跑到前面打听去了。

大家都有点紧张,我们自然知道前面有我们的部队,可是不知道有多远。我们都感到有点不知所措。我们只想快把事情办完,然后离开那个鬼地方。等了大约十分钟,一名军士长回来说,我们要往前再走半英里。夜色墨黑,一眼望去,只看见些模糊的影子、矮树林和林间砂砾小道。最后,终于在路边看到一个黑色的庞然大物,那就是第一辆德军坦克。在看到德军坦克之前,我们就已经注意到,路两边摆放着一条条黑色的东西,就外形来看可能是死人,但我们都不能肯定。

我想为了快点把事情办完,会不会先把这辆坦克拖回去再说。但事情不是这样,我们又倒车回头,重型车队那轰隆铿锵之声足以告诉德军我们在这里呐!最后德军那第二辆坦克出现了。我们在离它约 5 米处停了下来,然后都下了车。

外行的人会认为,挂上铁钩铁链把它拖走就是了。可是我们在那里足足搞了半个钟头。对我来说,这就好像过了整整一个夜晚。我插不上手,只好在旁边欣赏他们的工作。他们熟悉德军的坦克就如同熟悉自己的坦克一样。因为首要的工作是要了解问题出在哪里，一名修理工爬进坦克仓里，在黑暗中完全凭手感东摸西摸地了解情况，告诉外面的人。故障终于查出了，原来是驾驶座两边的操纵杆被打弯了，而内部空间太狭窄，根本不能用手把它恢复原状。于是立刻派了一个人跑回到车队那里，问工具车的人要一把钢锯来。五分钟后那人回来了，说没有钢锯，于是又派他回去找把铁撬。

这时，我们这十多个人站在坦克旁边谈话。同时，德军的大炮仍在发射着，只是没有朝我们这边打来。一名军官指示修理工去检查坦克上的 88 mm 口径火炮，看看炮栓那里有没有炮弹，因为德军在遗弃坦克时，往往会留一发炮弹在炮膛里，扳机上好，车一被拖动，炮弹就会爆炸。这时，另一位军官说："看过了，炮膛是空的。"

我们终于往回走了。我们本来是计划把它拖回去的，实际上我们只拖了大约半英里，便把它放在那里过夜了。当我们经过一处好像是牧场的地方时，一名哨兵从矮树林中跑了出来，问我们是干什么的，我们告诉他要把这辆德国坦克留在这里过夜。

可是那哨兵惊恐地说："德国人会跟来的！"可是我们仍然把它留在那里了，我们终于摆脱了这个东西。

我们回到家了，站在营地门口的卫兵对我们说："咖啡已在厨房里备好啦！"

28 大突破

　　有些人把诺曼底这场激烈的战役比喻为第一次大战时的缪斯河战役,但我认为历史自然会为它定名,我们姑且简单地称之为"大突破"。我们当新闻记者的,早就预感到一场大进攻将要发生。如果你对什么叫战争有所真切体悟,通过旁门小道你就会知道一些风声,用不着别人告诉。所以就在某天下午,驻法美军总司令布雷德利中将来到我们的驻地,宣布说在未来的一段时间里,只要上午有三个小时的"飞行良好天气",那么在第一天就会开始大进攻。

　　我们听到这个消息当然很高兴。所有的人,包括新闻记者、大兵和军官,都对布雷德利将军抱有绝对的信心。对我们来说,只要他说我们将要向前推进,那就够了。将军说,进攻的地点将是德军防线西部圣洛(Saint-Lo)一带一块宽约五英里的地段。在这个狭窄的地段中,将有三个步兵师一字排开肩并肩地向前推进。在他们的后面是一个步兵师和两个装甲师。只要打开一个缺口,装甲师便会长驱直入数英里,然后向右朝海边包抄,在德军防线的后面,把德军分割并包围起来。我们主攻方向的两翼则对正面的德军防线继续施压,所以他们是不会派增援部队去支援正面的主攻的。

　　首先由1800架飞机连续轰炸两个钟头作为进攻的开端,目的是给地面部队以直接的支援。首先是俯冲轰炸机,后面跟着的是四引擎的重型轰炸机,然后是中型轰炸机,最后又是俯冲轰炸机。当战斗机收拾战场时,地面部队开始进攻。这真是一个令人振奋的计划。布雷德利将军没有多说什么,但一位军官补充说,这是一场不限定目标的战争,总而言之就是要大突破。

在战争中,每个人为此都要做出点贡献,哪怕只是微不足道的一点。这次大进攻是由四部分组成的,没有任何一个部分能说自己比其他部分的干得好,更不能说任何一个部分能替代别的部分的工作。所以他们只能密切合作,共同完成这一精密的任务。这四个部分就是空军、坦克、炮兵和步兵。

我选择了步兵,因为那是我的至爱,我怀疑坦克是靠那雄伟的外观而抢了步兵的风头。我加入步兵第四师,他是那三个主攻步兵师中的那个"尖刀师"。头一晚我舒舒服服地睡在师指挥所——离战线不远——一座帐篷里的小床上,并且会见了师长巴通(R.O.Barton)少将,一位慈父兼学者般的老兵。第二晚我睡在一间摇摇欲坠的法国农舍里,地板污秽,死牛气味催人欲呕,弄得我整晚都没有睡好。第三晚我睡在一个菜园的地面上,在矮树林中挖了个防炮洞,舒舒服服地睡了进去,这样德军的 88 mm 口径大炮也不能轻易地打到我了。这里离前线更近了。第二天天空放晴,于是进攻开始了。这天是 7 月 25 日。

如果你忘记了 7 月 25 日这一天,我劝你还是立刻牢记在心为好。我预感到 1944 年 7 月 25 日这一天,是这次战争中最具历史性的一天。从这一天开始,我们的战争不再局限于诺曼底这一小块地方,而是推进到法国全境。从这一天开始,战斗失败等的可能性已通通不复存在。从这一天开始,我们只会愈来愈强大,直到取得最后胜利。

在那具有历史意义的五天五夜里,我一直和前线的大兵们在一起。大进攻在正午的大白天开始,而不像是一般书中设想的那样,一定是在黎明时发起。由于天气不好,进攻的日期已经一再延后,我们吃完早餐后都在想会不会是今天呢?当命令终于下达时,各营的指挥人员都跑到团部对作战计划作最后一次讨论。他们每人都得到一份油印的文件,上面有详细的战线地图,标明了在德军的防区里,哪些是我们的飞机,将于几时几分轰炸目标。另一份文件是对地面部队的各项特别指令。

团指挥所设在一所遭人遗弃的几欲坍塌的农舍后的苹果园里。农舍前面院子里的石墙已被炮火摧毁,果园里面到处都是弹坑,遍地都是树木的残枝断干。前些时候,有些大兵跑到农舍的顶楼去过夜,结果楼板坍塌,他们都掉到下面的牛厩里。现在只有鸡和兔子仍在果园里乱跑,而外面的田野上到处是死牛。

此刻,军官们在果园中围成半月形圈子,团长站在中间,对下达的指令作了解析。营长们都用小笔记本记录下来。团长最后说:"厄尼·派尔随同我团某营到前线上去,你们要好好照顾他。"那位营长朝我笑了笑,但我感到窘迫。

这时,巴通师长来了,团长大喊一声"立正",所有的人都站得笔直,直到师长说"稍息"。一位大兵飞跑到炊事车里找了一把折叠式帆布椅给师长坐。他坐下来用心地听团长讲话,最后他站起来,走到圈子中心,所有的人都注视着他,他说话不多,有点老声老气了,主要说的是:"你们团是美国陆军里最优秀的团之一,在上次大战中是最后一个离开法国的团,在这次大战中是最先进入法国的一个团,在诺曼底的战斗中,你们团是师里的尖刀团,现在仍是我师的尖刀团,我在这个团经历了多年,我和你们在一起,我为你们感到骄傲。"

将军的脸布满皱纹,眼睛里闪烁着忠诚与感性的光芒,他是一位令人有好感的人,对他来说,战争本身就是一场悲剧。最后,他的声音有点颤抖了。最后他说："就这样吧！愿上帝保佑你们！祝你们好运！"

队伍解散，我随那位营长往回走，通过电话、步话机、传令兵，将要开始进攻的命令迅速地传递到最下层的单位。现在离开始进攻还有三个小时，离轰炸机来轰炸还有一个小时，大兵们无事可做，只好坐下来准备打仗。时间好像停止了，到处弥漫着一种大屠杀来临前的气氛。

快到十点钟时，第一批飞机来了，都是战斗机和俯冲轰炸机。我们前面的主要交通道路、十字路口，都是他们的目标。不过他们只炸我们前面那条大道远处的那边，接近那条大道的我军都已经往后撤回了几百米。有严格的指示下来，这地区内地面所有的东西都放到防炮洞里去，以免被高空轰炸机误炸。

我现在所处的位置，除了矮树林外，真是一马平川，连小山包、高层建筑物都没有。就像以往在西西里和意大利时一样，真是一个观看大轰炸的好地方。我们觉得观战的地方一个比一个好，于是把观战点一直往前挪，以至差不多到了轰炸线附近了。我以为，前进到离最前线的 800 米处的一所农舍处总可以了吧！在其后的两个小时里，我因为没有再退回去 800 米而后悔不已！为了给我们的轰炸机群显示地面情况，我们的前沿阵地都用长长的摆在地上的彩色布条标示了出来，并施放了彩色烟幕。俯冲轰炸机准时而至，我们目睹它们自空中俯冲而下，他们轰炸的地方离我们约有半英里远。它们成群而来，从各个不同方向一波接一波地向地面目标攻击。到处都是成群的飞机，或是在攻击，或是在攻击后离开，有些则在我们头上兜圈子，等待轮到时便攻击。

此刻空中充满了各式各样的声音，有雷鸣般的炸弹声，有噼噼啪啪的机枪声以及机翼撕裂长空时的呼啸声。可是此刻一种深沉的、一种类似世界末日来临时的那种莫可言状的声音慢慢地但是愈来愈强地传入了我们的耳膜,那是我们的重型轰炸机来了。它们从我们的后面飞来。起初是一个小个黑点,慢慢地在天空的大背景下变成了一大块,密集得根本分不开来。他们在正午 12 点时准时到达,三架一小群地一直延伸到天际。每一大群约有 70 架,每大群之间的间距是 2 英里还是 10 英里,那我就不知道了。但是可以看得出来,他们的队形井然有序,把目视可及的整个天空填得满满的,德国人对此有何想法,那我就不得而知了。

重型轰炸机编队虽然飞得慢,但飞得中规中矩。我从来没有听到过如此可怕的声音,甚至一场大雷雨、一部大机器发出的声音都不能比,我想即使上帝出面请求他们飞回去,也无能为力了。

我和一小群人,军衔自上校至大兵不等,站在农舍的石墙后面,周围都挖有战壕和一些浅坑。我们都热衷于观看发生在我们头上的壮观的情景。以致我们都忘记了其实我们应该立即挖个防空洞才对。

第一波飞机直接从我们头上飞过,接着是第二波、第三波,为了能看得更清楚些,我们都叉开双脚,身子尽量往后仰。以致连钢盔都掉了下来。我们甚至把拇指和食指像拿望远镜般圈成圆形,放在眼前,觉得这样会看得更清晰些。飞机开始投弹了,炸弹像炒玉米花般纷纷落下,然后地动山摇般爆炸,好像要把我们前面的这个世界毁灭掉。在此后的一个半小时里,炸弹不停地落下。一道由硝烟和尘土形成的高墙升了起来,直插云霄。这些烟尘在地面上不断地向我们这里飘来,并且连我们的鼻子都闻到了。连天空都变得灰暗了。这时我们什么都听不见了,只觉得周围一片无法形容的混乱和嘈杂,除了飞机的马达声和炸弹的爆炸声,没有其他的声音了。在我们的周围,我方的炮兵也在射击,可是我们根本感觉不到有火炮在射击。

德军高射炮猛烈地还击了,一团团的黑烟在飞机周围散开。

这时有人喊叫说有一架飞机被击中了。不错,我们都看到了。有一架飞机拖着一条长长的黑烟在飞着,可是瞬间这架飞机由头到尾都被火焰包着,它愈飞愈低,在天空中划了一个大大的弧形,然后一头坠了下来——这时,有飞机接二连三地被打了下来,到处都有人在喊"又有一架被打中啦!"有些飞机有人跳降落伞,有些则根本没有人跳伞。有一个降落伞被机尾挂住了,有人用望远镜看到,这个人很快就被火焰包围了,然后变成一个小黑点,笔直地掉到了地上,完了。

后到的飞机一排排地在天空高处盘旋着,等待着投弹。下面混乱的世界,看来与他们好像毫无关系。而我们在下面的人,仰望苍天,欣赏他们的杰作,而一方面,则为那些遭遇不幸的人感到伤心。

在打仗的时候,当一个人被他眼前壮观的景象所吸引,那他很可能会忘记自己身处危险之中。我们这一小群站在地面上欣赏大轰炸奇观的人,现在就处于这种危险境地。我们这种好时光没有维持多久,望着望着,我们都明显地感觉到冲击波了,而且前面这种轰炸冲击波正愈来愈强地冲向我们。我们心想不好了,头顶上那大批的重型轰炸机正在瞄准轰炸那条地面作为分界线的烟尘幕,而那条烟尘幕在微风下正在慢慢地向我们飘来,神经紧张,手足僵硬,无所适从地望着头上那大批的飞机,犹如一头野兽掉进了陷阱一般。就在这时,天空中传来了一阵可怕的声音,就像人们在播种时的那种声音,我想任何人都没有听到过这种声音,但理性告诉我们,这是成百上千的炸弹在投向我们时所发出的声音。

炸弹落下时,有发出呼啸声的,有作噼噼啪啪声的,有沙沙声的,可是这一次的听来却是隆隆作响,一种十分可怕的声音。有人立即仆倒在地,有人冲进了防炮洞,有的人跳进了弹坑中,或是战壕中,更有的人躲到一道石墙的"后面"——至于哪一面才算是"后面",那就悉听尊便了。我手脚慢,只好跳进一个浅坑中。最近的避难所应是那个石头车库。炸弹落下,爆炸把地面上的一切都抹平了。而我则蠕动着身子,希望像一条黄鳝那样挤进一辆大卡车的车底下。

一位素不相识的军官挤在我旁边,我们都同时停了下来,感到再也无法往前挪动了。炸弹在我们周围爆炸过了。我俩像一条蛇那样,微微抬起头来,望着对方。我知道我们这时心中想的是:怎么办? 我们谁也不知道,只好一声不响。我们趴伏在那里,想法子尽量疏远些,我们的脸相隔只有一英尺。

我无法用文字来形容大轰炸时是怎样的一种感觉,我只能说是天昏地暗,震耳欲聋。我体会到什么叫爆炸。冲击波不停地拍打着我们的身体,而同时又感觉到好像有人就在我们耳朵旁边敲锣打鼓。

轰炸终于停止了,我们都惊奇地望着对方,然后爬出防空洞,看看我们头上的天空现在怎样了。可是却看见又一批飞机从后面飞来,已飞过我们头顶上空,对我们所在地左边的果园进行轰炸。他们现在轰炸的地方已在我们后面半英里处了。周围的大地都在震动,而我们这一小群人竟然安然无事。

在这次可怕的大轰炸中,我根本无法记录下我们当中任何一个人的实际感受。在这种万花筒般变幻着的、令人无所适从的环境中,我感到人们只能等待,在肌肉和神经都高度紧张的情况下等待,只能这样等着,直到轰炸结束。过了一个多小时后,我感到浑身酸痛,那天下午,我感到背脊和肩膀都隐隐发痛,好像我打了一场激烈的棒球赛似的。其实这只是因过度震惊而导致肌肉拉紧的结果。我想起我在华盛顿工作时的老朋友、战地记者克劳福德(Ken.Crawford)现在他就在我前面几百米处,我和他是在第四步兵师中仅有的两名记者。可我不知道他现在怎样了,三天后,当我回到后方的营地时,我才知道麦克奈尔(Mc Nair)少将和美联社摄影记者伊尔文(Bede Irvin)就在这次轰炸中被炸死了,但克劳福德则安然无恙。

当我们迷迷糊糊地爬出防空洞,直起身子抬头望天时,我们都发觉这场"误炸"已经被发觉并且被制止了。现在炸弹都落在我们前面一英里多处的预定目标点上。虽然一英里多的距离不算近,但数以千计的炸弹在几秒钟内同时爆炸时,我们仍然能感到大地在颤动,气浪阵阵扑来,好在这一切都在渐渐地减弱,轰炸地带在慢慢地向前移动。

就在这时,两架野马式战斗机出现在临近的轰炸机大编队前面,他们像一对鸽子一般,在机群前面来来回回地飞着,似乎在告诉机群,这里还不是应该轰炸的地方,再往前飞一会儿吧!当这两架野马式战斗机飞过我们头顶时,我们看见其中一架的腹部射出了一发烟幕弹,这枚烟幕弹拖着长长的烟带径直前飞,然后以一种我从未见过的最优美的弧线慢慢地落下,就像一支看不见的彩色铅笔在天幕上划出来的一般,似乎在告诉机群,跟着我,前面才是轰炸的目标。每一组飞临的机群都看到了这个指示,轮番地轰炸预定的目标。

德军的高射炮事实上早就被消灭了,炮手们不是躲进了防空洞就是被炸死了。那天有多少批飞机参加轰炸我不知道。就我个人而言,我尽了最大的努力也只数出了400架,但这只是头一批。有人说那天共出动了1 800架,但我宁可相信事后所宣布的是3 000余架。我不相信经过这次轰炸后,那些幸存下来的德国兵还会是身心健全的人。而在事后,使我感到庆幸的是,我不但活了下来,而且还有了一次前所未有的经历。

受到自己人的攻击,特别是受到我们自己的飞机的攻击,这简直是难以想象的。在轰炸结束的时候,一位我早就认识的上校在农舍后面走来走去,一边咬着手指一边翻来覆去地说:"他妈的!他妈的!"当他走过我旁边时,他停了一下,瞪着我说:"他妈的!"

于是我说:"轰炸不是已经停止了吗?"可是他说:"不!"他仍然是走来走去,咬着手指,有时又抬起手臂,好像要捡了石头要向地上砸似的。

在轰炸停止40分钟后我们营的先头连开始了攻击。他们曾受到我们自己飞机的轰炸,伤亡(包括脑震荡)惨重,于是只好将他们撤回,而由第二连接替攻击,他们在规定的时间开始了进攻。一个小时后,他们报告说已前进了800米,并且在继续前进中,当这个消息由步话机传来时,在场的所有军官们都流下了眼泪,美国军人维护了他们的荣誉。

毫无疑问,那天晚上,在英国,所有的飞机上的空勤人员——由驾驶员到机枪手——都流泪了,他们在错误的情况下杀死了自己的弟兄。但这种痛楚在地面部队中很快就过去了。在随后而来的战斗中,他们清醒地认识到,空军仍然是一支强大的支援力量,能够随时随地为地面部队打开一条前进的道路。

任何人都会犯错误,敌人也和我们一样会犯错误。战场上的硝烟和混乱会使人产生错觉,这在地面和空中都是一样的。在这次事件中,对比敌军在轰炸中所受到的损失,我方的损失其实是非常低的。我们的空军在战场上的贡献是有目共睹的,我们的地面部队完全肯定这一点。

29　灌木篱墙间的战斗

在法国西北部,这场离奇的灌木篱墙间的战斗究竟是怎样的呢? 我想这是很多人都想知道的。这种战斗通常都是以连为单位来进行的。举例来说,一个步兵连奉命沿着乡间小道前进,他就要派出两个排对道路两边的田野进行搜索,这样一来,其实只有一个排是在正面前进,而由于人员有伤亡,所以这个排的人数只有25—30人。

这些田野一般宽约 50 米,长约 200 米,一般是麦子地,或是苹果树林,但一般是芳草鲜美的牧场,有牛在吃草。一块块的田野四周都是由灌木丛形成的一道道篱墙——古代遗留下来的泥巴墙,高达腰部,墙上长满灌木丛,而小树则高达 20 英尺。德国人充分地利用了这种地形,他们在树上布置了狙击手,在篱墙的后面挖了战壕,上面铺上了木板,所以我们的炮兵很难发现他们。有时他们还会把机关枪固定好,并拉上一条绳,这样一旦有情况,他们只需拉动绳子,机枪便会向目标射击,而他们则不用从地洞里出来。他们甚至会挖掉一段篱墙,把一门大炮或是一辆坦克藏在里面,上面再盖上一层草皮。他们也会在篱墙的后面挖通一条小隧道,而在前面开口处仅将机枪口伸出在外。德军一般的防守方式都是在田野的两端各摆上一挺重机枪,而步兵则手持步枪或冲锋枪沿篱墙一字排开。

我们当然有办法把他们赶走。这是一项又慢又要小心翼翼的工作，不是什么猛冲猛打的战斗。我们的大兵不会像在电影中所见的那样勇猛地冲过开阔地。他们学乖了，最多以班为单位，一步步地爬到德军防线的两端，他们爬几步，伏下，然后又再往前爬。

如果你当时有幸能跑到敌我两军之间，不管是在什么时候，你只会见到寥寥可数的几个人在跑来跑去，找寻藏身之地。你虽然见不到什么人，但各种噪声是够你听的。我们的大兵所受到的训练是看见敌人才开火，但在这里就行不通了，因为在这里什么都看不见。所以他们只好不停地对着篱墙开枪。所以当大兵们悄悄地接近德军时，那些德国兵还躲在防炮洞里呢！当尖刀班接近篱墙时，后面的两个班则用猛烈的炮火掩护他们。他们用枪榴弹、迫击炮等猛轰德军的防线。尖刀班首要的任务是要消灭德军防线两端的重机枪，他们的武器就是手榴弹、枪榴弹和冲锋枪。一般而言，压力之下德军会往后撤。他们会把重武器和兵员撤到第二个篱墙之后，然后又掘壕据守。他们撤退时会留下两挺机枪和一小批步兵作掩护，尽量拖住我们。大兵们则一边猛烈开火，一边朝篱墙德军这边扔手榴弹。这时两军已经差不多是面对面了，但很少会发生肉搏战。有时残留的德军会举手出来投降，想逃跑的则被乱枪打死，也有根本不投降的，那就只好丢个手榴弹进去，把他们全都炸死算了。就这样，攻克了一道墙，然后又去攻打下一个。

这种打法其实只能说是一种一连串的小冲突，在整个战线，就是这种成千上万的小冲突。没有什么所谓的"大打"。话虽如此，但时间一长，这种打法也能造成双方上千人员的伤亡。一般而言，这都是些在不同的情况下的一小撮人的打斗。例如，战斗是在树林中而不是在开阔地，德国人会在树林中分成小组到处掘壕据守，这时要把他们打跑是十分困难的。在这种情况下，往前进攻的部队只好绕过树林,继续前进,让后续部队来收拾他们。有时我们也会派一个连穿过树林,顺手消灭他们,可是两个小时后,当另一个连进入这个树林时,会发现这个树林里又再次布满德国人,这种不可思议的事是随时都会发生的。

情况是混乱的,有时我们不知道德军在哪里,连我们自己在哪里都不清楚。有人说得好,只要一开打,五分钟后,当营长的连他手下的几个连跑到哪里去了都不知道。事情很简单,这已经变成了一场混战。德国人有时会从后面或是侧面来攻打我们。我们有些部队往往会冲得太前了,以致跑到德军的后方去了。有时我们会自己打自己,因为已经跑进德军的防线里去了,并且都使用刚缴获的德军武器,所以把自己人当成了敌人。

当德军企图在滩头阵地上阻挡我们时,我们的步兵和坦克是密切合作的,谁也不能脱离谁。但步兵却对坦克有两种看法,步兵都不愿靠近坦克,因为坦克会吸引德军的炮火,可是另一方面,当打得实在恼火时,却又巴不得有坦克来支援他们。在"大突破"时,所有的步兵单位都配备了坦克,他们联合作战打出一个缺口,然后让我们的装甲师长驱直入,猛冲猛打,一直冲到德军战线的后方。通过无线电指挥,我们的坦克在德军防线上横冲直撞,在遇到地形不利时,推土机立刻上前,为坦克推出一条通道。

在我们进攻的路线上,所有的房屋难免会遭到破坏。德军会把房舍作为据点,或炮兵观测所,这样一来我们只好摧毁它。这儿的居民早就疏散了,战斗结束后就回来了,当他们茫然地望着那破毁了的家园时,那真是可怜极了。这就是为了胜利他们所付出的一切。

当大军向前推进的时候,步兵连往往是一连几天都不能停顿。给养一般靠人力,有时也靠吉普车供应。大兵们有时一天只能吃到一盒军用干粮,有时连水都喝不上。连队的战斗力由于伤亡、体力消耗太大而削弱。这时上级会命令他们就地休息一两天,由另一个连队接替他们继续向前进攻。但在一场艰苦的战斗中,他们最大的愿望也不过只是能休息几个小时而已。

我所在的那个连队那天中午得到命令,说他们可就地休息到傍晚五点,于是他们沿着篱墙挖防炮洞,或者就住进德军原先挖的防炮洞里去。不管多么疲劳,防炮洞是一定要挖的。接着派人出去找水。这时送来了军用干粮,于是他们便坐地上吃了起来。他们都希望能留在那里过夜。刚吃完晚饭,从农舍里出来一名中尉军官,他命令军士长传令下去,部队在十分钟内就要出发。天黑前,大兵们已收拾好了行装,半个小时后,他们便投入了战斗,并且打了一整夜。在连续三天的战斗中,他们就只休息了那么四个小时。

那天中午,战斗激烈,危机四伏。我跑进一条小街中,大兵们都沿壕伏着,等待着前进的命令。在靠近火线的地方,人人都得伏下身来。这时德军的炮火袭来,我立即跳入一条战壕中,躲到大兵中间。德军的炮弹掠过我们的头顶,落到不远处的草地上。突然间,一枚炮弹落在我们附近,我没有听到爆炸声,而只是听到"哐"的一声,就像有人在敲击一个大钟似的,红熨的破片像下雨般在我们周围纷纷落下。我顿时感到头昏脑涨,右耳什么声音也听不到了。

这颗炮弹原来就落在我们后面20英尺处,那条土堤救了我们一命,而我的耳朵第二天才恢复正常。大约一分钟后,一位大兵挤了过来,问我:"你是随军记者吗?"我说:"是的。""我要和你握握手",他挤过来和我握手,而这句话正是我们两人都想的。对我来说,这真是一次难忘的经历,可惜刚才那枚炮弹把我炸得晕头转向,以至于我竟然忘了记下他的名字。

几分钟后,我的一位老友,贝提斯(Oma Bates)中校,从我身边走过。他说他正在寻找营指挥所,他估计那营指挥应该就在离此地 100 多英尺远的一所农舍里,于是我就和他一起去了。起初我们没有找到,在果园里转来转去地找,这费了我们大约五分钟,可正是这五分钟救了我们一命,因为当我们终于找到那间农舍,离它只有 50 米时,一发炮弹正中农舍,炸死了一名军官,伤了若干名大兵。

就在这时,德军的炮弹雨点般飞来,我们只能卧倒在地,寸步难行。炮弹不断地从我们的头顶飞过,我们连想向前扑的机会都没有——我发现倒地最快的方法是向后倒下,然后侧身翻滚。我的裤子很快地沾了一层厚厚的红胶泥,双手都破了。在火线上,大兵们都会把扎在下巴下的钢盔带解开,因为如果绑紧了,落在附近的炮弹的冲击波会把钢盔掀掉,这时钢盔带就会弄伤颈部。这次我扑倒在地时,钢盔随即落到我的头上,先打在我的耳朵上,然后经过我的眼睛,滚落在地,真使我狼狈不堪。

德军密集的弹雨把我们赶到路边的一条战壕里去,战壕里全是我军的大兵,这真是令人震惊的一幕。我们的大炮也在还击,但德军的炮弹仍在不断地飞来。到处都是机枪声,子弹不断地从我们头上的树叶中穿过。我看看大兵们的肩章,发现他们是我们右翼另一个师的部队。我很奇怪他们跑到这里来干什么,这时我听到他们有一个嚷嚷开了:"真是一塌糊涂啊! 队长到哪里去了? 真见鬼! 我们是后勤部队,怎么跑到火线上来了?"现实是残酷的,对于他们可怜的处境,我只能同情。

有一次,我离开这个设在农舍中的指挥所,到另一个只有十分钟车程的指挥所去。当我到达那个指挥所时,他们告诉我,我刚刚才离开的那个指挥所被德军击中了,而那时我正在半路上。一发穿甲弹正正从窗口射进去,把我的一位熟人的腿打断了。那天晚上,另一位军官把那块弹片拿到医院,留给他做纪念。

第二天，当我去到另一个营指挥所时，他们正在准备移动。一名军士长坐着吉普车到前面约半英里处找到了一间农舍当指挥所，他说那是一间又干净又舒适的房子，他费了好大工夫才找到的。于是我们都坐上吉普车出发了。这时离那军士长离开那农舍时才20分钟，可是当我们到达时却发现房子没有了。原来就在这20分钟内，这农舍被德军一炮击中，片瓦无存。

我们继续前行，找到另一间农舍。半个钟头前，我们曾经来过这里。当时在我们前面约50米处的果园，曾落下一发德军炮弹。很快地就来了一副担架，上面躺着的是我所在这个营的军医，当时他到果园里去，想找一个好地方做他的急救站，而炮弹正好就在他的身边落下。

这就是那个下午发生的事，是我们每个人随时都会碰到的事，这是个痛苦的现实。这一切就要看各人的运气了，虽然我从来不相信什么运气，但在战争中，一切都无法预料。

我采访的这个团的团长是我最有好感的人之一。原因之一是他竟然称我为"将军"，其次是我只要一见到他便想笑，最后一点，他是一名非常优秀的军人（出于保密，恕我不能公开他的姓名），是美国正规陆军的上校，一战时曾经到法国参战。他的顶头上司师长说，他的唯一缺点是打仗时胆子太大。如果没什么事情，他很乐意找个好时间和我聊聊。

上校相貌非凡，有着一副黄种人的面孔。当他把胡子剃掉后，人们会认为他是俄罗斯的哥萨克。当他精神疲惫，衣着污秽时，他更像电影里的芝加哥大盗。但不管怎样，他的眼睛永远是炯炯有神的。他的特点是言行直率，不喜欢转弯抹角。但他本性善良，即便在申斥别人时，虽然用词严厉，但也是有板有眼地说，说完时还眯起眼睛，对你嘻嘻一笑。有一天，我看到他在问一位营长，他的营指挥所在哪里,那位营长详细地向他解释为什么他的部队还没有到达预定的地点,团长瞟了他一眼说:"我不问你这个,我问你你现在在哪里?"

在打仗的时候,从早到晚他从这个营跑到另一个营,他穿着一件新式的战斗服,这使他看起来就像个布袋子,而且他还拿着一根一战时老罗斯福总统送给他的一支手杖,他不停地把他的团指挥所往前移,从而使他的部队保持着不断进攻的势头。他最不耐烦那些不知战争的主要目的而只注意琐碎小事的人,在他看来,战争的主要目的就是打死那些德国佬。他的战争哲学可以简单地压缩成这么一句话:"打死那些狗日的!"有次我在一个营指挥所里听到说有60名德国兵正沿着大路冲过来进行反攻,指挥所里的人立刻用电话报告了他,在详细说明情况后请示该如何行动,他只简单地说了一句话:"打那些狗日的!"就把电话挂了。

我的另一位老友就是墨菲(C.Muphy)军士长,他是团部的炊事班长,他长着一头红发,但他也像一般的西部战士——无论军官或士兵——一样,把头发剪得短短的。他风趣但少有笑容。我问他在入伍前是干什么的时,他想了一下才回答:"我是个奸诈之徒。你说我是个推销员也可以,我经常混一份周薪50美元的工作,但却有1 500美元的额外收入。"

真是个老实人!

有一天,我们两人谈论新闻记者的工作。墨菲说他的祖父也是个记者。年老退休后和儿子一家住在一起。"我祖父读报时是很挑剔的,"墨菲说,"他有点病态,他天天买那些原价1.5元而现在只要三分钱的报纸,然后整夜地看。他从不看那些广告,他只看那些报道,然后提出批评。他有点糊涂,我记得我小的时候,他经常在半夜两三点钟时叫醒我,然后指着报纸上的某篇报道,叫嚷着说这个作者居然在这个句子完结时没有写上句号。"

墨非和我都一致认为，好在他的祖父在看到我的文章前便已经过世了，否则他一定又会来一通狠批。

墨非说他从来不抽烟，直到诺曼底登陆那天他才开始抽烟，并且是一支接一支地抽。对我说这种事情的人他大约是第十个了。在打仗的时候抽支烟，这未始不是一种舒缓神经的好方法。

在战争中，经常会发生些不合事理的事情。例如，有天空闲时，有位画家为我绘了一幅水彩肖像画，他双腿坐在草地上足足为我画了一个小时。这位画家就是一等兵华尔（L. Wall），他曾在纽约的国立工艺学院学习过六年，在大都会博物馆任研究员，并且在纽约的世界博览会上担任艺术讲解员。而现在，艺术家华尔却在一个步兵团的团部当一名炊事兵。自登陆法国以来，他从来没有画过一幅有关战争的图画，我问他为什么，他说："开头我是怕得要死，后来又忙得要死。"

士兵是人为地制造出来的一群人。我新近认识了一位朋友——一个单纯的老好人，他文静而又谦卑，以至于他站在你的旁边你也不会感觉到。从登陆以来才几个星期，他已经对在战斗中如何打击敌人保存自己很有点心得了。在战争中，很多士兵变成了"杀手"，而他并不是这样。他把打仗视为一种义务，一份工作而已。

他就是克莱顿（G. T. Clayton），第 29 师一个步兵连的一名步兵。当不打仗而在休整时，他会到"休养营"去过上几天，而"休养营"其实是为新闻记者而设立的，我也在那里待过，所以我们认识了。克莱顿是一名上等兵，是一名勃朗宁自动步枪的射手，他失去了两次提升为军士长和当班长的机会，原因就只是他舍不得离开那支他心爱的自动步枪。他是在登陆日那天登上诺曼底滩头阵地的，在此后的 37 天里，他一直在战斗，没有休息过。他已多次与死神擦肩而过,有两次德军的 88 mm 口径的平射炮就打在离他身旁不到一米的地方,而他恰好就身处漏斗形弹片散布圈的下面,所以毫发未损,只是盖了一身尘土,弄脏了步枪而已。而第三次则是炮弹落在离他 3 米多远的地方,把他的右耳震聋了。而自小他的右耳就有些小毛病,在出国前他请医生把他的耳病治好了,好让他能出国。自从第三次被震聋后,他的右耳一直还有些不好使,好在现在渐渐恢复了。

克莱顿最后终于离开了前线,因为他的上级想把他送进医院,但他不愿去,因为他怕这样一来他会回不了原单位。于是上级只好把他送进休养营,两个星期后他终于又回到了他的原单位。

克莱顿什么工作都干过,他在农场工作过,也当过酒吧侍者。在入伍前他是伊云斯维尔兵工厂的一名刨工,他计划在战后回到伊云维尔开一间小饭店,为自己日后的生活好好地干一番,他说他的姐夫会帮助他。

克莱顿入伍后两个月就乘船出国了,当我遇到他时,他离开美国已经一年半了。他中等身材,头发黑色,留着一点小胡子,他的发型是我所见过中最有趣的一种,那是只有在西部影片中才能见到的。当他所在的那个师在英国待命出发前的那几天,他和三位同伴决定要把他们的发型剪成印第安人那种式样,他们把头发都剃光,只留下头顶上由前额到后颈两寸长的一路。这使他们看起来虽然凶猛,却更有几分滑稽,而这正是他们所希望的。现在他们四人中已经有两人负了伤,送回英国了。

我和他认识好多天了,可是他从来没有告诉过我他多大了。我有点奇怪,我问过很多其他人,可是他们都异口同声地说他只有 26 岁——和我所估计的一样。可是实际上他已经 37 岁了,对于一个长年在火线上打仗的步兵来说,他的确是够老的了。而他却说,一个人一旦过了 30 岁,就开始衰老了。

克莱顿这位最温和的人，已经杀死了四名德国兵，这是有案可查的，至于无法统计的则有十多个。他已经佩戴上了"杰出枪手"徽章，而不久则有望佩戴"杰出战士"徽章，那是只有通过严酷考验后才有资格佩戴的。那四个德国兵中有三个是被他用自动步枪一个连发打死的。当时他埋伏在一条沙子路拐弯处的树丛后，前面约80米处是一个十字路口，那时突然有三个德国兵从路边跑了出来，而且蠢不可言地竟然就站在十字路口中间说起话来。他的自动步枪的弹夹是20发的，他一扣到底把这20发子弹全打了出去，把那三个德国兵都打死了。至于第四个，他认为是个日本人，因为登陆后的战斗中，很多士兵都以为他们是在和德军中的日本兵对阵打仗，其实这些"日本兵"都是苏联军中的蒙古兵，具有典型的亚洲人种的面貌特征，所以那些孤陋寡闻、未见过世面的美国大兵就把他们当成"日本兵"了。克莱顿当时是班长，正带着队伍沿着一道篱墙前进，发现前面的树上有德军的狙击手，于是对着目标打了一个弹夹，那个德兵掉了下来，克莱顿一看认为那就是一个"日本兵"。

克莱顿是怎么发现那个狙击手的呢？说来简单，因为当一粒子弹从你耳边飞过时，它并不是"嘶"的一声，而是"啪"的一声。因为当一粒子弹飞速前进时，在它后面会形成一段真空，而周围的空气会立刻充填入去，空气碰撞于是发出"啪"的一声。克莱顿不明白这些，于是我向他做解释："你知道什么叫真空吗？"我说道，"这在中学里都有讲的。"

克莱顿说："厄尼，我只读到小学三年级。"

克莱顿是个聪明人。他不知道什么大道理，他只知道当一件事发生时，是可以从某些地方找出原因的。他知道，当一粒子弹离开枪口到他耳朵旁边"啪"的一声时，这其间当然有一段距离，而根据枪声的方向和"啪"声的时间差，通过经验的累积他可以准确地判断出狙击手的方位，使他有了一种猎人的本能反应。所以他一下就把那个"日本兵"打了下来。

　　克莱顿那些不可思议的经历如果不是这么充满悲剧性的话，应该是很有趣的。有次，在一个月光皎洁的夜晚，他和一名巡逻兵往回走，德国人突然向他们开火，他跳过一道篱墙，一头钻进一个防炮洞中。令他大吃一惊的是，洞内有名德国兵，手持冲锋枪，坐在那里。克莱顿立刻朝他的胸部一连打了三枪，可是那个德国兵动也不动，他这才意识到，那个德国兵早已死了，他打的是一具死尸。

　　他所有的这些经历，对他这个来自印第安纳州的善良的大兵似乎毫无影响，只是使他变得比以往更加不爱说话。而在所有的经历中，最难忘的就是由于长期身处火线，整日提心吊胆，身疲力竭，战友一个个倒下，而自己幸存的可能性很小，不是受伤就是完蛋。对于克莱顿这种大兵来说，他们都只是在尽军人的天职而已。

　　我们对这漫长的战线——亦即所谓的"不固定的战线"——作一番巡礼时，便可得知这场仗是怎么打的。从小处着眼，胜过综览全局：枝茂叶盛的树木倒卧在大路中间，乱七八糟的电话线到处都是，道路上到处都坑坑洼洼的弹坑，充满鲜血的坑，血已凝结成黑色，旁边是被子弹洞穿的钢盔，到处都是断垣败瓦，被打坏的坦克和卡车到处都是。田野里到处是死牛，四脚朝天，都还没有发臭和发胀，在一门大炮的周围，到处都是被丢弃的私人用品，令人感到奇怪的是，怎么到处都有些军大衣，看来德国兵在逃跑时或是在打仗前都先脱掉大衣。

　　看见这些，特别是那些睡着了一般的死者，可知这里战事初歇，尤其是那种非人间的静寂。一般而言，战场上那种隆隆的枪炮声在远处就能听见。但在自从"大突破"以后，一场仗打完往往有一个"真空地带"。德国人顽强地抵抗着，直到不得已时才后撤，而我军则尾随跟进，这时留在他们后面的是残垣败瓦和绝对的静寂。

一个局外人如果来到这里,他只会感到那令人恐怖的孤独——到处是死人,残破的车辆、死牛烂马,而只有他是个活人。

一天下午,我们乘着吉普车,就走进了这么一个地方。这里灰色的农舍全部被毁,但硝烟未烬,这是一座叫墨斯尼托(Le Mesniltore)的小城,是个可爱的小村镇,房屋不过五十间,位于一个"T"字路口上。我们进去一个看,房屋全部被毁,真正的一间不剩,破砖烂瓦、断了的电线遍地都是,屋顶都没有了,墙壁则熏得黑黑的,死者还在街上躺着,钢盔和破枪就在身边,整个村镇一点声音都没有,所有的"生物"都死了。

我们停了下来,看看往哪里走才好。最终我们带着惶恐的心情驱车到离城几百米远的一个地方。那儿的战壕里全是死人,到处都有残肢断腿。我们默默地望着,谁也不说话。我们要司机开慢些,不要打破这不祥的静寂。留在这里的全是死人。

看不到一个人影,也听不到任何声音,我觉得心寒起来了。我们止步不前,在我们前面只有几步路的地方,是一辆已烧成红色的美国坦克,炮塔已被打掉,但还冒着烟。坦克旁边是一辆翻倒的德军马拉弹药车,车旁边是一个弹坑。在我们左边离道路几十米相邻的两块田地里,有两架被击落的飞机,灌木篱墙很矮,所以我们都清楚地看到,那是两架英国的战斗机,一架向左翻转,另一架则是肚子朝天。

正当我们准备往回去的时候,我发现在那块地的另一边,孤零零地站着一名大兵,就像电影里的印第安人那样隔着那块地望着我们,我向他摇摇手,他也向我摇摇手,于是我们前行相会。他就是沙逊(E.Sasson)少尉,他是所属坦克师里的阵亡人员登记官,这时他正在战地上搜寻阵亡美军的遗体。这是一个孤单寂寞的工作,所以他很高兴能找到个人和他说说话。就在我们谈话时,一个身穿野战工作服,肩上扛着一支步枪的大兵跑了过来,上气不接下气地喊道："嗨！在路边那架飞机里还有人活着呢！他被困在飞机里已经好几天啦！"

我们跑到肚子朝天的那架英国飞机那里，伏下身来，从一个小洞里望进去。在机舱里躺着一个人，只看到他的上身，双脚被一大堆乱七八糟的东西盖住了。他的飞行服已被扯开，露出胸部。他正在抽烟，那是发现他的那名大兵当时唯一能给他的东西。他转过头来望着我，我也望着他。他以一种典型的英国方式向我致意："哦！Hello！"

"你没事吧！"我傻乎乎地问道。

"是的，还可以，"他答。"这儿只有你在这里吗？"

我问他被困在这破飞机里有多久了，他说他已记不清楚自己被打下来多长时间了，他只记得是哪月哪日被击落的，于是他告诉了我日期。我不禁倒抽了一口气，"老天爷啊！"他带伤被困在那架飞机里已经八天了！

他的左脚被高射炮弹打断，并且被方向舵死死卡住，而背部则被喷出的汽油严重烧伤，机舱内部那狭小的空间使他想蠕动一下以舒缓背部都不可能，他的右脚屈在上面，但无法伸直。他望不到外面，多日来他滴水未进，更不用说吃的了。就这样他过了八天八夜。但是当我们发现他时，他身体情况良好，头脑清晰。他虽然感到苦恼，但他仍然因我们花了不少工夫去营救他而用纯正的牛津英语向我们致意。

美军救援队的大兵们在弄他出来时，对这位英国飞行员在环境严酷、困苦无援时所表达出来的伟大人格敬佩不已。有一位大兵说："这些英国佬真是好样的！"

大兵们在机身上开了一个洞，才把他救了出来，这花了大约一个钟头。这时，他说话了，——啰嗦的事就不说了——他是英国空军中尉，夜间战斗机驾驶员，那晚当他飞过目标地区时，德国人就已经发现了他，用高射机枪对他开火。第一轮射击就打坏了他的发动机，那时高度太低不能跳伞，于是他愚不可及地（他自己这样说）打开着陆灯，想找个地方迫降，这简直是送货上门，自投罗网，第二轮射击他的腿就被打断了，而在第三轮射击时一颗子弹正中他的右手掌，把五个手指打得刮肉见骨。

他放下着陆轮，着陆了，可是螺旋桨碰到地面了，原来那地方是个微微上升的缓坡，我们看到那条被飞机刨出来长约 50 米的凹槽——飞机翻了个大跟斗，肚子朝天。他就这样被困在那翻转过来的机舱内，"我就只记得这些，"他说，"我只记得到处都在对我开枪。"

他被击落于敌我两军之间的无人地带，在其后的日子里，敌我两军都在反复地争夺那块草地，你来我往，不断易手。那块草地到处都是弹坑，起码有上百个，有些就在飞机旁边，有一发甚至击中了机翼的末端。飞机的金属机身上遍布数以百计的弹片破孔。

他就这样被困在那个炮火中心。那个草地躺满了死人。最后德军后撤了，于是战场上沉寂了下来。可是没有人来救他，因为那是个"真空地带"。日子一天天地过去，他极度口渴，偶尔也睡一下，要么是失去知觉，要么是梦中胡言乱语，但他从来没有放弃希望。

当我们终于把他弄了出来，抬上担架时，他说："这是不是被击落后我第一次离开飞机?"

所有的人都笑了起来。军医说："你被困在里面，我们花了半个小时打开机身才把你弄出来，可是你的断脚还在里面呢! 不! 你还没有离开飞机。"

"我不是那样说的，"他说，"我只是觉得我好像是出来过一次，然后又进回去了。"

这只不过证明他是有点不大清醒了，虽然在整个救援期间，他都表现出沉着冷静，就像在自己家中过着舒服日子那样。我不知道他后来怎样了，但他真正表现出了在战争时什么是勇气。

30 巴黎的解放

　　我曾经认为,在这次战争中不会再有什么令我兴奋的了。但我没料到还有巴黎的解放,没料到我还见证了那富有历史意义的时刻。解放巴黎——就是这伟大的一天,我们进入了巴黎。我们兴奋地来到巴黎近郊的一个小城,在那里等了三天,每时每刻都在等待着巴黎传来的消息,看看巴黎城里到底怎样了。有天早上,我们甚至得到消息说,我们还要打破德军在巴黎的城防工事,去援助巴黎城内的法国地下军,他们已控制了巴黎部分的街区了。到中午时,又听说德军正在集结兵力,看来又要来一次斯大林格勒了。我们无法想象巴黎被摧毁会成什么样子,因为看来这是不可避免的了。

　　这就是那天上午所发生的情形。我们离开朗布依埃(Rambouillet),小心翼翼地向巴黎的郊区进发。我们还没有走出八英里远,就有传言说,法军的第二装甲师已经进入巴黎城了。在一个十字路口中,一名法军上尉阻止我们前行,在争论了半个小时后,他终于挥手让我们前行。十五分钟后,我们来到一处乡村花园般的地方,这里阳光明媚,绿树成荫,然后我们到了巴黎郊区,最后进入巴黎市中心。那里人山人海,正在尽情欢庆巴黎的解放。

　　街上挤满了人,就像往常庆祝 7 月 4 日国庆节那样,唯一不同之处是此刻巴黎的市民都显得有点疯疯癫癫的。巴黎的街道很宽阔，这时民众都聚集在街道两边。妇女们都穿着华丽的白色或红色的上衣、彩色的花裙子，头戴鲜花，挂着大耳环。人们互相抛掷鲜花。

当我们的吉普车慢慢地穿过人群时，成千的人涌了过来，只是在车前留下一条狭窄的通道，妇女和儿童抓住我们，一面欢呼着，一面疯狂地吻我们，和我们握手，拍我们的肩膀和后背。和我同车的有美联社的亨利·哥来尔（Henry Gorrell）、柏格勒（C. Pergler）上尉、贝隆（A. Belon）下士，我们四人都被吻得满脸通红，全是口红。坦白地说，我觉得非常受用。

终于，我们的车深陷在人群的汪洋大海中，动弹不得，只好停了下来。我们立刻被蜂拥上前的民众抓住，狠狠地来了一阵狂吻，那些美丽的姑娘，专门在我们的双颊上狂吻。这时，我改变策略，当有做父母的把他们的小宝贝递给我时，我便吻那些小宝宝，就像一个政客为了拉选票而亲吻选民的小宝宝一样。我已经有好几天没有刮胡子了，黑色的胡子留得老长，又是个半秃顶，可是还是一样被狂吻。直到有个法国人告诉我们，前面还有德军的狙击手，我们才又戴上钢盔。

我们进入巴黎市中心，虽然到处都挤满了人，但我们决定还是尽量往前行，可是很快地又被街上的人群阻拦住了，在嘈杂的喧闹声中，我们听到不远处有爆炸声——这是德军在试图炸毁塞纳河上的大桥，接着机枪声响了起来，子弹从我们的头上飞过，车队里有些老兵赶快伏下，可是周围的巴黎人根本不予理会，仍旧又跳又唱。

我们一直走到法国国会大厦附近，那里仍有德军在负隅顽抗。于是我们在附近找了间旅店住了下来，外面还在打仗，而我则在房间里写稿子。德军仍在市中心的塞纳河畔一带战斗着，已经有一个法国的装甲师开进市中心，而且后面还有源源不断的美国援兵，所以德军的失败只是早晚的事了。

有关巴黎解放时民众欢欣鼓舞的报道已经够多了,对此我无意再添加内容。实际上,我们都感到困惑,我感到无法报道,因为此时的场面太过宏大,我不知道怎样说才好。因为无论你怎么说,看起来都是些微不足道的小事,这不是我一个人的感受,我们当中有好些人都有这种感受,我们实在无法把这个伟大时代中最美好的事情如实地描绘出来,这可能是因为长期以来我们一直都习惯于不报道美好的事物。

无论如何,由下午两点直到晚上十点,在这一天中,在巴黎市内的我们这几个美国人,被那些友好的法国人推来推去地狂吻,弄得我们晕头转向,东南西北不分,我们被人强吻——有小孩子,有大男人,有老太婆,当然还有美丽的姑娘。他们又喊又跳,疯疯癫癫的,把一些小旗、纪念品什么的插满了我们一身,还把鲜花抛入我们的车中,有个小女孩甚至把一瓶苹果酒也抛入我们车中。摄影爱好者此时无不趁机大拍特拍。

我们继续往前行,遇到前所未见的好大一群人,他们又跳又叫,当见到我们时,他们一齐鼓掌,好像大剧院开幕时那样。坐在车上的我们,只好不断地对他们点头微笑,我们不停地摇手致意,最后手臂都酸痛了,只好摇摇手指。因为不停地和人握手,我们的手掌都被抓伤了。只要车子一停,我们马上会陷入群众的汪洋大海中,动弹不得,那些无法靠近我们车子的人都向我们飞吻,我们也只好以飞吻回报。

他们唱起歌来了。我们根本听不知他们唱的是什么歌,其中我们只听懂了他们唱的《Tipperary》《Madelm》《Over There》和《马赛曲》。法国警察一面微笑着,一面规规矩矩地向我们行礼,法国的坦克在我们前面开路,但只要一停下来,便马上会被人群淹没。

这天,自黄昏时开始,出现了一股"签名"热潮,到第二天时,可以说是达到了高潮,人人都要大兵们签名留念,他们递上小笔记本或是一张白纸,要我们签名,好像我们都是好莱坞明星似的。在第二天,有一位法国妇女,甚至拿出一大堆白色的小唇笔,至少有300支,给人们作签名之用。

至于解放日这天,天气出奇的好,第二天也是一样。在之前的那两天,天气灰蒙蒙的,甚至还下雨,但在解放日这天,却是蓝天丽日,真是吉时吉日啊!

在解放日这天,只有市中心的几条大街是开放供民众欢庆的,其他的那些小街则被封锁了起来,因为那里还有些德军在顽抗。

我们经常听说巴黎有全世界最美丽的姑娘。的确,巴黎妇女的衣着非常迷人,她们的发式更是迷人,在这夏日温暖的日子里,她们的服装可说是大胆开放的。色彩缤纷的夏日巴黎,使世界上的其他地方都显得单调乏味。正如一位大兵所指出的,他到巴黎后,令他感到震撼的是夏日巴黎妇女的衣着。

和其他的城市一样,巴黎也有又脏又丑的人。但又丑又脏的人也是有感情的。哥莱尔(H.Gorell)就曾经被一名世界上最丑最脏的女人紧抱狂吻过。不过让哥莱尔感到欣慰的是,他虽然被这么一个"可爱的尤物"紧抱过,但他的确也被更多的美女拥抱过。

更有趣的是,有一位老大妈,身材矮小,根本无法爬上军车去和大兵们接吻,于是在第二天,她便带了一把梯子来,军车一停,她便用梯子爬上军车,和大兵们拥抱、亲吻。

第二天和头一天多少是有点不同的,在头一天,在刚刚获得解放的头几个小时,巴黎市民都沉浸在几近失控的欢乐之中,他们会一边吻你,一边会说:"感谢上帝,你们终于来了!"

但在第二天，就变成一个常规的欢庆节日了，妇女们都打扮好了，老头子都戴上纪念章，小朋友们都干干净净地穿上夏装，人们都汇集在商业区，下午两点钟，接吻、欢呼、签名、鼓掌几乎是在同一瞬间爆发开来，巴黎的"狂欢节"，又再次开始了。

当我们由南向北开往巴黎时，我们遇到了数以百计的难民和度假归来的人，他们骑着自行车，混杂在坦克和大炮之间，走在回家的路上。

和有些法国人比较起来，我们反而显得是些胆小鬼了。他们对打仗置若罔闻，就像电影里的卓别林一样。当大兵们伏在战壕里打仗时，经常可以看到这样一些的法国人，穿着破旧的蓝色外衣，戴着贝雷帽，口中含着一支快要烧完的纸烟，大踏步地越过马路，从正在打仗的大兵们旁边走过。自从诺曼底登陆以来，这样的情景我至少看过四次了，每次看了我都忍俊不禁。

就这样，这群难民来到了巴黎附近，而当时还在打着仗，他们把自行车停了下来，一只脚踏在地面上，望着前面那座正在打仗的大楼。

当法国第二装甲师高速进入巴黎时，我注意到，戴着护目镜的一名坦克车长正在抽烟，一位大兵在卡车上吹奏长笛，自得其乐，而在很多坦克和卡车上，都带有小狗，而且还是在战斗时。

在这个回流巴黎的难民队伍中，有推着装满行李的婴儿车的，有提着皮箱走路的，还有骑着自行车的，这些超载的自行车都带有工具箱，不怕出故障。

而在这队伍中，最抢眼的是一对俊男美女乘坐的一前一后的双人单车了，两人都穿着漂亮的蓝色短裤，毫无疑问，他们正在度假。

就在 24 小时内，巴黎商业区大道的两边停满了法国的坦克，这些坦克立刻被人包围了起来,孩子们像苍蝇一般沾在坦克上,穿着白衣裳的妇女爬上坦克去亲吻坦克手那沾满油汗的脸。就在第二天早上,我们还看见一位女郎睡眼惺忪地从一辆坦克的炮塔里爬出来。

法国装甲师不但是美式装备,而且还穿着美式军服,所以刚开始经常有人以为我们这几个美国人是法国人,然后稍做迟疑,便问:"是英国人吗?"我们答:"不,是美国人!"于是在轻声尖叫之后,我们会得到比法国兵更多的吻。

在人群中总会碰到会说英语的人,他们都说:"很抱歉我不能请你们到我家中喝上一杯,因为我们已经一无所有了。"但他们说得最多的还是"我们早就盼你们来了!"这显然比上一句恰当多了。

有位老绅士对我们说:"虽然大家并不指望你们在登陆六个月后才能打到巴黎,可是我们仍然没想到你们会来得那么快!"

几天之后,我们这群随军记者离开巴黎,再次随着大军奔赴前线。在巴黎这几天,是我们三个月来第一次睡在床上,房间里还铺有地毯,这真是一段美满的日子,所以当我们再次以苹果树为帷幔,以绿草为地毯,在帐篷里支起帆布床时,内心的感受是可想而知的。

哥莱尔说:"看来我们是要随着军队复员回美国后,我们才能享受到和平的生活了。"对于巴黎那种繁华城市迷人愉快的生活,过惯了艰苦生活的我们,肯定是有另一番感受的,我想,我们这些人要回复到过正常的生活,是只能逐步地来了。

一般认为,那些进到巴黎的人理应就是那些最后攻下巴黎的人,我的意思是指那些打仗的大兵。实际上只有一个美军步兵团和一个侦察单位的确进了城,然后匆匆而过,继续打仗去了。

　　而真正进驻巴黎的,多是些后勤部队、民事单位和新闻记者。我亲耳听到好些后勤部队的人员说自己为此感到羞愧,因为是前线的那些大兵浴血奋战攻破德军防线,才使巴黎获得解放,而他们连一个亲吻也没有得到。相反,他们却享受了一切所能得到的荣誉和欢愉。

　　而世界正是如此!

31 最后一言

　　1944年8月，在法国内地一个美丽的果园的苹果树下，我写下了本书的最后一章。当读者们看到这本书时，欧战可能已经结束了。当然也可能不是这样。但结局一定是这样的，而且也不会等得太久，德国人自己心中也知道这点。

　　想来似乎有些怪异，在某一个特定的时刻，枪炮声骤息，一切瞬间改变。当你驱车驶入一条荒郊小路，也不必提心吊胆。你不用竖起耳朵去倾听远处有什么动静。你可以把诸如恐惧、死亡、污秽、混乱、痛苦等，一概付之脑后，把神经放松一下了。

　　战争结束诚然可以使我们大大地松了一口气，但对我们大多数人来说，并不是一件什么值得高兴的事。当那伟大的一天到来时，我们又跳又唱，这对那些已经战死的战士们来说其实是一种亵渎。法国之战打得并不轻松，但比我们所预想的要好，我们的伤亡比军方高层所预期的要少，但这并不意味着我们的伤亡就很低，在上一次世界大战时，就已经有成千上万的美国大兵长眠在法国。

　　对我们大多数人来说，这场战事早已过去，已经毫无感受了，唯一剩下的就只是一种放松后的疲惫。

　　我不能把我的感受说成是美国军人的一种精神状态，如果真是这样，我们就不可能打赢这场战争。美国的大兵是坚强的，他们爱憎分明,对于他们来说,只有通过牺牲,才能获得胜利。只不过对我个人来说,战事是一种刻板的、令人沮丧的,使人耗尽心机的事情。

法国之战之所以具有特殊的意义,是因为那是德国最后盘踞的地方。我们的胜利有多方面因素,其中部分原因是我们在其他战役中削弱了德军。法国之战最终获得大胜,那是由以往多少个小胜利累积而成的,那是由俄国战场、西线战场、轰炸德国本土以及封锁德国等一系列战果积累而成的,也包括了突尼斯、西西里和意大利战役,我们不能遗忘或忽视了这些战役。

我们之所以取得胜利,是因为无论是在美国国内,还是在同盟国本身,我们都有一套积极能干的领导班子。美国提供了两位将军,艾森豪威尔和布雷德利,他们都是伟大的人物——处事真诚,待人亲切——至少我个人认为是这样的。

我们之所以取得胜利,是因为我们具有一往无前的豪迈气概。我们拥有一支史无前例的庞大的登陆部队,能够克服任何一种危机。我们雄厚的军事力量遍布全球,而即使是一个最基层的作战单位也无坚不摧。在过去的两年中,我曾听到过无数大兵说过这么一句话:我要为胜利尽我的一份力量。在已过去的几次大战役中,他们都充分地证明了这一点。

我们之所以取得胜利,是因为我们的战士英勇无畏,这其中包括了苏联人、英国人以及所有我们这些人的优良品质。我们没有种族歧视,我希望当最终胜利来临时,我们有的是欢乐而不是骄傲。在胜利面前,我们应感到谦卑,我们应该对所有那些牺牲者致敬。

我们应当团结一致,防止另一场世界大战再发生。虽然谁也不敢保证最终会怎样,但只要我们每一个人都尽了力,并且以宽容之心去摸索这么一条道路,世界和平仍然可以实现。

后　记

在英文原版书的封底,出版者这样写道:

在这次大战中,"G.I.JOE"一词使美国大兵扬名海外。各
种有关美国大兵在欧洲战场上的种种故事已经由很多的新闻
记者们向美国国内的公众报道过了。但最受欢迎并且读者最
多的是一位穿着一套又脏又皱的美军军便服、痛恨战争但热
爱并理解美国大兵的一位美军随军记者。他就是厄尼·派尔
(Ernie Pyle)。

美国著名作家约翰·斯坦贝克(John Steinbeck)一语指
出,当今存在着两种战争:一种是将军们的战争,他们只看到
军用地图、战场阵地、军队人员等。另一种是厄尼·派尔的战
争,他看到的是患思乡病的大兵,他们又疲又累,举止粗鲁,在
钢盔里洗袜子,埋怨伙食不好,见到年轻姑娘就吹口哨。打仗
虽然并不受欢迎,但他们还是尽心尽力地去完成任务,他们都
是普通人……厄尼·派尔和其他记者们一样了解他们,但他
写的报道比其他记者们都要好。

在最近三年内,厄尼·派尔写的专栏刊登在 310 家的美
国报刊上,并拥有 12 255 000 名读者。他随着美国大军到过
北非、西西里、意大利,目击美国空军从英国起飞去轰炸德国,

采访过有关进攻欧洲大陆的各方人员。最后,他于 1944 年 6 月随军登陆诺曼底,然后到了巴黎。(1945 年 4 月,厄尼·派尔在冲绳岛前线采访时,不幸被日军重机枪击中,不治身亡。战后,麦克阿瑟在东京设立了一间专供美军使用的电影院,名"厄尼·派尔电影院"。——译者注)

在美国,他的所有报道被编辑为两本书:《这是你的战争》(Here Is Your War)和《勇士们》(Brave Men)。这本《G.I. Joe》由上述两书选编而成,目的是为了其他国家的人民由此可以更好地了解美国的军人。

而在本书的封里,出版者注明:

本书由海外丛刊公司(Overseas Editions,Inc.)出版,这是一个非盈利性组织,由战时图书委员会(Council on Book in Wartime)建立……本版图书禁止在美国本土及加拿大出售。

本书大小为 12 * 16 cm,共 406 页,封面黄褐色,上方为"G.I. JOE"一行字。正中为一 2.5 * 3.5 cm 之方框,红底白色自由神像。所以,这是一本专供海外美军阅读的"随军读物"丛书之一。

而我与这本书结缘,得追溯到半个多世纪以前了。

1945 年 4 月,在江西省龙南县一个好像叫坡头的小地方,我看到一本可能是 1944 年秋出版的《LIFE》,封底页面上是一位年约 50 的半秃顶老者,身穿黄褐色的美军便服,膝头上摆着一台轻便的手提打字机。他眼神柔和而又有点孤独寂寞。我的"私人家庭教师"蓝燕南先生,大约比我大十岁,是广州岭南大学的学生,通晓英语,这时便为我作"课外辅导":"他就是著名的美国随军记者厄尼·派尔(Ernie Pyle)。"

一年后,在广州岭南大学附中的图书室,我借到了这本《二战随军记》,林疑今译。虽然这书只摘译了《勇士们》的一部分,但却极大地引起了我对美国的兴趣，我幻想着将来到美国读密苏里州州立大学的新闻系，因为那是当时美国最好的新闻系（现为新闻学院），然后当一名战地记者……为此，我着实阅读了不少有关美国历史、地理、社会、人文等方面的书籍，作为将来留学美国的准备。

后来我当然没有去美国，但我对厄尼·派尔的仰慕之心始终未泯。1946年至1947年时，我在广州文德路的旧书摊上，发现了这本《G.I.JOE》，立刻买了回来，当时我的英文水平实在太低，根本看不通。虽然如此，我一直随身带着。我的想法是，现在看不懂，将来总有一天会看懂，而且，只要看到这本书，便会使我回忆起少年时的"美国梦"。所以数十年来，历经风雨劫难，我竟然能"苟存性命于乱世"，而此书竟然也能"幸存"下来，真已堪称"奇迹"了。

1982年至1984年期间，藉工余之暇，我开始试译了，但只译了三分之二，此后，由于种种原因，停了下来，直至2006年，才又断断续续翻译，但由于体力、脑力已开始下降，译到最后几章时，已有力不从心之感，只好草草了事。

译完的书稿约25万字，虽然有"完成任务，如释重负"之感，但心中也感到有点欣慰甚至是自傲：我终于译完了这本书！虽然译得不够好，但我已尽了力，无愧于心。

译　者
2012年7月于广州